魅丽文化 告白 ……MY LOVE

唯许你天真

WEI XU NI TIAN ZHEN

柏夏 著

江苏凤凰文艺出版社
JIANGSU PHOENIX LITERATURE AND ART PUBLISHING

图书在版编目（CIP）数据

唯许你天真 / 柏夏著 . -- 南京：江苏凤凰文艺出版社，2021.3
ISBN 978-7-5594-5561-1

Ⅰ . ①唯… Ⅱ . ①柏… Ⅲ . ①长篇小说 - 中国 - 当代
Ⅳ . ① I247.5

中国版本图书馆 CIP 数据核字 (2020) 第 260638 号

唯许你天真

柏夏 著

责任编辑　张　倩
特约编辑　吴小波　李　墨
封面绘制　小石头
封面设计　阿　和
出版发行　江苏凤凰文艺出版社
　　　　　南京市中央路 165 号，邮编：210009
网　　址　http://www.jswenyi.com
印　　刷　湖南关山美印有限公司
开　　本　880mm × 1230mm　1/32
印　　张　10.5
字　　数　336 千字
版　　次　2021 年 3 月第 1 版
印　　次　2021 年 3 月第 1 次印刷
书　　号　ISBN 978-7-5594-5561-1
定　　价　39.80 元

目 录
CONTENTS

目　录
CONTENTS

楔子

三十岁这年，童怡突然宣布结婚。

童怡是闫天真最好的朋友，二人本来约好终身不嫁，余生都要为事业抛头颅洒热血，绝口不提真爱。

她的红色炸弹就像一颗原子弹，炸得闫天真措手不及、兵荒马乱。

“你怎么突然想结婚了？”

“没结过，想试试。”

“你没做过的事情还有很多，怎么不试试那些？比如，呃，吃屎？”

“天真，我没有跟你开玩笑。”

童怡认真地看着她：“我承认我有赌的成分，但是当有一个人，他可以在你凌晨应酬结束，醉酒回家时，给你倒一杯热水，准备好解酒药，再递给你一块热毛巾。也能在你忙到吃不上饭的时候，随时给你准备好热汤和热饭。他还能在你不想工作的时候陪你一起看电影打游戏，闲来无事亲亲抱抱举高高。你告诉我，如果出现了这样一个人，你会放过他吗？”

“天真，我不想错过他了。”

闫天真听完，更加无法理解了。

在她看来，这些事情，傅煜阳他们完全都是可以做到的，甚至会更加细致、更加妥帖，让人挑不出一点毛病。

童怡摇了摇头，说：“不，他们不行。”

“为什么？”

“他们都是演员。那些带着目的接近你的人，会使这些温暖变质。”

“哪里变质了？只要结果是好的，那他们都是一样的。”

至于他们为什么要对她好，她并不关心。

假如他们是为了钱，那她只需要让自己一直有钱就可以了嘛！做好自己，何必管别人是图什么呢？

“你还不懂。”

童怡摇头，笑看着她：“等你遇到那一个人，就会知道，他和他们是不一样的。”

“如果他真的出现了，你会觉得，只要他望向你，一个笑，就能使那些看起来平淡又无光的日子，都变得七彩起来。”

“你会主动地想要去对他好，甚至，你会为了他去付出你的所有。”

闫天真嗤笑：“怎么可能。”

她这辈子都不可能为另一个人付出自己的全部。

没有人配得上这些年拼命努力的自己。

“过去我也觉得不可能，但是当他出现之后，我信了。”

童怡笃定地说：“天真，你要相信，你也会遇到那样一个人的。”

“一定会的。”

第一章

初遇他

（一）

第一次见陆旭，是在电影学院后面的一条巷子里。

那一天童怡结婚，闫天真本来不想去，于是让助理给自己安排了三个视频会议，两个线下会议。但临到中午，她又怕自己后悔，还是去了。

童怡的婚礼没有通知圈子里的好友，她只邀请了自己。

闫天真特别高冷，全程戴着墨镜，抱着双手，坐在上亲席。从头到尾没有吃一口，也没有说一句话，只是来酒不拒。

所有人都觉得她很奇怪，只有童怡明白她。

她一定在来的路上哭得双眼红肿，喉咙干哑，无法见人，也无法说话了。

闫天真留下足以买下一套房子的礼金就离开了，连恭喜的话都说不出来。

半夜，她在她们大学时代一起吃麻辣烫的小店里，哭得不能自已。

她觉得自己被背叛了。

她和童怡同一天进校门，同一个寝室，同一天恋爱，又几乎在同一段时间失恋，然后，她们一同约定，终身不嫁。但是没想到，三十岁一到，童怡转身就披上了嫁衣，成为别人的新娘。

这也就罢了。但更重要的是，她始终觉得，那个叫何岳的男人配不上她。

一个给不起妻子华美婚礼和安乐小窝的男人，凭什么说爱？

他的人跟他的名字一样普通，看不出半点优势。

而童怡看向他的目光却是那么的温柔，就像回到了双十年华，最无忧无虑、大声说爱的那个年纪。

她甚至还愿意陪他去住出租屋、骑共享单车，穿不是独立设计师设计的婚纱。

闫天真不懂，也劝不动。

比起“废物”在清晨买来的豆浆油条，她还是比较喜欢自己赚的法餐和红酒。并且，没有人能与她共享。

他们不配。

11月的天气，清冷萧索，万物凋零。巷子里灯光昏暗，闫天真头昏脑涨扶着墙，刚昏天暗地地吐完，突然看到一道粉红色的身影从身边跑过，进了店里。

小店门面只有半边，女孩坐在男孩对面，鼻子冻得红红的，眨着水汪汪的大眼睛搓着手。

她穿着粉色羽绒服，戴白色线织围巾，最普通的学生打扮。但胜在五官漂亮，尤其笑起来还有两个很明显的酒窝，让人忍不住想要拥进怀里，用力呵护。

男孩子立即坐到她身边，心疼地将她的双手捧在掌心焐热。等锅里的菜煮熟了就握着她的手放在自己口袋里，然后拿着筷子一口一口喂给她吃。

两人挤在一家小店里，吃着简单便宜的麻辣烫，但脸上的满足和幸福却似要溢出来。

闫天真真觉得辣眼睛。

怎么一天天的，老被人恩爱秀一脸？欺负她孑然一身，灭绝师太，东方不败？

闫天真转回头看着对面玻璃里倒映出来的自己的身影——剪裁得体的黑色小礼服，脚踩一双黑色缎面的极细高跟鞋，鞋头的水钻在昏暗环境下仍是闪闪发光，璀璨夺目。

玻璃里的自己妆容精致，身段玲珑，美艳不可方物。

美则美矣，然盛气凌人。

傅煜阳他们几个，虽然整日围在她身边，小姐姐、小姐姐叫得可亲切了，可半点不敬都没有。别说牵手了，三步以内都是不会靠近的。

前所未有的空虚感侵袭而来，闫天真小姐隔着玻璃，升腾的雾气让她看不清里面的情侣是谁。

是她吧？

二十岁的她，也曾是这个模样的。

闫天真突然很想坐在那个男孩身边，把自己的手也放进他的衣袋里，跟他说："我也要吃。"

然后……她就鬼使神差地真的这么做了。

闫天真踩着高跟鞋，嗒嗒嗒地走过去，抱着男孩的脖子，往他的怀里蹭。

男孩先是疑惑地看着她，紧接着推开她。然而她黏得太紧，根本甩不掉。

女孩的表情从震惊到愤怒，尖锐地质问着男孩她是谁？

男孩极力解释："我不认识她！"

他想方设法地推开她，但闫天真小姐却像只八爪鱼一样挂在他身上，死活都不撒手，哭着喊着自己冷，要抱抱。

小店里人声鼎沸，都在议论着他们三人。男孩女孩也吵成了一团。

但闫天真的耳朵里却自动屏蔽了这些干扰信号，她坚定不移地趴在男孩胸口，听着男孩的心跳声。

咚咚咚。

一声接一声，稳健而有力。

她的鼻腔里，也只剩下他身上的充满了阳光和书本的味道。

还有挥之不去、笼罩在他周身的，叫作"青春"的味道。

再然后的事情她就不知道了。直到第二天醒来，她发现自己正睡在大学宿舍的单人床上，床上堆满了娃娃，全是粉色的。

四周也挂着粉红色的床帘，阳光透进，给世界都镀了一层粉。闫天真适应了好一会儿，才撩开帘子走下床。宿舍里没有人。

书桌上铺着粉色桌布，桌子上的一应用品都是粉色的，小到订书机卷笔刀，大到日历笔记本，无一例外。就连学校配备的椅子也被刷成了粉红色，上面还放着一只戴着粉色蝴蝶结的小白熊。

闫天真目瞪口呆，一屁股坐在粉色椅子上，将脚搭在粉色书桌上。

黑色的缎面高跟鞋与粉色的背景板极不相称。

闫天真很郁闷，她认认真真仔仔细细地回想了一遍，发现自打十八岁，扔掉了家里最后一只粉色的娃娃后，她已经超过十年没有买过粉色的东西了。

三十岁的她不老，但是，好像也没有年轻过。

这种极具少女心的颜色，遥远得好像从来没有在她的生命里出现过。

不知道过了多久，寝室门打开，一个扎着马尾的女孩抱着书本走进来，看到闫天真大大咧咧地坐在那里，立即不悦地皱眉："你才醒？"

闫天真慵懒地打了个哈欠，点头。

"你和陆旭是什么关系？"

陆旭？谁？

女孩"啪"地把书本扔在桌上，恶狠狠地说："我警告你，不要打陆旭的主意，你的年纪都够当他妈了！"

"我有那么老吗？"闫天真很郁闷。

这些年她花在保养上的钱超过其他所有费用，她有信心跟十八岁的女孩比皮肤，跟十六岁的少女比身段。她给人的感觉最多就是有点轻熟。

"你还真想打他的主意？"女孩眼神变得惊惧。

闫天真一脸莫名，努力地回忆昨晚，但她脑海里一片空白，断得很彻底。

女孩愤怒地打开衣柜，把闫天真的大衣丢给她："赶紧走！"

闫天真抱着外套，眼角却瞥见衣柜里挂着一件粉色羽绒服，这才总算想起了昨晚的一些片段。

她记得女孩的手冻得通红，男孩把女孩的手放在口袋里，也记得她吃东西时脸上漾起的幸福笑容，但她嘴里说的陆旭……却怎么都想不起来了。

"放心，我对他没兴趣。"闫天真抱着双手，笑得很坦然。

"没兴趣？那你昨晚还……还……"

"还什么？"

女孩涨红了脸，又羞又气，迟迟不见下文。

闫天真好笑地说："还抱着他又亲又啃？"

女孩崩溃，眼神明显在说："见过不要脸的，还没见过你这么不要脸的！"

闫天真真心没当回事，笑着说："亲过的人太多，记不住，何况还喝了那么多酒，谁知道把他当成谁了？"

闫天真笑着说完，站起身，走了两步，又想起什么似的对女孩说："不过嘛……昨晚你们没有丢下我，凭这一点我还是该谢谢你。你叫什么名字？"

"干什么？"女孩防备地看着她。

“报答你的收留之恩呀！”闫天真轻佻地眨了眨眼睛。

“不用了！”女孩打开门，冲着走廊扬了扬下巴。

闫天真也不多矫情，临走前看了一眼宿舍门上的 302 数字，笑着说：“相信我，我是认真的。”

女孩翻了个白眼，“嘭”的一声把门关上了。

闫天真站在空旷的走廊里，看着紧闭的房门连连摇头。

哎，这电影学院的大学生素质真是一届不如一届了……

陈旧空旷的走廊里，响起她高跟鞋的嗒嗒声，闫天真迈着一字步，背影窈窕又轻快，丝毫不见宿醉过后的疲惫，反倒十分愉悦。

多年来，这是她睡过最踏实的一晚，一夜无梦。

闫天真很认真地思考，自己要不要把家里的床换成宿舍的硬板床，还是下面带桌子的那种？

(二)

第二次见到陆旭，是在一家不错的餐厅大堂里。

大堂环境清幽，潺潺流水边，是一排红木沙发，专给等位的客人准备的。但餐厅档次较高，几乎都要提前预约才能用餐，所以一般也不会有客人去坐。

闫天真一走进来，就看见沙发上的陆旭——他正抱着一本书，旁若无人地看着。

厅中来往的人不少，三五成群高谈阔论，谈笑风生。这些人要么准备用餐，要么已经喝高了。喧闹嘈杂的环境里，陆旭目不转睛，认真刻苦的模样一瞬间吸引了闫天真全部的注意力。

他穿着一件蓝色的羽绒服，脚边放着一只洗得灰白的双肩包，这身打扮与那天晚上一模一样。在麻辣烫小店里还不觉得，但在高大上的餐厅里，就显得有些格格不入了。说难听一点，就连服务生都穿得比他体面。

但是，闫天真小姐丝毫没有看轻他，反而对他佩服得五体投地。因为她发现，他手里那本书封面上所有的字她都认识，但是组合起来就完全不明白是什么意思。

“亚原子的自发对称性破缺机制，你明白吗？”闫天真问助理。

小乔一头雾水："什么？"

"你不是名牌大学毕业的吗，怎么也不懂？"闫天真嘟囔了一嘴，让小助理更是满脸蒙。

"算了，这不重要。"

闫天真在大厅站了一会儿，突然改变了主意，对助理说："跟方导说一声，我临时有事，今天就不去吃饭了。"

小乔诧异："这都到门口了……"

"你觉得他真的是想见我吗？"闫天真狡黠一笑，自问自答，"当然不是。他要的是我答应他的条件。告诉他，我都同意，不仅如此，我还要加大投资。"

说到此处，闫天真看了陆旭一眼，发现他完全没有注意到自己，不觉心情更加愉悦了。

"年轻人只要肯努力，我当然要给机会。只不过呢，项目要换一个。"

闫天真思忖着问助理："最近有什么新项目在国外的？越远越好。"

小助理很快给了闫天真几个选项，闫天真指着最后的那一个说："这个好，洛杉矶，为期三年，又远又长。告诉他，他可以带着他所有优秀的学生一起去，费用由公司承担。"

助理拿着手机，飞快地记下，然后点击发送。

下一刻，闫天真的手机就响起，不用猜都知道是方导演在感恩戴德。

闫天真没有理会，只盯着陆旭看。

但是很可惜，他始终没有抬头。

"接下来没有行程，晚饭怎么安排？"助理问。

"减肥，不吃了！"

闫天真的目光从陆旭身上离开，转身走出餐厅。

这一次，她还是没看清他的长相，却牢牢记住了他手里的书。

（三）

第三次见到陆旭，是在电影学院的校庆晚会上。

影帝影后们齐聚一堂，在台上跟导师分享演艺心得，谈天说地。当红流量小生小花们坐在台下，一副正儿八经听课的样子。

闫天真带着公司准备力捧的新晋小生傅煜阳参加晚会，在后台的一间休息室里见到了一个熟悉的身影。

还是那张漂亮惹人怜爱的脸，但是穿着打扮截然不同。

杨薇薇换掉了一身粉，穿着华丽的晚礼服，脖子上戴着梵克雅宝最新款的高定项链，脚踩一双带防水台的高跟鞋。

闫天真本以为，杨薇薇不是习惯穿高跟鞋的人，但是出乎意料，她走得很稳。

她一边走一边背台词，从头到尾没有看过提词卡。

她想，杨薇薇等这一刻，其实也等了很久吧！

闫天真坐在化妆台边，心不在焉地陪傅煜阳上妆。

工作人员前呼后拥，把傅煜阳围在里头，在新晋流量小生面前，气场两米八的闫天真也自然被人忽略了，杨薇薇并没有注意到她。

方导演走进来，跟杨薇薇确认："台词都记熟了吗？"

"记熟了。"

"好，一会儿你就从左边上台，代表公司跟左青签订合约，宣布项目正式启动。"

左青蝉联影后，江湖地位无人匹敌。杨薇薇深呼吸，郑重点头，身侧垂握着提词卡的手，指节泛白。

初次登台就是跟左青一起，还是代表甲方。杨薇薇只是表面镇定，内心的紧张呼之欲出。

到底只是个大二的学生，这样才正常。闫天真想。

这时，一个小学妹走进来，送给杨薇薇一束花和一只粉色的小熊："他说，他会等到你肯见他为止。"

杨薇薇脸色大变，紧张地说："你没告诉他我在哪里吧？"

学妹说："没有。"

杨薇薇松了一口气，把花和小熊扔在沙发上，继续背早已滚瓜烂熟的台词。轮到她上台的时候，她毫不犹豫地走了出去，从始到终，再没有看过那只小熊一眼。

小熊躺在沙发里，眼神空洞而无辜。

闫天真走过去，拿起来仔细端详了一番，见到商标上写着一个日本的牌子。她在网上搜了一下，发现这个牌子的娃娃对一个大学生来说，抵得上半个月的伙食费。

“好看吗？”傅煜阳转过脸，问闫天真。他的眉目细长勾人，却不显女气，是时下最受人欢迎被称为小奶狗的那一类型。

他直勾勾地盯着闫天真，然而闫天真看都没看，就敷衍地点头：“好看。”

傅煜阳有些奇怪，刚想问，闫天真却急忙地走了出去：“我有点事，一会儿你自己回去。”

“你答应今天陪我的！”

傅煜阳在她身后扯着嗓子喊，声音幽怨而缠绵。闫天真置若罔闻。

礼堂外，陆旭胡子拉碴，眼睛通红，像是熬了许多个通宵没有睡觉。

他还是穿着那件蓝色的衣服，背着双肩包，站在人来人往的法桐道上，一动也不动，像个雕像一样，频频惹人侧目。

闫天真没有打扰他，抱着双手站在另一边的树下，静静地看着他。

晚会结束后，杨薇薇跟校领导和左青的团队去庆功，很晚才回来。

一回宿舍楼，就看见陆旭站在宿舍大门口。

“薇薇。”他叫她，一步步往前走。杨薇薇步步后退。

他苦苦哀求杨薇薇不要分手。

杨薇薇却躲着他，客气又生疏，恨不得跟他划清所有界限。

“我会等你。”

闫天真坐在车里，听到陆旭声音颤抖地说：“我会等你，不管多久，只要你肯回来，我一直都在。”

“……对不起。”

杨薇薇低着头，小声地说完，头也不回地转身上了楼。

而陆旭始终站在那里，目光低垂。

哎……傻孩子。

闫天真拿出手机，问助理：“和方导吃饭是哪一天？”

“12 日。”助理很快回答。

12 日……今天是 1 日，还不到二十天，原来改变一个人，只需要短短不到一个月的时间。

陆旭没有走，他还等着她，在宿舍楼下，从雪夜，一直站到初晓。

闫天真莫名其妙地也坐在车里陪了他一夜。

这夜里她想起了很多人和事。

她发现，工作以后，有各种各样的人等过她。

一天两天，甚至半年一年，不论多久，只要她招招手，就有一群人恭维在自己身边。

但是读书的时候，从来只有她等别人。

像这样等了一天一夜都没有等来别人回头的事情，她也干过。

……还不止一次。

那时候的自己啊，还真是愚蠢得可爱。

早上六点半，来往的人变多，闫天真不舍得他再被人指指点点。

“她不要你了，还有我啊！”

她打开车门，走过去，摸了摸陆旭的头，一脸正经地说：“我比她好看，还会疼人。”

陆旭虽然胡茬很多，但五官英朗，棱角分明，憔悴归憔悴，脸还是很好看的。

他抬头看她，眼中的难过被疑惑所取代，片刻之后就变成愤怒。

“神经病。”

陆旭丢下三个字，然后就大踏步地走进雨雪中。

闫天真抱着双手，看着他孤独寂寞的背影，虽然高挑清瘦，但每一步都走得坚韧而有力，没有丝毫彷徨。

嗯，比当年的自己有出息。

有前途啊！

第二章

归来仍是少女

（一）

第二天，闫天真收到了一份资料。

陆旭，二十二岁，A 大物理系学神，大学头三年，量子信息、光子学和凝聚态理论计算等十几门课程满分、五门九十九分！年年特等奖奖学金和国家奖学金名单里，都有他的名字，还都是榜首。

闫天真恍然地点了点头，原来她的战场不在电影学院，而是在 A 大。那个每年从全国网罗学霸的高校，第一学府。而陆旭，是从那一群学霸里脱颖而出的学神！

这就很有意思了。

闫天真跟很多人打过交道，就是没跟理工科学神打过交道。

她想了想，还是决定走保守路线，让助理小乔准备了一点小礼物，直接快递到了学神的寝室。

当晚，陆旭就收到了两个包裹。

其中一个装满了衣服，从里到外从上到下应有尽有。另一个里都是鞋子和名牌包包，出席什么场合的都有，各不相同。

要说它们之间的唯一相同点，那就是贵，随便翻开一个吊牌，没有低于五位数的。

跟箱子一起来的还有一张烫金的卡片，卡片上写着让全寝室的人都一头雾水的一句话——“星辰万千不如你。”

落款：Elena Yan。

所有混娱乐圈的人都知道这个名字代表的是什么，但陆旭不是那个圈子的人，自然不认识这个名字。

当然，他也不想认识。

他的眼里只有一个女人，她的名字叫杨薇薇。

就算这个时候她已经把他拉黑了，他也没有从心里把她赶出去。

陆旭带着刚被分手的难过，把两个箱子丢去了失物招领处，但是没过多久，又被两个学妹送了回来。

“师……师兄，我查了快递单号，上面写的收件人就是你诶……”

学妹期期艾艾地说完，期待刚失恋的男神陆旭再跟自己说点什么。

但，陆旭彻底无语了。

他看不见眼前两个如花似玉的小学妹在朝自己眨眼睛，只想着能把这么贵重的东西都寄错地址的Elena Yan是有多粗心？

最后，他把这两个箱子丢到了教工处，等着这个叫Elena Yan的寄错快递的糊涂蛋出现，再把它们还给她。

半个月后，闫天真出现了。

根据她多年以来的“战斗”心得，在追一个人的时候，先引起他的注意，勾起他的好奇心，给他一点小甜头，却又不很快满足他，这样的模式最让人牵肠挂肚。

她故意没有很快联系陆旭，就是为了让他在这一段时间内，习惯那些奢侈品，爱上那些身外物！在他穿着它们的同时对自己朝思暮想。这时候，几乎只要她一出现，对方就会感恩戴德地扑上来，给她一个爱的抱抱。

闫天真直接联系了陆旭，约他在A大后门见面。

陆旭很爽快地答应了。

晚上十点，寒风凛冽，人烟稀少，闫天真准时赴约。

她开着豪华轿跑，单人赴会，到达A大后，帅气地单手倒车入库，然后无限妖娆地从豪车上下来，踩着小高跟妩媚娉婷地走进了A大后门的值班室。

却不想，她在那里只看见两个大纸箱。

至于陆旭……连个鬼影子都没看到。

看门的老大爷帮她把纸箱抬到车边，看了一眼，为难地说：“小姐，你这个车有点小，装不下啊……”

闫天真无语，拨了个电话过去，直接问陆旭：“你在哪儿？”

“拿到箱子了？”电话那头的他声音淡淡的，听不出喜怒。

“拿到了。”

“东西都在吗？”

“……都在。”

闫天真哪里知道里面有什么？看了一眼，满满当当的，没多想，就这么回了。

然后，那边就把电话挂断了。

等她再打过去，就成了占线状态。

闫天真又拨了几个过去，那边始终无人接听。

她在寒风中愣了好久，才明白过来——

他把自己拉黑了！

（二）

闫天真碰了颗硬钉子，第一次发现，男人不能一视同仁。对付这个人的法子，在那个人身上可能就不管用了。

闫天真回到家，强忍住想掀桌的冲动，研究了一下资料。她发现这个陆旭大一大二都很洁身自好，追他的人不少，但是都无一例外地被他拒之门外。直到大三上学期，当时刚进电影学院的大一新生杨薇薇在一次跨校登山活动里遇见了陆旭，然后就不管不顾霸道地闯进了他的生活，最后成功将他收入囊中。

而杨薇薇同学的做法，总结起来就是一哭二闹三上吊，撒泼打滚无理取闹，闹得尽人皆知，无人不闻无人不晓！

然后，陆旭就举手投降了。

闫天真看到这里，心绪瞬间镇定了。

这是她的拿手戏啊！

还是属于好多年前就不屑玩的低级手段！

闫天真扯下面膜，站在镜子前面，认真地问助理小乔：“我美吗？”

“美。”

“跟电影学院那些小妖精比呢？”

“她们哪儿比得过您啊！她们要是小妖精，您就是黑山老妖！管她们的S级大 boss！”小乔斩钉截铁地回答。

呃，话糙理不糙。

第二天，闫天真开着她的小红超跑，直接开进了A大校园，停在男生宿舍楼前，人来人往的马路边。

12月的天气，闫天真穿着羊绒大衣，戴着墨镜，遮住了大半张脸，但一点都不违和。

一头波浪大卷发把她衬得好比明星，飞扬的气势更是让人不敢靠近。

看她的人不少，但也只是看。她毫不在意，只盯着宿舍楼大门。

她在等陆旭。

闫天真等了好久，临近九点，她才终于看到一抹熟悉的蓝色身影。

她立即来了精神，急急忙忙地跑过去，却因为站了太久，腿一软，跌进了他的怀里。

鼻腔里是熟悉的，洗衣粉的清新味道。

但是她抬头，发现自己好像找错人了……

眼前人长得很好看。

好看到让见惯了好看皮囊的她的心都漏了一拍。

不是那种妖艳精致的病弱美少年，更不是潇洒俊逸的阳光型男，而是娱乐圈里绝对不会有的那种，天然的书生气。

不是演出来的，而是由内而外自然散发出来的，书本的气息。

这是闫天真第一次感觉，仿佛透过外表，就看到了一个人的灵魂。

这一刻她突然想，干脆，放弃陆旭，换个目标？

但半途而废不是她的作风，还是等她先拿下陆旭，再来找他！

一瞬间，闫天真的心思已经千回百转。她咳嗽了一声，站直了身子，问他：“这位同学，你认不认识陆旭？”

“我就是。”

他皱了皱眉，简短地回答。

呃……闫天真尴尬了。

她摘下墨镜，仔细地看了看，发现眼前人干净利落，收拾得很清爽，与记忆里那个胡子拉碴的陆旭截然不同。

“你找我有什么事？”陆旭冷冷的，眼睛里充满了防备。

“哦，我就是想加一下你的微信。”闫天真回过神，拿出手机，问他，“你扫我还是我扫你？”她通过搜索手机号，加了他好几遍，他都不搭理她。她不得已，只能亲自出马。

“……”

陆旭愣住了。

他发现自己见过她。

那个半夜发酒疯的大姐。

……一大早就遇到神经病，真是晦气。

陆旭眼神冰冷，转身就走。

陆旭身高一米八五，大长腿，穿着帆布鞋，有意识地摆脱闫天真，于是天真在后面拔腿追也追不上。

闫天真郁闷，转身往车里走，然后开着她的红色骚气超跑，满校园地跟着陆旭。

“喂——这位同学，就加个微信怎么了？”

“你不要这么无情啊！”

“我只是想跟你睡……啊不，交个朋友啊！”

“我不会吃了你的！喂——”

闫天真一路叨叨，一路按喇叭。

陆旭觉得史无前例地丢脸至极。

临近校门，她很快被保安拦了下来，请她离开。

而陆旭也因为慌忙，飞快地上了一辆公交车，连车是开去哪里的都没有看清……

下午三点。在助理小乔求爷爷告奶奶找了各种关系，在不崩闫天真人设、不让任何熟人知道实情的情况下，总算把闫天真从保安室捞了出来。

“就知道你靠谱，下个月给你涨工资！”

闫天真鼓励地说了一句，就一脸郁闷地回了家。

一晚上，闫天真都在认真反思。

首战再战接连告败，以前的方法全都不管用，她不得不承认，这是一块难啃的骨头、一场持久的硬仗啊！

陆旭的身影和成绩单交替在脑海里出现，闫天真明白了，对待学神，不能走套路，更不能走肾。

得走心。

（三）

认识到这一点，闫天真立即重新制订了行动计划。

第二天，她刚一睡醒就把大红指甲卸了，又去商场逛了一圈，挑了几身学生气十足的衣服。搭配着白跑鞋、粉色羽绒服，末了还买了一只奶白色的帆布双肩包。

小乔眼睁睁看着她把铂金包里的东西一件一件拿出来放进帆布包里，半晌没说话，活像见了鬼似的。

闫天真洗尽了铅华，很满意地看着镜中的自己。

但，还是差了点什么……

闫天真的视线落在头发上，一狠心，带着小乔去会所剪掉了跟随自己十年的波浪大卷发，只剩下刚过肩膀的长度。

拉直后的头发，扎在脑后，弯成一根马尾辫，灵动可爱。

真清纯。

真青春。

闫天真非常满意，喜滋滋地拍了张自拍发朋友圈，配图文字是——

“天真姐姐今天一十八！”

照片发出后，她忍不住率先给自己点了个赞。

然后，就收起手机，一往无前地走进了 A 大的校门。

A 大图书馆，有一排靠窗的座位，视野极佳。

平日里大家都很有默契地把这一排位子留给年级排名前十的学霸，而闫天真从来没接触过学霸的圈子，哪里知道这个规矩？

临近期末，图书馆里挤满了人，只有这里还有一个空座位，还恰好就在陆旭边上。

她想都不想，直接走过去，一屁股坐在了榜眼的位子上。

陆旭一开始没注意到她，当他一直觉得自己在被人盯着看的时候，转过头就看见了一脸花痴的闫天真。

她的变化很大，要不是那一双如狼似虎的眼睛，他差点没认出她来。

但，那又如何？

一个无关紧要的疯女人罢了。

陆旭漠然地转回头，继续读书。

“来看书啊？”

闫天真丝毫没把陆旭的无视放在心上，笑嘻嘻地盯着他的脸，恬不知耻地说：“好巧，我也是。”

说着，她“嗖”的一声从双肩包里抽出了一本八卦杂志，拍在桌上。

封面大图是傅煜阳穿着白衬衣，解开三颗扣子，右手捂着锁骨，汗如雨下的样子。

别提有多浪荡、多饥渴了！

陆旭和闫天真都是脸色一变。

陆旭连忙转过头，不忍直视。

闫天真则暗搓搓地在心里骂了小乔一万遍：让她装点书，这都装了些什么鬼书！

陆旭一脸黑线，努力想要做到目不斜视，但闫天真吃人的目光总是直勾勾地盯着自己，让他如芒在背，如鲠在喉。

陆旭忍无可忍，转过头，皱着眉头问：“你到底想干什么？”

闫小姐言不由衷，说了个她这辈子都没想过的词语：“学习。”

四目相对，一时无言。

闫天真抓住机会，变着法地抛媚眼。

池明亮适时走过来，见到的就是这诡异的一幕。

……尴尬地沉默。

陆旭注意到他，冷冷地对闫天真说：“你不能坐在这里。”

“为什么？”

“这是他的位子。”

嗯？什么？

闫天真一脸莫名：“这座位上写他的名字了？”

陆旭：“……”

闫天真不懂规矩，看陆旭就像是老情人。

池明亮非常识趣，忙摆手说：“没关系、没关系，我去空教室就好。”

“不用。”

陆旭懂规矩，也知道这个女人八成甩不掉了，懒得跟她解释，站起身来收拾东西，就要往外走。

“你去哪儿？”闫天真问他。

“你不走我走。”

“等等！”

闫天真叫住他，噘着嘴，不情不愿地：“我让位就是了。”

闫天真慢腾腾地收拾好东西，站起来。

她四下看了一圈，发现座位都满了，想了想，干脆脱下羽绒服，把它垫在地下，靠在陆旭的凳子边坐下。

这下陆旭感受到的不只闫天真一个人的目光，而是满图书馆的人都盯着自己在看。

他皱眉低头，就看见闫天真穿着一件毛茸茸的宽松白毛衣，坐在地上，扒着凳脚，抬头仰望着自己。

她的脸上含情脉脉地写着两个字：

巨乖。

闫天真也不知道是太累了，还是神经太过大条，又或者是陆旭太专注于看书，完全不搭理她，于是她在众目睽睽之下，趴在陆旭脚边，看他看着看着就……睡着了。

她是被池明亮推醒的。

“这……这位同学，你要不要坐到凳子上来？”池明亮红着脸，指着陆旭空荡荡的位子，小心翼翼地问。

闫天真见陆旭不在了，霎时清醒过来。

她站起身，怀里掉下一张字条。

字条上工工整整、明确清晰地写着六个字：

“不要再跟着我。”

闫天真拿着这张纸，当时心里只有一个想法：

他的字写得真好看。

闫天真起身看了一圈，问池明亮：“陆旭走了多久了？”

“刚走。”池明亮如实回答。

闫天真立即拿起衣服，冲出了图书馆。

可四面八方人来人往，哪里还有陆旭的影子？

闫天真看了下表，发现已经八点半了。

空气里，除了12月的清冷气息，还有一股浓烈的书卷香。

校园的法桐道，来往的都是饭后闲步的少男少女。走在他们之中，闫天真有些恍惚，仿佛自己也回到了十八岁。

几对情侣经过她身边，聊起的都是最家常的情话——

“青南巷子里的那家梅菜扣肉饼很好吃，明天给你买来当早餐？”

“上微积分的老师太变态了，你要帮我补习！呜呜呜……”

“周末我们去南城市场逛逛吧，快过年了，想给你家寄点特产。”

……

听到这些，闫天真嘴角带着微笑，脚步渐渐放缓，不再急着回去，而是慢慢悠悠地走着。

但是很快，她就又笑不出来了。

“听说大四物理系的学神和电影学院导演系的系花分手了！学神精神恍惚了好久。”

“我赌他们会复合。”

“为什么？”

“我哥哥跟学神住同一间寝室，他说啊，学神只有提起杨薇薇的时候，脸上才是有笑容的！”

“可是他们已经分手了呀！”

“分手怎么了？哪对情侣不吵吵架？追学长的那么多，你见他给过谁好脸色看吗？”

闫天真竖起耳朵听完，找了个长椅坐下，开始思考。

杨薇薇怎么就独树一帜了？

哪里就特别了？

除了杨柳腰大长腿娃娃脸，并没有什么出众的地方。

而这些地方她都有啊！

三十岁的女人，身材无敌，经济独立，见过世间的脸色，更拥有世间的颜色，万紫千红，独她艳冠群芳。他怎么就这么不解风情呢？

闫天真很郁闷，坐在长椅里反思。

半小时后，闫天真在收到了三份传单、七张广告、十几次搭讪之后，她总结出来了，不是她有问题，是陆旭有问题！

诚如八卦群众所言，陆旭刚被分手，这时候还处于感情创伤期，她这样直白，他当然不能答应，否则会显得他没良心不长情形象渣！

所以，不论从什么角度来说，他拒绝自己，都是应该的。

嗯……她原谅他的瞎了。

闫天真拿出手机，想给小助理布置新任务，开机却发现朋友圈炸了——

方腾逸：三朵玫瑰花。

左青：天真小姐姐永远十八岁！

傅煜阳：你最美。接了一个亲亲的表情。

方导演：闫总竟然这么年轻，真是英雄出少女。

童怡：别人化了妆都没有你化成灰好看！

几百个赞，上百条评论，闫天真只回了童怡一句：我谢谢你噢！

刚回复完，下一刻，闫天真的手机突然铃声大作起来，她以为是童怡，却不想，来电人是傅煜阳。

傅煜阳帅气的头像在屏幕上跳跃，闫天真愣了一会儿才接通电话。

“你在哪儿？”那边立即传来傅煜阳焦急的声音。

“A 大。”

“在那儿别动，我来接你。”

傅煜阳说完就挂了电话，没有问她为什么在那儿，也没有问她跟谁在一起，直接就说要来接她，让她拒绝的时间都没有。

这个小朋友，性格跟自己很像啊……

人类的情感可以伪装，但是就算是演戏，也需要下功夫。

她消失了大半天，手机关机，没有人能联系上她。朋友圈一出现，唯一能很快知道消息的是童怡，但是找自己的是傅煜阳。

那一瞬间，闫天真觉得，傅煜阳是真的关心自己。

看着他英俊潇洒的头像，闫天真所有的郁闷都烟消云散了。

男人嘛，都一样，需要他们的时候，有个人陪在身边就行。

是谁都可以，是谁都无所谓。

她有那么多的鸡蛋放在不同的篮子里，碎了一个有影响吗？

没有。

因为她还有一箩筐。

（四）

傅煜阳的车开得飞快，到达A大校门的时候，时间刚过九点十分。

他在路边等了很久，始终没有看到闫天真，他刚拿出手机想给她打电话，却听见有人在敲自己的车窗。

傅煜阳转头，就看见闫天真穿着一件毛茸茸的衣服，俯身看着自己。

她的马尾辫歪在一边，整个人看上去懵里懵懂的，跟他以前见过的闫总截然不同。

这还是那个千面女王吗？

那一身毛茸茸的衣服是怎么回事？

傅煜阳内心惊讶归惊讶，手上的动作却很快。

他戴好口罩，快步走到闫天真面前，接过她的羽绒服和双肩包，然后为她打开了车门。

“小心。”傅煜阳右手护着她的头，让她坐进车里。

“你今天怎么了？”傅煜阳回到驾驶座，关心地问。

“什么怎么了？”闫天真双目无神，看着前方，双颊红扑扑的，脖子缩在毛衣里，整个人就像一团毛茸茸的玩具。

“你今天……跟以前不太一样。”

“哦，你说外形啊……”闫天真无精打采地回答，“日子太平淡了，想换换口味。”

闫天真一语双关，傅煜阳只听出了一层意思。

“很好看！”傅煜阳夸她。

“谢谢！”

闫天真蔫蔫的，不太想说话，靠着车窗闭上了眼睛。

车没有很快如预想的发动，闫天真等了一会儿，刚想催促，下一刻，男人坚实的身体却突然压了上来。

闫天真只觉一股强烈的男性气息混合着香水味攻进了鼻腔，朝着自己面门而来，她倏尔睁开眼睛，就看到傅煜阳长长的睫毛。

他闭着眼，想要亲吻自己。和着他身上独有的香味一起，在狭小的空间内缠绵。气氛一时暧昧不已。

她突然觉得……有点想吐。

“你身上是什么味道？”闫天真大力推开傅煜阳，不悦地皱眉。与他拉开了距离。

“拜占庭教皇，你送的礼物。”

啊，我送的？

闫天真愣了片刻，立即反应过来，“拜占庭教皇”大抵是个香水名字。肯定是她吩咐助理小乔置办的。

闫天真霎时笑靥如花地夸赞：“好香。”

傅煜阳眼神温柔，挑起她的下巴，又凑了过去。

香味再次扑鼻而来，这一次，闫天真实在忍不住了。

她猛地推开傅煜阳，打开车门跳下车。

呕——

闫天真撑着树，弯着腰，站在道旁呕吐。但因为一整天没吃东西，也吐不出什么来。

傅煜阳立即递来水瓶，给闫天真漱口。

等她缓得差不多了，二人才重新回到车上。

“你是不是对我不满意？”车内响起傅煜阳幽怨的声音。

闫天真心烦意乱地侧头，刚想让他不要废话了赶紧走，就看见昏暗的空间内，傅煜阳一双黑溜溜的大眼睛里蒙上了一层水雾。

里头写满了委屈、伤心、难过。

我见犹怜。

“没有！绝对没有！”闫天真突然就心软了，强打起精神，从后座的双肩包里拿出印有傅煜阳艺术照的杂志，指着上面的妖精说，“你看，我到哪儿都带着你，怎么会对你不满意？”

傅煜阳面色缓和，松了一口气，感动得再次凑上前。

闫天真立即眼疾手快地止住了他的动作：“先回家。”

傅煜阳眼睛一亮：“回谁家？”

闫天真想了想，说：“……我家。”

第三章

我是认真的

（一）

闫天真的家在市中心，顶楼的大平层。放眼望去，楼下一片霓虹，视野极佳。

傅煜阳是第一次到她家，还来不及参观，他就发现，闫天真华丽丽地发烧了。

傅煜阳给她放好洗澡水，让她先泡个热水澡，然后就向她要了大门密码出去了。

闫天真没有问他去了哪里，只安心地泡澡。

等她洗好澡出来，就闻到房间里弥漫着一股菜粥的清香。

“粥很快就好，你吃一点再睡。”

傅煜阳穿着围裙，正在厨房里忙碌。

原来是出去买菜了……

闫天真听话地窝在沙发里，看着他的背影。

不是没有男人为她洗手做羹汤过，但是此情此景此时，闫天真却有一种异样的感觉。

或许因为病了。

或许因为长久以来的孤独。

她突然想起了童怡说过的话——

“当有一个人，他可以在你凌晨应酬结束，醉酒回家时，给你倒一杯热水，准备好解酒药，再递给你一块热毛巾。也能在你忙到吃不上饭的时候，随时给你准备好热汤和热饭。他还能在你不想工作的时候陪你一起看电影打游戏，闲来无事亲亲抱抱举高高。你告诉我，如果出现了这样一个人，你会放过他吗？”

“天真，我不想再错过他了。”

闫天真内心一软。

突然想要留下他了，在这从来没有男人留宿过的家里。

半小时后，闫天真喝了粥吃了药，身子犯懒不想动，傅煜阳二话不说，双手把她抱起，从餐厅一路公主抱到了客厅的沙发上。闫天真懒洋洋地赖在傅煜阳怀里，双手软糯糯地钩住他的脖子，始终没有放开。

闫天真洗完澡没有穿内衣，二人之间只隔着两件衣服，胸前的凸起感觉很明晰。

“你生病了。”傅煜阳声音渐沉，提醒着闫天真。

“嗯。”

闫天真声音软软的，听得出没什么力气，但手上的动作却不停。

她伸手去摸他的耳垂，却被他抓住。

“闫总。”

傅煜阳对她的称呼让她蓦地睁开眼，头还枕在他的锁骨上流连，眼神却变得一片澄明。

“嗯？”

“有件事，我想跟你商量一下。”

“你说。”

“左青姐的那个项目，他们明天要试镜男主角，我想……”

傅煜阳迟疑了一下，闫天真立即明白了他的用意，热情在转瞬间退去。

闫天真：“你想当男主角？”

对方默了两秒，在她的额头印下一吻：“……是。”

所以，这是在跟她谈条件吗？

闫天真不动声色地抽回手，翻了个身，在他身侧坐好，用毯子把自己捂得严严实实。

“好啊，你去！”

去了就不用再回来了。

“真的？”

“真的。”

她淡淡地说。

（二）

傅煜阳是在半夜一点被人叫走的，公司的第二大股东童怡心急火燎地打电话来，说英国皇家音乐学院的教授空出一小时的时间，可以线上指点一下傅煜阳，因为时差的关系，必须立刻赶到练功房。

傅煜阳在电话这头犹豫了一下，看了眼缩在沙发里还在发烧的闫天真，拒绝了。

“我现在有事。我……朋友生病了，需要照顾。”

闫天真一听，吓得立即把他往外赶：“工作要紧，前途重要，快去！”

“你一个人真的可以吗？”傅煜阳犹豫着。

“可以！”

闫天真为了证明自己病好很多了，坐直了身体，昂着背，大力点了点头。

“那你好好休息，我明天再来看你。”

傅煜阳留恋又开心地走了，临走前，还细心地给她额头贴了一个退烧贴。

闫天真松了一口气，看着空旷的房间，之前硌硬的感觉消失得彻底，回到了自己一个人时最舒适的状态。

她无比郁闷地想，自己为什么要在高烧的时候还考虑别人的想法？

她不想让傅煜阳小朋友有心理阴影，本来想让助理小乔帮忙，但又怕小乔分量不够，只能偷偷发消息给童怡，让她想个名正言顺的方法把他弄走。

童怡动作也慢，害她又陪他毛手毛脚等了两小时，这才终于清静下来。

看来明天必须跟童怡谈谈了……

结婚之后，她的办事效率太低！

第二天，闫天真从低烧变成高烧，整整病了一个星期。

这个星期里，助理小乔和童怡轮流到医院来照顾她，找麻烦的想法就被她彻底地忘到了九霄云外。

关键时候，还是得靠亲闺密！

闫天真喝下童怡喂来的一口粥后，满足地想。

"我说你，是不是该找个男人了？"童怡眼毒嘴快，单刀直入，杀得闫天真措手不及。

闫天真蓦地睁开眼，满眼的问号。

"病了还是得有人在身边陪着，嘘寒问暖，否则……"

"我有你和小乔啊！"闫天真打断她。

"我们能陪你一辈子？"童怡难得正经，闫天真不得不好好想想她说的话。

闫天真沉默了，看了童怡老半天，最后眼睛里蒙起了一层水雾。

她双手握住了童怡的手，无比认真而同情地说："你老实告诉我，你是不是出什么事了？公司遇到麻烦了？"

这下轮到童怡蒙了："我能有什么事？奉公守法，三好良民！"

"那就是得绝症了。"

"什么？"

"如果你不是得绝症了，怎么就不能陪我一辈子？你直说吧，我能接受这个打击。"

童怡看了她两秒，吼出了一个字：

"滚！"

闫天真病愈出院后，童怡拗不过她，答应像未婚时那样搬来她家，陪她半个月。

"约法三章啊，两个星期后我一定要走的。"

"知道了知道了，你舍不得你的好老公！"

童怡骄傲地扬了扬眉："你明白就好，我可是新婚，你这一病，真耽误事！"

当晚，喝了一个星期粥的闫天真觉得舌头淡得都要飞出鸟来了，在她的强烈建议下，小乔带着火锅来看望她。

桌子上排了四盒澳洲肥牛，全都是闫天真一个人的。她眼睛放光，刚伸出一筷子，傅煜阳小朋友就适时地出现在了她家大厅。他的手里还拎着煮粥用的菜和肉。

"闫总，你就开始吃火锅了？"傅煜阳一脸幽怨。他记得，她跟自己说，她病得很严重，只能躺在床上，希望任何人都不要来打扰她。

这……一桌子火锅是怎么回事？

闫天真吓得差点把筷子扔了，果断摇头，指着童怡说："都是她的。"

童怡识趣地点头："都是我的。"

傅煜阳皱眉，奇怪地说："童总不是吃素的吗？"

童怡漠然地看了眼闫天真，硬着头皮说："吃了一阵子素，后来禁不住诱惑，回到了滚滚红尘中。"

傅煜阳没有再问，拿着食材进了厨房，很快就端出了色香味俱全的蔬菜瘦肉粥。

闫天真苦着一张脸，看童怡和小乔在面前大快朵颐，自己一口口地喝着粥，耳边还回荡着傅煜阳性感关心的声音：

"我不在的时候，记得让小乔姐给你煲点汤。"

"你胃不好，少吃油腻，火锅这种东西吃多了容易上火，对皮肤也不好。"

"平时多喝姜茶，暖胃还暖宫。"

童怡和小乔听不下去了，小乔很快就离开了，童怡也识趣地回了房。

她们一走，傅煜阳主动把火锅收拾干净了，闫天真看着那些躺在垃圾桶里的食物，内心已经无语地问了苍天一万次。

傅煜阳看出闫天真心情不大好，坐在她身边，做出一副贴心小哥的样子，拉着她的手问："我这阵子太忙了，没能去医院陪你，你是不是不高兴了？"

"没有，不会，你想多了！"闫天真大力地摇头。

这一个星期，闫天真特地交代童怡，给他安排一系列的课程，务必让他忙得连妈都不认识。童怡做到了。可惜傅煜阳忙归忙，竟然还记得闫天真家的密码，在临出国的前一晚，溜出来见她最后一面。

闫天真惦记着火锅，想着早点把他打发走，自己还能再叫一份外卖，安慰地说："我今天还没好透，你先回去，我明天去机场送你。"

"你真的会来送我？"

"真的。"闫天真心不在焉，满口答应。

傅煜阳感动得无以复加，更加不愿意走了，拉着闫天真讲了半晚的知心话。最后还是童怡找人把他拎回去的。

只可惜，傅煜阳走的时候已经过了十二点，要吃火锅是不可能的了。

闫天真心如死灰地躺在床上，脑海里已经在幻想自己吃掉了一头牛。

"你怎么看待傅煜阳啊？"童怡的话在黑暗中响起。

傅煜阳，怎么又是傅煜阳，她现在最不想提起的就是傅煜阳！

童怡："我听老黄说，他今天是跳窗出来的，虽然是二楼，不高，但也需要点勇气，还好人没事，不然咱这一年在他身上的投资都打水漂了。”

闫天真想起傅煜阳白皙净透的模样，实在无法想象他竟然有勇气跳楼？

心中突然软了点。

闫天真想了想，大发慈悲地认真回答她：“傅煜阳小朋友是一个有冲劲、有梦想的年轻人！”

可惜童怡完全不相信她的说辞，秀美的眉毛皱成了小山：“那你还大半夜的发消息给我，让我把他从你身边拉走？”

闫天真顿了顿，满不在意地微笑：“腻了呗！”

“腻了就跟他直说，何必委屈自己？”

“那不行。”

闫天真斩钉截铁地摇头：“他可是我的摇钱树，为这么点小事得罪他不值当！”

“摇钱树？”童怡一挑眉毛，“你的摇钱树还少啊？”

“摇钱树再多也不多他这一个，每一个能为我挣钱的人，都是我的财神爷！”

童怡鄙夷地“呸”了她一口：“守财奴！”

就她这个没心没肺的样子，关心用在她身上真是多余！

过了半晌，童怡的声音再次响起：“不过，天真，假如遇到一个真心对你好的人，一定要把握住他。之前我说傅煜阳他们不行，是因为我不了解他。假如他真心对你，你也可以考虑。”

“嗯。”闫天真闷闷地含糊地应着，不想跟她讨论这个问题。

因为她不想在一个新婚宴尔，恨不得全世界人都能结婚收获真爱的人面前承认，傅煜阳也是一个演员。

他没有爱。

（三）

第二天，闫天真如约出现在机场，却没有跟傅煜阳打招呼。她在接近值机柜台时看到了一行熟悉的身影，止住了脚步。

左青和傅煜阳被各自的粉丝团团簇拥。

左青戴着墨镜，很快进了安检区。而傅煜阳则身长鹤立，站在人群里，时不时看向远处，似乎在找什么人。他的身边，还站着一身干练职业装扮的杨薇薇。

杨薇薇满脸微笑，时不时跟傅煜阳说上一两句话，闫天真虽然听不见他们在说什么，但看得出来，二人第二次见面，已经十分熟悉。

郎才女貌的两人，点亮了那一角。但闫天真的注意力却早被柱子后的陆旭吸引了。

从她的角度可以看到，陆旭穿着一身病号服，站在粉丝群外，远远地看着杨薇薇。

原来陆旭同学还没有放弃杨薇薇，前段时间的洒脱都是装出来的。

而且，她病着的这段时间，看样子他也生病了，这算不算也是一种缘分？

闫天真一直看着他。

而陆旭，他始终没有出现在杨薇薇面前，没有打扰他们的出行心情。他只是默默地旁观，用自己的方式跟杨薇薇告别，背影孤独而单薄。

这一场面让闫天真想起第二次在餐厅外见到他时的模样——

娱乐圈从来不是一个简单的地方，台前幕后任何一个环节都可能有陷阱。那时的她约了方导演谈项目，还提出有几个学生资质不错，可以提前签约当作做自家导演培养，杨薇薇就在其中。面对从天而降的好运，陆旭没有阻止她去，而是捧着一本书，在饭店大厅安静地等待。他时时刻刻想着保护杨薇薇的安全，却又不去打扰她，放手让她追逐自己的梦想和目标。但是，追寻梦想的结果是她飞走了、飞远了，或许再也不会回来了……

看着陆旭失魂落魄的模样，闫天真觉得，自己是不是做错了？

对一个没有踏入过社会的人来说，真的有些过于残忍了……

银铃般的笑声阵阵传来，傅煜阳不知道跟杨薇薇说了一句什么，杨薇薇笑得前仰后合。

闫天真发现，那是第一次在路边小店里见到杨薇薇时，她也曾对陆旭露出过的笑容。

原来对任何一个人，哪怕是才第二次见面的傅煜阳，她都可以露出同样的笑脸。

闫天真突然不怀疑了，自己做得一点都没错。

杨薇薇啊，她配不上陆旭。

傍晚，霞光漫天，陆旭醒来的时候，发现自己仍然躺在医院的床上。

天花板的吊灯与之前住的病房一模一样，但四周截然不同。

之前他睡在六人病房里，而现在是一间单人病房。

陆旭有点糊涂了。

他清楚地知道自己是怎么从医院跑出去，到机场送杨薇薇的。但最后是怎么回来的，他想不起来了。他只记得机场广播里催促登机，然后杨薇薇头也不回地过了安检。

接下来的事情全都没有印象，等再醒过来的时候，他又回到了医院病床上。

而他身边，坐着一个熟悉的陌生人。

她短发齐肩，一身黑色西装，搭配一双尖头黑色高跟鞋，正长腿交叠，双手抱在胸前，闭眼休息。

又是她……

陆旭皱眉，一脸疑惑。

这个女人……每次出现都不大一样。

第一次见面，一身酒气，上来就抱着他又亲又摸。而他连她长什么样子都没看清。

第二次见面，她开着红色跑车，无赖撒泼，盛气凌人，满世界地追他，对校园全然没有一丁点的敬畏心，让人厌烦。

第三次见面，在图书馆里，她一身粉色装扮，假意学习的模样让人无语，但至少没有头两次讨人厌了。

而现在的她，虽然闭着眼睛，看不出表情，但沉着的气势，却由内而外散发着凌厉，给人的感觉理智干练，干脆利落。

他完全想象不出来，这样一个千面人，为什么总是出现在自己眼前？

“你现在看到过的，只是我十分之一都不到的模样。你想不想再靠近我一些，多看看我别的样子？”感受到有人在看自己，闫天真眼睛都没有睁开。她嘴角扬起，微笑着，“我保证那些样子比现在的我更美。”

闫天真睁开眼睛，就看到陆旭靠坐在床头，满脸鄙夷地看着自己。

没有想象中的痴迷，有的只是嫌弃。

他在嫌弃自己。

意识到这一点，刹那间，闫天真扬起一个大大的笑脸，十分殷勤地讨好道：“算了，不愿意就算了。你睡了很久，饿不饿？我去给你买点吃的。”

“你是谁？”陆旭没有理会她的问题，反而问出了心头一直以来的疑惑。

闫天真毫不掩饰地眨了眨眼睛，如实回答：“一个仰慕你的人，看不出来吗？”

“……”

陆旭无语。

他发现，眼前人闭着眼睛不说话的时候比开口的时候好交流。虽然看上去威吓凌人，但至少是个正常人。可她一开口，就仿佛戴上了一张面具，嬉皮笑脸的，玩世不恭。

陆旭不再理她。

他冷漠地回过头，看着窗外发呆。霞光打在他的脸上，形成一道淡金色的轮廓，若有似无，让他整个人变得更加忧郁。

闫天真看着他的侧脸，忍不住又想逗逗他。

“这一周我都没来找你，你是不是很无聊？”

陆旭面无表情，头也不回。

闫天真继续絮叨：“看了你的病历我发现你这一个星期一直都在住院，好巧我也是，只不过你是重感冒我是发高烧，虽然原因不尽相同但结果都是一样的。而我去机场送朋友就看见你晕倒，你说咱俩是不是特有缘？”

闫天真说得又快又兴奋，一长串的话说完连口气都不带喘，陆旭一个字都没听进去。

比起她这个星期干了什么，他更关心她为什么会出现在机场，还把自己送回了医院？

“你跟踪我？”陆旭回过头来，目光灼灼地盯着她。

“是啊！”闫天真斩钉截铁地摇着头，一本正经地胡说八道，“我一出院就去机场找你了，是不是很感动？”

“你去机场找我？”陆旭更加疑惑了，他苦笑，“连我都不知道自己会去。”

要不是许扬有杨薇薇闺密的微信，他都不知道，她今天就去美国了。而他出现在机场的时候，手上甚至还插着留置针。

陆旭低着头，眸中闪现明显的低落难过。

“这不重要！”闫天真最见不得他露出这样的神情，大手一挥说，“重要的是，我们遇见了。”

闫天真站起身，凑近陆旭，在他眼前，一字一句地说道：“在你最需要我的时候，我出现了，把你从深渊里拯救出来，我就像从邪恶古堡的巨龙手里，披荆斩棘救下公主的骑士。”

陆旭愣愣地看着她。她的眉眼精致细腻，勾魂摄魄，就像一朵盛开的罂粟花，邪恶诱人又带着三分俏皮，让人搞不懂她究竟哪句话是真，哪句话是假。

“现在，只差最后一步了。”在陆旭的疑惑眼神中，闫天真身体前倾，飞快地在陆旭唇上印下一吻，一触即离。

冰冰凉凉的触感带着闫天真身上独有的香气扑面而来，陆旭眼睛瞬间睁大，不可置信地看着她。

“这一次算是咱们的初吻，以前的都不算，毕竟我都不记得了。”

小姐姐舔了舔嘴唇，看着目瞪口呆的陆旭，灿烂一笑：“相信我，我是认真的。”

后来，闫天真是被保安请出去的。

陆旭情绪比较激动，指着闫天真的鼻子骂她疯女人。隔壁房间的病人听不下去了，叫了护士来。护士说不过闫天真，又叫了保安来。保安很客气，以为只是小两口吵架，闫天真解释了几句，也就放过她了。

她本来不想走，但是回到病房看到陆旭仍然非常冲动，怕他一怒之下做出什么伤害自己的事来，只能安抚地说：“我改天再来看你。”然后踩着小高跟，一路晃晃悠悠地溜走了。

闫天真见过不少真假贞洁烈女，倒是头一回见到如此洁身自好的男人……说到底，他还只是个男孩啊，自己确实有些强人所难了。

闫天真想，她要含蓄一点，矜持一点才行。

第二天，小姐姐拎了几盒补品去看陆旭，但是病房已经没有他的影子。

闫天真却很郁闷，不是说好了还得观察一周吗，怎么就走了？

闫天真顺手把补品送给了隔壁床的老太太，问她：“病人呢？”

“昨天晚上就出院了。”老太太看着补品，眼睛都瞪圆了。

原本陆旭得的也不是什么大病，重感冒加饮食不规律引起的胃出血，再加上有点营养不良低血糖。闫天真把他当作绝症病人去探望，确实有点太夸张了。

“姑娘啊，劝你一句，小两口吵吵架，气消了也就过了，用不着如此破费哪！山不就你，你去就山，他不理你，你就找一些他身边的人，让他不得不理你，你说对不对？”

老太太看着补品盒子的眼睛亮亮的，语气里无不透露着一副看透世事的模样。

闫天真倒是真觉得是这个理，点头如捣蒜：“对，您说得太有道理了！”

要拿出愚公移山的精神，山不就我，我去就山！

闫天真很快便换了一身行头。放着三个视频会议，两个高层会议不管，穿着帆布鞋，背着双肩包，双手拎着两大袋子食物，就踏上了 A 大郁郁葱葱的法桐林荫道。在此之前，她都不知道自己的力气原来这么大。

“需要帮忙吗？”两个男生迎面走来，见到闫天真，立即伸出援手。

“谢谢！”

闫天真毫不犹豫地把两个袋子递给男生后，问：“能送我去男生宿舍吗？”

两个男生都有些诧异，但还是点了点头，一人帮她拎了一个袋子，走在前面。

两个男生频频回头，跟闫天真套近乎，问她是哪个系哪一级的，闫天真随口胡诌，说自己是新闻系二年级的。

两个男生毫不怀疑地相信了，乘胜追击地问：“有男朋友了吗？”

“快有了。”

闫天真笑着说：“你们手上的，就是我打算去贿赂他的食材。”

两个男生表情沮丧不过两秒，很快又笑起来：“如果他不答应，我们愿意当备胎啊！”

“是啊是啊，天涯何处无芳草，何必单恋一根草？我看我也挺好。小姐姐加个微信吗？”其中一个戴眼镜的男生扬起胳膊，秀了秀自己的二头肌。

闫天真被他们逗笑了，看着二人的背影，由衷感叹，祖国新鲜的血液春天的花朵们，跟她这种在社会上摸爬滚打多年的人一点都不一样呢！

离开校园之后，不论做什么都要讲利益求结果，以结果为导向去做事，但是他们这个年纪，只是想做就做了，就算互不相识，也会伸出援手。

充满了活力。

真好！

第四章

加个微信吧！

（一）

傍晚，陆旭下了课，还没进寝室门，就在走廊里闻到一股很浓烈的火锅味。

他正奇怪是哪间寝室的人这么明目张胆，却不想打开自己寝室的门，就看见闫天真穿着一件宽大的、毛茸茸的、勉强才能遮住大腿的大毛衣背对着门站着，正在张罗着满满当当一桌子火锅料。

她的脚上还穿着自己的白色毛绒拖鞋——那是刚立冬时，杨薇薇给他买的。

感受到陆旭的视线，闫天真回头，开心地对陆旭招了招手：“陆旭，你回来……”

“脱了。”

陆旭走进去，来到闫天真面前，沉着一张脸，冷冷地打断她。

闫天真愣愣地看着陆旭，似乎不明白他在说什么：“嗯？”

“脱了。”陆旭再次出声。

闫天真左右看了看，寝室里还有另外三个人在场，这让见惯了大风大浪的闫天真都有些惊讶。

“这里还有外人，不大好吧？”闫天真揪着自己的衣领，有些尴尬。

“……”陆旭比她更无语。

他盯着她看了一秒，直接蹲下身，握着她的脚腕，强行抬起她的脚，然后把鞋郑重收放在柜子里。

事情发生在片刻之间，陆旭没有问闫天真是怎么进来的，也没有打算听她说。他只是冷淡地收回了属于他的东西，把闫天真当成了一个不相干的入侵者。

闫天真愣在当场，低头看着自己光光的脚丫子踩在冰冷的地板上，一时间没了反应。

寝室另外三人见了都有点尴尬，连忙打圆场——

池明亮说："不就是一双鞋嘛，人都不在了，让人家穿一下怎么了？"

杜小伟说："是啊是啊，她大老远地给我们送火锅，你怎么就不能理解她一下呢？"

许扬涮了一块肉，鼓着半边脸，边吃边说："汤滚了，快尝尝！"

陆旭直接无视三人，绕到自己的窗前，拉开了窗帘，冷漠地说："寝室不允许私自开伙，不知道吗？"

寒风吹进来，闫天真光着大腿，又没穿鞋，毛茸茸的大毛衣松松垮垮地裹在身上，露出分明的锁骨，穿了跟没穿一样，样子很是窘迫。

池明亮忙去关窗户："吃个火锅怎么了？咱们寝室独霸了年级前四，你又在生病，谁还没点特权了？"

杜小伟立即给闫天真拿了一双洗澡用的拖鞋给她穿上，义愤填膺地说："就是！宿管阿姨都没说什么，你这么着急上火干吗？"

许扬也很是心疼，让闫天真挨着自己坐下，又给她夹了一大块肉，让她快吃。

尴尬的气氛在三人的忙碌和宠溺中消散殆尽。

陆旭发现这个女人似乎有毒。

以往循规蹈矩，最是遵守纪律，从不迟到早退，同为学神的舍友们都跟中了蛊一样，对着闫天真大献殷勤，实在令人费解。

"不是我们不正常，是你。"池明亮把陆旭拖到桌前，坐在闫天真身边。

"这么一个如花似玉的小学妹，哪点比杨薇薇差了？杨薇薇她就是个渣女啊！"

陆旭眉头一皱，眼神一凛："她不是渣女。"

"她不是渣女谁是？国外的通知书一来，立即就跟你说分手，连个喘气的机会都不给你，怎么不渣了？"

"就是！见过翻脸不认人的，没见过翻脸比翻书还快的！"

几个大男人提起杨薇薇都是一肚子火，反倒陆旭一派淡定，没有火气。

"我不想跟你们讨论这个问题，这跟你们没有关系。但是你……"陆旭转头看着闫天真，"这里不欢迎你，请你出去。"

陆旭说完，刚想起身把闫天真赶出去，却听见身边传来一声啜泣。

那声音若有似无，与咆哮中的男声截然不同。

那是属于女性的、柔美的、娇俏的浅浅哭泣。

众人齐刷刷地低头，望着埋头吃火锅的闫天真。

唔，好辣。

不小心吃到一个辣椒，闫天真吸着鼻子，低头在找垃圾桶。

四周突然安静下来，大家都静静地看着闫天真，但她本人却完全没有察觉。

垃圾桶呢……垃圾桶呢？

唔……忍不住了，口水要流下来了！

“别哭了。”

就在这时，头顶突然响起陆旭干净清澈的声音。

闫天真愣住。

她抬头，就看到陆旭递来的纸巾。闫天真立即像是见到救世主一般，接过纸巾捂住嘴，然后感激地看着他。

陆旭：“抱歉，或许是我说话太重了。但……这里是男生宿舍，请你谅解。”

陆旭皱着眉头，面容冷峻，但语气明显软了。

这算什么？

突然看到了希望的曙光？

原来陆旭吃这一套！

闫天真一咬牙，愣是把嘴里的一口辣椒全咽了。

汹涌的泪水霎时夺眶而出，闫天真双手握拳，一下下砸在陆旭的胸口，矫揉造作地哭泣：“你好讨厌，人家再也不想理你了！”说着便拿出手机，泪光盈盈地说：“我追你都快追了一个月了！你连个微信都不肯加，我到底做错了什么让你这么讨厌我？”

二维码摊在屏幕上，摆明了一副“你加不加吧？不加我哭死给你看”的态度。

陆旭有点尴尬。

室友们都看不下去了，纷纷开始助攻。

许扬说：“加个微信怎么了？”

杜小伟说：“加了微信也不碍着你什么。”

池明亮说：“就是就是，快加快加。”

好兄弟，好助攻！以后一定报答你们。

闫天真想。

最终，在室友们的怂恿下，陆旭骑虎难下，拿出手机，打开微信扫了码。

收到好友请求，闫天真立即容颜一改，笑靥如花地说：“第一个目标达成！备注小旭旭！”眼泪收得很及时，一滴都不浪费。

陆旭嘴角一抽。

众人看得目瞪口呆，如果现实有弹幕，这会儿只怕已经飞过了满屏的“666”了。

（二）

火锅还没吃完，陆旭看了眼时间，就急急忙忙地收拾了书包，跑了出去。

“他干吗去了？”闫天真边穿鞋边问。

杜小伟说：“做家教。”

“今天下大雪诶！”闫天真惊讶地说。

许扬补充：“每周二、周五都会去城西的学生家里给人补习，每次两小时，每小时二百块。价格不低，风雨无阻。”

“那其他时候呢？我可以约他去玩吗？”

池明亮摇头：“还有几个学生在城东、城南。周一到周日，全年无休。”

“……”

他有那么缺钱吗？

来不及细问，闫天真一边惊讶着，一边也拿起包，追了出去。

等公交已经来不及了，加上下雪天，车少，陆旭几乎要完成人生中第一次迟到。

他站在校门口，一边刷软件，一边祈祷能有辆空车路过。

闫天真一边跑，一边让司机把车开到大门口。

等到了大门口，闫天真的车也到了。

一辆黑色的劳斯莱斯幻影稳稳停在陆旭面前，闫天真冲过来，给他打开了车门。

“坐我的车走吧！”闫天真讨好地笑。

“你的……车？”陆旭皱眉，看她的眼神越发怪异。

上一次见她开了一辆红色的跑车，足够拉风，但也符合女生的身份。

但今天这辆就很是不一样了。

厚重、沉稳，上面坐着个七八十岁白发苍苍的老头都不觉奇怪，然而扎着马尾辫的闫天真坐在里头，就觉得很不搭调了。

闫天真不想跟他太有距离感，脱口而出：“借……借的。”

“借的？”

陆旭的眼神越发锐利，似乎极为疑惑。

闫天真觉得没必要在这种小事上多做纠缠，推着他上了车：“走吧，要迟到了！”

陆旭无法，只得上车。

陆旭本来想坐到副驾驶，却被闫天真硬塞到了后座。

后座中间有扶手，只能坐两人。

买车的时候她特地选了这款，就因为不想跟人挤，但现在这会儿，她后悔得肠子都快青了。要没有这碍事的玩意儿，她现在早就爬到陆旭身上去了！

真是搬起石头砸自己的脚。

或许是感受到了闫天真如狼似虎的目光，又或许是奇怪的车门设计加豪华内饰让他无所适从。

总之，陆旭全程抱紧了自己的书包，生怕闫天真把他拐卖了。

幸好，四十分钟车程之后，他们平安到达了目的地。

其间，闫天真也还算安静。除了两次摸他大腿，三次凑近他的耳边，十几次想去牵他的手等行为以外，也没做什么出格的事情。

临下车之际，她帮陆旭开车门，然后“一不小心”脚下一滑，摔倒在了他身上。

软软的身躯靠在他年轻瘦削的肩上，玫瑰香扑鼻而来。

陆旭皱了皱眉，觉得心被什么东西撞了一下。

不是因为闫天真，而是因为，她的身上，有着一股熟悉的味道。

那是杨薇薇的味道。

陆旭晃了晃神，连忙推开闫天真，让她站直。

哪知她跟得了软骨病一样，黏在他身上，就是不肯走，还顺势把手伸向了他的衣服里。

陆旭猛然清醒，甚至有些生气。

虽然他跟杨薇薇恋爱一年有余，亲亲抱抱举高高的事情没少干，但她可从来不会这么主动。

“请你自重。”陆旭脸一红，裹紧了自己的衣服。

然而闫天真的人生字典里就没有“自重”这两个字。

她并不打算就这么放过他，愣是黏着他，说要跟他一起去辅导学生功课。

“我一定不打扰你们，我就在边上，跟家长说说话。”

“你疯了吗？”陆旭满脸不可置信。

“当然不是。”闫天真却分外认真地说，“金颛华庭，城西的富人区，房价不便宜。学生母亲几乎都是全职主妇，她们老公不回家，一定很无聊。我就不一样了，我很能聊的，我一定能让她们喜欢我！”

“……”

陆旭像看疯子一样看她。

她整个人软绵绵地靠在他的怀里，攥紧了他的衣服，一副誓要跟他共进退的模样。

为了摆脱她，陆旭连自己的外套都不想要了，脱了衣服，拔腿就跑。

看门的老大爷认识他，很快放他进去。

闫天真倒是不急着追了。

陆旭的衣服在她手里，他还能跑了不成？

闫天真笑眯眯地抱着他的衣服，靠在车门上，等待着陆旭下课。

这一等就是三个多小时。

她一直在小区门口等他下课了再送他回去，却不想始终没等来陆旭，倒是等来了一个陌生的中年女人。

“你是在等陆旭吧？”十点多，女人出来遛狗，看到闫天真手里捧着的衣服。再一联想到陆旭下大雪，连大衣都没穿就来上课了，便猜测他们二人之间有所联系。

果然，闫天真点头说：“是呀，你是……”

“我是英英的妈妈，陆旭在给我们家英英当家教。”

原来是“金主爸爸”！

失敬失敬。

闫天真立即站直了身子，十分客气地迎上去：“原来你就是英英的妈妈！

你不说我还以为你是她的姐姐呢！我们家陆旭经常跟我提起你，说你人美心善孩子又聪明，能教你们家孩子是他的福气哪！”

英英妈被她哄得开心不已，笑得花枝乱颤，忙说哪有哪有。

闫天真趁机问：“对了，我们家陆旭上完课了吗？”

“陆旭早回去了。”英英妈比闫天真还要惊讶，“你不知道吗？”

闫天真微笑。

她能说不知道吗？

不能。

“可能有些误会。”闫天真笑容自然，不动声色、笑眯眯地道了句，“阿姨晚安，我先回去了。”便上车离开。

富人区的业主，自然认识闫天真开的什么车。

英英妈看着豪车疾驰而去，目光中又多了几分打探的意味，生怕陆旭一根好苗子，被不三不四的人给拱了去。忙给陆旭发消息，提醒他小心。

陆旭很快回复她：“已经到家，谢谢李阿姨关心！”

与此同时，回家的路上，闫天真坐在车里，给陆旭发消息。

“到家了吗？”

“我在等你。”

“你再不回消息，我就去你们寝室了！”

“我总有办法进去的。”

……

一连串的消息石沉大海，闫天真坐在车里，有点无助还有点无奈，但更多的是不甘。

她当然不是要大半夜还跑到男生寝室去，且不说她进不进得去，单说快十一点了，到了她睡美容觉的时间，这是谁都不能打扰的。

然而她也没打算就此放弃。直到她临睡前给他发了第一百零三条消息——

“旭旭宝贝，你就回我一个字，一个字就行，我就不打扰你了。”

然后，陆旭真的回复她了。

他发来了一个红包。

闫天真激动地拆开，发现里面是六十元钱。

红包的金额一般代表着特殊的寓意。五块二，五十二这些自不必说，一般旁的也是六十六、八十八、一百八十八。

但，这个“六十”是个什么意思？

闫天真委实看不懂。

然后，陆旭替她解答了——

“谢谢今天送我去上课！这是车费。”

闫天真皱了皱眉头，刚回了一个不用，对话框里就出现一个小红标，里面一个明晃晃的惊叹号，下面一排细小的文字让闫天真眼前一黑——

“陆旭开启了好友验证，你还不是他（她）的好友。请先发送好友验证请求，对方验证通过后，才能聊天。发送好友验证。”

闫天真目瞪口呆。

这叫什么？

她简直想报警。

第五章

家教

（一）

虽然再次受挫，然而放弃是不可能的。闫天真的字典里没有“放弃”这两个字，只有“不达目的誓不罢休”和“前进、前进、不择手段地前进”！

“你是不是我的亲闺密？”

第二天一早，闫天真直接杀进了童怡的办公室。

每次闫天真说这句话的时候，一准没好事。童怡警惕起来：“干吗？”

“儿子借我用用。”

“什么？！”童怡不敢相信，反问她，“我哪来的儿子？”

“你不是跟我说他们老何家有后了吗？”

“还在肚子里！”童怡一挺肚子，连显怀都还没显，现在不过是颗黄豆大小，怎么借？

闫天真半点反省的意思都没有，悻悻地说：“哦，记错了。那是谁有儿子来着？”

闫天真又冲进了总裁助理办公室，然而一群女人闻言，全都静默无声，甚至流下了绝望的泪水。

她们所有人，每天的目标只有工作。从豆蔻年华、满身干劲，在闫天真的带领下，到现在硬生生地拼搏成了一台没有感情的赚钱机器，再不想男女之事。

她们刻苦耐劳，身材无敌又经济独立，不要说有娃了，连母胎单身者都不在少数。

这一刻，闫天真委实觉得，自己对她们太苛刻了。

闫天真扫视一圈，拍了拍手，微笑着开口：“明天放假。”

“闫总，为什么？”小乔既兴奋，又惶恐。她已经连续一个月见到星辰落幕了。

白天放假？不存在的。

“放假还需要理由吗？”闫天真不解。

小乔：“别人不需要，可您……一定有事。”

“……那好吧！”

闫天真认真地想了想，说：“那就当庆祝我有儿子了吧！”

小乔听完，更加惶恐了。

（二）

闫天真逼迫小乔去借了一个“儿子”来，在陆旭上门当家教的前十分钟，才刚到她家。

闫天真只知道他的名字叫“童童”，除此之外，她对他一无所知，甚至，还有点紧张。

众所周知，她天不怕地不怕，唯独怕小孩。不管是谁的孩子，她都觉得那是无法交流、无法沟通的生物，是杀伤力堪比核弹的大杀器。

童童倒是比闫天真显得放松。

来之前，童童妈就告诉童童：“你是去豪宅见世面的！那里有好多好多的玩具，还有好多好多的零食，你吃饱了就能回来了！”

童童欣然赴约。

闫天真也确实是这样告诉助理的。

助理也确实是这么准备的。

然而她们没有预料到的是，能借到的孩子童童，比想象中的年纪要小，于是买的那些16+，多达好几千块的乐高积木，在他面前犹如摩天大楼。

闫天真这个儿童过敏型人格不得不陪他一起搭积木。可他们连第一块砖都还没找到，陆旭就已经到了。

当清脆的门铃响起，闫天真几乎是用跳地跑去开门，欢呼雀跃溢于言表。

不只为陆旭，也为远离小孩。

她真的太讨厌小孩了。

“怎么是你？”陆旭上了电梯，发现这里三梯一户，比他去过的所有家庭都要豪华。

但更让他想不到的是，打开门，门里出现的居然是昨天刚被他删掉的女人。

一个他到现在都还不记得名字的女人。

“真巧！”闫天真笑靥如花，风骚地撩了撩头发，“那天见你去上课，我就寻思着也得给我家童童找个家庭教师，于是让助理联系了一个，没想到居然是你！我就说了咱俩有缘吧？快进来快进来……”

这个“有缘”自然是不存在的，全靠她花钱。

对于想赚钱的陆旭来说，当他听说要教一个高三准备参加美国联考的学生时，便欣然赴约。

高三还要同时参加国外联考的学生的小时费比普通的高中生要多两倍。因为托福不是人人能教，还能教好的。为此，他不惜牺牲掉了自己吃晚饭的时间。

然而他做梦都没想到，请他来当家教的会是那个疯女人。更夸张的是，她身后站着的，是一个还没到她腰的小孩。

“高三？美国联考？”陆旭皱眉，上当受骗的感觉油然而生。

闫天真半点没觉得哪有问题，坦诚地点头：“是啊，等他高三的时候，就会参加联考。现在提前做准备，不可以吗？”

都说现在寒门再难出贵子，孩子都是从娘胎里就开始制订培养计划了，闫天真自然也得跟紧时代的步伐，早做准备。

闫天真一脸无辜，半点悔过之意都没有，睁着眼睛说瞎话，还特别真诚，跟真的似的。

陆旭满脸黑线，掉头就想走。

闫天真忙拦住他：“高三都能教，小学三年级怎么就不能教了？”

“你确定这孩子小学三年级了？”

闫天真被问住了。

她从来没有带过小孩，根本不知道一米出头的小孩该有几岁，读几年级。她也没时间问。当然，根本原因是她不关心。

不过这都没关系，闫天真淡定地微笑：“就算现在不是三年级，总有一天会是的。总之，你来都来了，或许这个孩子跟你有缘呢？你忍心放弃他吗？他听说有家庭教师之后，开心得不得了，等了你一整天了！”

陆旭看了一眼童童，有些不忍。

闫天真看出他内心的纠结，乘胜追击：“这边离你学校很远。你横跨了大半个 A 城，就算不在乎少赚的钱，也要在乎被浪费掉的时间，对吧？”

闫天真故意反着来说，为的是不想伤他自尊。

陆旭苦笑，摆明一副比起时间，他更需要钱的样子，放弃了挣扎。

“有鞋套吗？”陆旭问。

闫天真无视了门口的鞋套机，睁着眼睛说瞎话，斩钉截铁地摇头：“没有。但是我有很好看的拖鞋。”

一双淡蓝色的男士 Kitty 拖鞋，与闫天真的粉色 kitty 是情侣款。

她特地吩咐小乔准备的。

“……”

陆旭满脸黑线，皱着眉，穿上了闫天真亲手递过来的鞋。

（三）

“我会看相，我给你看看。”

在闫天真花了半天时间布置的儿童房里，她反客为主地坐在童童的位子上，抓住陆旭的手，摊开他的手掌放在桌上，双手在他的手心手背反复抚摸。

“哎呀，事业线好啊，生命线也很长啊……尤其这皮肤，啧啧……”

陆旭听见闫天真流口水的声音，愣住了，连忙缩回手，皱了皱眉头。

闫天真丝毫也不觉得窘迫，笑着说：“不要拘束，就当是在自己家。”

闫天真想起边上的童童，把他拎过来摁在凳子上，指着陆旭说：“以后他就是你的新家教老师。来，叫爸爸。”

陆旭和童童的眸子都蓦地睁大，闫天真这才惊觉自己又情不自禁地胡言乱语了，忙说：“开玩笑开玩笑，不要在意、不要在意……”

陆旭没有理会闫天真，转头看着童童：“你叫什么名字？”

“童童。”

“她是你的什么人呢？”

“姐姐！”不等童童回答，一旁的闫天真抢答，“这是我弟弟。”

陆旭愣住，狐疑：“弟弟？”

“对呀！”

陆旭皱眉：“可她明明是个女孩。”

“是……吗？”闫天真微笑地咬牙切齿。

都说了让小乔借个男孩，怎么弄了个女娃？

闫天真尴尬地继续胡诌："她喜欢男孩的东西，所以我下意识把她当弟弟养。"

"……"

在陆旭极其古怪的眼神里，闫天真头一次觉得说不下去了。

"你们先好好上课，等上完课了我再来。"闫天真说完，忙端着茶水盘走出去，溜走了。

关门前，她还仔细看了一眼陆旭的锁骨——骨骼分明，白皙而瘦削，却又不显突兀。

嗯，极品。

她得找机会摸摸。

（四）

陆旭一晚上都在陪童童搭积木。

童童一边搭积木，还一边疯狂地吃零食。

根据他的了解，童童不过是个幼小衔接班的水平，甚至还不到。他不明白闫天真花这么多钱的目的是什么？

作为一个直男他非常不想往自己身上联想，但是眼下这个情形……他不得不这么认为了。于是搭积木的过程如坐针毡，只觉得她们一家子都不大正常。中途陆旭好几次想走，但是都没能跟闫天真说上话。

而这两小时里，闫天真也没闲着。别看她这些天都不务正业，然而今日事今日毕是人生准则。回来得再晚，今天需要处理的工作，也都不会积压到明天。

在童童吃完最后一块饼干后，陆旭也搞不定她了，忙求助闫天真。

闫天真正在开一个跨国视讯会议，没时间理他，直接甩给他一个电话，让他打电话场外求助。陆旭狐疑地打了过去，正是与他联系的助理小乔。

小乔一直在楼下等候，很快会意，带走了童童，末了还来了句："今天她跟我睡，你们晚上可以尽情地……呃，愉快。"

小乔走了。

陆旭也想走。

可是小乔直接在陆旭的银行卡里打了辅导费，他觉得这个钱实在受之有愧，不敢拿昧良心的钱，很想还给她。然而小乔的电话却再也打不通……

无奈，他只能等闫天真开完会。

等待的时间里，陆旭在闫天真的家里，发现了杨薇薇同款沐浴乳。

洗手间的置物架上，在一堆认不出名字、全法文的洗浴用品里，它最打眼。

陆旭经常给杨薇薇买，所以最是熟悉。

然而这种随处可见的超市货，根本不符合闫天真的身份。

他拿起来摇了摇，发现没用过几次。

最多不过三次。

而这三次，都是在见陆旭之前，她特地涂在身上的。那是她当日在杨薇薇的寝室里发现的沐浴露，偶然瞥见，便记住了。

陆旭终于明白，为什么有时候在她的身上，能闻到杨薇薇的味道。

他也终于明白，闫天真对自己的心思，原来可以细腻到这个程度。

“为什么不干了？”开完会，闫天真专门洗了个澡，穿了一身洁白的蕾丝浴袍、端了两杯红酒，才出来见陆旭。

她递给他一杯酒，在他身边坐下。

陆旭全身僵硬，一脸怒容，却又隐忍地看着闫天真：“因为上一个家长不会把她的手伸到我的衣服里去。”

闫天真一僵，急忙把手抽了出来，搭在他的肩膀上，抱歉地说：“不好意思，习惯性动作，我以后一定注意！”

“那也不干了。”陆旭显然不相信她。

在他的心里，闫大真俨然已经成了一个如狼似虎的禽兽，还为了达到目的不择手段。

他跟她不是一个世界的人，还是莫要有交集为妙。

为了把家教课时费还给闫天真，陆旭特地通过了她的好友申请请求，并且拿着她的手机点了确认收款，才大步离开。

闫天真穿着睡衣，追不远，只能眼睁睁地看着他离去。

等陆旭消失之后，她反思了自己的行为，觉得或许可能确实有点操之过急，正准备道歉，然而一个惊叹号再次出现在对话框里。

闫天真认真地研究了一下，发现自己这次不是被删除。

而是被拉黑。

第六章

孤独？不存在的

（一）

不管怎么说，陆旭就是不理闫天真了。首战、二战、再战皆败，闫天真说不沮丧是假的。虽然她没想过放弃，但是让自己冷静冷静还是有必要的。

于是，很久没在公司见过闫天真的童怡看见她在摄影棚盯着新晋小生拍片，觉得十分惊奇，忙走过去问她：“和小男友分手啦？”

“没有。”闫天真抱着双手，头也不回。

“那你有空看别的小男生？”童怡满脸揶揄。

她这个样子，分明满脸写着不爽。以童怡对她的了解，她什么时候会不爽？没得手、被分手！

闫天真是绝不会在已婚妇女面前承认自己魅力打折的，于是目不转睛地盯着眼前古铜色的肌肉，淡淡地说：“女孩子应该学会心疼自己的男朋友。”

童怡：“嗯？”

“当男朋友忙着准备考试不能陪自己的时候，就应该去找别的男孩子，不要让自己的男朋友有压力。”闫天真微微一笑，“要做一个懂事的女人，明白了吗？”

童怡吞了一口口水，朝她竖起了大拇指：“真行。”

（二）

日子倏忽而过，一晃眼，大半个月过去，闫天真被工作所累，倒也没觉得无聊。只是心里空落落的，好像有件事一直没着落。等她好不容易忙完，闲下来，便记起来，自己确实还有事情没做完。

看着微信上置顶的“小旭旭”，闫天真那叫一个头痛。她遇见过那么多人，就数他最难办。金钱、色诱、装傻充愣，她什么都试过了，可他对什么都不感冒。

闫天真苦恼不已，又碍于自己斩男人设不能崩，身边没有人能诉说。无法，最后，她还是只能求助童怡，这个不论过去的她有多丢脸的事情，也全部知道的亲闺密。

“你说，女人会因为男人的什么行为而心动？”闫天真很认真地问童怡。

“别的女人因为什么都有可能，而你……他只需长了一张帅脸，干什么你都心动。”童怡看着育儿书，头也不抬。

“那不应该啊……你说，我为什么独独对陆旭情有独钟？是傅煜阳不够帅？还是梁浅川、周泽深不够奶？”

童怡被问住了。

对哦，论长相，傅煜阳、梁浅川、周泽深都是一等一的好看。公司别的小鲜肉也是大把大把的，什么类型的都有，怎么这个陆旭对闫天真来说就格外不同了？

“这得问你自己。”童怡表示问题很无聊，她不想浪费精力去思考。

闫天真无奈，只能自己花了一个晚上的时间，认认真真仔仔细细地回想了一遭，才终于想明白了。

陆旭那张脸，好看是极好看的，但是，又不仅仅只是好看。

这些年她在演艺圈摸爬滚打，见过的帅哥美女如过江之鲫，对外在皮囊已经能够做到完全免疫。她想，真正吸引她的，是他身上干净清爽、带着阳光和书香的味道。

年轻，明亮，积极向上，专情又认真，一如十几年前的自己。

想明白了这一点，闫天真就释怀了。

不是说她现在满身铜臭就不积极向上了，而是对陆旭来说，他的追求更纯粹一点。虽然还不清楚他的追求具体是什么，但肯定不是钱。可也正因为想明白了，她不敢再贸然出手了。

青春年少时的情感最是真诚，而她的所作所为没有一丁点像是认真的模样。折腾来折腾去，只落得一个玩弄对方感情的印象，实在是不妥当。

闫天真认真草拟了一份道歉信，让小乔用标准的花体誊写在信笺上，再配上一束精致的黄玫瑰代表歉意。她希望以此来洗刷自己在陆旭心中恶劣的形象，就算不能全部洗刷掉，能挽回一点也是好的。

可谁知，当陆旭看到自己的桌上摆着一束花时，脸色一变，捂着鼻子就开始咳嗽、打喷嚏，咳得简直连心肝脾肺肾都要咳出来。

室友们大惊失色，连忙把花扔出去，又打开窗户通了风，他才稍微好一点。

“谁送的？”陆旭花粉过敏，鼻头、眼睛被熏得通红，谁见谁怜。

众人纷纷摇头：“不知道。”

小乔他们都没见过，只当是外系的同学，没放在心上。

毕竟，在大家得知陆旭分手后的这些日子，给陆旭送什么的都有，水果、零食、饮料、情书等，各种各样应接不暇，他全都视而不见。情书这种他更是看也不看，顺手就扔了。水果、零食、饮料也都转赠了室友，害得他们平均胖了三四斤。

他们习惯了陆旭的冷漠，陆旭也习惯了这些陌生的殷勤。唯独这花，着实给他留下了深刻印象。可也正因为如此，他对送花之人十分厌憎。那花下的信纸也就顺理成章地落在了垃圾堆里，再无重见天日的机会了。

闫天真翘首等候，等着他把自己从微信黑名单里放出来。

然而她左等右等，始终都没有等来陆旭。

然后她等着等着……就把他给等忘了。

是的，在男人方面，闫天真的记忆跟鱼差不多。虽然他确实有别于其他人，虽然他确实耽误了闫天真不少的时间和精力，虽然她始终没有得到他，但这一切的一切加起来，也改变不了他身为男人，只是锦上添花的本质。

没有了这朵花，她闫天真还能有下一朵、下下一朵。

她的人生信条就是，只要小哥哥换得快，没有悲伤只有爱！

三

咖啡厅里，闫天真和童怡忙完了一天的工作，正在聊天。

童怡得知闫天真又失去了目标，便孜孜不倦地想要给她介绍男朋友。

那种真正的男朋友、奔着结婚去的。

童怡：“你一个人摸爬滚打这么多年，也老大不小了。我这过完年可就要生了，更加没时间管你了，你赶紧找一个男人安定下来，我才好放心。”

闫天真分外不解：“你生个孩子而已，怎么跟临终托孤一样？你放心，我认识很多很好的医生，哪个科室的都有，不会让你有事的。”

“我不是跟你开玩笑。”童怡认真地看着她，“这些年难道你没发现，越来越难有人走近你的心了吗？你连朋友圈都发得少了！”

“这跟朋友圈有什么关系？”闫天真瞪大了眼睛。

“不发朋友圈就证明你跟这个世界没有联系了呀！你不关心他们，也不需要他们来关心你，这还不够可怕吗？等再过两年，你可就真的难嫁了！”

童怡苦口婆心，发自肺腑，闫天真却觉得很可笑。

“拜托，你不要认为自己结婚了，全世界就都该结婚，好吗？这十里桃花夭夭，你采够了不代表我也采够了，你再说下去，我可翻脸了啊！”

“你翻脸了我也还是要说。”童怡拦住闫天真，以过来人的姿态告诉她，“你看前阵子那个陆旭，就是个很好的例子。他是个正常男人，只想找正常的女人。你这种……终究不长久。”

童怡说得比较婉转，若用对待乙方的态度来说的话，那就是：你的魅力终究有过气的一天，再是身材无敌，也敌不过岁月无情。

闫天真着实被气着了。

追不到陆旭关她什么事？

那是她的问题吗？

当然不是！

“我现在就证明给你看，追不到陆旭不是我魅力有问题，而是陆旭有问题！”

闫天真收起二郎腿，站起身，就向着邻桌而去。

邻桌坐着两个男生。虽然闫天真一直在跟童怡说话，但其实眼睛一直没离开过他们。

二十二三，刚毕业，出社会的类型，青春、活泼、热情洋溢，跟陆旭是同款。

“小哥哥，我可以拍一张你的蛋糕吗？”闫天真对其中一个长得更好看的男孩说。

男孩一脸问号，但目光在闫天真脸上看了两秒后，很快被她真诚的眼神说服，点了点头：“可以。”

闫天真笑靥如花又懊恼地说：“可是我手机没电了，你能不能用自己的手机拍了传给我？”她眼神真挚，说谎不打草稿。

男孩半点犹豫都没有，立刻拿起手机，一边拍照，一边调整角度，认真的模样就像对待一件天大的事。

闫天真干脆在他身边坐下，不时去握他的手，教他调整角度。

几张照片拍完，男孩的脸已经红到了耳朵根。

对面的男孩看着二人，从一开始的错愕，到毫不掩饰地挤眉弄眼地笑。

闫天真丝毫不受围观群众影响，始终一副含情脉脉的模样望着男孩。

男孩打开短信，载入图片，然后把手机递给闫天真。闫天真输入了自己的号码，点击发送。

闫天真的手机在边上“叮”的一声响，男孩有点尴尬，闫天真却当没听到似的，微微一笑：“谢谢啦！”说完起身离席，朝童怡走去。

童怡看得目瞪口呆，分外不解：“你在干什么？”

“这还看不出来吗？当然是撩汉啊！”

“然后呢？”

“然后当然是谈恋爱啊！我听你的，找个人认真地谈恋爱，行不行？”

“这也叫认真？你知道人家是谁吗？知道他家几口人吗？你了解他吗？你连人家名字都不知道！”

闫天真懒懒地拨了拨头发，微微一笑，“颜值即是正义，我的脸代表一切。只要我想，没有得不到的人！”

至于孤独？

呵，不存在的。

只要她跑得够快，孤独就永远也追不上她。

第七章

偶遇

（一）

回到家，闫天真还真的加了那个小哥哥，然后不紧不慢地跟他聊天。

一开始，基本上她发三句，对方回她一句。到后来变成他发三句，她回一句。到最后，有时候因为她忙，隔很久才会回复，对方却也总是秒回。

这一点让她很欣赏。

“你是不是喜欢我？”闫天真知道时机成熟，单刀直入，杀得他措手不及。

小哥哥愣了好久，才说：“太直接了吧？”

闫天真边摇头边打字：“速食时代，浪费时间做什么？”

对方不回了。

可能是被她吓到了。

闫天真却不退缩，继续问：“有女朋友了吗？”

“没有。”这会儿倒是回得快。

可见刚刚是不想回答她的问题，而不是有事在忙。她却不打算就这样放过他。

闫天真：“我说你有。”

“谁？”小伙子十分惊悚。

闫天真淡定地在对话框里打了一个字：“我。”

（二）

从那以后，小哥哥发消息越来越勤了，每天嘘寒问暖，早安晚安。闫天真也开始习惯了这么一个人存在。虽然不知道对方的底细，然而那张脸就足够她遐想的了。

周五的晚上，小哥哥约小姐姐去喝一杯，互相了解了解。闫天真刚结束一个饭局，一看时间，九点半。

这个时间点约女孩子出去的男人，意图太过明显。而且，他连请吃晚饭的钱都不想出，光想吃白食，未免格局也有点弱。然而她也不是什么很有节操的人，再加上空窗期那么久，见一见也没什么。

闫天真看着镜子里，自己一身精致妆容，这么早回家也着实浪费，于是欣然赴约。

周五的夜场是一周里最热闹的，闪耀的聚光灯加上震耳欲聋的音乐声，让每一个进来的人都忘了自己是谁。

不过闫天真从没有忘过。

这种地方，她年轻的时候去过两次，不过那时候纯粹是去里头抓奸，于是印象也不怎么好，工作后就更加没时间来了。

闫天真在卡座上找到了小 R。

没错，他的微信名叫 R。他让她叫他小 R，她也顺从了。

他没有问过她的名字，她也没有问过他的真名是什么。

小 R 所在的卡座离舞池最近，视野极佳。宽大的位子上就坐了他一个人。不时有小妹妹来找他搭讪，问他可不可以坐下，加个微信？

他倒是不拒绝加微信，微笑着就把手机二维码拿了出来，然后告诉对方："抱歉，这里有人了。"

他不介意认识新朋友，但是这个位子是留给闫天真的，这一点不能模糊。

闫天真踩着十厘米的高跟鞋，费力地在人海中努力穿行时看到这一幕，才没有停下步伐。

他要是连自己的位子都让旁人坐了，那她还真是不想过去了。

毕竟，费力。

"抱歉，来晚了。"闫天真气喘吁吁地走来，一屁股在小 R 身边坐下，累得不行。

小 R 目光惊艳，没有任何的怒气，只是呆呆地看着她。

这是小 R 第二次见闫天真。

第一次在咖啡厅里，闫天真美则美矣，但是最多只能算得上是清秀佳人，还有些轻熟。然而今晚，她一身隆重的小礼裙，配上钻扣缎面高跟，既攻且欲，美得让人移不开眼睛。

小 R 连忙摇头，请她坐下："不晚，等你，多久都不算晚。"

闫天真有点口渴，忙问他："有什么喝的吗？"

小 R 回过神，连忙拿了个 Pad，递到闫天真眼前："等你来点。"

"为什么要等我？"闫天真笑着接过，有些不解。

小 R 有些犹豫，道："这个卡座是我托朋友订的，因为位置最好，所以……呃，有最低消费，不便宜，我想等你来了问问你。"

说到这里，闫天真明白了。

原来，这是个酒托。

闫天真有些郁闷，随手点了个刚好够最低消费的酒，也没看价格，便让他去下单了，顺便，还给了他一张卡。

小 R 欢天喜地、兴高采烈地唤来了服务员，一系列动作行云流水，十分熟练。对闫天真的"爱意"更加浓烈，恨不得上来抱着她就亲一口。

闫天真捧着酒杯，笑着拒绝了。

她倒不是心疼钱，就是这种赤裸裸的买卖让她有些倒胃口。顺便感觉自己今晚春宵无望，有些悲凉，于是一口气喝光了杯中酒。

小 R 目瞪口呆。

他见过能喝的女人不少，混夜场的更是多如过江之鲫。然而像闫天真一样，把酒当水喝的人倒是头一个。喝完她还脸不红、心不跳，捧着酒杯，双腿交叠着，一副坐看风起云涌我自岿然不动的模样，让人惊奇。

奇怪这究竟是个什么样的女人，她的身后又有着什么样的故事。

"你叫什么名字？"认识半个月以来，小 R 第一次问闫天真这个问题。

闫天真笑眯眯地回答他："叫我小 Y 就可以。"

那一副雍容华贵、倾国倾城又看透世事的模样，让小 R 把剩下的话都憋在了肚子里。

他讪讪地笑着："那我俩挺配。"

"谁说不是呢？"

闫天真举起酒杯，又是一杯饮尽，很快，一瓶洋酒见了底。

在这样的气氛里，就算小 R 的职业让她倒胃口，但他的脸，还有他卖力工作的样子，以及周围这些青春又躁动的灵魂，还是让闫天真结结实实感受到了快乐。

对于这些努力上进又活泼的年轻人，她怎么能不表示支持？

闫天真再次大手一挥，祭出了银行卡，对他嫣然一笑：

"再来一打！"

酒过三巡，小 R 已经体力不支，明显有些醉意。而闫天真还是一副看哪儿哪儿新奇的样子，对周遭的人事感到开怀，开心了就又是一杯。

小 R 陪不好闫天真，外人一眼便知。于是来搭讪的人不少，闫天真来者不拒，请人喝酒。

小 R 在边上看得一愣一愣的，却又不好发作。

看见闫天真看谁都一个样，对自己也并没有微信上那般特殊和热络，着实不大好受。

第一次，他不大想赚钱了。

"Y，回去吧，我想休息了。"小 R 把手放在闫天真的腿上，迷离的眼神谁见谁怜。

然而现在闫天真被众星拱月，什么年纪、什么类型的都有，可以说是除了丑的，应有尽有，哪里肯回去。

"现在十点半，夜生活刚开始吧？"闫天真看了一眼表，难得不打算回去睡美容觉。兴头之上，她摸着小 R 的手，劝他，"年轻人，该赚钱的时候不赚钱，这可不好，不上进。"

小 R 脸色一僵，有些尴尬。

闫天真倒是很放松，还没玩够。突然，她看见不远处十几个着装统一，清一色亮片小短裙、比基尼的小姐姐举着火炬筒出来，惊奇地问："那是什么？"

"黑桃 A，香槟塔。"小 R 刚想回答，身边的男士就替他抢答了，"八千八一瓶，一次点十瓶，就能有那个出场效果。"

气氛组的礼宾小姐换衣之后临时客串，绕场一周，最后在后部靠墙的卡座开了香槟塔，给足了那位客人面子。

客人见闫天真正在看他，许是早就注意到了她，立即招来服务员，低头对她说了句什么。

很快，服务员送了一瓶“黑桃 A”到闫天真的桌上。

服务员说：“辉哥请您喝的，他想跟您交个朋友。”

闫天真向上望去，看见一个全身穿戴名牌的男人抽着雪茄，举着酒杯，对她做了一个干杯的动作。

那人虽然说不上好看，且有些油腻，但人家主动示好，闫天真也不好拂了人家面子，于是决定礼尚往来。

“那个香槟塔还挺拉风的，给辉哥再开一个。”

闫天真补充道：“算我的。”

于是礼宾部的小姐姐们衣服都还没来得及换回来，又再次集体出动，捧着十瓶“黑桃 A”和火炬筒，再次绕场一周，最后还是去了辉哥卡台。

辉哥再次闪耀全场，“豪”无人性，然而只有他自己才知道，这是人家送的。

辉哥看向闫天真，表情有些错愕。

闫天真举起酒杯，用嘴形对他说了句：“Cheers。”

闫天真这个举动，无疑让从来没有造访过“Mc Queen”的她在内部群里声名大噪。

各路人马都想过来探一探虚实，于是闫天真的卡座上各种搭讪的都有。原本坐主位的小 R 被挤到角落里，想发脾气却又发现自己没资格，只能暗搓搓地生闷气，妄想闫天真能想起自己。

然而被众人簇拥的闫天真自顾不暇，又哪里想得起他来？

闫天真被众星捧月似的围在中间，每个人她都笑容以对，微笑地听他们扯着嗓子在自己耳边说话。只不过一路聊下来，他们才发现，自己什么有用的信息都没有套出来，反倒是自家祖宗十八代都交代给人家了。

闫天真似乎听得很认真，但是究竟听进去了几句，没有人知道。

她始终言笑晏晏地望着你，深情款款，给人的感觉真挚又热烈，让人移不开眼睛。

闫天真喝够了就去舞池里蹦了一会儿，在几个小哥哥的保护下倒也没被人揩油。

临到十二点，她玩够了，正准备挥一挥衣袖，不带走一片云彩，却在拿上外套、站起身之后，突然在人群中看到一个熟悉的身影。

白毛衣，蓝外套，小白鞋，在或袒胸露乳或拼肌肉的人群中分外惹眼，且格格不入。

闫天真惊讶地发现，自己只看背影就能认出来。

居然是他。

(三)

陆旭是第一次来夜店。

振聋发聩的音乐声让他的心脏几乎都要跟着跳出来，除此之外，周遭的人古怪的眼神也让他如芒在背。然而他却没有退路，只能认准了前路，一门心思奔着目标去了。

他的身后还跟着他的室友们。

池明亮、许扬、杜小伟。

在社交方面，闫天真有异于常人的天赋，只需要一次，她就能清楚地记得他们每一个人的名字。

她看见陆旭神色坚定，眉目间隐隐有怒气。而吃力地跟在他身后的池明亮、许扬、杜小伟则表情担心。很快，就被陆旭远远甩在后面。

闫天真看了一眼便知道，陆旭来者不善，他们并不是来玩的。

“您是辉哥吗？”陆旭来到辉哥的卡座前，站在茶几边问他。

辉哥是这里的常客，也是幕后老板之一。他的身边永远坐着五六个公主，清一色的水蛇腰、蛇精脸，奢侈品大牌从头包装到脚踝，比明星还要闪亮。

她们之中有人注意到了陆旭，除了有点惊讶以外，没当回事。

陆旭的声音淹没在DJ的音乐声里，辉哥根本没拿正眼瞧过他。陆旭不死心，绕过三四个公主，走到辉哥身前，大声喊：“辉哥您好，能耽误您两分钟吗？”

陆旭的举动无疑让在座所有人扫兴，但辉哥也终于拿正眼看他了。

“你是谁？”辉哥皱着眉头问。

陆旭低下头，扯着嗓子在他耳边喊：“我叫陆旭，我之前跟您联系过，关于Vivien她……”

“别喊，我听得见。”辉哥没耐心听完，皱着眉头打断他，“你的事情我记得，不过嘛，现在我没心情管。”

“那您什么时候有心情？我可以等。”陆旭没有退缩，一点也不打算走的样子。

辉哥身边的人都皱着眉头，显然有些烦他，就好像他的身上有奇怪的味道，闻到会倒霉一样。

可闫天真很清楚，陆旭的身上从来没有怪味，只有书卷气。

辉哥被他缠得不耐烦了，有些生气，拿鼻子指着桌上的啤酒，不悦地说：“喝完了就聊。”

陆旭从来不喝酒，就算是和杨薇薇分手了，在他最痛苦的那阵子，也不过是没食欲，不想吃饭，直接导致他胃出血，进了医院。痛苦如斯，他也没有想过要用酒精来麻痹自己。然而今天，他却不得不拿起酒瓶。

在他痛苦的表情中，250ml 的 1664 渐渐见了底。

陆旭擦了擦嘴角，开口：“辉哥，那件事……”

“一瓶就算完了？”辉哥“啧啧”摇头，“我的意思，是全部。”

桌上除了啤酒，还有红酒、香槟。

世人皆知，酒类混喝最是难受，神仙来了也备不住。

四周的人开始起哄，拍着手叫嚣着：“喝！喝……”

池明亮第一个赶了过来，扶住已经明显心跳加速，脸红脖子粗的陆旭，阻止他：“算了吧？也不是什么大不了的事情，人家自己都没在意，你就……”

“不。”

陆旭十分固执，推开池明亮。他以为自己需要喝的只是啤酒，便数了数桌子上，一共还剩十几瓶的啤酒，掂量了一下，觉得自己似乎可以。就算不可以，也要可以。

于是又拿起一瓶，开始喝。

闫天真是在看陆旭喝到第五瓶的时候，打电话给助理小乔的。

她预感到今天晚上的事情不会那么简单结束，于是跟助理说一声，让她稍做准备，以防万一。

然而当她真正准备上前去拯救陆旭的时候，是在他喝到第十二瓶的时候。

陆旭面红耳赤，摇摇欲坠，室友们怎么劝都没用。

他似乎坚定地认为，只要他喝完桌上的啤酒，他的要求就会被满足。然而他的行为其实并不能让辉哥感到愉悦，这一点，闫天真从辉哥似笑非笑的眼神里就能看出来。

辉哥的眼睛里只写着一个信息："小子，你打扰我了。"

从未混过夜场的陆旭，甚至连社会都没有出过的他，是根本看不懂的。

"别喝了。"闫天真走过去，直接夺下了陆旭的酒瓶。

陆旭喝得晕晕乎乎的，努力想保持清醒，却也并不是那么清醒。

眼前的闫天真再次换了个造型，烟熏妆、豆蔻红，魅惑又妖娆，又是不同于以往。陆旭没认出来，他的室友们倒是认出她来了。

池明亮："闫小姐！"

许扬："小仙女！"

杜小伟："火锅侠！"

叫她什么的都有，闫天真明白都是在叫她，但是这会儿也足以见得，自己在一群直男眼里，代表的符号各不相同。

他们很意外她的出现，却也有些担心她的出现。

"我自己的事情，我自己解决。"陆旭推开闫天真，表面上是拒绝，实际上是见到辉哥眼神不善，怕他对她有想法。

闫天真这个人最不怕旁人对她有想法了。

她固执地把 1664 夺过来，然后把陆旭交给池明亮他们三个。便拿着酒瓶，对着陆旭刚刚喝过的地方，一口气替他喝光了，半点嫌弃的意味都没有。

周围的人都看呆了。

尤其是小 R。

"Y，你认识他？"小 R 幽怨地问她。然而他的声音淹没在背景音里，闫天真又半点都没看他，完全没有感受到他的幽怨。

他站在那里，十分尴尬。

明明人是他带来的，怎么就好像跟他毫无干系似的？

"你的朋友？"这一次发问的是辉哥，他有些看不懂闫天真和陆旭的关系。

闫天真目不斜视，笑着对辉哥点了点头："虽然我不知道他是怎么得罪了您，你们之间有什么恩怨，但是不管过去发生了什么，今天都算是一个新的开始，我替他给您赔不是了，行吗？"

闫天真笑得很好看，可越好看，落在辉哥眼里，就越不是个滋味。

辉哥冷笑："我跟他的事情，关你什么事？一个大男人让个小姑娘挡酒，算怎么回事？"

辉哥来者不善，说着便凑到了闫天真身边，借着说话的时机，嘴唇在闫天真耳边有意无意地扫过。

就像是在隔空揩油。

池明亮几人见了，都是一肚子火，然而辉哥身边的男男女女太多，致使他们敢怒不敢言。

只有陆旭是个不怕事的，直接把闫天真拉到自己身后，挡在了她身前，对辉哥道："有事冲我来，不关她的事。"

"之前以为你痴情，现在看来，你是多情啊！"辉哥说完，身边的人都笑了。

闫天真有些不理解，但很快，池明亮就告诉了她原委。

原来，杨薇薇出国之前，曾在这里的气氛组上过班，时间还不短。

当时的她为了拿到头一份的工资，给他们拍了一组照片，同意他们在各个渠道用她的肖像。后来杨薇薇出国了，辉哥却觉得不够吸引人，于是找人 P 了别人的写真安在她的脸上，引来了各路人围观。

这组照片也传到了陆旭那里。

他看到这组照片，非常生气，联系辉哥，希望他们能删掉。辉哥的人却说钱货已经两清，还有合同，不存在强买强卖的关系，一切合法，不肯删，除非把当时拍照给的五万奖励金还了。陆旭无法，只得拼命打工、做家教，总算凑足了钱，然而钱凑出来了，人家却又不认了，说是老板辉哥不差钱。陆旭没办法，只能亲自来找辉哥，希望他删除照片并且道歉。

"妹妹，事情可是他理亏。"辉哥佯装委屈，对闫天真说，"杨薇薇在我这儿做事也不是一天两天了，跟我关系也挺好，人家都没说要撤照片，他跟着瞎起什么哄？这事跟他有关系吗？"

杨薇薇跟陆旭确实已经没关系了，就算过去有关系，看这模样，辉哥也是不知道的。

人家父母兄弟姊妹都没有来找麻烦，陆旭一个外人，有什么资格？

闫天真听明白了，也觉得是这么个理。

"他确实没资格，但是他就想这么做，我……我也没办法，只能帮他了，谁叫我喜欢他呢？"

闫天真也十分敞亮。见小乔穿过人群来了，便不顾周遭人异样的眼光，以及辉哥明显一副"一朵鲜花插在牛粪上"的模样，直接揽过辉哥的肩膀，强行把他摁在沙发上坐下。

陆旭、池明亮几个都有些担心闫天真，闫天真却对他们摇了摇头，示意他们别急。

闫天真：“虽然我不混夜场，但是我知道你们的规矩。我们按规矩来，怎么样？”

辉哥眯起眼：“你指的是……”

“斗酒。”

闫天真说完，就连DJ都注意到了这边的动静，忙把声音关小了。

于是这一句“斗酒”，引来全场瞩目。

辉哥轻蔑地笑了一下，摇了摇头，道：“行啊，喝什么？龙舌兰怎么样？”

辉哥说着，扫视了一圈，指着一个将近一米九的大个子道：“小周，你来。”

被称作小周的男生跃跃欲试，丝毫不把闫天真放在眼里。

闫天真却摇了摇头，指着辉哥道：“我不跟他比，我要跟你比。”

闫天真言笑晏晏，目不转睛。

辉哥有些为难：“不好吧，我都喝了一晚上了。”

“怕了？”闫天真不想废话，直截了当，丝毫不给面子。

“怎么会？我这是不想看轻你。”辉哥笑着说，眼神里的轻视溢于言表。

虽然他喝了一晚上，但是她也喝了一晚上！

他可是一直盯着她的。

闫天真满意地勾了勾手指，呼唤小乔：“来，换白的。”一点没让辉哥失望。

辉哥反而有些犹豫了：“这么混喝，不好吧？”

闫天真丝毫没有觉得不妥。

在众人惊诧的目光里，小乔领着酒保，搬了两箱茅台，往桌子上重重一放。

闫天真不疾不徐，拿来两个杯子，笑着说：“那我们换个规矩。这样吧，我喝一杯白酒，你喝一杯牛奶，怎么样？”

“牛奶？你在逗我吗？他们会说我欺负你。”

“敢，还是不敢？”

闫天真一动不动，笑眯眯地望着他。

周围起哄的人不少，辉哥骑虎难下，一屁股坐在闫天真对面：“你都不怕，我有什么不敢的？这样，你喝一杯，我喝三杯。”

“随你。”闫天真倒了一满杯白酒，又给他倒满了牛奶。

辉哥自己又拿了两个杯子，倒了两杯牛奶。

闫天真拿起酒杯，做了个干杯的动作，紧接着一仰头，杯中酒一饮而尽。

辉哥看得目瞪口呆，拿起牛奶，费了点力气喝完了三杯。

闫天真一杯酒下肚，全身每一个毛孔都打开了。她脱了大衣，又是一满杯斟上。

“干了！”

陆旭和池明亮看得目瞪口呆。

许扬则悄悄问小乔：“她不会有事吧？”

小乔看得很起劲，没空理会小弟弟。DJ看呆了，等回过神来的时候，直接连上了音乐盒子，把音乐开得震天响，好像全世界都在给她叫好。

三杯下去，闫天真还没啥事，喝了九杯牛奶的辉哥已经开始止不住地捂着嘴了。

闫天真拿着酒杯，再次挑眉：“干杯。”

辉哥彻底要崩溃了。

一杯牛奶艰难下肚。第二杯牛奶喝到一半，便忍不住全吐出来了。还好闫天真早有准备，闪得快。而那个小周，还有辉哥身边的几个公主就没那么好运了，一个不小心，就被他喷了一脸。

对酒精不耐的人来说，自然喝酒比较痛苦。可对闫天真这种平时就把茅台当水喝的人来说，自然不是什么问题。

而牛奶就不一样了，毕竟，饱腹。

“辉哥，你输了。”

闫天真站起身，身子都不带摇晃的。她居高临下，抱着双手，眼神锐利而认真地说：“按照规矩，你要收钱、删照片、道歉。”

这一下，除了酒醉到不省人事的陆旭，其他人都被她震到了。

尤其是陆旭的同学们。

他们发现自己之前认识的闫天真都是假的。

什么小仙女、火锅侠，都是扯淡，只有这个沉着冷静、指点江山、挥斥方遒的模样才是她的真面目。

也难怪小乔在边上全程只是微笑，半点担心都没有。

因为从她跟着闫天真以来，她就知道，只有闫天真自己想不想醉的问题，她可从没见过有人能让她醉。

第八章

我们是朋友了吧？

（一）

回去的路上，陆旭已经不省人事，甚至还有点发酒疯。池明亮、杜小伟和许扬三个轮流搀着他，才没让他去马路上撒野，只有嘴里还不停地在念叨杨薇薇的名字。

闫天真看着他手舞足蹈，十分头疼。

闫天真：“他之前不是都好了吗？”

“那只是表象。”许扬叹道，“你别看他精神了，跟个没事人一样，其实都憋在心里，这样才越发有事。今天爆发了，倒是个好事。”

闫天真：“他这个样子有多久了？”

池明亮：“从来没有过。”

许扬点头：“他之前都很正常，没见他特别难过，最多就是不吃饭。”

杜小伟：“或许喝了酒，他才暴露了本心。不然也不会分手一个多月了，还为那个薄情寡义的女人还债。她都不要脸了，他跟在后头擦屁股，有什么必要？”

比起义愤填膺的三人，闫天真倒是能想得通。

在感情里感受过刻骨铭心的人，快乐是真的。哪怕现在发现过去有一些谎言，但那时候的愉悦却永远印刻在那里，走不出来很正常。

但是分手了仍然只记得对方的好，这就不是一般人能拥有的能力了。

陆旭啊，是个“伟人”！

闫天真分外满意，大手一挥，打开了自己的车门，指着后座说：“来啊，把他打包送到我家里去。”

话音刚落，所有人都是有些错愕，不解地看着闫天真。

小乔更是脸一红，推着鼻梁上的眼镜，好像做了亏心事，不敢看那三个毛头小子。

见小乔都不站在闫天真那边，池明亮也犹豫了：“这，不好吧？他……”

“这有什么不好的？”闫天真打断他，“难道你们是想他这副样子被全学校的人知道？那他学神的名声还要不要了？”

虽然闫天真满面红光，摆明了一副黄鼠狼等鸡的模样，但他们还是被她说服了。

虽然他们已经大四，虽然陆旭颇受教授们的喜爱，但深夜醉酒还发酒疯，影响不好，还是在外留宿情节比较轻微。于是也不再纠结，把陆旭扶到了后座，便目送闫天真他们离去了。

也没问闫天真这个“小学妹”为什么不需要回学校，要带陆旭去哪里。他们只知道，闫天真接下了陆旭这个醉鬼。

“陆旭他不会有事吧？”池明亮望着绝尘而去的汽车，有些担忧。

许扬却不理解了：“能有什么事？”

“我感觉……她好像很喜欢陆旭的样子。”

“所以呢？”

“所以……等他醒来，不会怪我们没管他吧？”

池明亮见过闫天真黏着陆旭的模样，从图书馆到寝室到刚刚，闫天真眼里的火花可以说是越来越外露了。连他这个书呆子都看得出来，她……意有所图。

“那也是陆旭赚了。”

杜小伟和许扬则一点也不担心，甚至还有点期待。

许扬：“真正能让人从一段感情里走出来的只有另一个人的出现。假如小仙女的出现，能让他忘了杨薇薇，那也是功德无量，不是吗？”

话糙理不糙。

经过一番自我说服，三人总算是心安理得地丢下陆旭，回寝室去了。

（二）

浴室里，花洒开到最大，闫天真把陆旭摁在淋浴台上坐好，一边等待浴缸放水一边扒他的衣服，半点都不带犹豫的。

脱掉他的毛衣，里面是一件白色的衬衫。衬衫看上去也是有些年头的了，但，胜在干净。一颗一颗解开他的衬衫扣子，露出了他修长的锁骨，一路往下，便是大片大片白皙光滑的皮肤。

在此之前，闫天真还真没看出来，他的身材这么好，属于典型的穿衣显瘦，脱衣有肉类型。虽然不是肌肉横飞的那种，但也看得出来，他经常锻炼。他的身体没有一寸皮肤不是紧实的。

尤其是他的腰，结实而有力。

闫天真光看着他的身体，脑海里已经把他摁在地上，各种姿势强上了一百遍啊一百遍。然而陆旭醉得不省人事，满身酒气，让她无从下手。

她吞了一口口水，愣了半晌，才记起下一步动作。

她刚想去脱他的裤子，哪知陆旭突然对她笑了一下，然后“呕”的一声，哗啦啦地吐了一地。

这让有点洁癖的闫天真突然有些后悔了。

看着一地狼藉，闫天真十分纳闷：“究竟是你喝得多还是我喝得多？不知道的还以为我把你怎么了呢……”

闫天真叹了口气，捏着鼻子，认命地开始收拾。收拾完了之后，又把陆旭的衣服都扔进了洗衣机里。

闫天真基本没用过自家的洗衣机，研究了半天，打了两个求助电话把阿姨叫醒，才终于设置好程序。

等她回浴室的时候，水已经放好了。陆旭倒是比闫天真还主动，自觉地爬了过去，钻进了浴缸里。这一行为，一度让闫天真怀疑他是不是真醉了？

但很快，陆旭便向她证明了，自己是真的醉了。

陆旭趴在浴缸边，水珠混着他的头发，从鬓角划过。他眼神迷离，薄唇含笑，宠溺地看着闫天真。

一个醉笑的眼神，足以让闫天真心神恍惚。

在她出神之际，他伸出右手，揽过了她的脖子，让她不自觉地便随他的动作蹲了下去。

等她回过神的时候，他们已经隔着浴缸，交颈紧贴。

四目相对，不给她喘息的机会，下一刻，他便闭上了眼睛，直接吻上了她的唇。

柔软、青涩、小心翼翼。

分明是他主动，然而他除了轻封住她的唇，下一步便不知道怎么进行了。

闫天真很惊讶。

谈恋爱一年多了，难道还不会接吻吗？

就算他不会，杨薇薇也应该会啊！

闫天真忍不住就开始想，那是不是意味着他……虽然她不喜欢处男，也从来不睡处男。但是假如陆旭是，她想，她也不吝赐教。

“我教你。”闫天真说着，双手捧住他的后脑勺，舌尖刚探进他的唇瓣，他却突然又放开了她。

他眼神迷离，带着宠溺，一边拿食指点了点她的鼻尖，一边柔柔、软软糯糯地对她说：“薇薇，你真好看。”

说完，他便当浴缸是床一般，软软地滑了下去，沉在水里，安稳睡着。

闫天真愣了一秒，连生气都来不及，赶紧把他从水里捞了起来。

陆旭这才开始咳嗽。他全身是水，咳得心肝脾肺肾都跟着颤抖。好一会儿过后，就像是溺水儿童抓到了救命稻草一样，整个人吊在闫天真身上。

他双手用力抱紧了闫天真，但靠在她脖子上的身体却又是软软的，生怕弄疼了她一样。然后就开始哽咽。

她一开始以为他是被水呛到了，但很快，她便明白。他呛水是假的，伤心才是真的。一个一米八几的大小伙，就这么吊在她的身上，哭得像个孩子。

他应该真的很伤心吧！

闫天真一下一下抚摸着他光滑的背，就像在安抚受伤的小兽。

她的眼前是一整面的落地窗。落地窗是特殊材质，只有里面能看见外面，而外面看不见里面。

窗外霓虹璀璨，视野极佳，没有一栋遮挡物。他们居高临下，俯瞰整座城市。

烟火喧嚣的夜晚，浮华背后的安静。闫天真唯一能感觉到的，只有趴在自己背上，哭着号着思念着杨薇薇的陆旭。

闫天真突然明白了一件事。

她发现，陆旭这种人，跟他们娱乐圈里，在名利场上打滚的人不一样。

娱乐圈里的人可以演尽人世浮华。千帆浪过，舟起沉浮，却也毫不畏惧，甚至还能在余浪里翻出几片云彩来。他们根本不在乎自己所失去的，因为他们也从未拥有。

然而陆旭不是。

陆旭是那种你一旦走进他的心里，他可能就再也不会放你出来。

他会死在你离开的那片沙滩上。

闫天真人生第一次后悔了。

或许她太残忍，只因自己一时兴起，就拆散了一对璧人。如果没有她，他们或许会一直、一直幸福下去……

不是因为她相信杨薇薇，而是因为，她相信陆旭。

陆旭会是一个好丈夫、好爸爸。

他跟那些人不同。

闫天真抱着陆旭，没有任何邪念地将他全身涂满沐浴露。花洒重新打开，水从男孩坚实的胸膛，经过他身体的每一处，一直流淌到脚跟，将沐浴露冲洗干净。

等彻底把他清洗干净了，已经快凌晨三点。

闫天真重新拨通了小乔的电话，三秒过后，小乔清醒的声音从电话那头传来："闫总，有事吗？"

凌晨被闫天真叫起来工作的次数太多，导致小乔下意识全天候做好了准备，时刻能接受老板的调遣。

"去把老王叫回来。"闫天真淡淡道。

老王是闫天真的司机，快六十岁了，已经跟了她十年。

为了方便，他们平时都住在公司提供的房子里，就住在闫天真隔壁的小区，属于同一个开发商。

小乔很快带着老王进来了。

老王有些拘束，十年来，这还是他头一次进闫天真的家里，何况还一来就直奔卧室。

闫天真自己倒是没觉得有什么，指着床上熟睡的陆旭，对老王道："你在这里看着他，别让他滚下去。"

陆旭睡得不踏实，一会儿左翻，一会儿右翻，稍不留神就滚下了床。

闫天真阻止了两次，不想再来第三次。

毕竟，她再怎么强大，在身体上，也只是一个女人。

然后，闫天真去了客房睡。

进屋前，小乔十分惊讶地说："总裁您变了。"

闹了一整晚，闫天真十分疲惫，她眼皮都抬不起来了，淡问："哪里变了？"

小乔沉凝了一下，组织了一会儿语言，道："您……变得没那么脏了。"

闫天真闻言，气结。陡然清醒，旋即翻了一个猛大的白眼："你以为我不想吗？喝醉了的人行吗？但凡他行，我能不上吗？你当我傻？！"

小乔："……"

哦，她还是高看她了。

小乔再次觉得，真正叫天真的人应该是自己。

而眼前的闫天真……她就是个人渣。

（三）

第二天一早，闫天真是被语音电话叫醒的。

闫天真不悦地接起来，才发现是小R。

"Y，现在答应当你的男朋友还来得及吗？"

不知道小R是煎熬了一晚没睡，就等着闫天真回复消息，还是因为别的什么原因，总之，他的声音听上去比闫天真还要疲惫。

闫天真皱着眉头，看了一眼时间，七点整。以往在这个时间，她都没起床，何况昨天三点才睡下。

闫天真十分不耐，冷漠地回答："来不及了。"

然后就挂断了电话，无视他一晚上发了上百条的消息，看都没看一眼，就把他删除，然后拉进了黑名单。

有些人就是这么急不可耐，又贪心。作为一个酒托，昨天已经赚了那么多，该知足了，今早还这么多废话，实在是让人火大。

闫天真气闷地翻了个身，还想睡，然而却又睡不着了。

她睡眠不好，基本被吵醒了就不会再有接着睡的机会。无奈，她只能起床。

主卧室里，陆旭还在睡着。老王搬了把凳子，老老实实守在床边，一晚上不敢合眼，见闫天真来了，立即起身。

闫天真让他回去休息，今天给他放假。

老王走了，闫天真在卧室里待了一会儿。

陆旭安安稳稳地睡在床上，身体深埋在真丝床件之间，整个人都陷进去。

这是依照闫天真的喜好特别定制的床。她就喜欢绵软、柔糯的质感，冬日里会感觉被全世界拥抱住，就算是一个人睡也不觉得孤独。

但见到陆旭在自己床上安睡的样子，她突然觉得，要是一直有这么一个白白净净清清爽爽的男孩子陪在身边，一起看繁星满天、星辰落幕，然后等待朝霞升起，再一起吃个早饭，冬日里似乎就变得更加暖和了。

闫天真看他不会再滚下床来，便去厨房，寻思着给他做点什么。

毕竟，虽然不能春宵一度，但能一起吃个早餐也是极好的。

于是闫天真开始洗手做羹汤。

开放式厨房里，对她来说，一切用具都是崭新的。闫天真找了一圈，感觉有些复杂，忙求助小乔。

“烤面包机是用哪种？”

桌上放了六台机器，一字排开，都放在贴了“面包机”三个字眼的柜子里，闫天真很头疼。

小乔问她：“您是想做三明治，还是面包片，还是打算自己做面包？”

继被面包机整蒙之后，闫天真再次被问蒙了。

三明治、面包片，不都是面包吗？不都是自己做吗？有区别吗？

“当然有区别。”小乔认认真真地给闫天真科普，“Bruno 的早餐机是用来做三明治的，把火腿、芝士、蔬菜和吐司放在一起，两面夹熟就可以。但如果您想吃脆一点的，就需要用烤吐司机，依据您对口感松软还是酥脆的要求来设定时间，熟了之后抹一点果酱就可以。而面包……”

“停。”闫天真打断她，“你说得太复杂了。我就想做那种现在的小女孩都会做的，抖音里到处都是的那种……看上去特别好看，特别有爱心的。”

复杂吗？一点也不啊！

小乔疑惑了一会儿，了解到闫天真的诉求，迅速打开抖音，给闫天真发了十个视频过去。

闫天真很满意她的工作效率，但是看完视频后，她觉得不行。

闫天真毫不犹豫，在做饭这件事上，果断选择了求助场外观众。

她再次拨通了小乔的电话，开门见山地问她：“你现在在哪里？”

小乔干脆利落地回复：“正要出门。”

出门？

这才七点多，出门干什么？

闫天真不解："去哪里？"

"你家。"

"……"

哦，好的。

在做饭这件事情上，小乔比闫天真更加了解她。她就是传说中的万里挑一，看多少遍都学不会的那种。还是她自觉主动一点比较好，这样兴许老板一高兴，看在她十项全能的份上就给她升职加薪放大假了呢？

小乔一边打着哈欠，一边满怀期待地出了门。

（四）

陆旭醒来之后，发现自己身处一个冰冷之境。这里的硬装很冷，白色为主，灰色调为辅，大理石铺了整面墙。虽然质感很高级，但一点也不女人。然而四周的各类用品却没有一丁点男人使用的痕迹。

闫天真的卧室风格与她本人极其不符。

平日里，闫天真分明是个经常扎着马尾辫的小姑娘，但这卧室像是内心冰封千里，万里绝无人烟的灭绝师太，内心世界一片荒芜。只有床头柜上摆着一个稍显可爱的动物走马灯，但是走马灯已经坏了很久的样子，连灯罩都已经发黄。

陆旭一时间搞不懂自己在哪儿，很是迷惑。直到他看到自己身上的睡衣——胸口处，一个巨大的微笑着的Kitty，与他之前穿过的Hello Kitty拖鞋属于同系列。

陆旭皱眉，这才陡然想起来昨晚的事情来。

酒吧里的情景一幕接一幕地闪过，就连在浴室里的那些他发现自己都记得清清楚楚，包括闫天真是怎么一件一件脱了自己的衣服，怎么给自己洗澡，他又是怎么把她当成了杨薇薇亲了上去的。他发现自己的记忆力好得惊人，就连这些事情都能记得一清二楚，只是当时……他全然控制不住自己而已。

酒精还真是可怕。

陆旭头一次为自己的记忆力感到懊恼，他还不如记不住，这样就不会觉得尴尬了。

然而后悔已然无用。

陆旭迟早都要面对，便硬着头皮，走出了房间。

陆旭走到客厅。发现客厅里没人，但是空气里弥漫着一股烤面包的香气，还有杨薇薇最喜欢的芝士奶香味道。

是的，恋爱给陆旭带来的改变就是只要闻到那个味道，就能想起那个人。

杨薇薇喜欢芝士，却一口也不肯多吃。

陆旭顺着香味走到餐厅，开放式厨房里，闫天真独自一人，扎了一个马尾辫，穿着围裙站在厨房的洗碗槽边。把擦了桌子和洗碗槽的布，又擦了锅和碗。看似勤快，却又毫无章法。

陆旭好几次想提醒她说家务不是这么做的，但是转念一想，这是她家，自己没有资格评论他人的生活，便又作罢。

这时，闫天真一撩头发，风情万种地转过身，看到陆旭，装作被吓了一跳的模样，惊讶地说道："你起来了？"

陆旭没料到她会突然转身，还没想好怎么面对她。尤其是穿着这一身Hello Kitty，着实不符合自己的气质，便不自然地点了点头。

"睡得好吗？"闫天真笑靥如花，端着一锅汤走了过来。

陆旭被她这一问，昨夜的一幕幕走马灯般地在脑子里疯狂回转。

闫天真穿着围裙，清纯可人又贤惠的模样在他的眼里，也变得如昨夜浴室里那般，湿答答的。

陆旭更加窘迫，红着脸"嗯"了一声。

"别傻站着了，快去刷牙，浴室里有新的洗漱用品。刷完牙过来吃早饭。哦对了，你的衣服都在阳台上，把这里当自己家，别客气，自己去拿。"闫天真自然而然，半点尴尬都没有，还十分热情。

陆旭当然不可能把这里当自己家，但是只要能换掉这一身尴尬的睡衣，他什么都愿意做。

陆旭换完衣服出来的时候，餐桌上，已经琳琅满目摆满了英式早餐。三明治、火腿、培根和薯饼，还有热牛奶。兴许是怕陆旭吃不惯，还有两根油条和一碗热豆浆。

"你做的？"陆旭惊讶。

闫天真微笑，面不改色："是啊！"

虽然只有豆浆是她去买的，但……也算是她装在杯子里的吧？

闫天真半点心虚都没有，期待他夸奖。

然而陆旭十分怀疑。从她打扫厨房的样子来看，显然是没做过家务的。却又觉得或许这是她的习惯。而真实的闫天真就是这样，上得厅堂，下得厨房。

不过不管她是什么模样，是不是她做的，都跟他没有关系。

“谢谢你的招待，但是，我不饿。”陆旭转身就想走。

但是闫天真怎么会轻易放过他？

就算关系不能更进一步，他也不能就这么走了！至少得把早饭吃了，再把自己从黑名单里放出来吧，否则自己这一遭不是白忙活了吗？

闫天真赶忙追上去，也不知道是陆旭听到了闫天真内心的呼喊，还是别的什么原因，他突然停住步伐，转过了身。

闫天真完全没想到他会转身，没刹住车，一个不小心直接撞进了他的怀里。

扑面而来的玫瑰奶香萦绕在陆旭周身，正是杨薇薇用的那款沐浴露。

没错，闫天真只要跟陆旭在一起，或者即将跟他在一起，就会用那款沐浴露。虽然廉价，但在陆旭身上，管用。

但是这一次，陆旭感受到的，不是她身上的玫瑰香，而是她身体最柔软的地方。

或许是已经识破了闫天真的小心机，又或许是自己的身体已经对她有了某种记忆，他脑海里自动浮现昨晚，他全身湿淋淋趴在她身上的样子。

那时的她……身上也是湿的，被自己弄湿的。

“你……”闫天真突然感受到下腹部有个什么东西顶住自己，脸色一僵。

同样意识到这一点的陆旭内心一惊，脸色一红，连忙推开她。

慌忙中，闫天真不察，左腿一歪，直接摔在了地上。

这下，两个人更蒙了。

“对……对不起，我不是故意的！”陆旭连忙上前，想去扶起她。

然而闫天真还没从蒙圈中回过神来，呆愣愣地坐在地上，根本不理他。

她虽然没料到自己会扑进陆旭怀里，更加没料到陆旭会把自己推倒在地上，但是最最最令她惊讶的是，刚刚陆旭……他好像……有反应了？！

“你……你快让我看看。”闫天真目光赤裸裸地盯着陆旭的某个部位，甚至直接伸出手，想要一探究竟。

“你干什么？！”陆旭吓得往后一缩，连忙转过身去，闫天真便只能扑了个空。

但是扑空之前，趁着他不备，她还是摸到了一点什么。

嗯，软的。

所以之前……应该是错觉吧？

嗯，一定是的。

不然之前她什么打扮都有过了，陆旭一个都不上当，怎么这会儿穿着脏兮兮的围裙，倒让他有反应？

没道理，不应该，是错觉！

回过神之后，闫天真就开始哭了。

陆旭生气归生气，刚走出两步，一听到闫天真的哭声，便又想起闫天真是被自己推倒在地的，就算不是故意的，他也该给人家道歉。不得已，又只能返回去。

“你没事吧？”陆旭想去扶闫天真，但是闫天真坐在地上就是不肯起来。

闫天真哭诉：“我好心好意救你，为你挡酒，带你回家，给你做早饭。又没有别的坏心思，但是你怎么就像躲病毒一样躲我呢？”

陆旭被问住了：“我……”

“你先别说话，让我说完。”闫天真打断他，“这些日子，我有没有再骚扰你？没有吧？昨天是个意外，是老天给我们的缘分，让我们再次相遇！就算不能当情侣，就算你不喜欢，难道当个朋友都不行吗？难道在你的世界里，女人除了女朋友，没有别的意义了吗？那你的人生该有多无趣啊！”

闫天真一气说完，一边说，一边抹眼泪。另一只手则抓着陆旭的手，放在自己的脚踝处，强迫地摁着他的手帮自己揉捏。

两手交叠，陆旭被闫天真的话吸引了去，完全忘了自己的手放在了不该放的位置。他一门心思在反思自己。

闫天真这么生气，是因为自己真的伤害到她了吧？

陆旭内疚不已，而闫天真心里荡漾着陆旭的体温。她从摁着陆旭的手帮自己揉，到后来更多的是摸他的手。见陆旭不反抗，便明白，陆旭又上当了。

他永远吃“柔弱”这一套。

闫天真越发表现得委屈，发挥了十年前演员的基本素养，拼了命地挤出了两滴眼泪。

陆旭看着闫天真的眼眶里，将落未落，拼命想要憋回去，但最终还是没忍住，落在了自己手背上的眼泪。他像是被电到了一般，不敢再冷冰冰的。

“别哭了。”陆旭很内疚，却又不知道怎么安慰她。许久，才憋出一句，

“是我的错。”

“知道错了，那你改吗？”闫天真噘着嘴、红着眼问他。

“……改。”

经过一番思考，陆旭发现，确实，因为他对闫天真的印象不大好，于是先入为主，不管她做什么都觉得她别有用心，对她格外防备。经过她一哭诉，他才想起，这些日子，她好像还真的没对自己有所图。就连昨晚……她为了不让他尴尬，也是找了司机来看着他。

她其实，并不像她平日里表现的那般随性，甚至，还有点保守。

她应该是个好人。

就算不能当情侣，做朋友也是可以的。

虽然，他也确实没有过什么女性朋友。

在闫天真的威逼利诱下，陆旭把早饭吃了。吃完早饭，闫天真亲自驾车，送陆旭回了学校。在离学校大门口二百米远的拐角处，四下无人，闫天真停下了车。

“我知道你不喜欢高调，所以，我尊重你，不会再在学校里乱来。”闫天真很乖，让陆旭挑不出错。甚至觉得，她对自己好像太认真了。

这不对。

她是不是又误会了？

“闫小姐，我想，我有必要跟你说清楚。”陆旭犹豫了一下，拉开车门，又关上。觉得这些话不能憋着，必须现在告诉她。

闫天真疑惑地看着他：“你说。”

“你……”

闫天真一边眼神清纯无辜，一边手又不自觉地放在了他的大腿上。

陆旭尴尬地挪走，才又开口：“我现在不想谈恋爱。”

“嗯，我知道，所以呢？”

“所以……”

陆旭被闫天真盯得发毛，根本说不下去。

她似乎懂，又似乎不懂。

就好像陆旭怎么想完全不重要，无所谓，她知道自己要做什么就够了。

陆旭有些头疼。

陆旭认真地想了想，看着闫天真，问她：“你究竟是怎么看我的？”

什么怎么看他？

他当然是最好看的那一个啊！

闫天真刚想回答，陆旭补充道：“不必着急，想清楚了再回答我。”

“这很重要吗？”

“重要。”

“为什么？”

“因为，这意味着，你会知道自己在做什么。假如你真的喜欢我，你不会总是想把手伸进我的衣服里。假如你不喜欢我，那我就更不知道你现在在做什么了。”

陆旭说完，闫天真把到嘴的话咽了回去，顺便把不轨的手缩了回来。

她坐在驾驶座上，前前后后、认认真真、仔仔细细地想了一想，最后想清楚了，便无比真挚肯定地回答他：“你是我见一个爱一个里，最爱的那一个。”

这一番认真思索，前后总共花费了三秒。

闫天真无比笃定地对他说：“相信我，对你，已经是我最认真的一次了。你会把我从微信黑名单里放出来的，对吧？”

闫天真双手合十，祈求地对他说：“这是我现阶段唯一的诉求了，答应我，好不好？”

“……”

陆旭默了两秒，然后翻了一个猛大白眼，连话都不想说一句，掉头就走了。

“我会证明给你看的！”

闫天真拉开车门，着急地追上去，人来人去的大路上，她在他身后笑眯眯地向全世界宣布：“我对你是认真的！”

过路的群众都在看她，掩嘴微笑。

闫天真本人丝毫没觉得有什么丢脸的。然而她分明看到，陆旭一米八几的大个子，陡然矮了几截似的，离去的脚步也更快了。

还真是羞涩啊！

闫天真没有急着进行下一步，只是盯着他的背影微笑。等他消失在校门里，便高高兴兴地回了公司。

她相信陆旭，说了会放她出来，就一定会放的。

只要做到这一步，就算是一个长足的进步了，对待这种学神，她不能操之过急。

当天上午，闫天真果然就被陆旭放出了黑名单。

然而她刚被陆旭拉出黑名单后不久，就收到了他转来的四千元钱。

想来是还昨晚的酒钱。

四千元是昨晚散场时，辉哥要求的。

辉哥虽然同意了删帖道歉，但也没说陆旭喝的酒不用付钱。于是十几瓶啤酒，连带那些牛奶一起，统共收了小乔四千元。

小乔没跟他讨价还价，直接让人开发票。

用闫天真的话来说："用在吃喝上的钱，多少都不浪费。何况，咱们公司不差钱。"

闫天真看着对话框里，明晃晃的四千元，觉得很有意思。

这个陆旭，虽然穷，还半点便宜都不肯占，真不知道是傻，还是好傻，还是特别傻。

闫天真嘴角带笑，在对话框里打字："假如你还要拉黑我的话，我这辈子都不收你的钱。"

很快陆旭回复了她。

简简单单的三个字："不会了。"

闫天真嘴角上翘，十分满意。

闫天真收了钱，又笑眯眯地继续问他："我们现在算是朋友了吧？"

这一次陆旭没有很快回复，过了差不多一节课的时间，闫天真才收到他的回信。

屏幕里，只有一个"嗯"字。

依然是简洁而干练的语气，甚至连一个标点符号都不愿意多打。

但不知道为什么，闫天真总觉得，他对自己没有之前那么冷漠了。

而她的第六感，尤其在对人上，特别准。

看来，这顿酒没白喝。

真好。

第九章

成年人，当然是以学业为重！

（一）

自从陆旭把闫天真从黑名单里放出来，闫天真就开始一天十几条地发朋友圈。

她看到路上的花要拍，看到树上的鸟要拍，就连清晨第一缕升起的太阳都格外吸引她，配图文字自然是一条比一条酸——

“生命有缝隙，阳光才能照进来。”

“与其取悦别人，不如取悦你。能把困苦的生活活出诗意，把薄情的世界活出深情，这才是本事。”

“在你出现之前，我没有归属感，也很难发自肺腑地去相信一个人，但人活着，总得去相信点什么，我只好相信钱。现在我已经拥有足够多的钱，可是，你在哪里？”

……

凡此种种，不胜枚举。其中最过分的一条，是拍了一张闫天真洗澡时，双腿修长地架在浴缸上，脚趾尖豆蔻诱人，配的文字居然是：“等一个永远不会回复的人。”

闫天真的朋友圈一改往日的风格，从一个沉默的、生活精致又忙碌的女总裁变成一个唠唠叨叨、坠入情网、不能自拔的文艺女青年，似乎还是爱上了一个渣男。

她不会屏蔽功能，也不想学。在她的世界观里，事无不可对人言，分组来分组去太麻烦。于是这样的行为产生的后果直接让人以为她被盗号，其节目效果比爷爷奶奶辈发的养生类科普、集资建老人院更吓人。

然而她已经这么用力了，也仍然没有吸引到陆旭的关注，反而是业内人士纷纷发来贺电。

“你最近怎么了？脑瘫手术失败了？”童怡在家养胎，好久没来公司，对闫天真的生活不大了解。通过朋友圈，她只能想到这一可能。

闫天真翻了个白眼：“呸！你才脑瘫。”

“没脑瘫怎么能干出这么脑残的事儿？”

“你有事没事？没事我挂了。”

闫天真见她没啥事，气得直接挂断了电话，然后继续干自己的工作——审阅新艺人的资料。

她看着看着，突然觉得自己满桌子的文件资料，又觉得这么积极努力阳光向上的人设不能不立，于是又顺手拍了张图，快速地发了一条朋友圈：“忙碌中，也在想你。”

童怡挂断电话看到这条朋友圈，当时就想翻脸，又是一个语音电话打过来。

童怡拍着桌子吼：“刚说完你怎么就又犯病了？！让合作公司看到你这副样子，人家还敢不敢跟我们合作了？你能不能稳重一点？太丢人了！”

“怎么就不敢合作了？该给人家的钱，该置换的资源，咱一点儿也没少他们的，怎么就丢人了？我发个朋友圈还要他们管？这个老板当得多无趣？”闫天真丝毫也不在乎，反而质问她，“之前你说我发朋友圈都少了，说什么我没生气、又孤独。现在我发了你又不高兴，你到底想让我怎么样？”

闫天真就差没拿股权来压童怡了，才终于让她闭上了嘴。

“行吧，既然是为了男人，那我勉强接受。你可记住了，脸都丢到圈子里去了，这回必须认真！明白了吗？”

“知道了知道了，你好烦。”

闫天真心烦意乱地挂断电话，回到微信界面，就看到一两千条信息。然而置顶的那人却连半个字都没有，仿佛死在了茫茫人海里。

闫天真很生气。

这不妥。

非常不妥。

她都已经丢脸丢到圈内了，他怎么还能无动于衷呢？

闫天真郁闷了一秒，很快又恢复了活力。她从来不在乎丢脸，从小到大，丢的脸还少吗？脸值几个钱？

假如丢得脸中脸，能睡得心上人，那也是她血赚了。

好不容易熬到下班，闫天真正准备去陆旭的学校晃一圈，这时，却在办公室门口遇到了一个现在不可能会遇见的人。

笔挺的白西装，里面穿着解开了两颗扣子的白衬衣。领带挽在手肘，双手插在口袋里，懒懒地靠在墙上，一副准备长时间等待的模样。

看到闫天真这么早出来，他似乎比闫天真还要惊讶："你居然这么早就下班了？"

闫天真看到他也是很惊讶。

"方腾逸，你怎么回来了？"

方腾逸，影帝，连续三年摘得最佳男演员桂冠。他们公司最顶尖的王牌艺人，没有之一。

如果没记错的话，他现在应该在棕榈泉，参加他的电影节。

方腾逸淡淡地说："有一个新的项目，要亲自跟编剧沟通，时间比较紧急。"

"比电影节还急？"

"嗯。"

方腾逸压低了声音，点了点头。

办公室外，盯着他们的人不少。方腾逸如往常一般，弯起手肘，想要带着闫天真离开。

然而当他低头，看到闫天真穿着帆布小白鞋，背着个双肩包，与往常穿至少十厘米高跟鞋的印象相去甚远，仿佛不再需要自己的帮扶。

方腾逸觉得自己有些做作，想要收回手。然而闫天真却不觉得。

她自然而然地把手搭在他的手腕里，携着他往外走。

他们关系一直很好，可不能让公司里的人看出什么来。

"想吃什么？我请你。日料还是法餐？"方腾逸微笑。

"抱歉，今天我有约了。"闫天真也是微笑。

"嗯？"方腾逸暗暗有些惊讶。

她可从来没有拒绝过自己。

只要他回来，其他一切她都会扔在一边。

下一刻，或许是闫天真也意识到了这一点，想了想，又口风一转，笑眯眯地说：“确切来说，是晚上还有事。本来不打算吃晚饭了，但是你回来了，那一切就不同了。不过我时间紧急，只能给你半小时，你想吃什么？A 大后门的食宝街怎么样？”

什么？

方腾逸还没反应过来，没来得及开口，就被闫天真拉进了车。

“没有拒绝我就当你同意了。吃惯了山珍海味，总要换些清粥小菜，才更显山珍海味的珍贵，对吧？老王，A 大。”闫天真坐在后座，不容有他，高高兴兴地跟司机吩咐。

于是方腾逸在没戴墨镜，没有助理的情况下，一身西装笔挺，被她拉去了人来人往的 A 大。

（二）

A 大后门，有一整条小吃街，毗邻电影学院。闫天真第一次见到陆旭，也是在这里。

为了一会儿能早点见到陆旭，她只能委屈方腾逸了。

考虑到影帝大人绝对不会让自己沾上满身的麻辣烫味，她还是选择了较为清淡的沙县小吃，也算是为他着想的表现吧！

方腾逸遮遮掩掩地走进，闫天真倒是半点也不扭捏。

“葱油拌面，谢谢！”闫天真点完，坐回角落里的方腾逸身边。但是他整个人看上去都不大好的样子。

“我记得你从不吃主食。”方腾逸皱着眉头，看着眼前满满一盘淀粉类、还多油多盐的拌面，卡路里仿佛在跳舞。

闫天真却毫不在意，不仅给自己点了一碗，还给方腾逸也上了一碗。

闫天真：“主食确实会令你发胖，但是，它能让你快乐。”

闫天真自顾自地吃着，方腾逸却始终没有动筷子，看着她欲言又止。

闫天真一碗面很快见了底，她擦了擦嘴，半点形象都不顾。

“我还有十五分钟的时间，你想说什么可要抓紧了。”闫天真看了眼表，四两拨千斤。

原来她知道自己有话要说。

看她吃得这么愉悦，他差点要说不出口了。

方腾逸刚想开口，闫天真先他一步，问道："如果我没猜错，你是来谈续约的事情的吧？"

"我……"

"关于合同的事情你大可以放心。"闫天真赶时间，抢答道，"合同是经过公司法务和市场部反复斟酌过的，互利共赢，只会让你的事业更上一层楼。"

更上一层楼？

他的事业已经爬到顶楼了，他想不出来还能怎么更上一层楼。

但是这不是重点，重点是，他这次回来，并不是为了合约。

"天真，你最近怎么了？"方腾逸看着闫天真，眼睛里充满了担心。

闫天真喝水，差点被呛到。

"啊？什么怎么了？"

"朋友圈。"

等一个永远不会回复的人，是什么意思？

"你谈恋爱了？"方腾逸试探地问道。

"啊，那个啊……没有。"

确实还没有，陆旭是块难啃的硬骨头。

方腾逸刚松了口气，却听她又道："还只是暗恋，单相思。"

"你认真了？"方腾逸皱眉。

"大概吧！"闫天真也不知道。

或许各种情绪都来自求不得，一旦求得了，会是什么结果，她也说不好。不过暂时来说，她也没别的目标。

所以，至少现阶段来说，她是认真的。

"你还有五分钟。"闫天真提醒他。

她不相信他专程飞了二十几小时只是因为奇怪她的朋友圈。为了这么几十条酸了吧唧从网上抄来的段子耽误他赚钱，那实在不是他的风格。

方腾逸却再也不说话了，只是又要了一盘青菜，含笑一边吃一边给她夹菜，绝口不提合同的事。

气氛有点诡异。

闫天真看着近在咫尺这张脸，总觉得他跟过去有点不太一样。

他的眼神就好像在说……千帆浪尽，数你最好。

合同？

他不关心。

闫天真被噎到了，吃不下去了。于是有样学样，开始在方腾逸的碗里放辣椒面。

“快尝尝，特别好吃！我最近发现的美食，就想等你回来了带你吃，别辜负我的一番心意。”闫天真说得分外真挚，就好像她选在这里真的是特地为了方腾逸一样。

方腾逸很想拒绝，但是看闫天真这般热情，又不好再推辞。吃一口，就呛得眼泪鼻涕都要出来了。为了维持人设，还只能拼命忍着。

“来，快喝口水。”闫天真倒了一杯滚烫的水给他。他没在意，喝了一口，才发现太烫，这下是真的流眼泪了。

他们的动静不小，很快吸引了店内其他人的注意，就连过路的小姐姐也纷纷侧目，猜测着是不是方腾逸大驾光临，有些笃定地直接拿出手机开始拍照。

方腾逸更加不敢吃了。

“别怪我不仗义，毕竟他们要的是你。你先一个人顶着，我走了。”在小店即将人满为患之际，闫天真毫不犹豫，选择脚底抹油，开溜。

闫天真知道自己无法轻易甩掉他，于是故意来了这么一遭。

人民群众的力量果然是伟大的，很快，他插翅也难飞，更别说来缠着她了。

闫天真看到的最后一个场景，就是方腾逸被人群包围，拼命想追上自己，然而却抽不开身来。那一身笔挺又干净的白西装，一会儿就沾上了好几个五指印。

“小乔，十分钟后，你去救一下方腾逸。”闫天真同情归同情，唯一能做的，就是留给他一个助理，让他不至于在沙县小吃待到天荒地老。

闫天真按照自己原先的计划，来到了男生寝室外。

男生寝室的大门外没有贴女生勿入，然而女生寝室外，贴了男生禁止入内的标志。用他们的话来说，就是：“只要没被宿管阿姨看到，就没事。”但就算真的被看到了，解释一下就好了。

闫天真今日依然是一副学生打扮，笑嘻嘻地给宿管阿姨也带了一份水果：“阿姨，我家哥哥就拜托你照顾了。”

那一份天真无邪的样子，半点不像有鬼心思的怪阿姨。

宿管阿姨也真当她是陆旭的妹妹，格外照顾，眉头都没皱一下，笑眯眯地就放她进去了。

闫天真来到陆旭他们寝室的时候，寝室里没人，门也没锁。她倒是不惊奇。毕竟，他们电脑都随身带着，都一穷二白什么值钱的东西都没有，总不至于担心别人偷内裤吧？

闫天真本想按照《爱情三十六计》里写的，帮男朋友收拾收拾房间什么的，但是她发现，陆旭的寝室特别干净，根本轮不到她收拾，于是也乐得清闲，坐在陆旭的位子上，一边等他，一边刷朋友圈。

然而她才刚一拿出手机，就发现自己的电话被人打爆了。

“闫天真，你搞什么名堂！有你这么做事的吗？人家方腾逸被你丢在那地方，今晚就上头条你信不信？”童怡拍着桌子大吼。

“上头条怎么了？正好帮我们宣传电影！”

“你说得倒是轻巧。人家往好了写就是方腾逸顾念旧情，回归母校，食宝街追忆青春。往差了写就是谈了个电影学院或者A大的小女朋友，就今天那场面，搞不好男朋友都会被写出来！”毕竟，围着他的男男女女都有，每一个都想在他身上揩油。

闫天真满不在乎地说：“他新剧不就是个青春校园片吗？实地采景不正好稳住了他敬业的人设？头条上怎么写还不都是看那几个大V怎么带节奏？”

“照你这么说，你已经想好应对之策了？”童怡不爽道。

“当然。如果我是你，与其在这儿质问我，不如现在就约人家吃个饭打个麻将！”

“你怎么不去？！”

“我有更重要的事情要做。”

“什么？”

闫天真骄傲地说：“跟我生命里的阳光去晒月亮！”

嘟嘟嘟。

童怡连话都懒得回，“啪”就把电话摔了。

电话那头传来忙音，闫天真毫不在意。

童怡砸完了手机才发现，自己要约打麻将的那些媒体资源都在那手机里，于是赶忙又让助理去买手机。一顿操作下来，内心已经把闫天真骂了十万遍。

闫天真打了好几个喷嚏，仍然觉得这事儿吧，真不用着急。哪怕今晚让事情发酵一下，明天再洗白就是了。这个圈子不怕好话题还是坏话题，只怕没话题。

闫天真高枕无忧，闲来无事又拍了下陆旭的学习桌，发了一个朋友圈：

“我是不是你最爱的人，你为什么不说话？”

朋友圈留言，清一色地回了：“是。”

男人、女人，还有游走在性别界限边缘各种试探的人，通通给她点赞加调戏。就连被闫天真整得人仰马翻的方腾逸都给她发来了一条微信私人消息“是”。

……

简简单单一个字，没有表情符号，却给人的感觉分外认真。

看着对话框，闫天真有些愕然，愣了一秒，然后默默退出，关上了对话框。当作没看到。

闫天真百无聊赖地趴在陆旭的学习桌上，看见头顶贴有一张月历表。这个月已经过了一半。而上半个月，每一天的小格子里，都满满当当地写满了小字。

“十公里；

《切尔诺贝利》《瓦尔登湖》；

19 ～ 21 百里湾……”

每一天，他除了上课、做家教，还会长跑、读至少一本书。闫天真突然觉得，跟他相比，自己虽然忙碌，但是没有时间是真正在和自己相处。而他除了必要的与人交流的时间，其他时间都是在跟自己独处。跑步、读书，他有一小时跟自己运动，和自己对话。

难怪他不需要我。

闫天真好气。

在思考要不要把他的书都扔了，这样他就只能刷朋友圈了。

但她想归想，还是忍住了。

毕竟都是人类智慧的结晶，她得积德。而且最重要的是，这些都是他借来的。要还。

闫天真的突然造访到底也没能等来陆旭，反而把三个小朋友等回来了。

池明亮、杜小伟、许扬打完篮球，吃完饭，正满身大汗，推开门看到跷着二郎腿、斜倚在陆旭书桌边的闫天真，都是一愣。

闫天真却跟在自己家似的，怡然自得，还笑眯眯地让他们别愣着，坐。

三个人期期艾艾，听话地坐下。分明是在自己的寝室，却尴尬得像个外人，连手都不知道往哪儿放。

池明亮尴尬道："陆旭不在。"

"我知道。"

"他晚上有课，吃了饭就去了。"

"我知道。"

闫天真不瞎，她看了陆旭的日历，也该知道他的去向了。

"他很晚才会回来，可能……闭寝之前才会回来。"

"我知道。"

"那你……"三人十分惊讶，欲言又止。

"你们是想说，那我还待在这儿干什么？"闫天真抱着双手，含笑看他们。

三人点头如捣蒜。

"我在等你们呀！"

闫天真笑着把自己的手机放在他们面前，屏幕上，摊着她的微信二维码。

"来，把微信都加一下。"

闫天真像在公司对待下属一样发号施令。三个小朋友不知道是被她的气场折服了还是那晚喝酒的样子令他们臣服，总之，他们完全不会反抗，立马就把手机拿出来，听话地加上了。

"然后呢？"池明亮问。

"然后，我给你们半小时阅读我的朋友圈，你们各自评价一下。"

他们听完，正奇怪为什么需要半小时，是不是太多了？但很快，他们发现一点也不多。

他们惊讶地发现，闫天真一天发的朋友圈比他们三个人半年发的加起来还多。还都是一些比较神思古怪的话。一天之内，她的心情变化之复杂，剧情之跌宕起伏，堪比无限流快穿主角。

看完后，三人心情复杂，一时无法成言。

"从你开始。"闫天真指着她最先认识的池明亮。

"嗯……这个……那个……"池明亮犹豫了很久，眼神闪躲，极尽思考。

可是穷极他这些年学到的知识，都不知道该怎么评价。

闫天真皱眉：“你们不是学霸中的学霸吗？怎么，词穷了？”

池明亮脸色一阵青一阵红，解释：“我们是物理系的。”

“那又怎样？”

“我们不是文学系的。”

“所以呢？”

“所以……我也不知道该怎么评价。”

“照实说，把你们看完之后，最真实的感受回馈给我即可。”

闫天真咄咄逼人，导致三人面面相觑，还是不敢说实话。

通过眼神交流，他们明白对方的想法——他们都觉得闫天真戏有点多。但最终为了和平地送走她而不得罪她，池明亮只能硬着头皮道：“大概你真的很爱他吧……”

“是吧！你也这么觉得，对不对？”

闫天真猛地一拍桌子，站了起来。

三人被吓了一跳，再次点头如捣蒜。

“我就说嘛！”闫天真得到了满意的答案，义愤填膺地说，“连你们都看得出来我很喜欢陆旭，那他怎么就睁眼瞎似的，看不见呢？”

“因为……他不看朋友圈的啊！”

啊？

这个世界上，还有不看朋友圈的人吗？

三个小弟弟虽然不忍心打击她，但是她一个人在朋友圈演尽了人生无常，爱情的悲欢离合，而男主角确实就是一个不看朋友圈的人。

“他压根就不知道有这个功能。”

池明亮再次重申。

如果知道的话，每天看着杨薇薇花式自拍，也该知道她心不完全在他这里了。

三人难得说了句实话，闫天真却目瞪口呆，被打击得抬不起头似的。过了好久才说：“所以，他不是不理我，不是看不出来我喜欢他，而是他压根就没看到？”

三人点头：“你也可以这么理解。”

不过就算他看，看到闫天真发的那些话，正常人也不会觉得她是在说自己吧？

闫天真感觉很挫败，求助三个小猪，问他们她怎么办？

他们很想跟闫天真说放弃，因为不管怎么看，两个人都不像是一个世界的。

但是面对闫天真渴望的表情，他们又不忍心让她直面惨淡的人生。

于是只能硬着头皮说："陆旭是非常认真的人，花里胡哨的东西对他没用，假如真的喜欢他，应该像杨薇薇一样，认认真真，几年如一日，春风化雨，润物细无声。"

闫天真皱眉："那怎么样才能让他觉得我认真？"

池明亮回忆了一下，说："当年杨薇薇为了追陆旭，在他们学院听了三个月的课，你……至少做好半年的打算吧？"

半年？

也太长了吧？

对闫天真这种三天就恨不得睡了他的人来说，人生能有几个半年禁得起耗？

不过为了改变陆旭对自己玩世不恭的既定印象，闫天真还是听了三个臭皮匠的话，开始认真学习。

打入情人内心就从进入物理系开始。于是，找他们借了好几本教材。但是很快她就发现，有的人学习起来像孔子，温故而知新；有的人像女娲补天，全是窟窿。然而她……全程只有一个表情：这确定是中文嘛？

仿若哥伦布发现了新大陆。

（三）

从那以后，闫天真开始恶补物理学知识，从最简单、最基础的高等数学开始。

方腾逸的正式接风宴上，闫天真吃得很少，一直低头在看笔记本，那种最普通的、学生用的笔记本。

方腾逸虽然坐在她身边，却也看不懂上面写了些什么。

看闫天真的眼神……她似乎也不大懂。

可她就是看得起劲。

到了第二场，KTV 里，闫天真跟几个顶梁柱喝了几杯，然后听他们唱了两首歌，没坐一会儿也出去了。

出去前，她轻飘飘地在方腾逸耳边说了一句："这里好吵，我先回去了。对了，欢迎你回来。"

然后她就走了。

方腾逸奇怪："她干吗去了？"

小乔："学习呢！"

方腾逸："……"

学习？

她的人生字典里还有这个词呢？他认识她十年了，竟然都不知道。

何况，还是在自己回来之后。

有什么课业是比他这棵摇钱树更重要的？

方腾逸不懂。

看出了方腾逸的疑惑，小乔继续说："听说她的阳光明天要亲自教她微积分，为此她努力学了一个星期，还搞不明白自己究竟要问什么问题。所以，今晚估计要熬夜了。"

熬夜？

天大的事都比不上她的美容觉，而她居然要为了一道题而熬夜？

还有那个阳光，是什么鬼？

她的生命里从来不缺阳光，怎么，这一道格外不同些？

方腾逸联想起她这阵子的不对劲，心中有不好的猜想，于是忍不住第二天偷偷摸摸跟踪闫天真，来到了 A 大。

树荫环绕的 A 大后门外，有一间便利店。透过窗户，方腾逸看到闫天真和一个男孩并排坐在一起。

男孩没让闫天真等，约好了六点，六点准时到了。

方腾逸站在马路对面的树荫里，听不见他们在说什么，却看见闫天真小心翼翼地把自己不离手的笔记本推到男孩面前，一双眼睛闪着光，仿佛全世界的星光都抵不过眼前的人。

然后那个男孩开始给她讲题。

闫天真一眼都没看笔记本，光盯着男孩的脸看了。

而男孩……也一眼都没看闫天真，光讲题了。

讲得专心，十分投入。

哪怕男孩这样无视她了，闫天真的眼睛还是没离开过男孩。

他给她讲了大概半小时，他们面前的笔记本也没有翻过下一页。可见，一道题就足以困住闫天真前进的步伐。

男孩虽然皱着眉头，但没有不耐烦。后来或许是真的有事，看了一眼表，便急匆匆地走了。临走前，还给闫天真的笔记本上写下了一个公式，让她好好参悟。

看到这里，方腾逸大致了解了二人之间的关系。

方腾逸没再看了，走回了车上，发动了车子。

而便利店里的闫天真自然是参悟不了陆旭的指点，但看着笔记本上陆旭的笔迹，就已经沉醉得不知今夕是何年。

真好看啊……

跟他的人一样好看。

闫天真心满意足，正准备回去，刚走到便利店门口，却见一台黑色的轿跑稳稳停在身前。

“上车。”

车上，方腾逸戴着墨镜，心情看上去不大好的样子。

闫天真四下看了眼，发现陆旭已经走远，这才安心地上了车。

一上车，方腾逸就一脚油门，疾驰前行。经过陆旭身边时，还特地看了后视镜一眼。

少年书生，阳光干净，却少了些意气风发。

只一眼，他便明白，一个穷学生罢了。她看上他什么了？

“你不会真谈恋爱了吧？”方腾逸装作不在意，轻描淡写地问她。

“不可以吗？”

闫天真也是轻描淡写的，似笑非笑，让人摸不清楚她究竟在想什么。

方腾逸淡道：“你可从来没对人认真过。”

“就因为没有，所以想试试。”

闫天真说完，又把双肩包里的笔记本拿出来，摩挲着上面的笔记。嘴角的笑意刺眼，让方腾逸眼神冰冷。

方腾逸不说话了，只是把车开得更快了。

城市道路上，他在超速的边缘疯狂试探。

“你这样很危险。”闫天真系紧了安全带，认真地说。

“哪里危险？”

“你不怕警察叔叔找你吗？”

“我没超速，也没有违规。”

“可是你让我不舒服了。”

闫天真皱眉，埋怨地看他。

方腾逸却无动于衷。

当然不能让她好过。

因为，稍微好过一点，她就低头看笔记去了。

“你也没有让我好过。”

方腾逸幽幽地说完，闫天真古怪地皱了皱眉头：“什么？”

她哪里敢让他不好过？

他可是他们家的财神爷，摇钱树，是要供起来的！

“你可不要冤枉我，我承担不起。”赶明儿被童怡知道，她一定又会骂得她狗血淋头，其生气程度不会亚于他刚回来的时候。

她被骂不要紧，动了她的胎气可就不好了。

方腾逸看着闫天真半点也不懂的样子，叹了口气，然后踩了刹车。

他把车停在路边，转回头，认真地看着她：“闫天真，你究竟知不知道自己在做什么？”

闫天真难得见到方腾逸这个样子。

在她的印象里，这些年，尤其是他成为影帝的这几年，他再也没有发过脾气。

他对人温和、谦卑、恭敬，在业内出了名地敬业。虽然偶尔传些绯闻，但是很快又烟消云散。他爱惜羽毛，爱自己超过一切，她从没见过他对别的事情上心。

闫天真不得已，看在他的赚钱程度上，也只能认真地回答他：“知道啊！”

“那你在做什么？”

方腾逸特地看了一眼她手里的笔记本，除了陆旭的公式写得娟秀好看，其他的东西都跟鬼画符一般。但就算是陆旭的字迹，写出来的东西也不是一般人能看懂的。

“你这样浪费时间，可靠吗？”

这一句可靠显然是站在公司员工的角度上。

一个不务正业的老板确实会令下属没有安全感，但是，闫天真半点不心虚。

她大大方方地点头，就好像听不懂他的潜台词一样，微笑地说：“成年人，当然是以学业为重了！”

第十章

姐姐请自重

（一）

闫天真和方腾逸重逢十年来，第一次不欢而散。

当然，是方腾逸单方面觉得不欢而散，于闫天真而言，她觉得自己笑脸相迎，说尽实话。就算听上去像是鬼话连篇，但是那就是事实，信与不信是他的事。

她没有对他有所隐瞒，就不是自己的问题。

回到家，临分别之际，闫天真还恬不知耻地从怀里拿出一份合同，跟他说：“续约的合同已经做好了，有任何问题都可以跟法务联系。当然你也可以直接找我，但是，最后还是要问法务。所以，不如你们先碰一碰？”

言下之意就是我很忙，没确定的事情不要烦我。

“难道我的事情不算是公司头一等的大事，跟你约时间成了浪费了？你真的有那么忙吗？”

闫天真家楼下的道路两旁，法桐树耸入云霄，将天空遮得严严实实。

斑驳树荫里，方腾逸的脸上表情晦暗，有些生气。

闫天真一片赤诚，笑着说：“你的事对公司而言当然是头一等的大事，但是我的忙也是真的。我相信，你的忙只会比我更甚，所以我们互相不浪费时间，多好啊？”

方腾逸不再说话。他微笑了一下，目送闫天真上了楼，然后就离开了。

直到听到豪车的轰鸣声开出很远，闫天真微笑的嘴角才放下。

虽说闫天真在娱乐圈有千面女王的称号，但实际上她对人就一张脸，笑，不管面对谁都笑脸相迎。

毕竟，伸手不打笑脸人。

就算转过背她就弯下嘴角，只要在见你的时候是笑着的，你就永远也猜不透她在想什么。直到被她卖了，你还心甘情愿地帮她数钱。

闫天真回家之后，开始研究陆旭的笔记。并不是因为她喜欢高等数学，而是因为她约陆旭的过程简直可以用坎坷来形容。因为投入了巨大的心力，于是也更认真地对待。

她拜托三个帮手，为自己设计了一道题，一道新手很容易弄混淆，而老师教授时，费尽唇舌，对学生来说，也只能意会的数学题。然后她花了整整一周，都搞不明白自己的问题核心点在哪里，只得拜托那三个小朋友帮她写了演讲稿，她背下来。这一背，就花了她两小时。

这一个多星期的努力总算换来了陆旭的侧目。他在得知她的困难之后，虽然有所怀疑，但涉及专业知识，便没有拒绝，很快答应为她解惑。

然后，他的目光就在她的……笔记本上停留良久，尽量以一种简单明了的方式为她解答。

她当然还是一头雾水。

但这道题设计得十分精妙，稍不注意，就会被带偏。就算学生理解不了，当老师还不能嫌弃学生蠢，因为他完全能明白闫天真不懂的点。

二人围绕这道数学题在微信上整整说了三天。

当然，除了“早安、晚安、为什么”这三个词是闫天真说的，其他所有的话都是三个神助攻打好了发过来，闫天真复制给陆旭的。

不管如何，闫天真一门心思求学补课的模样赢得了陆旭的好感。

陆旭大概率觉得这是一个在外住宿、家世良好、不知人间疾苦的白富美，终于有一天浪子回头开始认真学习了，于是答应她，周末会抽一整个下午的时间来教她。

不求她期末考试能拿高分，只求她能够低空飞过。

为了周末下午，闫天真认认真真地努力。

提前一个星期，她就开始早晚敷面膜，每天一次全身SPA，力求见面那天，身上的香味是根种在皮肤上的、由内散发着的体香，而不是市面上随处可闻的香水味。

三个臭皮匠对她这种做法十分不赞成。

池明亮："你应该好好看看书。"

许扬："这是《高等数学一百问》，一周时间可以背下来了。"

杜小伟："还有十张模拟试卷，把这些弄明白，才能把认真学习的人设站稳！"

"……"

闫天真抱着这些书，认认真真地感激了一下。

旋即在内心翻了个猛大的白眼。

她要能弄懂这些，当年至于考电影学院吗？一墙之隔的 A 大它不香吗？

奈何老天爷只给了"脸面"这碗饭吃。

至于脑子是什么？

她非常骄傲地承认——没有！一点儿也没有！

闫天真把书和试卷还给了他们，笑着说："靠脸，足够了。"

闫天真满以为陆旭对自己的改变是因为自己美貌的头像和每天的早安晚安，殊不知，吸引他的还真如三个小朋友说的那般，纯粹因为他们在学术上的交流。

那些结合了三个人智慧的"造假"。

星期天下午，闫天真开心地随陆旭来到了图书馆。

刚一坐下，陆旭就开始跟她讲题。

她佩戴了耳麦，在三个小朋友的同声传译下，她能精准地和陆旭你来我往地对答，却写不出一个完整的公式，让陆旭对她既佩服又疑惑，称她是有天赋却没有基础的人，应该学习起来很容易，于是给闫天真布置了补习计划。

计划清晰明了又精准，除了线上交流、线下讲课，甚至还布置了家庭作业。他还答应闫天真，每天抽出一小时守着闫天真写作业。这下，闫天真真的叫天天不应，叫地地不灵。所有作弊手段都没办法继续用了，如果想要继续跟陆旭交往，就只能硬着头皮自己上了。

夜晚，趁陆旭去做家教，闫天真请三个帮手吃饭，池明亮问她："数学最高考过几分？"

闫天真认真地想了想，说："九十八。"

池明亮松了一口气："还好，不算低。"

"满分一百五。"闫天真补充。

"……"

池明亮噎了一下，还是觉得能补救："至少及格了。"

"如果没记错的话，应该是初一的事情了，初二开始，就没及格过。"闫天真认真地告诉他们。

他们震惊了。

"那你是怎么考上A大的？"三人目瞪口呆。

迄今为止，他们还认为闫天真是A大的小学妹。就算在酒吧见过她社会豪迈的一面，却因她平时一张天真纯善笑嘻嘻的脸，半点都没有怀疑过。

再加上她能自由出入A大、图书馆、寝室之类的地方，想当然地认为她对他们了若指掌，只是因为也是这里的学生。

闫天真无比认真地回答："大概是钞能力吧！"

嗯，她赚的钱有一大半拿来扶持科研项目，热衷公益事业，A大的荣誉学员头衔拿了不少。寻根究底，她也不完全算是在骗人。

池明亮点头："确实，有些人拥有平时学习不大好，但考试起来超水平发挥的超能力，能理解、能理解。"

三个臭皮匠脑筋直，自我说服了一会儿，半点没想歪。

闫天真突然觉得三个小孩直白得有些可爱，叫臭皮匠实在有点侮辱，不如改叫"三只小猪"算了。

于是四人的微信群又换了个名字：天真和她的三只小猪。

周日下午，到了约定的时间，闫天真一改往日清纯，穿了一件深V露肩的小碎花连衣裙，既性感又可爱。不会太成熟，与校园格格不入，又对与近距离接触自己的人带有若有似无的视觉冲击力，简直完美。

闫天真扯掉了上面的标签，踩着七厘米的小细高跟鞋，步伐稳健地来到了A大图书馆。

靠窗的位子，只有陆旭一个人坐着。那是三只小猪给闫天真的福利，确保没有人会来打扰他们。

陆旭穿着一件白色的高领毛衣，正在看书。远远看去，阳光洒在他的肩头，为他整个人镀了一层暖意融融的金色。他整个人沐浴在阳光里，感觉皮肤更加白皙了。

那握笔的手，感觉纤细又有力，好想摸……

或许是感受到闫天真如狼似虎的目光，陆旭皱了皱眉头，抬起头来，闫天真迅速闪身，躲进了书架后。

透过缝隙，闫天真看到陆旭望了这边一眼，见没有人，没在意，又继续看书了。

闫天真吞了一口口水，拿出小镜子，重新补了粉，涂了口红，喷了香水，脱掉了外套，露出小吊带，才又走过去。

一路上，闫天真的连衣裙，以及她标准的模特一字步伐吸引了不少人的关注。但她嫣然娉婷地往陆旭身边一坐，连陆旭也不自然地愣住了。

他皱着眉头看了她好几眼，没说话。

闫天真也不像以前一样，跟个话唠似的，这回只是坐在他边上，用手撑着下巴，对他眨眼睛："抱歉，我来晚了。"顺便，用手在领口，拎着裙子，扇了扇风，特地提醒对方，自己是个34D。

陆旭眉头皱得更深重了，问她："你不冷吗？"

闫天真摇头，拍了拍领口，道："这里的暖气开得好足，我有点热。"

图书馆的暖气是挺足的，但是窗边却是整个图书馆最冷的，所以陆旭就算是在室内，仍然穿了高领毛衣。不一会儿，闫天真也意识到了这个问题，小脸蛋不如刚来时那般红润了，但没办法，为了美，只能打肿脸充胖子。

陆旭叹了口气，直接把自己的外套拿给闫天真："穿上。"

闫天真咬着牙，摇头："热。"

外套闫天真也有，虽然穿吊带是挺冷的，但是穿上羽绒服就不像话了。与其大汗淋漓，她不如毛骨悚然。

"你这样我没法讲课。"陆旭不得已，只能脱了自己的毛衣，扔给闫天真。

没法讲课？

为什么？

因为自己的身材吗？

闫天真正犹豫着，闻到白色毛衣上独属于陆旭的香味，心神一阵恍惚，再看到他穿在里面的白衬衫，喉结随着他的说话若隐若现，更是一阵荡漾。舍不得他换回去，于是听话地把毛衣穿上了。

"在讨论分段函数的连续性时，在函数的分段点处，必须分别考虑函数的左连续性和右连续性，只有函数在该点，既左连续，又右连续，才能得出函数在该点连续。你听明白了吗？”

“嗯……左脸好看，右脸更好看。”

“什么？”陆旭皱眉。

闫天真连忙摆手：“没有没有，我不是说你的脸不对称，我的意思是，你的脸从哪边看都有不一样的美感，我……我开玩笑的。”

眼见陆旭的脸越来越黑，闫天真不敢说话了，赶紧低头，随手指了一个点，说：“那这个是它的，呃……该点吗？”

“……”

陆旭望着闫天真真诚发问的脸，很想问她是不是没有认真听？但是看她的样子又不像，好像就是认真思考过后，还是不明白的样子……

这是闫天真的另一项技能。

无论多离奇、多不可思议、多假的话，从闫天真的脸上看去，完全不觉得那是假的。一如她的笑容，能透过人心，让人发自内心地去相信她。

陆旭不厌其烦，跟闫天真说了一遍又一遍，直到第三十遍讲完，陆旭熬不住了。

“我去趟洗手间。”

“嗯，好的。”

陆旭走后，闫天真一个人，开始无聊了。百无聊赖看了眼微信，发现三只小猪蹦跶得欢。

池明亮：“怎么样，做完题了吗？”

许扬：“有没有露馅？”

杜小伟：“他有没有生气？”

生气？

怎么可能。

面对一个如花似玉的大美人，就算讲了三十遍对方还不懂，他也依然是温柔而有耐心的。这或许是他长期做家教，面对各式各样问题小孩造就的好脾气。

闫天真刚想回复，却看到陆旭的手机亮了一下。

不是普通的微信提示音，而是强提醒。

闫天真内心奇怪，好奇什么人会让陆旭设置强提醒，但是忍住了好奇。

过去，她最讨厌的就是男人翻自己手机的行为。虽然也没什么好避讳的，但那是私人物品，容不得他人染指。但很快，陆旭的手机又连续响了好几声，甚至还来了一个电话。

闫天真没忍住，偏头过去看了一眼，屏幕上划过一串名字：薇薇（爱心）。

闫天真的无名火噌的一下就起来了。

分手了还“薇薇”？

分手了还“爱心”表情后缀？

更加过分的是，最顶上一条消息显示——“你答应给我的钱还少四千，是遇到什么困难了吗？”

钱？

什么钱？

分手了还谈钱？

闫天真手一抖，哪知他手机没上锁，直接就看到了全部的消息。

原来杨薇薇在美国一边工作一边联系了一家学校，一边努力读书一边钻研项目，过得穷困潦倒，吃不起饭穿不起衣，捉襟见肘，她想到了被自己删掉的陆旭，然后把他加了回来，短暂聊天后，就希望陆旭能够看在在一起过的份上，加以帮扶。

呵。

呵呵。

如果她没记错的话，当时给杨薇薇他们谈的佣金里包含食宿，比照市场价格还要高出三分之一，衣食住全是按照五星的标准。如果这还穷困潦倒的话，那陆旭这种风里来雨里去当家教的小孩，是不是得羞愤而死？

闫天真看了一下，发现陆旭给她转了两万六。

不算多，估计是因为还了她四千元酒钱，剩下的都打给杨薇薇了。

闫天真望着对话框里，杨薇薇弱小无辜惹人怜爱的头像，本来想直接替陆旭把她丢进黑名单里。但转念一想又不对，于是让助理小乔发了他们完整的食宿报告来。

闫天真直接转发到陆旭手机，然后用他的手机转发给杨薇薇。

杨薇薇起先发了一个“？”，但闫天真很快也回了一个“？”。

再然后，杨薇薇发了一句震碎闫天真三观的句子——“不想给钱就不给，为什么拿这个当借口，污蔑我？”

借口？

污蔑？

清清白白的账单，一分钱一分货，绝无作假。

杨薇薇还真是睁着眼睛说瞎话。

再然后，闫天真发过去的消息就被对方拒收了。

哦，陆旭又被拉黑了。

哼，自己理亏，还拉黑别人，这种把戏她闫天真早八百年前就不玩了。闫天真打开了发现页，把陆旭的朋友圈功能放了出来，然后立即在他的封面上放上了自己的照片，连个性签名都改了——“我喜欢的样子你都有。”

有心人点进他的朋友圈，就会以为封面页上笑容甜美、纯真可爱的闫天真，就是陆旭喜欢的样子。

做完这一切，她就把朋友圈又默默地关闭了。

陆旭假如一辈子不看朋友圈，或许他一辈子都不会发现，他的封面页上挂着她的照片。

顺便，她还把自己的微信名改成了：真真（爱心）（爱心）。

两个，要比杨薇薇多一个。

陆旭微信的变化很快引起了三只小猪的注意，接连发来了一堆的：？？？

闫天真直接用自己的手机回复了他们，请他们保密。

池明亮震惊不已，立即打来微信语音。

“你这是侵犯他人隐私！”

“是啊！”闫天真供认不讳，“可是陆旭不会发现的。”

“如果发现了呢？就算他不看朋友圈，别人也会看，他……”

“我可以赔钱。”

“这是钱能解决的吗？！”

“怎么不是？”

他们公司大大小小上百个艺人，侵犯他人隐私、肖像，这种事件每天都在发生。她有一整个律师团队专业处理这种事，一告一个准。大不了就是赔钱嘛！反正她有钱。

挂断语音，闫天真看到陆旭的壁纸图片还是杨薇薇，觉得不舒服。想直接进入相册把她的照片都一键删除，永不恢复，但是又觉得这么做不妥，于是想了一个置之死地而后生的办法。

“啪”的两声脆响，两台手机摔在地上，裂得粉碎。

闫天真拿着书本，一脸蒙地站在原地。

“抱……抱歉，我刚有个很着急的问题要问你，没想到会把手机扫下来……”闫天真装作无辜，目瞪口呆地站在那儿，似乎被吓傻了。那演技，谁看谁竖大拇指。

刚回来的陆旭愣了一秒，迅速走过来，拿起两台手机。

他和闫天真的，都摔碎了。不仅仅是屏幕坏了的那种，直接就黑屏了，再也打不开。

没错，闫天真为了戏做充分，连自己的也一块儿牺牲了。

她看到陆旭一脸木讷地盯着自己的手机，一副既不是伤心，也不是遗憾，而是有些不知所措的样子，说实话，有些心疼。

“我赔你，最新款，512G 内存的！”

闫天真十分愧疚，说出的话也是直击要害，直接提出解决问题的最好方法。但是于陆旭而言，手机坏了显然不是最伤心的。

最伤心的是，那些逝去的回忆，可能真的再也找不回来了。

“你……你别哭啊……”闫天真慌了。

陆旭眼眶有点红，这是在他醉酒那晚，唯一一次见他眼睛里有泪水的样子。

但是陆旭最终还是没有让那眼泪落下来。

“抱歉，改天再给你补课。”陆旭拿起手机，匆匆收拾了东西，转身就走。不管闫天真在他身后怎么喊，都视若无睹。

那一副失魂落魄的模样，连自己的白毛衣还在闫天真身上都忘了。

显然，他急匆匆地去找人修手机了。

二

闫天真有一个星期没有见到陆旭。

这一周里，她白天忙着工作，晚上忙着应酬，而陆旭始终没有回她信息。虽然过去他也不怎么回复，但是只要是涉及学习的，他知无不言，并且十分专业。

然而这一周，就连约着一起去图书馆的消息也石沉大海了。

闫天真问过三只小猪，他们很明确地告诉她："陆旭手机坏了，还没买。"

"彻底坏了吗？"

"坏了，开不了机的那种，修不好了。"

唔，好的。

虽然一早知道答案，但闫天真悬着的心这才真正放下。

星期一下午，闫天真终于闲了一点，只是被几个女总裁拖来喝下午茶。

女人们聊工作聊八卦之余，唯一的乐趣就是比拼谁还没离婚。像闫天真这种连婚都没结过的人是完全插不上话的，于是找了个借口便要溜。

"闫总，干吗去？"

"我得先找个人结一次，才能加入你们的讨论大军。"

大伙儿一听闫天真想结婚，那没道理留她呀，便让她快去。于是闫天真直接杀进了城中心，亲自去手机专卖店，给陆旭买了一台款式最新、内存最大、价格最贵的手机，然后去了陆旭学校堵他。

为了节约时间和金钱，陆旭总是赶在饭点前到食堂，找个不需要排队的窗口，随便吃一点。有时候是一根玉米，有时候干脆就是水果加酸奶，买了就走，在出校门的路上就解决了。闫天真去了A大食堂，没遇见他，只能在他们寝室楼下等他。这一等就等到了半夜。

冬日的雪夜，陆旭从共享单车上下来，就看到闫天真坐在寝室门口的台阶上。

她穿着一件软软的白毛衣，外面套了件羽绒小背心，针织的毛线小白裙，光着腿，外加一双雪地靴。她背着双肩包，双手环抱膝盖，整个头埋在膝上，只露出冻得通红的小鼻尖。

天空飘着雪，而她的世界一片安静，直到陆旭的双脚出现在她眼前。

"你在这里干什么？"头顶传来陆旭的声音，闫天真又激动又委屈。

"这还看不出来吗？"闫天真可怜巴巴地说，"当然是在等你啊！"

"等我？"

闫天真点头，想站起来，却因为坐太久，腿麻了。陆旭眼疾手快，扶了她一把，才让她免于与雪地亲密接触的命运。

“谢谢！”闫天真伏在他的怀里，没有很快离开。

陆旭见她这个样子也不忍心很快推开，只等她自己慢慢站稳了才松开双手。

陆旭：“你等我干什么？”

“赔你手机！”

闫天真说完，立即从双肩包里掏出新买的手机，塞在陆旭手里。

“一个星期联系不上你，猜到你的手机可能还没修好，于是给你买了一个新的。既然修不好了就换一个，好不好？”闫天真瘪着嘴，既内疚又期待地看着他，就像是一个做错了事情，认真道歉之后，满眼等待着糖吃的小女孩。

陆旭感觉到她的手指冰凉，脚上的雪地靴也都被雪水浸湿，不忍拒绝，但是又不得不拒绝。

“不用了，我自己会买。”

陆旭说完转身就要走，闫天真忙拉住他：“不行，手机是我摔坏的，我必须赔！”

“本来就想换了，只是一直没时间，你只是恰巧碰到了而已。”

陆旭的手机上大学的时候买的，用了快四年了。一直磕磕碰碰，出现各种问题，但是因为还能用，所以也没想着换。但按道理来说，确实该换了。

“我不管，反正是我摔坏的，你不接受我就不走了。”

闫天真拿着手机，站在雪地里。天上，纷纷扬扬的雪花落下，洒在二人肩头。

宿管阿姨看着二人拉拉扯扯，适时地催促了一句，陆旭这才想起，他已经耽误她太多时间了。闫天真见他犹豫，直接把手机塞回他怀里，然后说了句：“好冷，我先回去了。”然后就匆匆跑开。

这一次，陆旭没有再拒绝，只是看着闫天真蹦蹦跳跳离开的方向，若有所思。

闫天真回家后，立马笑眯眯地给宿管阿姨发了一个感谢的表情：“谢谢阿姨照顾，我家哥哥继续拜托您啦！”

没错，为了追到陆旭，她连宿管阿姨都加了微信。

宿管阿姨也笑眯眯地回了一个“微笑”的表情，让她快回寝室休息去。

其实，在陆旭回来之前，闫天真一直待在宿管阿姨的小房子里，吹着暖气看着电视，半点委屈都没受。托了看门大爷的福，她早一步收到消息，才跑出来，做出一副在雪地里等待已久的模样。干这种事的小姑娘不少，只不过宿管阿姨收到的闫天真送的水果是最大的、最多的，没错都是精心挑选。再加上闫天真本来就长得可人，谁能对她说个“不”字？

也只有陆旭了。

闫天真成功送出了手机，愉悦不已，高高兴兴地睡去了。

第二天一早，闫天真是被快递员的敲门声吵醒的。

往常快递都会由管家统一收取，然后在特定的时间交给助理小乔，最后有价值的才会到闫天真手里。今天一大早，着实让她有些摸不着北，甚至还有点小起床气。

但是很快，她就不生气了。

快递员给闫天真送来一台手机，跟她昨天买给陆旭的那台一模一样，只不过他的那台是黑色，而这一台是粉色。

谁送的不言而喻。

闫天真赶紧给陆旭发消息，打了一个“？”号，问他手机是不是他送的？

陆旭的回答仍然很简短：“是。”

“为什么？”

“抱歉，我没有花女人钱的习惯。”

……

这怎么就是花女人钱了呢？

手机明明就是她砸的，赔人家一个手机，哪里有问题？

但很快她想明白了。

陆旭送她的这台机身是粉色，比他那台黑色的少了几百元钱，差价的几百他当作她对他的赔偿。而剩下的那大几千，他大概知道闫天真不会收，于是以另一种方式如数奉还。

他还真是有骨气啊！闫天真想。

经此一遭，闫天真看着桌上的手机，认真反思了一下自己，她陡然发现，自己活了三十年，好像也没花过男人的钱。

收到的礼物不少，但她还回去的肯定比收到的要多。

世事永远如此，别人都知道她从不欠人情，所以大大方方地送，她也大大方方、绝不拖泥带水地还。

如此算来，陆旭倒是第一个为她花钱的男人。

虽然过程不是那么磊落，但是陆旭却像他的名字一样，光明而无所畏惧。

（三）

虽然上周刚换过手机，是一台与闫天真外形不符，但内心相符的黑色手机，但闫天真看着陆旭送的粉色手机，还是高高兴兴地换上了。

这是她从来没有幻想过的颜色，甚至还有那么点恶心。但是换上之后，却止不住地嘴角上翘，心情很好的样子。

半天没回消息的闫天真很快收到了来自童怡的关心："市场部几个小姑娘找你找疯了，你干吗呢？"

"换手机。"

"又换？！"

"对啊！"

"为什么？"

"别问，问就是有钱，想换就换。"

"……"

童怡无语。

过了会儿，想起好久没见了，便约闫天真一起喝咖啡，闫天真欣然前往，还不忘带了本书，等咖啡之余还顺便练习了两道题。

绝口不谈童怡大肚子的事儿。

童怡作为闺密，很觉得失落。看着闫天真诡异的行为，问她："忙什么呢？"

"学微积分。"

"什么分？"

"微积分。"

"……"

童怡沉默了半晌，问她："'微'是什么牌子？最新流行的？法国的还是意大利的？"

闫天真绝倒。

在童怡眼里，积分只有一个意义，那就是会员积分。买东西，成为金卡钻石黑卡，然后兑换礼品和停车券之类的。至于微积分……什么玩意儿啊？

闫天真想了想，说："微积分不是什么牌子，而是我通往男神心里的桥梁。"

……

童怡目瞪口呆。

等她听闫天真说了最近的遭遇之后，恨不得拍案而起，戳着她的脑袋问她："你是不是脑袋有包？是嫌公司的小鲜肉小仙女不好看，还是嫌公司股价太高，想给它来点波澜？三十岁了，跑去学微积分，乘法口诀表还记得背吗？"

"不会背。"闫天真一本正经地说，"乘法口诀又不能让我追到陆旭，我为什么要会？我们得学点有内涵、有层次的东西，而你……太肤浅。"

"……"

童怡又气又好笑。虽然觉得她不务正业，但见她这个高中数学都没及过格的人为了一个男人可以认认真真学习微积分，还是比较放心。

至少这一次，她认真了吧？

闫天真结束和童怡的约会后，就准备继续去纠缠陆旭。但她刚一走进A大的校门，就觉得气氛有些诡异。

人来人往的法桐大道上，所有看见闫天真的人，先是被她的五官吸引，然后皱了皱眉头，思索了一番，向周围的人低声说了句什么，然后得到对方肯定的答案后就捂着嘴，对闫天真投来或嘲笑、或看不起、或鄙夷的目光。

闫天真被人注视习惯了，倒是不在意别人怎么看自己，但是那些"同情"是什么鬼？

她是需要别人同情的人吗？

谁有资格同情她？

闫天真无视那一路的注目礼，大摇大摆、毫不在意地走进了图书馆。

还是那个靠窗的位子，陆旭已经在那儿了。闫天真正要过去，却突然被几个女生给拦住了。

"还敢去烦陆学长？"

为首的女孩大波浪，长耳坠，大冬天的穿了件露肩的一字形毛衣。在A大这样学习氛围浓厚的地方，其格格不入程度比闫天真还要大。

虽然来者不善，但是，再飞扬跋扈，再高高在上，在闫天真眼里，也只是一个二十岁左右的小姑娘。

闫天真毫不避忌，微笑地说："是啊！"

"你配吗？"女孩鄙夷地看着她。

“怎么就不配了？”闫天真不懂。

“你在夜店上班！”

什么？

闫天真掏了掏耳朵，不明白她的意思。

“姐姐，人要自重。”她再次提醒。

“嗯？”闫天真还是不明所以。

“你肯定比他大！”

“大又怎么了？”闫天真丝毫不退却，反而更进一步，与女孩们面对面地站在一起，将她们每个人从上到下地扫视了一圈。

她带着审视的目光，居高临下，半点不落下风，让她们这些有着年轻活力的小姑娘发自内心地感到害怕，甚至，觉得自己还不如她。

闫天真：“比身材、比皮肤，你们样样都不如我，更遑论脑子和手腕？可以说，除了年轻……你们一无所有。还问我配不配？我倒想反问你们一句，你们，又有什么资格跟我说话？”

闫天真虽然不知道她们是怎么知道自己的年纪的，但是面对这样的场面，她可从来没输过。

“你……”小姑娘们面红耳赤，又半点都反驳不了。

闫天真微微一笑：“你看，连你们自己也这样认为，说明我说到你们心坎里去了。就凭你们还有一点自知之明，我原谅你们了。你们的陆学长还在那边等我，麻烦让让，谢谢！”

闫天真说完，直接推开她们，从她们之中穿了过去。

那不管不顾又稳如泰山的模样，让那些小姑娘们也很蒙。

照理说，一个靠撒谎混进A大，黏着陆旭撒娇卖萌的阿姨被揭穿之后，怎么都该是丢盔弃甲、落荒而逃的架势才对，怎么她完全不是？

就好像她从来没有打算隐瞒一样。

闫天真确实没打算隐瞒，只是陆旭没问过，她也没必要说。

她像个没事人一样，拿出了一张卷子，上面有她认认真真做的题，虽然错漏百出，但是陆旭应该是感受到了她的努力，没有说什么，直接开始讲题。

于是整个图书馆里，看着二人的不少，指指点点的也有，但是就是没人敢去打扰他们。

一来因为捕风捉影的人太多，没有人知道真实性；二来，那个位子，就是属于陆旭他们几个的，其他人跑过去多嘴，都不大合适。

连陆旭都没说什么，他们外人有什么可置喙的？

于是一直到他们讲完这张卷子，闫天真都不知道究竟发生了什么。直到回去后，问了三只小猪，他们才支支吾吾地发给闫天真一个校园帖。

A 大的八卦公众号上，赫然一行醒目的大字：八一八学神装富摆阔的白富美新女友。

八卦，是闫天真爱的。

他们的圈子不怕坏话题、泼脏水，只怕没话题。

而当她成为八卦的女主角，她陡然觉得，心态又不一样了。

帖子一开始，是陆旭的朋友圈封面，闫天真的大头像摆在上面，笑得十二万分阳光。紧接着，便是几张闫天真和陆旭在一起学习的照片。便利店、图书馆，陆旭虽然被打码，但是从他的穿衣和坐的位子就看得出来是谁。

后面跟着几张过去路人偷拍到的闫天真开豪车的照片，那是她跟陆旭还不大熟时，在 A 大里恬不知耻追着陆旭遛弯的照片。

那时的她长发大波浪，跟现在清纯小马尾截然不同，还戴着墨镜，有心人是从她的手链上看出的端倪。她一直戴着一条银色的手链，细细的，不仔细看看不大出来。

就像陆旭，可能到现在都没发现她手上戴了什么，而那个八卦帖子上却清清楚楚。

再然后，就是她在酒吧，为了陆旭喝酒的照片。虽然照片里闫天真气场迫人，但配图文字却是：气氛组工作人员，跟杨薇薇一个级别的，靠卖笑为生。

于是，帖子最后的总结就是：神秘女自称是 A 大大二的小学妹，实则根本查无此人。而豪车的所有人也都不是女人，她应该是给人当三顺便弄了台车开开。陆旭因情商被骗，实在令人惋惜。

闫天真目瞪口呆地看着那个帖子，觉得自己有点冤。她收回对那个女生说的，她一无是处这种话，八卦帖，她写得风生水起，风起云涌，堪比八卦大 V 公众号。闫天真决定让人事组去接洽一下，做点外包给她。

至于这个八卦帖……闫天真也不打算解释，反而准备加大宣传。

看陆旭这个样子，显然还没人敢把帖子明目张胆地发给他，而他本人也忙，发了估计也不会看。要让陆旭注意到这个帖子，那么帖子一定要更加劲爆才行。

很快，闫天真自己找了几张最丑的照片，不乏年轻时候又村又土的样子。还有几张从各处搜集而来，偷拍陆旭和闫天真在一起的照片，一起打包发给助理小乔，嘱咐她出动专业的八卦组，务必把这个帖子写得风生水起，人人喊打。

要让人们明确知道陆旭和自己在一起，但是又八不出她是谁。只能猜测她是一个外来无业游民，专门坑骗无知学神少年。

无疑，帖子又在A大掀起了一场风暴。

第二天，闫天真大陆旭八岁、非A大学生，疑似整容的帖子一出，整个A大都沸腾了。

闫天真无法再直接走到陆旭的面前，因为，那些曾经只是围观她、对她指指点点的女生开始主动出击了。

闫天真当然不怕，并且，还选了一个陆旭的必经之路停下，故意被众人围在中间，一副动弹不得的样子。之前找过闫天真麻烦的人见闫天真今天特别软弱可欺，还以为是因为她被人扒了十八层皮，彻底老实了，正欲耀武扬威，却不想还不等自己说话，闫天真自己倒下了。

坐在地上，眼睛一红，就开始流眼泪。她梨花带雨地看着四周围观的人群，谁见谁怜。

正在女孩们奇怪闫天真奇怪的举动时，只见一个浅蓝色的身影迅速穿过人群，将跌坐在地上的闫天真扶了起来。

原来是陆旭来了。

“学长，不是你看到的那样……”

“那是怎样？”

女孩十分气恼，却张口结舌，说不出话。

她盛气凌人，而闫天真弱不禁风，摆明了自己在欺负她的样子。

她百口莫辩。

事情闹得这么大，陆旭自然也是知道了事情的经过，包括闫天真的扒皮帖。

“陆旭，我是不是给你带来麻烦了？”闫天真软软地、柔弱地靠在陆旭的肩膀上，没有动手动脚，只是悄悄问他。

那一副可怜兮兮又无助的模样，是陆旭从没有见过的样子。

陆旭眉头一紧，摇了摇头：“……不。”

“陆学长，你别听她的！她在骗你，她……”

“够了。”

陆旭打断她：“我的事情我自己会处理，不需要你们帮忙。”

陆旭说完，不管周围的人说什么，直接牵着闫天真的手，把她拖出了人群，一直到学校后面的湖边，没有人的地方才停下。

一片清冷的湖面，隆冬的雪景凋零，岸边是将融未融的残雪。

闫天真体力没有陆旭好，一路跑来已经气喘吁吁。陆旭转回头，看着眼泪还没彻底干，眼眶和鼻尖通红的闫天真，陡然什么话都说不出来了。

“对不起，我……”闫天真刚想要解释，陆旭直接打断了她。

“不必道歉。”

嗯？

闫天真愣住，直直地看着他。

“我没问过你的年纪，也没问过你是不是我们学校的学生，你不算对我说谎。”

帖子他看过，其中对闫天真的脏水他几乎都知道了，他不生气。

其一，因为确实是他漠不关心，导致没有问过她。其二，确实，他跟她什么关系都没有，他无须生气。反倒是闫天真，她是因为他的关系，才被学校里的人扒皮，翻了个底朝天，底下那么多恶毒的诅咒全部都是因为他。

“虽然你这么说了，但是我还是想道歉。”闫天真认真地说，“对不起，给你造成困扰了。”

“是我该向你道歉才对。”

闫天真再次愣住。

陆旭：“如果不是因为我，你不需要承受这些。”

他大概能想到，这其中有多少是因为自己的缘故，才让人那么愤怒。

闫天真听到这里，彻底地柔软了。

“谢谢你维护我！”闫天真由衷地说。

虽然一切都是她自导自演的，但是陆旭的挺身而出是她没有想到的。她最多想在陆旭那里留下一点她是因为他才被扒皮的印象，却没有想到陆旭会把一切都承担下来。

陆旭摇了摇头，苦涩地说：“我只是不想自己后悔。”

“嗯？”

这下，闫天真听不明白了。

陆旭解释道：“曾经她也是因为我受了委屈，但是那个时候我不在她身边。”

这也是她跟他说分手的原因之一。那时的他学业繁忙，陪她的时间很少，她总是因为他被别人骂，他却无能为力，于是只能加倍对她好。但是后来再对她好又如何呢？

她还是受伤过。

这一刻，闫天真才知道，有些人嘴上说着前任已经死了，搞不好心里的坟头还是粉红色。但陆旭不一样，他的前任始终站在那里，不离，不弃。

坟头长草？

不存在的。

闫天真有点生气。

她最讨厌别人对自己的好是因为另一个女人。

就在闫天真即将发火的当下，陆旭突然从兜里掏出一盒烟，还有一只打火机。在闫天真想象不到的画面里，陆旭用食指中指夹烟，然后点燃了它。然而他刚抽了一口，就呛住了，大力地咳嗽起来。

“别抽了，你学不会的。”闫天真看不下去，把烟抢过来，深吸一口，然后吐出烟圈，动作娴熟而妩媚，与陆旭的青涩全然不同。

陆旭看着她，皱眉：“我记得你不抽烟。”

“戒了。”

“能戒烟的人，心都挺硬。”陆旭低头，黯然地说。

“想起你的小女朋友了？”闫天真似笑非笑。

陆旭不说话，就是默认。

闫天真陡然不想再装小白兔了。

“跟我在一起的时候，不要想别人，这很没有礼貌。”

“还有，不要把她跟我比。”

闫天真俯下身，盯着他的眼睛，一字一句认真地说：“她跟我，没的比。”

第十一章

新年

一

从那以后，闫天真没有再找陆旭。她觉得有点无趣。

征服一个不喜欢自己的人的过程很艰辛，越艰辛越有意思。但前提是要建立在这个人值得去征服，并且能征服到。而陆旭……且不说他这种死脑筋追到之后值不值得，就现在，闫天真第一次开始怀疑自己的魅力，怀疑自己究竟有没有能力真正得到他。

因为不爱，所以无所谓，所以可以厚着脸皮，丧尽天良。但是当她发现自己有些过于认真，就会往后缩一缩。再加上她身份被揭穿，不是学生根本不用参加期末考试，于是没机会再继续以学高等数学为名纠缠陆旭。但是微积分这个东西，她午夜睡不着的时候，还是会把笔记拿出来看看。

别说，还真催眠。

日子不温不火地往下过，没有惊喜，没有意外，她没有再找陆旭，陆旭也没有联系过她。

置顶的人没有换，只是她也不再期待跟他说话了。

临近年关，优秀的人都还坚守在岗位上，能力有限的都回家过年了。闫天真无疑是最优秀的，从她年三十前一天都还坚守在岗就能看出来。

白天，她把所有人的加班红包发了，然后送走了司机和助理小乔。

大家都回去过年了，公司只剩她一个人。

过去十年，年夜饭她都在童怡家吃，但是今年，童怡结婚了，去了公婆家里。总不至于她也跟过去吧？这也太不像话了。

虽然童怡依旧邀请了她，但闫天真谎称自己要跟十个小鲜肉开派对，拒绝。

童怡觉得这是闫天真干得出来的事情，于是没多想，随便她了。

但实际上，这是二十几岁的闫天真做得出来的事情，三十岁的她，选择一个人留在公司加班到深夜。

年二十九，深夜十一点的公司里，寂静无声。闫天真把最后一份合同翻来覆去地看了十遍，连个标点符号都挑不出错误之后，无奈只能关上办公室的最后一盏灯，离开。

世界彻底暗下。无光的走廊，从窗外透进霓虹，照亮了前路。

她再次想起，在过去，童怡是最后一个陪她走出公司的。那会儿公司没有这里大，人没有这么多，但是她一点也不孤独。因为未来还有无限的可能，她们脑海里的梦想就是指引前路的灯塔，哪里都不黑暗，也不孤独。

但是现在，当功成名就，什么都拥有了，她却觉得开始迷茫。

那个曾经拼了命想要得到的东西，得到之后，原来也不过如此。

拜年的短信一条接一条，红包一个接一个，她都收了，也都回了。

成年人的世界就是如此，人群喧嚣，不过就是热气腾腾地恭维，和冷冰冰地互相看轻。幸运的是，现在的她已经是看戏的那一个，而不是入戏的那一个。

闫天真觉得有些饿，一个人开车回了电影学院的小巷子，想吃点热的。但是去了之后才发现，所有的店铺都关门了。空荡无人的街头，比公司还要安静，清冷得可怕。

这是这座城市最安静的时候，也是闫天真最无助的时候。她想回家煮个面吃，才想起平时减肥，家里一丁点淀粉类的食物都没有。小乔倒是塞了很多蔬菜水果进去，但是……那些并不让人感到温暖。

如果说自律才有自由，那么自由之后的日子呢？

闫天真再是内心强大，也有无比向往炊烟的那一天。

她脱了高跟鞋，赤脚走在冰凉的地上，仿佛这样她才更能感受到人间的温度。不管是冷还是热。

“你怎么一个人在这里？”

就在这时，在闫天真迫切希望身边能有一个人发自内心关心自己的时候，身后陡然传来一个熟悉的声音。

闫天真回头，就看到一个熟悉的身影。

蓝色的羽绒服，白色的高领毛衣，白色运动鞋，一个帆布包。

正是多日不见的陆旭。

哦，原来他的白色毛衣不止一件。

另一件还在她的家里，她一直忘记还给他了。

望着逆光而来的陆旭，不知道为什么，闫天真的眼角有些湿润。

陆旭很快走到她面前，皱眉望着她："你……是在等我吗？"

也许是上一次寝室外的等待给了陆旭这样的错觉，以至于他在看到闫天真之后，下意识就以为她在这里，还是在等自己。

他的眼里有不忍。

闫天真看出来了，于是不想否认。

她不动声色地擦去了眼角的泪，然后抬头，笑眯眯地说："对呀！"

上次分别时，闫天真的生气没有在陆旭那里留下一星半点的痕迹。

他甚至不知道闫天真生气了。

所以她这些天的冷淡、不发信息，在陆旭那里完全没有任何效果，他甚至想不起这么个人来。闫天真又好笑又好气。

仿佛一场爱情，她演尽了所有，对方却根本不知道她在干什么。

心路历程再是坎坷，他也一点感受不到。

"你吃饭了吗？"陆旭倒没问闫天真等了多久，以为她坐在这里又是一整晚。

但其实闫天真过来没一会儿就遇到了他，也不可谓没有缘分。

闫天真叹气："想吃，但是没的吃。"

商铺林立的街道，荒无人烟，有钱也没处花。

陆旭大概猜到了，没有意外，犹豫了一瞬，道："我请你吃。"

"为什么很勉强的样子？你要是不方便就算了。"闫天真不想再逼迫他，没意思。

陆旭却摇头："不是勉强。"

“那是什么？”

“是怕你嫌弃。”

原来陆旭所谓的请她吃饭并不是去餐厅，也不是他亲自下厨，而是寝室里，借了宿管阿姨的锅，煮了一锅速冻饺子。

饺子还是之前剩下的半袋，再加一袋没开封的。

闫天真不吃芹菜，煮在一起也不知道哪个是芹菜馅的，只能先咬一口试试，发现是芹菜的就放在一边。

陆旭居然也不嫌弃，发现之后直接把碗推过来，说：“给我吧！”

闫天真再次脸红了，她总感觉自己像是不吃的东西打发给乞丐，于是之后的就算吃到了，也捏着鼻子强行吞了下去。

然后她就发现，其实，芹菜猪肉味道的饺子也没有那么难吃。

甚至，还有那么一丝丝甜。

两个人吃完晚饭，已经深夜一点半。

学校里已经没有人了，就连宿管阿姨都早早地放假了。陆旭得了钥匙，院里的领导睁一只眼闭一只眼，才得以留到现在。

“优秀的人才坚守在岗位上，能力有限的都回家过年了。”闫天真没心没肺地说，这是她每年安慰自己的话。

陆旭却很认真地点头，仿若赞同。

“你呢，又是为什么没回家？”闫天真问。

“我家离这里不远，买了凌晨的火车票。”

“年三十才回去？”

“嗯。”

“为什么？”

“几个学生要临考了，他们家长要求。”

啊，当然，除此之外也没别的原因了。

“几点？”

“三点。”

……

闫天真看了下手机，还有一小时。从这里去车站不算远，二十分钟来得及。

吃完了饺子，洗完碗，陆旭也收拾完行李。

校门口，除了簌簌而落的飞雪，就只剩下陆旭和闫天真。

“我送你去。”闫天真开着车，等在大门口。

陆旭看了眼四周，也不大好打车的样子，没拒绝，上了车。

大红色的法拉利，在轰鸣声中飞驰。陆旭抱着行李，坐在副驾驶上，眉头紧皱。

“你的表情有点严肃。”

严肃到可以用视死如归来形容。

“放心，我是十年驾龄的老司机了，单手开环山公路越野赛也不在话下。”

闫天真志得意满。而陆旭似乎并没有被她安慰到，他依旧表情古怪，犹豫了好一会儿，才说：“你很享受被人注目的感觉吗？”

“什么？”闫天真不懂。

“车的声音。”陆旭补充。

啊，这个啊！

是，轰鸣声在寂静的夜里，十分扰民。但也只有这时候，她才会开。

一千万人口的城市里，回家过年的超过八百万人，整个城市万籁俱寂。或许也只有这种浮夸的喧闹，才让她稍有安慰。

“你说得对，也不对。”

对是因为，她喜欢热闹。不对是因为，只要身处人群中，被热闹包围，那镁光灯聚焦的是不是自己都无所谓。

她只是喜欢热闹，仅此而已。

检票口，因为春运，半夜人也不少。闫天真不慌不忙地站在闸口前，目送陆旭进去，是人群中唯一镇定轻松的身影。

背影一分分远去，就好像这个城市唯一的喧嚣也渐渐离开。

说不失落是不可能的。

她很想问他能不能不回去了，但是这样的要求太无理，只是稍稍一想，就打消了这个念头。

她在今天能看到陆旭，已经是无比惊喜。他能跟自己说这么多话，更是惊喜中的惊喜，哪里还敢奢望他留下陪自己过节？

就在这时，陆旭突然想起什么似的停下了脚步，转回头。

然后他就看见闫天真脸上难得的没有微笑，她只是目光放空地看着前方，像在看自己，但实际上又不是。那模样，就好像全世界爱她的人在这一刻集体消失，她有点不知何去何从。

“你不回家吗？”陆旭逆着人流，重新走回到闫天真面前。

闫天真愣了一下，才看清他真的又回来了。

也就是一瞬间，她又变了脸似的，笑嘻嘻地说：“我早就没有家了。”

“没有家是什么意思？”陆旭皱眉。

“字面上的意思。”

“……不懂。”

闫天真想了想，说：“我家你去过，但是只有我一个人。”说完，她又补充，“当一个人失去了父母，没有了亲戚姐妹兄弟，那么他也就没有家了。”

“……”

陆旭有些震惊，不知道该说什么，想要道歉，闫天真又很快话锋一转，笑嘻嘻地说：“我开玩笑的。”

“没有亲人的家，但是我还有自己的家。你去过的，顶楼复式，六百平方米的，可大了。等你回来，我在家给你做饭吃呀？”

闫天真一句真一句假，不知道哪句是假话，哪句是真话。

但不管真假，陆旭看到的寂落，他相信是真的。

“假如你真的无处可去，你要不要……”

陆旭说到一半，催促发车的广播响起了。

也就是这一声，似乎惊醒了他，他的眼里突然又一片清明。

“嗯，要什么？”

闫天真催促他继续说下去。

陆旭却闭上了嘴，摇了摇头，说：“没什么。我走了，你好好照顾自己。”

“等等！”闫天真连忙拦住他，拖着他的手，问他，“你刚刚是不是想带我回家？”

“……不是。”陆旭脸一红，连忙否认。这个样子，分明就是说谎被揭穿的样子。

“就是！你是想问我要不要跟你回去，对不对？”

“不对！”

“明明就是！我现在就回答你，我真的没地方去，我跟你回去，好不好？”

闫天真死缠烂打，陆旭十分尴尬。周围的人都看着他们。

陆旭连忙挣脱开来，斩钉截铁地拒绝：“刚刚是我想多了，你只当没听见，不要想多了，再见。”

陆旭飞快地跑开了，闫天真却不依不饶。

明明他刚刚松口了，想让她一起回去，怎么这会儿突然又不行了？

刚刚柔软说明此法可行，现在想清楚了也晚了！

闫天真看了一眼陆旭的目的地，再查了一下地图，发现开车过去也并不远，运气好还能跟火车在同一时刻到达。她一不做二不休，索性直接开着车，一脚油门上了高速，奔着陆旭老家的方向去了！

而这时候，一直想着闫天真最后临别之时，人群中孤独寂寥身影的她的陆旭，一晚上都没有睡好觉。

“我没有家了……”

看似轻描淡写，看似言笑晏晏，但这句话的杀伤力还是不可谓不大。

他有些怀疑她脸上的笑，是不是都是假的？

然而他做梦都没想到，他刚下了火车，来到县城的环城公交站，就看到一个熟悉的身影——大红色的法拉利，一身貂绒大衣，配着十厘米的高跟鞋，就这么旁若无人地站在那里。那盛气凌人的模样不像站在公交车站，像是站在柏林电影节的红毯上。

正是闫天真。

“你……你怎么在这里？”陆旭目瞪口呆。

“你呀，又说傻话了。”闫天真取下墨镜，摁灭了烟头，扔在垃圾桶里，然后才重新走回来，笑嘻嘻地对他说，“这还用问吗？当然是来找你啊，走吧，回家。”

闫天真挽着陆旭的手，就要把他拉进车里。

陆旭吓得连忙甩开她：“你……你神经病啊！”

又一次，陆旭没忍住，爆粗口了。

虽然他确实动过恻隐之心，虽然他确实有邀请过闫天真，但是他根本没说出口，那就不算邀约！冷静之后的他很清醒地知道自己该跟她保持距离。

闫天真却不依不饶。

“我不管，你邀请了，你就得对我负责。你会开车吗？我开了一晚上，有些累，你来吧！”

闫天真把车钥匙扔给他。

陆旭愣了一秒，立即还回去：“不会！”

“这样啊……那只能我开了。”

闫天真叹了口气，打开车门，但是陆旭却没有跟上。

马路对面，有环城公交。以往都是随缘来的，半天也没有一班。但或许是他运气好，这时，恰好就有一班。陆旭想都没想，直接跳上了公交车。

回家的路远不止是到县城，闫天真以为他们已经到了，但实际上还很遥远。

“回去吧！这里不适合你。”

临走前，陆旭忍不住给闫天真发了一条信息。

也就是这一条信息，勾起了闫天真的好胜心。

不适合？

什么叫不适合？

她这么多年要是因为一句“不适合”就放弃，她就不会变成现在的自己！

她人生最喜欢做的，就是化不可能为可能，把不适合变成天作之合！

闫天真一踩油门，直接跟着县城公交，一边追一边摁喇叭。

司机得了陆旭的招呼，没有停，她就一直追。

所有人都看着她，而她毫不退却，只知道一往无前。

四十分钟过后，车越开越偏，四周越来越荒凉。路上渐渐一辆车都没有了，只有陆旭坐的一台中巴车在前面，连速度都因为道路条件不好而变慢下来。

闫天真原本淡定的心也开始不太淡定了，总觉得这么开下去不是办法。

四周是悬崖峭壁，树上还有积雪，江水流动的声音越来越响，车也越开越慢。她总觉得这么开下去不是办法，并且还有一种不祥的预感。直到“嘭”的一声响起，法拉利的底盘太低，直接卡在了中间。

闫天真终于追不动了。

闫天真头一次觉得，四五百万的车在这种地方真是毫无作用，回去必须换一台 SUV 了。

看着陆旭的车开远，她前不着村后不着店，就连手机信号都时有时无。微信一直显示“收取中”，却始终收不到任何信息。道路两旁是密密麻麻的树，树梢上挂着冰柱子，天色很暗，再是淡定在这种时候也不过是个手无缚鸡之力的女人。还穿着一双十厘米的高跟鞋。

闫天真第一次觉得无力了。

人到中年，什么大风大浪没见过？但是这种情况，还真的是头一次。

叫天天不应，叫地地不灵。

怎么办，怎么回去？

闫天真走投无路，发现自己想崩溃都没有资格。

闫天真想了想，觉得回也回不去，索性往前走吧！

于是拎着小箱子就往前走。但还没走出两步，就看见早已开走的中巴车往回开。

道路狭窄，无法掉头，他们一路倒着开过来。

闫天真见了一喜，趴在车后镜看的陆旭则松了一口气。

小县城就是这样，虽然大家赶着回家，但是一方有难，八方支援，众人合力帮闫天真把车推出来，然后才离开。

“回去吧！”陆旭上车前，劝闫天真。

“不回。”闫天真摇头，“来都来了，我可不喜欢半途而废。”

“前面的路更不好走。”

“那不还有你们嘛？”

再不好走，又能有多不好走？

虽然坎坎坷坷、崎岖不平，周围还是悬崖峭壁，但是中巴车都能开的路，她的车怎么就不能开了？

虽然底盘低，但是耐操啊！

陆旭见说不通，也不再劝，自己跳上中巴车，走了。

闫天真继续跟在他们后面，一直到了小镇上，闫天真才真正明白，他为什么说接下来的路更难走。

那哪里是给人走的路？

分明是给狗走的！

江边，桥面很窄，不要说车了，连人都只能供三四个人通行。桥头蹲着几条狗，两个雪橇。闫天真一开始不知道那是干什么的，直到陆旭面不改色坐上去，然后扬长而去。

“陆旭，等等！你……”

“回去吧！这里不是你该来的。”陆旭头也不回地离去。

闫天真作势就要追，但冰天雪地里，路滑，她踩着十厘米的高跟鞋，跑也跑不动，爬又放不下身段。在这种地方，两条腿的，哪里跑得过四条腿的？何况每个狗爬犁还有四只狗，十六条腿！

“追上他，这些钱都是你的！”闫天真掏出一沓钱，妄图租下桥头另一个狗爬犁，奈何早就被人预订了，店家说什么都不愿意。

“去桐乡的路就这么一条，给你了别人就回不去了，你就别捣乱了！”店家说的家乡话，闫天真完全无法理解，只知道一直加钱。她把身上所有的现金掏出来，都快出到五位数了，人家还是不愿意。

“法拉利！法拉利听过没有？”闫天真指了指身后的大红色跑车。

“法拉利换你的狗爬犁，够了不？”闫天真急得跳脚，店家不为所动。

倒是租了店家狗爬犁的客人来了，听到闫天真这些话，心动了。

“姑娘，我不回去了，你把钱给我，狗爬犁让给你。”租客是个包着头巾的中年妇女，也是在外打工一年，准备回家过年的。她看到闫天真手里的钱，眼睛都要放光了。那比她一整年赚的钱还要多！她大不了再等下一拨。

“成不？我不要你车子。”租客小心翼翼地说。

“成交！”闫天真想都没想，把钱全塞给了那人，就差没把钱包都送出去了。

“跟上前面那辆……狗车。”闫天真麻溜地爬上狗爬犁，然后指挥着租客和店家一起帮忙把两个小箱子的行李扔上狗爬犁。

一切似乎准备就绪，前途一片光明，狗子们乘风破浪，一往无前，向着茫茫雪原深处而去……

然而她没想到，这还并不算完。

雪原飞驰三十分钟后，下午一点，在一座小桥边停下。桥那边，是茂密的松树林，积雪冗沉，已经没有能够供犁车通行的路，只有稀疏零星的脚印能够看见陆旭的前路，闫天真只能自己走。

她目瞪口呆，妄图说服店家帮自己拿行李，送到目的地。但是店家说自己还约了下一个客人，不能食言，很快就消失在了雪地里。

闫天真目瞪口呆地站在那里，比法拉利抛锚还要绝望。

什么叫前不着村后不着店？这就是了！

甚至，她连个坐下休息的地方都没有。

闫天真没办法，思来想去，回是回不去了，只能往前走了。于是把手提包挂在脖子上，左右手各拎一个行李箱，拖着往前走。

这时候，带轮子的行李箱在雪地里也占不到任何便宜。她头一次觉得，日默瓦行李箱的厚重不再是优点，甚至还不如新秀丽！这时候要能给她一个蛇皮袋，她一定毫不犹豫地选择蛇皮袋！

（三）

陆旭到家的时候是下午两点，正是桐乡挨家挨户准备年夜饭的时候。

院子里，有一头刚吊起来的猪，正待宰杀。陆旭放下包就想去帮忙，但是大半年没见儿子的陆妈妈见到他，哪里肯让他做事？只给了他一把菜叶子，让他拿去厨房洗。

回村的路不好走，她一直担心他路上会不会遇到麻烦。直到见到了儿子平安顺利地抵达，陆妈妈的心才放下来。

“快洗个热水澡，好过年了。”陆妈妈看着儿子，真是怎么看怎么开心，笑得嘴都合不拢，他是她一辈子的骄傲啊！

陆旭听话地去洗澡，等洗尽一身客尘之后，出来就看到闫天真步履蹒跚地走来。

村里的路本来就不大好走，何况还有积雪。

闫天真踩着高跟鞋，拖着两个行李箱，一脚一个坑，样子别提有多狼狈、滑稽了。要不是那一身貂绒大衣，陆旭根本认不出她来。

“陆旭——我终于找到你了！”闫天真“哇”地一声哭出来的同时，不由分说，直接脱了高跟鞋，飞奔到陆旭身边，然后整个人跳了上去。

“你知不知道我这一路有多绝望有多想放弃？但是我没有！我跟着你的脚印到这里，但是进村之后到处都是脚印我根本不知道你在哪里！我拖着行李箱找遍了整个村！你怎么住在最后面呀——啊——”

闫天真长号一声，才发现整个世界变得静悄悄的。所有人都不说话了，就连门口准备杀猪的三哥六伯都不动了，目光齐刷刷地、惊愕地看着她。

“陆旭，她是谁？”陆妈妈拿着一把刀走出来。虽然她长得慈眉善目，但手里那把大砍刀却凶神恶煞地泛着寒芒，犹如她的目光。

她看着闫天真的穿着，貂绒大衣、丝袜、露大腿，又直接挂在陆旭身上，想当然地就把闫天真当成了对自己儿子有企图心的不检点的女人。

陆旭这才反应过来，想要推开闫天真。但她把他抱得死紧，像只八爪鱼一样，说什么都不下来。

“……冷。”闫天真在他的耳边，委屈地、小声地说。

陆旭低头一看，发现她高跟鞋断了一只鞋跟，腿上还有多处擦破的皮。那根本不保暖只图好看的破裂的丝袜裹在脚上，跟没穿差不多。陆旭不忍心了。

“我一会儿再向您解释。”陆旭对陆妈妈说完，便当着大家的面，抱着闫天真回了屋。

屋里有炕，气氛暧昧。闫天真坐在床上，三下五除二就脱掉了丝袜，这让陆旭有点尴尬。

“你干什么？”陆旭皱眉。

“都湿了，当然是要换啊！”

“……我还在这里。”

“我又没脱衣服。”闫天真振振有词，丝毫不顾及他的感受，脱完了丝袜迅速钻进被窝，然后问他，“有裤子吗？”

“你没带？”

“都是袜子。”

都说可爱在性感面前不值一提，从毕业以后，她就再没穿过裤子，不管春夏秋冬，一条丝袜走天下，这么多年已经习惯了。

然而，她万万没想到，她有一天会跑到深山雪原里的小村落来，还是在雪地里一路光着腿走来。她全身都冻得惨白，这会儿才稍稍恢复些血色。

陆旭见状，再大的怒气也发不出来了。他叹了口气，说：“你等一下。”

然后他就出去了。等他回来的时候，手里拿着一条花裤子。由于里面充满了棉花，让整条裤子宛若米其林。

陆旭的表情有点尴尬：“这是我母亲的，虽然不大好看，但是保暖。你……将就穿吧！”

陆旭知道闫天真要好看，有点拿不出手的意思，但闫天真早就被冻傻了。在零下十几度的温度里，还要什么风度？

“好看好看，你妈妈的裤子怎么会不好看？妈妈喜欢的就是最好看的！全天下独一无二！”闫天真一把夺过来，就往身上套。白花花的大腿毫不避忌地呈现在陆旭面前，陆旭面红耳赤，连忙转身，出门。

“我去外面等你。”陆旭说完，一溜烟就跑了。

那一副避之不及的模样，好像多看一眼就会长针眼。

陆旭出去后，自然而然得到了父母亲友的轮番询问。

“她是谁？”

“女朋友？”

“她做什么的？家里几口人？”

面对亲友们的问题，陆旭一个都答不上来，只能含糊地说：“一个朋友，来……旅游。”

“看着不正经啊……”陆妈妈最是担心，紧张地说，“薇薇知道吗？”

提到杨薇薇，陆旭的脸色也难看了。

他和杨薇薇分手的事情他还没告诉父母，刚想开口，却听身后传来一声好听地女声：“知道。”

闫天真从房里走出，穿着塞满了棉花的大裤子，还顺便找了件陆旭的羽绒服穿，整个变了一个人似的，但是她的声音依旧温柔而有力量。

她笑嘻嘻地说：“杨薇薇知道我在这里，她不会介意的，陆旭，对吧？”

看其他人的态度，很明显陆旭和杨薇薇的事情整个村都知道。陆旭被当着这么多人的面揭伤疤是她不愿看见的。

陆旭沉着一张脸，没否认：“嗯。”

陆妈妈更加狐疑了。

“这究竟是怎么一回事？”

“妈，我晚一点跟您解释。”

“不行，现在就给我说清楚，这个女人是……”

“呀！你们这是要杀猪吗？！”闫天真陡然大喊了一句，然后飞奔向前，打断了陆妈妈的问话。

只见她奔向了院门口四肢倒吊的猪旁边。猪已经洗得白花花的，就差下刀了。被闫天真这么一喊，众人这才回过神来，想起他们还有更重要的事情要做——年三十杀猪，拿猪肉包饺子、包子，分肉，是一年里最重要的时节。今年轮到陆旭家。

一般杀年猪都是由这家的男人主持。但是陆旭的爸爸这几年生了病，干不了重活，于是除了陆旭，还请了别家的男人来帮忙。陆旭刚到，衣服都还没换，但被闫天真这么一耽搁，吉时已到，来不及换衣服了，势必弄脏他的蓝色羽绒服。

闫天真见状，直接做了个撸起袖子的动作，冲了上去，说："我来！"

陆旭愣住："什么？"

"我说你去歇着，让我来。"闫天真很坚定，动作麻利地摁着那只猪，虽然眼神很坚定，但力气不够大。连刀都没摸到，就被滋了一脸血。

陆旭叹了口气，推开了她："你不必如此。"

"嗯？"

"就算想要融入，也不必勉强自己做不该你做的事。"

陆旭脱掉了羽绒服，穿着围裙直接就上了。闫天真在一旁看着，发现不算壮硕的陆旭其实干起农活来也毫不含糊。

闫天真不甘落后，适时搭把手，倒是让其他人惊讶了。

"想不到你细皮嫩肉，大腿还没我胳膊粗的人，居然懂得杀年猪。"陆妈妈在边上拿着簸箕等着，闫天真手都不带抖的，把内脏分离，分别装在不同的簸箕里。

闫天真嘿嘿地笑："现实里没见过杀猪，但是拍戏的时候见过，编剧老师就这么写的。觉得有意思，就记到现在了。"

闫天真丝毫不掩饰自己，有一说一，不扭捏不造作，陆妈妈的敌意便没有那么深了。

"剧本就是演戏吧？我们家薇薇也老说演戏什么的，可演戏哪能当真！今天就让你好好看看，什么是全套的杀年猪。"

陆妈妈像献宝似的，把每一个步骤都讲给闫天真听。原本是带着几分试探和考究，看看她是不是真跟表现出来的一样会干活，不怕事。

岂料闫天真不仅会干活、不怕事，还会举一反三，真的帮着陆妈妈处理完了一整头猪。

她并不觉得血腥和絮叨，反而津津有味。用她的话来说就是："热闹，有年味儿！"

陆妈妈挺满意，在闫天真分发猪肉的时候忍不住跟陆旭说："要不是你已经有薇薇了，我看她也挺好。"

陆旭皱眉，不懂母亲的意思。

陆妈妈微笑着看着闫天真拎着空的大铁盆从门外走来，边笑边说："虽然她俩模样都挺好，但薇薇你只能宠着、惯着、捧在手心里，而她……能照顾你。"

闫天真抱着一盆一盆的猪肉，分发给乡里乡亲。然后又帮着陆妈妈剁饺子馅、擀面皮。一通操作下来，已近黄昏，连陆妈妈和其他几个做惯了农活的人都觉着有些累，而闫大小姐连口水都顾不得喝，精神矍铄，仿佛跟着大伙儿一起包饺子比看到公司股价大涨还兴奋。

她仿佛回到了十年前的一个晚上。

那时候她还有爸爸、妈妈。

她还能吃到妈妈做的饺子。

一碗热腾腾的、有家的味道的饺子。而她当时还为了减肥，不吃。

每每想到这里，她都非常难受。

好在这里足够热闹，陆妈妈很快又给闫天真安排了别的事情，她根本来不及难过。

闫天真嘴甜人美又懂事，哄得陆妈妈合不拢嘴。就算从来不下厨，把厨房的事情搞得乱七八糟，但是陆妈妈没有斥责一句，反而手把手地教她。她学得不好，也不会看不起她，因为她给人的感觉真的太真诚了！

真诚到你根本不忍心说她。

就在闫天真拿了一截猪大肠，蹲在角落里，不知所措的时候，陆旭看不下去了。

陆旭在闫天真身边坐下。

"你不必这样。"陆旭说。

"什么？"闫天真不懂。

"你的手是坐在办公室里签字用的，不是做这个的。"陆旭夺过闫天真手里的猪大肠，说，"会弄脏你的指甲。"

陆旭早就注意到闫天真的指甲，细长不说，还镶满了闪闪的钻，最夸张的食指上还有一只金色的泰迪熊。

"你放心，很牢固，抠都抠不掉，不会不小心灌进香肠里的。"闫天真抢回猪大肠，笑眯眯地说，“答应了你妈妈的，吃年夜饭之前要灌好，我可不能食言了，会胖的！”

“什么？”陆旭愣住。

“食言而肥！”

“……”

闫天真不再理陆旭，认认真真地灌香肠。陆旭知道闫天真很轴，不达目的不罢休，也不再劝，只是坐在那儿帮她一起。

另一厢，陆妈妈煮了饺子、蒸了包子，还有新鲜刚杀的猪肉做成的八大碗，热热闹闹地端上了桌。闫天真下午的一通操作猛如虎，直接导致陆妈妈放下了所有的戒备心，对她喜欢得不得了，把房檐下挂着的所有的好吃的都拿了下来，要给闫天真尝尝乡里的本味。

陆爸爸对此非常不理解。

虽然他也不是小气的人，也是好客的，但对突如其来的陌生女人还是保持着一定的戒心。这一点，从他的眼神里就能看出来。

笑虽然笑着，但那笑容只停在表层，没有到达眼里。

这一点陆旭没看出来，陆妈妈也没看出来，但是闫天真看出来了。

跟人在生意场上斗了十年的闫天真，早就对陆爸爸觊觎已久，就等着开饭的时候一展身手。

闫天真：“陆爸爸，我敬您一杯，您教出来的孩子是A大的楷模，我们都对您的教育方法很钦佩。”闫天真话说得好听，手里的动作更是无懈可击。没等陆爸爸开口，就端起酒杯，一饮而尽。

满满当当一杯白酒，顷刻间见了底，连一滴都不曾留下。

陆爸爸见过不少能喝的，但像闫天真这样细胳膊细腿，说话文绉绉气质又高雅的，很少不是端着的。她非但没端着，还比他们东北大妞更豪迈。陆爸爸登时也变得豪气干云起来。

“陆旭需要学习、进步的地方还有很多，我慢慢跟你说。”陆爸爸三杯酒下肚，打开了话匣子。从陆旭出生开始，到他什么时候穿开裆裤，然后是怎么一步步从县城考进了A大。

“这一切的一切，跟我跟他妈脱不了干系，但干系也并不是很大。学习归根究底是自己的事情，陆旭想学、爱学，我们只是全力支持他，仅此而已。”

闫天真把陆爸爸哄高兴了，还喝趴下了。

陆爸爸一年到头都难得趴下一次，属实是高兴。吃完年夜饭，看了一会儿春节联欢晚会，便开开心心地去睡觉了。

直到他睡了，陆旭才敢告诉陆妈妈真相。

“我和杨薇薇已经分手了。”

“分手了？！”陆妈妈惊讶。

“嗯，已经三个月了。”

“……”

陆妈妈叹了口气，仿佛早有预感，喃喃：“怪不得今年都没有给我们发拜年短信了。”

陆妈妈难过了一瞬，才意识到：“也好，这样你也不必有心理压力了，毕竟当时……也是被我和你爸逼的。”

嗯？

被逼的？

闫天真像是听到了不得了的秘密，还想问，但是陆妈妈或许是看到陆旭的脸色不好看了，连忙又闭了嘴。

“大过年的，不开心的事情就不提了。来，吃菜。”

酒过三巡，春节联欢晚会也到了尾声。

十二点的倒数响起，屋外的爆竹也越发响。旧的一年过去，新的一年到来，到了临睡之际，陆妈妈才陡然想起，家里没有空房。

陆妈妈担心不方便，本想去邻居家借间房什么的，但闫天真大大咧咧地说：“我不介意跟陆旭一个屋，陆旭是好人，什么都不会发生！你们也不会出去乱说的，对吧？”

“这……”

“就算传出去，街坊邻居知道了，吃亏的也是我呀，您不用担心的。”

言下之意就是，既不会有实，也不会传出流言蜚语。就算传出来了，她也不介意。

陆妈妈还是觉得不妥，想说有没有可能自己跟闫天真一间房，陆旭跟陆爸爸睡。但后来发现，陆爸爸身体不好，半夜需要伺候的事情多，陆旭不一定能弄妥，还是作罢。

"陆旭，你觉得呢？"

闫天真对陆旭的喜欢，已经是一目了然了。陆妈妈得知他和杨薇薇已经分手之后，算是看明白了。

她啊，根本是来追她儿子的。

这姑娘模样好，性情好，会干活，嘴还甜，当媳妇他们是不反对的，就看陆旭愿不愿意了。

陆旭沉默了一会儿，说："在我的房间里再烧一盆火吧！"

这意思就很明显了。

在大东北，火炕第二天早上就燃尽了，房间里会变冷。为了让闫天真第二天不被冻脸，于是再生一盆火。这也就意味着，他并不反对。

不仅不反对，还很为闫天真考虑。

陆妈妈放下了心口大石，只当儿子是喜欢上这个姑娘了，于是也开开心心地去准备了。

（四）

"你为什么同意啊？"半夜，闫天真睡不着，翻来覆去的。

在听到陆旭同样一声几不可闻的叹息后，她终于还是没忍住，开了口。

月光透过窗户，照在陆旭的睫毛上。他很想装睡，但是感受到闫天真的目光，不得已，只能叹了口气，然后回答："不想麻烦父母。"

"只是因为这个？"

"嗯。"

"喊，还以为你喜欢我了呢！"

闫天真叹了口气，开始嘤嘤嘤。

陆旭听到哭声，以为她真的哭了，这才睁开眼睛。却不想，看到的却是她虽然一副泫然欲泣的样子，但是眼里却半点害臊都没有。原来她只是想勾引陆旭睁开眼睛。

看着闫天真没羞没臊、没心没肺的样子，陆旭彻底没有睡意了。

"为什么？"陆旭问她。

"嗯？"闫天真眨巴着大眼睛，眼光扑簌扑簌地问，"什么为什么？"

"为什么是我？"陆旭认真地问，"我不觉得自己有什么优点能吸引到你。

让你能够锲而不舍，甚至……追到我的老家来。”

“你竟然不知道自己的优点？”闫天真声音陡然拔高，想都没想，惊讶、夸张地反问，“难道个子高，长得好，成绩无敌，人格独立，不为金钱折腰，不为强权困扰，等等等等，这些都不算优点吗？你是不是对自己有误解？！”

闫天真的语调连她自己都没意料到已经到了扰民的地步，陆旭连忙伸出手，捂住了她的嘴：“嘘，不要吵到爸妈。”

陆旭家虽然有个大院子，但与父母的房间相距很近。而他母亲又因为他父亲的病，导致神经衰弱，睡眠极浅。他生怕闫天真说话太大声吵醒了母亲，于是格外紧张。

闫天真看着陆旭近在咫尺的脸，好想再大声一点，让他一直捂着自己，但奈何屋内温度高，她需要呼吸，只得听话地点了点头，用眨眼示意陆旭自己知道了。

陆旭放开闫天真，压低了声音叹气：“抱歉。”

闫天真头摇得跟个拨浪鼓似的摆手：“没事，这样的行为你来多少次我都接受，不需要道歉。”

“……”

陆旭习惯了闫天真脑回路清奇，于是见怪不怪，又躺回了自己的被窝里。

被这么一闹，两个人都冷静了。

“睡吧！”陆旭说。

“嗯。”

闫天真赶了一天的路，又帮陆妈妈做了一下午的活，吃了年夜饭、守了岁，说不累是假的。但是她精神又着实很兴奋，根本睡不着。

想必陆旭也是一样的。

听不到陆旭均匀的呼吸，闫天真试探性地问：“你睡着了吗？”

“……没有。”

“你也很兴奋？”

“不算兴奋，但是……睡不着。”

“是因为我吗？”

“……”

陆旭沉默了一会儿，说：“大概吧！”

“既然睡不着，那就聊天吧！”

陆旭不置可否。

闫天真见他没拒绝，便打开了话匣子似的，有一搭没一搭道："你的感觉没有错。"

"嗯？"

"对我来说，不管是你的脸，还是你的成绩，还是别的什么外在的因素，在我这里都不算稀奇。我见过比你好看的，比你学历高的，比你更甜的，很多、很多。"

"嗯。"

这一点，陆旭早就预料到了。

从她住的房子、开的车，以及她对自己的反应，就像是游走花丛、无往不利的那一种，他早早就明白了。

"所以，很喜欢你大概是一种直觉。每次见到你，你都让我眼前一亮。"

就好像在童怡结婚那天，闫天真原本怎么都想不明白，童怡怎么会嫁给那样一个人，直到她看见了陆旭和杨薇薇，陆旭像捧着珍宝一样看着杨薇薇的时候，童怡跟他的眼神是一样一样的。

在她们这个年纪，闫天真是绝对不会再用这样的眼神去看待一个人了，而何岳，却可以让童怡回到十年前。从那以后，她在童怡和何岳面前虽然还经常嘴硬，但是心里面已经释怀了。想必童怡也知道闫天真的变化，才没有再继续妄图去修复二人之间的关系。

因为她懂她，知道关系已经和好如初，又何须再修复呢？

"你的出现仿佛让我看到了十年前的自己。"

闫天真说完这句话，陆旭才真正睁开眼睛，看向身边的她。

他们之间隔着两个人的距离，盖不同的被子、睡不同的枕头，但是在同一片月光的照耀下。

月色被雪反射着，寂静的夜里，明亮又虚无，让人觉得眼前的一切都有些不真实。

陆旭一直都觉得闫天真这个人不真实，就好像虚无缥缈的月光一样，看不透。就算摸得到，她也不是让你摸到真实的她。直到她说："我很羡慕你。"

闫天真："过去我总以为没有爱过一个人，就不会变成另一个人。但直到看到了你，我才发现，变不变成另一个人，全都是自己的选择，跟那个人没有多大关系。”

陆旭一开始不明白她的意思，她也不急着解释。只是安安静静、缓缓地说：“十年前，在跟你差不多的年纪，我喜欢上了一个男生。我以为我们的爱可以跨越天长、地久，无往而不利，甜甜蜜蜜一辈子。可也正是他让我知道，原来自己的喜欢一文不值。

“我的初恋，他毫不犹豫地丢下了我，除此之外，还让我背上了巨额债务。虽然那些钱对现在的我来说不值一提，但是对当时的我来说，跟天塌了一样。

“我拼了命地还钱，为此连学业都放弃了。然后他回来了，轻描淡写地跟我说了对不起，还帮我还了钱，但是我怎么都忘不了，那一段时间我的变化。

“我变得消沉，没有朋友，不跟家里人联系。也正是那一年，因为我的消沉，父母担心，来 A 城看我，途中出了车祸。”

陆旭陡然睁大了眼睛。

闫天真的笑容依旧温暖，但眼神里却有着藏不住的苦涩。

她笑着说：“从此以后，我真真正正地变成一个人了，孑然一身，一无所有。”

陆旭全然没有料到，闫天真所说的孤独，竟是因为这个。他一直以为她是工作繁忙回不去，却没想到她所指的没有“家”了是父母双亡。

还是因为她。

“抱歉，我……”

“不用道歉，是我想跟你说的，不是你在揭伤疤。而且……别这么看我，虽然我也觉得自己挺可怜的，但是看到你这样的眼神，我会觉得我的父母刚刚去世。”闫天真故作轻松，瘪着嘴，想要逗笑陆旭。

但是陆旭怎么都放松不了。

“后来呢？”

“后来？”

“那个男人。”

“哦，他啊……”

后来，他当然是把钱还了。

功成名就的他哪里会缺钱呢？

但是，当时的钱，和后来哪怕千万倍的钱相比，还是那时候的价值最大，也最让她痛苦。

但是尊严不值钱，恨也于事无补。

多年在旁人面前俯首帖耳、跪地服务的她也很快审时度势，立刻明白恨一个人是不会有结果的。利用他，或许才能让毫无尊严的她重新变回一个人。然后她拿着那笔钱，成立了第一个影视公司，往后见了他，还会言笑晏晏地跟他打招呼，踩着他的资源往上爬，于是才有了现在的她。

千面女王，Elena Yan。

“那你还恨他吗？”陆旭问她。

“当然。这种恨，是深入骨髓，永不会消散的。只要有机会，我一定扒他的皮，吃他的肉，喝他的血，然后把他的骨头剁碎了喂狗。”

闫天真说着，陆旭忍不住地打了个寒战。

紧接着，闫天真又是悄然一笑：“我开玩笑的，你还真信啊？”

“为什么不信？”

间接害死父母，不应该吗？

闫天真沉默了，然后陡然想起了什么，双手合十，说：“对了，我父母去世的事情请一定保密，这件事情除了闺密知道，没有人知道。”

“我能跟谁说？”陆旭皱眉，反问。他十分不理解。

他们的共同好友就只有池明亮他们三个，他也不会嘴碎到跟他们八卦。

闫天真却仍然非常认真，说：“或许有一天，你会遇到他呢？”

“谁？”

“那个男人。”

“你跟他还有联系？”

“呃……算，也不算吧！”

“什么叫算也不算？”

“就是……总之，这件事情只有你和童怡知道，我不希望被第四个人知道。”

“不会。”

“你保证？”

“我保证。”

闫天真微微一笑，松了一口气。

“我说完了，那么你呢？”聊完过去，闫天真更加兴奋了。

陆旭同样也更加睡不着了。

他一直以为闫天真是没心没肺的，但实际上，她或许只是心肺受伤严重，于是缠满了纱布，不让人看见。

微笑只是她的保护色，掩盖她伤痕累累的过去。

陆旭看着闫天真，皱眉："我怎么了？"

"现代社会，痴情人设多少啊，你那个杨薇薇究竟有什么好，值得你挂念那么久？"

假如她没听错的话，她分明嗅到了一丝父母之命、媒妁之言的意味。陆旭不像是对她情根深种的样子啊？

许是闫天真自己剖析了过去，抛了橄榄枝，这让陆旭也放下了防备。

他想了想，缓缓开口："大三那年上学期末，我爸来城里治病，我在国外参加比赛。我赶不回来，杨薇薇就在医院照顾了我爸一个月。"

"这样啊……"

"不仅如此。我父亲病危不能探视的时候，她就跟我母亲一起，挤在三四十元钱一晚的小旅馆里，日夜安慰她。那会儿旅馆里暖气坏了，我到酒店时，看到的就是她睡在小旅馆里，鼻子冻得红红的样子。那一瞬间，我就告诉自己，假如她看到这些，知道我家里的情况，还愿意跟我在一起，那么她就是我这辈子都要在一起的人。"

"然后你们就在一起了？"

"嗯。"

"嘁，那也不是因为父母的关系嘛，说到底，还是你喜欢她……"闫天真有点失望。

陆旭没有反驳。

任何的关系都跟别人没有关系，从别人那里找借口是他不屑做的。

他跟她在一起，只是因为喜欢她。

"那你现在还喜欢她吗？"闫天真又问。

这一次，陆旭沉默了。

好像是为了逃避这个话题一样，不一会儿，闫天真就听到他那边传来均匀的呼吸声。

"胆小鬼，说喜欢，我又不会生气。"

"就像换作现在的我，假如在这个年纪再次遇到周南，我也还是会沉沦啊！

毕竟，我就是吃他的颜。这不丢人啊？！”

毕竟，全世界谁不吃他的颜？

闫天真一通喃喃，也不知道陆旭究竟是装睡还是真睡。

许是真的累了，见陆旭没反应，没人聊天了，很快，她也就进入了梦乡。

枕边传来真正睡着的呼吸，甚至还因为疲累而少有呼噜声后，陆旭缓缓睁开了眼睛。

他不是逃避。

他是真的不知道。

他不知道自己还喜不喜欢杨薇薇。

毕竟，当时击中他的，是杨薇薇不顾条件，放下身段去跟母亲挤小旅馆的模样。而后来，同样让他们分手的，也是因为两个字：条件。

他达不到她的“条件”了。

虽然这个问题始终无果，但是他今晚记住了一个人的名字。

那个让过去的闫天真变成了现在的闫天真的男人。

他的名字叫周南。

第十二章

升温

（一）

年初一，闫天真起了个大早。但是这个“早”只是对她而言，陆旭已经不在房里。

房间里的火盆已经换了新的，火炕也再次变热。显然陆旭比她还要早地起来，给她换了新的火盆，又重新烧了火炕。

闫天真在暖意融融中起床，心也跟脸蛋儿一样暖暖的。

她没有吃早饭的习惯。她起这么早只是因为听见窗外喧嚣，人声鼎沸。小孩子们玩爆竹，挨家挨户讨喜钱，这是城市里看不到的景象。她喜欢这种只有在过年时候才有的热闹氛围，看多久都不会腻。

直到陆妈妈叫她吃饭。

初一的早餐还是猪肉馅儿的饺子。陆旭知道闫天真不吃芹菜，所以特地准备了一份新的，一小盘，不多，摆在面前，特别有心。

“谢谢！”闫天真一边满足地吃着，一边不动声色地靠近陆旭，凑在他耳边，小声地说。

“我妈包的。”陆旭有些不自然，躲开了些。

闫天真不觉得有什么，不仅没害臊，还冲陆妈妈微微一笑：“谢谢阿姨！”

经过一晚的相处，陆爸爸也对闫天真改观，和颜悦色的。

在商场上习惯了见人说人话、见鬼说鬼话的闫天真凭借出色的职业技能，把二老哄得高高兴兴的，但又不显假，就好像他们真的是认识了很久、像真正的家人一样。

陆旭第一次近距离接触闫天真，发现她真是一身好本事。她能跟陆爸爸谈承包鱼塘，也能跟陆妈妈谈村口七姑妈的表侄子快三十岁了该结婚了。

闫天真半点都没有被冒犯的意思，连连附和："是啊，三十岁搁您这儿孩子都上小学了。"

"可不是嘛，我就是二十二岁生的陆旭！"在闫天真这里，陆妈妈得到了在陆旭那儿永远也得不到的赞同，对她更是觉得相投，恨不得当场就让他们俩原地结婚。

"你觉得小闫怎么样啊？"陆妈妈问陆旭。

陆爸爸、闫天真也都齐刷刷地看着陆旭。

闫天真装纯良，听不懂的样子，接了一句："陆阿姨，您在说什么呀？"

陆妈妈一副"包在我身上，你小姑娘不用操心"的样子，然后转头，问陆旭："问你话呢！"

闫天真的目的达到了，陆旭却是门清的。

他不忍揭穿闫天真，只能装矜持，板着张脸说："我去洗碗。"

然后就把几人吃好、喝好的碗筷杯子都拿走了，得洗好一会儿。

陆妈妈安抚闫天真："他面子薄，你别担心。"

"嗯，我知道的，谢谢您！"陆旭是什么人，闫天真第一眼见他就看了个七七八八。这一通接触下来，她早就有主意了。

或许是陆旭提前跟陆爸爸、陆妈妈说，让他们不要问闫天真家里的事情，所以陆爸爸、陆妈妈都没有开口问。

问她在这个本应该和家里人一起度过的节日里，她为什么会一个人在这里？

他们特意避开了这个话题，在陆旭去洗碗后，只问闫天真："你的新年愿望是什么？"

陆旭一边洗碗，一边听着屋那边三人的对话。

闫天真说："我希望能和家人一起过年、吃火锅。"

陆父、陆母都有点尴尬，不知道该怎么回。

就连陆旭洗碗的手也是一滞。

很快，就听闫天真又道："愿望昨天已经实现了，今天又继续幸福着呢！你们就是我的家人哪！"

陆旭闻言，不自觉地嘴角一笑。陆父、陆母也很快发出爽朗笑声。

他虽然在洗碗，但眼前似乎都能看到闫天真的笑脸，那种干净、纯粹又豪爽的大笑，仿佛世间一切阴云，都能在她的笑声中烟消云散。

吃完早饭，一家人要去拜年。

虽然陆家多了个女娃的消息传遍了整个村，但是若带着闫天真一起去，性质就全然不一样了，那和新媳妇进门有什么区别？

“你们去吧，我在家里等你们。”正在二老犹豫之际，闫天真率先开口。

“那你午饭吃什么？”

“阿姨做了那么多好吃的，我随便吃哪一个都很好呀！”何况早餐吃得那么饱，少吃一顿也无所谓。

雪地中，她站在大门边，笑眯眯地挥手，目送他们三人离开。

但她越是笑着，就越是让人放心不下。

陆旭刚走出门没几步，就又折返了回来，邀请闫天真一同去。

“不太好吧……”厚脸皮如她，也知道这不太好。但是陆旭却没有容她拒绝，直接牵着闫天真的手，拽着她离开了。

陆父、陆母见状也没说什么，一行四人带着礼品去了亲戚家。

陆旭的二叔过去是老干部，后来儿子考上大学，跟着儿子去城里享福了几年，住不习惯又回来了。他虽然已经不再是村里的干部，但在村里威望极高，平日里习惯了被众星捧月，对谁家的事都了如指掌。

“你就是电影学院那个小姑娘吧？”陆二叔把闫天真当作了杨薇薇。

闫天真也没否认：“嗯，我是A市电影学院的。”

虽然这样的身份在十年前，但是也不算说谎吧？

陆旭很诧异。陆父、陆母却松了一口气似的，感激地看着闫天真。

原来，当年陆爸爸去城里治病，颇受杨薇薇照料。回来后，他和陆妈妈逢人就夸她，把她吹上了天，言谈之间更是将她当既定的媳妇来看待。

原来整个村都知道杨薇薇。

怪不得陆旭对她难以释怀。

男人就是这样，当她将一个女人带回家，就说明将她当作了自己的责任，更是当成了家人，这种分手对他的打击与离婚无异。

陆爸爸、陆妈妈也不是不想在亲戚面前解释，只是大过年的，也不好在闫天真面前多提，因为，就连他们都搞不清楚，他们究竟是为什么分手。

陆旭的二叔给了闫天真一个见面礼。闫天真摸了一下，还挺厚的。

“薇薇啊，以后要经常回来看看，好吗？”

闫天真笑着就应下了：“好的。”

回家路上，闫天真把红包还给了陆旭。陆旭没有接。

“给你了你就拿着吧！”

“这是给杨薇薇的，不是给我的。”闫天真一改笑嘻嘻的模样，义正词严地说，“等以后他知道我的名字了，再封一个给我，到那时候，我才会收。”

不是她嫌少，也不是她不在乎这点钱。

只是名头不一样，意义就不一样。

她可以为了他们在大家面前和颜悦色、装作不在意，但是内心里，她还是有那么一分小小的骄傲。

陆旭把红包收下，与闫天真并排走在雪地里。

冰雪将停，风光霁月，没有受到城市汽车尾气污染的天空澄澈如洗，空气清新怡人。闫天真一改往日叽叽喳喳的形象，安静地走在陆旭身边，享受此时的宁静。

但是陆旭却不大习惯这种感觉。

几次想开口，却在低头的一瞬，看到闫天真舒缓的表情，又不忍打扰这一刻的安静。

“你想说什么？”最后，还是闫天真先开了口，“你好像一路上都有话想说的样子。”

陆旭沉默了一瞬，很快回答：“你为什么不解释？”

“解释什么？”

“跟二叔说你不是杨薇薇，说你叫闫天真。”

“我不在乎二叔叫我什么，他高兴就行。”

“为什么？”

“因为，假如告诉他我不是杨薇薇，他一定会失望的吧！他连红包都准备好了，显然，那不是给我的。”

“……”

陆旭又是一默，片刻后苦笑：“你还真是能屈能伸。”

“这有什么的？”闫天真撸起袖子，笑道，“在娱乐圈摸爬滚打这么多年，什么牛鬼蛇神没见过？比这委屈的事情可多得去了，我要是在意，早就死了几万回了。”

陆旭一边往前走，一边听她说，眼睛却一刻都没有离开过她。

“有句话怎么说来着？啊，有了！虽然吧这句话俗气，但却是真理。”她走在雪地里，手舞足蹈地说，“吃得苦中苦，方为人上人。”

“我就是这么成为人上人的。”

看着闫天真开心得像个孩子，用满不在乎的语调说着那些撕心裂肺地过往。

他很明白，她说得越是轻松，那些过往就越是伤人，毕竟，一个无依无靠的女孩要长成参天大树，一定扎根许久吧？那些地底的阴暗日子，她一个人是怎么熬过来的呢？

陆旭绷着脸，嗓子眼里卡着块石头，上不去也下不来。

闫天真知道他在替自己难受，可是大过年的，风景又美，人又好，她可不想在这时候扫了大过年的喜庆。

闫天真接着道：“我再告诉你一个道理，一个在二十岁时就明白的道理。”

“嗯？”

闫天真一本正经地说：“千万不要低头，因为……双下巴会出来。所以，别担心，我好着呢！”

陆旭瞬间被她逗乐了，想笑又要维持高冷人设。

“你就笑一笑嘛，你明明就很想笑。”闫天真停下步子，认认真真地看着他。

被这么一盯着，陆旭却是真实地笑不出来了。

“回去吧！”

“不回，你刚刚明明就是笑了。”

“那就当我是笑了吧！”

“我想看你笑。”

“……”

闫天真不依不饶，甚至直接上了手。

陆旭的嘴角被闫天真扯出来一个诡异的弧度，他笑得很勉强。

闫天真无奈，咧开嘴，灿灿烂烂地一笑，说：“看到没有，我这个才叫‘笑’，是见过世间大风大浪之后，依然保留的初心。而你……还没长大就已经不会笑了，真是可惜。”

陆旭想到闫天真这些年经历的，知道她不容易，不想在大过年的时候还给她不痛快。

于是听了她的话，笑了一下。

只是这一下，就让闫天真欣喜若狂、受宠若惊。

“好看，真好看！”

就像她初见陆旭时，他对杨薇薇露出的笑容一样，那么、那么的好看！

她想，自己再努力一点，就可以让他重新变回那个阳光、积极的陆旭了吧？

她相信会有这么一天的。

（二）

快乐的日子总是短暂，闫天真在陆旭家里待到了年初六。

这六天里，除了必要的走亲戚，每天都是吃了睡、睡了吃。偶尔跟邻居家的小朋友玩玩鞭炮，偶尔去河里凿冰炸鱼，总之什么荒唐事情都做了。

闫天真流连忘返，但再迟，也迟不过初八。

初八是公司复工的日子，回去的路上还要花费一天，她不能再耽搁了。

陆旭亲自把闫天真送回了镇上，她的车还停在那里。这一路都是冰天雪地，她怎么来的他不知道，但是路上的路况一定不好。他过去不知道也就罢了，知道了便说什么都不放心她再自驾回去。

陆旭想帮她开回去，却被她拒绝了。

“我只做有把握的事情，你就放心吧！”

陆旭还是不同意。

最后无奈，闫天真只能妥协，买了张商务座的高铁票，一路躺回去。

陆旭这才放心。

陆旭拎着闫天真的行李箱和手提包，一直把她送上了站台。

站台上，火车还没到站，闫天真刚拿出烟和打火机，想抽根烟，就被陆旭摁住了。

“为什么又开始抽了？”陆旭皱眉。

“这不是因为要跟你分开了，舍不得嘛！偶尔一次，没关系的。”

面对闫天真的打趣，陆旭已经习以为常，并且不会觉得反感，只当作没有听到。

“抽烟不好。”他不由分说，直接把她的烟给摁灭了，还把她那一盒烟都抢过来，扔进了垃圾桶，旋即拿出了手机。

闫天真正奇怪他拿手机干吗，很快，微信就收到了他一条信息：来自小旭旭的转账。

“烟钱。”陆旭认真地说。

“我还缺那点钱吗？”闫天真意外地看着他。

“你不缺，但是那并不意味着我不需要给。”

在陆旭的坚持下，闫天真收了钱，收完还嘟囔着：“下次给我钱记得不要用转账，给我发红包，我会觉得舒服一点。”

“……”

陆旭一般都是转账，一目了然。发红包这种方式，还真没有发过。

“记住了吗？”闫天真问。

陆旭：“……记住了。”

火车很快进站，稳稳地停在了站台里。

陆旭帮闫天真把行李都拿上车了，才准备离开，没想到闫天真也跟了下来。

“你怎么下来了？”陆旭皱眉。

“你什么时候来看我？”闫天真问。

“什么？”

“你不会以为把我送回去就完事了吧？你什么时候回 A 城，你会来看我的对吧？”

陆旭想了想，淡淡地说：“有空了可以。”

“有空是什么时候？”

尖锐的口哨声响起，列车长已经在催促大家上车，时间已近发车点。

陆旭急于摆脱她，只能答应：“改天会去的。”

“改天是哪天？”闫天真急于确认，不想放过他。

闫天真：“成年人的世界，都说改天就是时过境迁，下次就是音信全无，我可不想再被你敷衍。”

“我没有敷衍你。”陆旭认真地说，“我说改天，就一定会有那一天。”

“好，我相信你。”

得到了陆旭肯定的回答，在列车门即将关闭的一瞬，闫天真这才上了车。

陆旭心头狂跳，被她这一番操作吓得不轻。但好在，她还是上车了。

面对车窗里，依依不舍向自己挥别的闫天真，陆旭不知道怎么的，也抬起了手。

他说了再见，就一定会再见面。

回到城市之后，闫天真有好一阵没缓过来。

脱下了军大衣棉裤，重新换上丝袜和高跟鞋的日子过得那么不真实。就连给员工发开年红包时，她都好几次没站稳，差点摔倒。

这是穿着高跟鞋能跑马拉松的她从未有过的窘况。

下午，要出外景，闫天真要过去确认细节。大棚里没有暖气，道路也结冰，助理小乔有些担心。

“闫总，要给您拿几双新鞋吗？”小乔很快给她准备了多双国际一线品牌的最新款高跟鞋图片，以供选择。

“我电话确认过了，都是现货。”

闫天真兴趣寥寥地扫了几眼，想了想，说：“给我买条秋裤来。”

“什么？”小乔掏了掏耳朵，以为自己听错了。

“闫总，您能再说一遍吗？”

“秋裤！”

小乔吓得眼镜都掉了，再三确认过后，确定闫天真要的是“秋裤”之后，找遍了公司仓库都没找到，最后只能临时去买了。

闫天真换上秋裤、牛仔裤，上身一件羽绒服，脚上一双军靴后，把全身包得像个馒头，这才肯上车。

小乔连连回头，总觉得总裁有哪里变了，却又不敢说。

最后还是闫天真看出来了，问她：“我不过是穿了大家都会穿的秋裤，有什么值得惊讶的吗？我不照样还是美得惨绝人寰的吗？”

“美则美矣……”

“然后呢？”

“就是多了点土……烟火气。”

小乔硬着头皮说完，差点还说出真话。本想承受来自时尚达人闫天真的怒火，没想到闫天真却很高兴的样子，一边看资料一边哼着小曲说：“我也这么觉得。”

桐乡之行对闫天真的变化除了穿着上的，还有心理上的。

闫天真过去从不期待下班，但是最近，特别期待下班。不夸张地说，从上班开始，就在等下班，因为只有在晚上六点多，吃完晚饭，在天光渐渐隐去，陆旭陪父母散步的时候，他才会给自己发消息。

倒不是他故意不回，只是只有在那个点，他才会散步到村口的大榕树下，在开阔的广场上，那里才有信号，然后就会跟闫天真聊几句。

闫天真会把每天见到的新奇事物发给他，告诉他大城市里今天又发生了什么。陆旭会给她拍一拍田野、雪原、飞鸟禽畜。

各有各的生活，各有各的美，但是，却不是毫无联系的。

她惦记他的家乡银装玉琢、十里飘香。

而他……知道她惦记，于是会分享给她。

而他自己，似乎也有一点惦记着她，否则，他不会每天傍晚都跑去那棵榕树下。

看消息、回消息已经成了他的日常，成了他规律生活中的一部分。

（三）

2月底，高校陆续开课，A大算是开学最晚的那一批。闫天真一算日子，还有十余天才能见面，心情有些沮丧。

这时候，让她更加沮丧的事情来了。

方腾逸团队不肯签续约合同，说他本人对合同还有异议。

闫天真搞不懂了。

他们家给出的条件是全行业最宽松、最人性化的，没有之一。对方腾逸的管束更是少，可以说是给足了他自由，让他可以放开了手脚施展。分成自然也是让业内咋舌的，他没道理不跟他们续约。

“方腾逸说稍后会亲自飞一趟A市，再跟您面谈合同条款。”方腾逸的经纪人在片场，如履薄冰地接着闫天真打来的问罪电话，点头哈腰，一副吓得不轻的样子。

可就算是这样，也没能压得住闫天真的怒火。

闫天真怒吼："请你记住，你的工资是我给你开的，在外人面前，你当然要帮他说话，但是在我面前，你应该直言不讳！什么叫作他稍后来跟我面谈？你连方腾逸要什么都搞不清楚，我八位数地供着你，凭什么？搞不定他你就别来上班了！"

闫天真愤怒地挂断电话，心情难以平复。

面谈？

谈什么？

合同上都写得清清楚楚、明明白白，所有条款连差旅用度都一应俱全，全部都是最高级别的待遇，他方腾逸还想要什么？！

闫天真把自家的经纪人骂得狗血淋头，心情仍旧难以平复，转头就给方腾逸去了一个电话。方腾逸正在拍戏，拍到一半，他看到经纪人急急忙忙地跑过来，还做了一个切头的动作，知道对方是闫天真。

虽然很想喊停，但这不是他的人设，于是继续拍片。但谁承想，闫天真直接让小乔联系了导演，导演卖了她一个面子，请全剧组的人喝奶茶，于是给了闫天真跟方腾逸通话的机会。

她这么心急火燎的，不达目的誓不罢休，还真是她的风格。

方腾逸笑了笑，脱掉手套，接起了电话。

"喂？"好听的男声从电话那头传来，闫天真一改怒容，变脸就像翻书一样，陡然从急风骤雨变成了风和日丽。

她用甜得发腻的声音向他问好："大忙人，想让你接个电话真不容易。"

"怎么会？平时给你发微信总不见你回，现在轮到我晚接一会儿电话都不行？到底是你比较忙，还是我？"

"我那是真没信号。"

"是吗？"方腾逸也是微笑地说，"我也是认真地在拍戏。"

"好吧，知道你忙，算我理亏。你说吧，到底要什么才肯续约？"

"跟我吃顿饭。"方腾逸想都没想，开口。

闫天真一愣："什么？"

"跟我吃饭。"

"没问题，想吃什么都可以，你选地，我买单，吃几顿都没问题。"

"好。"

"那现在可以签约了？"

方腾逸却摇了摇头："吃饭的时候再说。"

"……"

方腾逸不等闫天真再开口，便挂断了电话。像要比导演还要负责一样，调动全场，让那些奶茶才喝了一半的人重新返工。

"马上就要天黑了，早点拍完，早点结束。"

方腾逸在片场干劲十足，不知道的都以为他敬业。然而事实上，他只是私心地想早点赶回A市，才好去见闫天真。

闫天真被方腾逸这一番操作气得吃不下饭，接连推掉了中午和晚上的应酬，只想瘫在家里翻白眼。

她回到家，刚脱了鞋，手机就响起一声特别提示音：是陆旭给她回消息了。

陆旭："我到A市了。"

陆旭的消息无疑让闫天真精神一振。她一看时间，才七点多。虽然酒不足饭也不饱，甚至还有点饿，但是与喜欢的人相处同一片城市的天空下，就激动得想作妖。

闫天真不急着回消息，而是迅速地洗了澡，换上洁白的真丝浴袍，头上裹着一层厚厚的退烧贴，然后她才给陆旭发消息。

"抱歉啊小旭旭，一直病着，没看到你的消息。现在到哪儿了？我去接你吧？"

配图是她摆拍十分钟、修图半小时之后的"杰作"。又飒又欲又惹人怜，活脱脱一副快病死了，想要垂死病中惊坐起，却没坐得起来的表情。

陆旭一见，果然就上当了。

"怎么这么严重？去医院了吗？"陆旭一定很着急，这一点从他回消息的速度就看得出来。

闫天真反而不那么快速地回复了，有气无力地发语音："去了。"

"医生怎么说？"

"让我好好吃饭，多运动。"

"那你吃了吗？"

"……没有。"

"为什么不吃？"

"不会做……"

“……”

那边沉默了一下，又问：“助理呢？”

“助理下班了，她的自由时间，我怎么好意思占用？”这一句要是被小乔听见，她一定恨不得给闫天真两个大嘴巴子。

平日里自己的二十四小时恨不得被她拆成四十八小时来用，现在居然说什么助理有自由时间？

这话从她嘴里说出来，她的良心不会痛吗？

当然不会。

闫天真不仅良心不痛，还特别开心。

因为陆旭听了之后，立马就说：“你在家等我，我四十分钟到。”

闫天真开心得想跳舞。

等再见陆旭，他比之前黑了点。

“你怎么晒黑了？”闫天真惊讶。

陆旭满不在意地说：“家里事情多，在外忙得多了就黑了。再说了，黑点好。”黑点，站在闫天真面前，就不会那么像小白脸了。

陆旭拎着大包小包，好几十包食材走进闫天真家。

“放哪里？”陆旭虽然来过闫天真家里一次，但是那次的心态很爆炸，根本记不清闫天真家里的构造摆设。他只记得她家很大、很大。

闫天真指了指厨房，说：“那里。”

闫天真见他吃力，想要帮他拿点东西，但是陆旭根本不给她这个机会，大大小小几十包的东西就被他两手拎了进去。

他来到厨房，把东西一点一点地拿出来，洗干净，然后摆在冰箱里。

闫天真这才发现，都是他从老家拿来的食材，有肉、有菜，还有鸡蛋。

“都是我妈让我带的。”感受到闫天真的视线，陆旭一边整理，一边说。

“都是阿姨让你准备的？”

“嗯。”

“你就没想带给我？”

“……没有。”

“你还真是毫不掩饰。”闫天真噘嘴，双手撑着下巴，趴在吧台前面，看着陆旭忙碌。

陆旭见状，从沙发上拿了两毛毯来，一条给闫天真垫在身下，一条垫在手肘下，才又继续去厨房里忙碌。闫天真原先不理解他要干什么，直到他双手把自己托起来，在身下垫好了毛毯，她才反应过来。

“谢谢！”闫天真头一次在近距离接触陆旭的时候脸红了。

从脖子一直到耳后根都在发热。

陆旭本人却对她的反应一无所觉。

陆旭虽然说话冷漠，但是做的事情却毫不含糊。他把闫天真的冰箱塞得满满当当，弄得规规整整。不仅把这一顿饭做了，还把后面的都给做完了冷冻起来。

“都是做好的肉，你吃的时候热一下，放一点青菜就可以。能吃很久。”

闫天真吃得心满意足，根本停不下来，嘴里一边塞满了东西，一边给在厨房忙碌的陆旭比心心，渐渐都忘了自己还在装病，吃得比过年时候还要欢。

陆旭看着她狼吞虎咽的模样，不仅没生气，还在她看不见的地方，露出了一丝丝笑意。

其实她也是个孩子。

虽然平时一副金刚铁甲，刀劈不入火烧不侵的模样，但是，她的内心里，始终就像个等糖吃的孩子。

只要给她一颗糖，她能回报你最干净、纯粹的部分，无关利益。

吃完饭，闫天真要求陆旭再陪自己玩会儿电动。

陆旭没反对。

虽然客厅里有很大的电视机，但是怎么会有卧室里的投影仪好玩呢？

闫天真表面上拉着陆旭打电动，但实际上，又想对他毛手毛脚。

陆旭有备而来，又因为了解，知道她是什么德行，自然不会让她如愿。

“这个又跑又跳的，你把衣服脱了，才施展得开。”

“不必。”

“这个需要手腕灵敏度，你穿那么多，玩得多不舒服呀！”

“不会。”

“这个要到床上来，才看得清。”

“不要。”

不管闫天真怎么作妖，怎么引诱，陆旭都不为所动，并且把闫天真拿出来的所有游戏一一通关，仿佛闫天真说的那些前提都是屁话。

他用行动啪啪啪地把闫天真的脸给打烂了，让一向巧舌如簧的她都一时语塞，找不到别的话说了。

空气一时间有些凝固，闫天真有些累了，便索性躺在床上，不说话，只静静地看着他。

陆旭玩完最后一个游戏，再次毫无意外地通关之后，气氛便有些诡异起来。

“还玩吗？”陆旭问她。

“没的玩了。”

“那我走了。”

“别……”闫天真下意识脱口而出，却找不到留下他的理由。

“还有事？”

“没有了。”闫天真泄气且诚实地说，“但是我不想你那么快就走。”

闫天真仿佛看不到时钟上显示的一点，愣是把五小时的陪伴说成了“那么快”。

“真的就很快，我都还没看够，你就要走了。”闫天真赖在床上，伸出双手，拖住陆旭。

陆旭几次被她拖到床上，又直挺挺地触电似的站起。但她不死心，依旧耍无赖。

最后是陆旭投降了。

陆旭知道闫天真其实也累了，她躺在床上，虽然一动不动地盯着自己，但好几次，他都分明听见了她的哈欠声。

她这么不想他走，可能真的只是因为孤独吧！

他看了眼手表，说：“再陪你半小时，等你睡着了我就走。”

闫天真感激地一口答应：“好！”

闫天真努力入睡的时候，吸引陆旭目光的是床头一盏古旧的灯。

不是说它的外形古旧，而是它身上由内而外散发的年代感，就像是十年前的玩具拿到现在，一眼就能够看出，它虽然被精心保存，但仍是抵挡不住岁月的侵蚀。

那是一个旋转木马造型的走马灯，上面有公主、有鲸鱼、有飞马、有大象、有麋鹿，甚至还有美人鱼，非常梦幻。而它的底座上还刻有一行小字——ZN & YTZ Forever。

周南，他记得这个名字。

原来是前男友送的灯。

陆旭打开开关，发现灯已经不会亮，也已经不会再转动。它已经坏了，一如他们逝去的爱情。

“为什么还不舍得扔？”陆旭问。

“因为……”提醒自己不要再犯错。再者……

“约定的游乐场，回不去的旋转木马，不仅仅代表着前男友而已。”

她曾经跟父母也约好了，等她毕业那天，要带着最爱的男朋友见爸爸、妈妈，一家人一起去环球游乐场玩。

这个提议还是周南提出来的，在他送这只灯给她的时候。

她非常感动，然后，他们就真正地在一起了。

但那些不再重要，重要的是，这个灯代表的是一家人。

“我已经不喜欢周南了。”

“但是，我还是想跟爸爸妈妈一起去游乐场……”

“我想他们了……”

许是太困，闫天真喃喃说完，没多久就睡着了。

陆旭盯着她的侧颜看了很久，久到他自己都浑然不觉，时间已经悄悄逝去。

陆旭走前，给她盖好了被子，还在床头放了一杯水。

还下意识拍了一张走马灯的照片，然后，才关灯离开。

（四）

开学以后，大四下学期，陆旭的课业不忙。他早早准备好了答辩、写完了论文，也没有实习。他虽然有更多的时间做家教赚钱，但是也会抽出时间陪闫天真玩。

不是去他常待的图书馆，也不是只有他才感兴趣的科技馆，而是那些女孩子才会喜欢的地方，比如，做陶艺、摘草莓、看风车。

闫天真去过一次、两次、三次，便发觉不对劲了，显然这不是钢铁直男会去的地方。

闫天真立即求助三只小猪。

“陆旭最近转性了？他为什么会主动带我去……约会？”闫天真斟酌了一

下措辞，觉得他们虽然没有明确关系，但是他们的相处模式，就是在谈恋爱！

池明亮最先回复："你不喜欢吗？这是A大情侣约会榜上，最受欢迎的。"

紧接着，池明亮甩过来一个链接，闫天真看了一下，陆旭还真的是按照排行榜上的推荐来带她去玩的，连顺序都没有错。

她数了一下，上面总共有二十个必去之地。他们已经去了三个，按照他每周约她一次的频率看，在毕业之前，他们能解锁全部的游玩地。

"他这么上心……该不会是喜欢上我了吧？"

意识到这一点，闫天真心里小鹿乱撞，开启了怦怦乱跳模式。

三只小猪也各种鼓励她——

池明亮："陆旭这颗顽石终于开窍了！"

许扬："恭喜小仙女守得云开见月明。"

杜小伟："见者有喜，是不是该发红包？"

嗯，不错。

闫天真不差钱，又心情好，随手就甩了个贼大的拼手气红包。三只小猪拆开，直接就吓得纷纷打了回来。

对闫天真来说，随手给的红包，却是他们生命不能承受之重。

池明亮颤抖地打字："给个五块二、六块六、八块八意思意思就好，给这么多，我们消受不起。"

杜小伟也是惊讶："你不会给陆旭发红包也这样吧？"

闫天真："有什么问题？"

"千万别！"三人统一回复。

池明亮："陆旭的原则是不花女人的钱。"

许扬："他最讨厌小白脸。"

杜小伟："你应该依靠他，让他觉得被需要，就像那个谁一样。"

杨薇薇吗？

为什么总是把她跟杨薇薇放在一起比较？

她才不想跟她一样。

闫天真赌气地回复他们："我就喜欢小白脸，黑一点都不行！"

闫天真有自己的行为模式，陆旭有他自己的原则，她能理解。陆旭不愿意花女人的钱，可以，但是这样做的前提是不能损害她的利益。

这一天，陆旭带着闫天真去粉红娃娃屋夹娃娃。娃娃屋里人满为患，闫天真穿着高跟鞋，行动不便。陆旭去换筹码，嘱咐她在星戴露的娃娃机前面等他。

闫天真照做。等他走了，就开始观察起这个地方。

这是“情侣必做图鉴”中排第四的地方。闫天真没来过，但是她发现这里很熟悉。粉红色的靠枕、钥匙包、叮当猫的女朋友……各种各样粉色的毛绒玩具，跟在杨薇薇寝室里见过的如出一辙，显然杨薇薇那一床的玩具都出自这里。

尤其店门口那个巨大的粉红豹，不知道花费了陆旭多少钱才夹回去。

闫天真想到这里，心里就有点堵。

“阿姨，麻烦让让。”

阿姨？

这里怎么会有阿姨？

闫天真一开始没当她在说自己，也没打算让。等身后的人拍了拍她的肩膀，她才意识到，那个小姑娘真的是在叫自己。

“阿姨，你挡着路了。”

“……”

闫天真在一脸呆滞中下意识地侧身，小女孩不耐烦地道了句谢谢，然后就携着男朋友走了。

等那一对小年轻情侣走远了闫天真才反应过来。

阿姨？！

叫谁呢？！

闫天真十分愤怒。

她低头看自己，一双缎面暗红色高跟鞋，白色连衣裙，再搭配一个与高跟鞋同色的链条小包，干练简洁又显身材，典型的约会装。一头如瀑的黑发上卡了时下最流行的珍珠发卡，怎么看都是二十出头的妙龄少女，怎么就成阿姨了？！

闫天真开始格外注意别人的眼光。

粉红娃娃屋里，她无疑是脸蛋最完美、身材最无敌、最吸引眼球的那一个，但是美得特别有攻击性，这是这个屋子里其他女孩子身上所没有的。就像陡然一抹大红色出现在粉红娃娃堆里，这个大红色再是美艳好看，也与四周的一切格格不入。

被青春少艾包围的闫天真很想走，但是无奈，陆旭换了满满一箱子游戏币来，她想走都走不了了。

“你想要哪一个？”陆旭望着几十上百台的娃娃机，也有点蒙，不知道从哪一个开始。

闫天真虽然待得尴尬，但见陆旭兴致高昂，也不好拂他脸面。

“那一个。”闫天真随手一指，指了个奓毛的粉色的独眼龙毛球玩具。

虽说是随手指来的，但她很确定，那是杨薇薇学习桌上、床上没有的一种。大概是因为丑吧！

陆旭有点惊讶，但还是点了点头，说：“好。”

夹娃娃的过程快速而没有悬念。或许是因为很久没抓，欠缺手感，头三个硬币都差了不少。再然后，陆旭就是一个硬币一个，从无失手。

闫天真别的都不要，就只要这个独眼龙，整个娃娃机都被她夹空了她才罢休。

反正都是夹娃娃，她必须跟杨薇薇夹的不一样，让陆旭永生难忘。

“剩下的硬币怎么办？”陆旭皱眉问她。

她扫视了一圈，又指着角落里无人问津的粉色变形章鱼怪说：“就那个吧，那个好看。”

“……”

天地良心，那玩意儿如果叫好看，又怎么会开业三年了都没夹出去两个？

“你确定？”陆旭狐疑地说。

“确定。”

陆旭无奈，只能捧着一大堆粉色独眼龙，在众人惊异的目光里，带着闫天真走向角落，然后开始投币。

周围人的眼光仿佛在说：“这俩一定是托。”

托不托的无所谓，他们爱怎么想怎么想。

闫天真只知道，经过今天，陆旭一定能洗刷掉所有关于杨薇薇在粉红娃娃屋的记忆。因为她的出现，足以让陆旭留下阴影——他会在时尚教母的熏陶下，忘记什么是好看，什么是可爱。

他想起粉红娃娃屋，记忆里只会剩下独眼龙和章鱼怪。

到饭点，陆旭照例带闫天真去吃饭。是一家私房菜馆，因为口味好、环境好，又经济实惠，所以人满为患，需要排队，门口甚至连坐的地方都没有。

闫天真穿了一天的高跟鞋，想马上坐下，于是提议去附近的一家私房菜。

到了私房菜门口，陆旭才发现，虽然同为私房菜馆，但闫天真说的这家私房菜人均极贵，抵得上他一个月的工资。他有些犹豫。

“放心，我请。”闫天真毫不在意，拍了拍陆旭的肩膀，大胆往里走。

私房菜隐蔽在古色古香的胡同口，会员制，要不是闫天真有会员卡，他们还进不去。

陆旭背着装满了四个大袋子的章鱼怪和独眼龙，内心忐忑地跟了进去。

或许是习惯了请客吃饭，闫天真在点菜的时候半点没含糊。为了给陆旭好好补补，什么好吃的都上。

陆旭目瞪口呆地看着闫天真，除了呆滞，不知道该说什么。他倒是很想阻止她，但是看到闫天真眉飞色舞的样子，又觉得不好意思，于是由着她点菜。

两个人，点了六个菜，一个汤，外加两份头盘。这已经是闫天真压抑了洪荒之力之后的结果，但也足足超过人均一倍。

结局……结局当然是吃不完。

闫天真丝毫没觉得浪费，叫来了服务员，轻描淡写地说：“打包。”

服务员显然是认识闫天真的，从没见她本人打包过，有些惊奇。

“闫总，请问您要打包什么？”

“当然是全部。”

“所有的吗？”服务员一惊。

桌子上，有几道菜是吃得差不多了，只剩一个底料的。

闫天真认认真真地点头：“全部，包括这些，我好回去煮面。”

陆旭从老家拿了一些干面条，是陆妈妈亲自做的。闫天真想念得紧，又不会煮卤肉，看到这些底料，便有了主意。

服务员觉得不可思议，但还是照做了。

闫天真指挥着他们打包，陆旭借口上了个厕所，回来的时候刚好打包完成。

闫天真正想买单，但服务员却告诉闫天真，已经买过单了。

“你买的？”闫天真错愕地看着陆旭。

“……嗯。”虽然很肉痛。

“说好了我请的，你这是犯规。”

闫天真说什么都不肯让陆旭出钱，要把钱还给他，但是陆旭也坚定地不收。

他不明白，跟杨薇薇出去，从来都是他买单，不管去哪里都是。

怎么闫天真就格外在意了？

“是我约你出来玩的，就应该我出钱。不管去哪里，都是。”

在他的认知世界里，男人如果变得不像男人，那这个世界女人也就不是女人了。

最终还是闫天真败下阵来，妥协了。

“那以后我约你出来的时候，一定要让我买单。”

“嗯。”

知道陆旭不会让自己花钱，于是闫天真主动提议坐地铁回家。

回去的路上，陆旭一直把闫天真从地铁口送到家。

四十多只章鱼怪和独眼怪摆在客厅一隅，倒是别有一番风味，将她家原本高冷孤寂的色调装点一新，连原本丑陋的模样也变得不那么狰狞了。

“我就说我眼光还不错吧！”闫天真摆完最后一只娃娃，心满意得地拍了拍手。

陆旭也点了点头，说：“好看。”

“你说我们这算不算约会？”闫天真陡然转头，问他。

陆旭愣了一下，没说话。

“你不会是喜欢上我了吧？”闫天真又乘胜追击，拿着只章鱼怪指着他的脸。

“为什么这么问？”

“不然你带我去那些网红打卡地干什么？”根据三只小猪的情报网，那分明就是情侣必去打卡地。

“我……”

陆旭蓦地一下，脸就红了，表情有些僵硬，似乎没想到闫天真会这么问。

毕竟，他们出去玩也不是一次两次了，怎么这回突然就说起这个了？

“你明明就是在跟我约会，又不承认喜欢我，为什么？”

陆旭看着闫天真，好几次欲言又止。

但是闫天真并没有如他担心的那样刨根问底。

她像是突然又不介意他的答案了。

“算了，我现在不逼你，等你真正爱我的时候，自然而然就会说爱我了。

到那时候，我们再以情侣名义交往吧！”

而现在，假如能快乐，那就这样一直快乐下去。

管他是以什么名义呢？

陆旭没有回答，只是松了口气，连他自己都察觉不到地浅浅一笑。

这一笑，就让闫天真愣住了。

她已经好久没在陆旭脸上看到过笑容了。

就算是在过去几次约会里，陆旭也只是僵硬地杵在那，她让他做什么，或者攻略上让他做什么，他才会去做。

一切都是僵硬而机械的，只有刚刚那个微笑，是发自内心的。

一个微笑，就折磨得她一晚上睡不着。脑海里，她把所有和他在一起的场景都想象了一遍，甚至连情趣内衣都准备好了，仿佛他已经稳稳落在了自己的手心里……

第十三章

别离

（一）

两个多月过去，寒冬去了，初春来临。陆旭和闫天真的约会持续而稳定地进行着。陆旭按照清单列表里的攻略，带闫天真去了那上面所有的地方，从冰雪皑皑，一直到迎春花开。

列表上只剩下最后一个，体育公园边上的环球游乐场。

也就是闫天真卧室里曾摆放着的那个走马灯——那就是环球游乐场的产物。

十年前，那里还是情侣必去的打卡地。但是现在，因为年代久远，设备有些老旧，更新换代不及时，已经沦落到了榜单最后，随时随地都有可能被挤出榜单。

陆旭约闫天真的这一天，恰是方腾逸拍完电影回国的这一天。

“真真，晚上想吃什么？”方腾逸一下飞机，就给闫天真发消息。

这两三个月，方腾逸一直在跟闫天真打太极。眼看合同就要到期，各项工作安排没有后续合同，无法及时处理，整个公司上上下下都心急火燎。只有他，始终不跟任何人谈判。

他只跟闫天真谈。

然而闫天真一谈工作，他就装死，岔开话题。聊到最后，闫天真发现自己除了知道他每天吃了什么，见了什么，跟什么人闹了不愉快，又跟什么人成为好朋友这些鸡毛蒜皮的事情以外，其他任何关于工作上的进展都没有。她十分生气。

“你终于舍得跟我谈工作了？”闫天真立即回复他。

虽然是星期天，休假日，但是公司利益高于一切。她立刻通知助理小乔，让总裁办的助理们协助法务部，并且做好准备一起去见他。

“我一直都很在乎你，下飞机第一件事就是约你。”方腾逸发了一个微笑的表情，紧接着来了一句，“我只想见你一个人。”

“……”

集合的通知还没有下达，就被紧急叫停。

为了公司的未来，无奈，闫天真只能答应他。

“穿好看一点。”方腾逸提醒她，然后很快发了一个地址来。

莫奈花园。

闫天真知道那里，一位享誉世界的米其林三星主厨开的餐厅，排队基本都在三个月以后，可见方腾逸在三个月以前就已经准备好了。

“抱歉，今天不能去游乐场了。”闫天真发消息告诉陆旭，“我有点事，可能要忙到很晚。”

“没关系，我可以等你。”陆旭回复闫天真。

等？

游乐场这种地方，不都是白天去玩，晚上就关门了吗？

“游乐场为了吸引游客，修改了营业时间，一直到十点。周末还有烟花表演。”

“这样啊……可是估计十点也不行。”

跟方腾逸谈判绝不是一件简单的事情。

都是千年的王八，谁都知道对方不好啃，闫天真还真没有把握会忙到多久。

在闫天真的坚持下，陆旭沉默了很久，才回复她：“我在你吃饭的地方等你，如果结束得早，我们就去。如果晚，我就离开。”

闫天真同意了。

“如果结束得早，八点应该可以离开，超过八点你就回去吧！”

“好。”

闫天真把莫奈花园的名字发给了他，然后他就没有再回复。

不知道为什么，隔着屏幕，闫天真好像都能看到陆旭很失望的样子。

他会失望吗？

只不过是拒绝了一次约会而已，不至于吧？

闫天真虽然当下苦恼，但与整个公司的效益相比，那还是公司比较重要。很快便将这一个小插曲抛诸脑后了。

晚上七点，莫奈花园。

闫天真穿着一身高定晚礼服，像走红毯一样娉婷而妖娆地走了进去。

门口，有着装整齐又帅气的服务生带领入座，但方腾逸却没给他们这个机会，主动就上来，挽起了手。

就像过去那样，两个人极默契地往里走。

整个餐厅除了工作人员，只有他们两个人，就连方腾逸的经纪人都在外面，没有跟进来，私密性极好。

庭院里，春花灿烂，灯光柔美，乐声悠扬，烛光恰到好处地点缀在餐桌上，将闫天真的脸映衬得美艳绝伦。

方腾逸亦是如此。剪裁得体的西装，精致的领结，就连手上戴着的手表都是他所有手表里最贵的一块。之所以知道最贵，是因为那还是闫天真送的。据说这块表每停滞一段时间，再重新走时间，之后都需要送回工厂保养一番。

他就戴过一次，她送给他的时候。

今天是第二次。

“需要这么正式吗？”闫天真不明白。

签个合同而已，需要这么浪漫和郑重吗？

过去又不是没续签过。

就算是第一次签约的时候，他也不曾这样上心。

方腾逸没回答，只是扬起手，示意服务员倒酒。

服务员身后的小推车上摆了五六瓶酒，都是醒好了的。闫天真随便挑了一种，服务员倒了浅浅一杯，让她先尝。

方腾逸微笑地：“品品看喜不喜欢，不喜欢的话，还有别的选择。”

闫天真哪里有心情喝酒？公司上上下下都在等着方腾逸签合同，陆旭还在等她去游乐场，她实在没有心情。

“甘甜不涩，是我喜欢的。”就它了。

方腾逸点头，算是同意了。

服务员倒了两杯，酒杯碰撞，方腾逸品酒一般浅尝了一口，而闫天真却举起酒杯，一饮而尽。

"我干了，你随意。"闫天真豪迈无比，把方腾逸当成工作上的客户去攻略。

方腾逸微笑地："饭都没吃，就干了？真真，在我面前，你不需要这么拼。"

闫天真差点一口红酒喷出来。

要知道，她面对谁都可以不拼，唯独面对方腾逸，不可以。

方腾逸是她的摇钱树、财神爷，看到他就像看到宝贝金疙瘩，怎么能不哄着、供着？

只要他肯签约，别说空腹干一杯了，一瓶她都愿意！

"不要这么戒备地看着我，我不是来跟你谈合约条款的。"

方腾逸轻笑地说完，闫天真更加紧张了。

"那你是来干什么的？"她实在想不通，方腾逸磨磨叽叽不肯签约的原因，除了条件不够好，分成不够多以外，还能有什么原因？

方腾逸没有直接回答。

他收起了舒展的背部，从靠坐在椅子上的姿势直起。他身体前倾，双手交叠，撑在桌上，盯着闫天真的眼睛，含笑问她："真真，我们多久没有这么一起吃过饭了？"

吃饭？

不是去年才吃过吗？

"沙县小吃那次不算。"不等闫天真回答，方腾逸抢先开口。显然那次对他造成了不小的心理阴影，直接让他不想去回忆。

"呃……那是挺久了。不过不是我不愿意，是你忙呀！"

"不，不是我，就是你。"

"什么？"

"每次跟你吃饭，你都带着一大堆的人，助理、公关、营销，甚至还有各路导演、演员。真真，这不好。"

"哪里不好？"闫天真愣住，"我这是给你介绍资源！全是圈内最顶尖的，你不领情也就罢了，怎么好像还……"还一副受害者的样子。

她对别人可从没这么好过。

这可是别人求都求不来的。

"可是真真，我想要的不是这些。"

"……"

方腾逸一口一个真真，让闫天真全身起鸡皮疙瘩。再加上这个氛围，怎么看怎么诡异，就好像……他不是来谈生意的。

而是来谈恋爱的。

闫天真喉头一堵，忙喝了一口酒，压了压惊。然后才说："可是我能给你的只有这些。"

这一句，表示闫天真大概知道了方腾逸想要什么。

但是她直接拒绝了。

不等他说出口，这是给双方留余地。

方腾逸表情一滞，但也只是一瞬间，很快又恢复了悦色，仿佛并不着急。

见他这么轻松，闫天真觉得更糟糕了。

显然，他不准备放弃。

闫天真头痛，又道："这个圈子千变万化，可以说是瞬息万变。你今天认识的资源在明天可能就什么都不是了。所以，为了维持自己的地位，你不能松懈，要持之以恒，精益求精，力争上游……"

说到后来，闫天真自己都说不下去了。在方腾逸微笑的目光中，闫天真泄气了。连她自己都没有察觉，她的气势已经弱了下来。

"我们能给你维持地位所需要的一切。但……好吧，看你的表情，这些似乎都不是你想要的。你说，你究竟想要我干什么？"

与奓毛的闫天真不同，温柔烛光中，方腾逸始终嘴角含笑，温文尔雅。他不疾不徐地从桌下拿出了一个巴掌大的小盒子，摆在桌上，推到闫天真这边。

他温柔地对她说："收下这个，我们就续约。"

闫天真愣住。

大提琴手在一旁拉着悠扬的曲调，但再是舒缓也拯救不了闫天真内心的震撼。

这个盒子里是什么，她就是再木讷也该明白了。何况，她还不是一个木讷的人。

这个圈子只适合人精，也只有人精能混得开。

而她是人精中的人精。

悠扬的琴声一直从庭院内传出，从小盒子出现开始就进入了高潮部分。这传到墙外边的陆旭耳朵里，他似乎有所感应，拿出手机，给闫天真发了条消息。

“结束了吗？”

闫天真没有回复。

陆旭等了一会儿，发现已经到了约定离开的时间。

但是不知怎么的，他没有离开。

他仍然站在路灯下，靠在开满了铃兰花的花墙边。

他在等她。

十二点的钟声敲响，闫天真和方腾逸才惊觉时间的流逝。

这顿饭足足吃了有五小时。

头一小时，闫天真在考虑要不要拿盒子。后来想也没想，把盒子揣进了兜里，但是也没打开看里面究竟是什么。

她不想知道。

她收下，只是为了安抚住方腾逸。

但是在方腾逸看来，她收下，就是表示自己还有机会。

往后的四小时，二人气氛融洽，聊了聊家常，国内、国外的见闻。

主要是方腾逸在说。

方腾逸长在了闫天真的审美点上，他的一颦一笑、一举一动，都令闫天真心驰神往。不，不仅仅是闫天真，他这张脸，让全世界的女人都为之疯狂。

再加上他属于天赋型选手，演技在学校里也一直拔尖。经过这些年的磨炼，他已经从一颗耀眼璀璨的钻石，蜕变成了锋芒尽敛，却更加沉稳有力的黑曜石。

他说话的方式、语气，让人如沐春风，听了耳朵就会怀孕。

他侃侃而谈，将这些年自己喜欢的、不喜欢的通通告诉了闫天真。

闫天真微笑地听着，却几乎不说自己的事。

“你有特别喜欢的地方吗？”终于，方腾逸意识到一直都是自己在说话，而很少给闫天真说话的机会，突然问她。

闫天真想了想，说：“大概有吧！”

“大概有是什么意思？”

“就是很喜欢，但是又不确定是不是长久地喜欢。”又或者说，那是属于别人的，不是她的。

“哪里？”

“雪乡。”

陆旭的家乡是闫天真这些年走过的这么多个地方里记忆最深刻的。

所谓人间烟火气，最抚凡人心，大抵就是这个意思了。但是她却没有直接说出那个地方的名字。在她的记忆里，那里就是雪的故乡，于是，用雪乡来称呼也不算错。

方腾逸暗暗点头，算是记下了。

“有机会我带你重新去玩一次，不带任何工作的。”

方腾逸将雪乡理解成了旅游胜地，以为闫天真只是因为某种原因去了那里采景，因此而喜欢。

闫天真也没有解释，笑着点了点头，说：“好啊！”

她一直言笑晏晏地陪着他吃完饭，离开时，走到门边，才问他：“方大影帝不知道有没有空，能不能赏脸跟我走？”

“去哪儿？”

“我家。”

闫天真站在灯光下，笑容比铃兰花还要开得灿烂。

初春的天气乍暖还寒，她的身上披着方腾逸的衣服，衣服下，酥胸若隐若现。

方腾逸吞了一口口水，然后就曲起了手腕——这是不拒绝，并且欣然前往的意思。

闫天真笑着就把手搭了上去。

就像来时一样。

不远处的陆旭看到这一切，表情没有什么变化。

只是在看到方腾逸的脸的时候微微惊讶了一下。

他知道闫天真的世界很丰富、很多彩，但是没有想到竟然多彩到这个地步。

他或许不认识新晋小鲜肉，但是方腾逸那张脸却怎么都不会不认识。

那是上至八十、下至三岁小孩都知道的人。

曾一度是杨薇薇以及自己母亲的梦中情人，而他……现在正挽着闫天真。

陆旭惊讶过后，便转身离开了。

身后传来共享单车的清脆铃声，闫天真下意识回头，望向陆旭刚刚所在的位置，什么人都没看到，但是看到了两张飞扬的门票。

那是环球游乐场独有的门票。

绢丝质地，绑在手腕上，就像情侣手环。而现在，它们被绑在莫奈花园的花墙上，随着铃兰花瓣一起在霓虹璀璨的夜空中飞舞。

陆旭……他听到了？

最终，闫天真还是没有带方腾逸回家。

车行驶到一半，闫天真思来想去，还是觉得心里不舒服，于是说要下车。

方腾逸有些错愕："在这里？"

"嗯。"

"已经十二点了，能有什么事？"

"私事。"

"……"

见闫天真对自己没有一句实话，方腾逸一直温文尔雅的脸上头一次出现了寒霜。

闫天真接着说："真的有事，很着急。而且……假如你不想在我家看到十几个法务，还有市场部的同事的话，你现在最好停下。"

方腾逸没听懂，闫天真再次解释。

原来闫天真还准备了 B 计划。

那就是假如今天吃饭时搞不定方腾逸，就会把他引诱到家里去。而此时在闫天真的家里，聚集了法务部所有的同事，他们每个人都带着电脑，严阵以待，从九点一直等到了现在。就连方腾逸的经纪人都被"绑架"在那里，他就算是插翅也难飞了。

闫天真："方大影帝，我认为，你在餐厅里避而不谈，一定是觉得那里谈合同不方便。于是我在我家款待你。但是现在，我大概知道你的诉求了，你给我时间考虑，行吗？"

闫天真举起手里的盒子，虽然没打开，但是她明白，里面装着的东西沉甸甸的。

是她此生都消受不起的东西。

但是消受不起归消受不起，方腾逸带来的利益却如此诱人。

实在令她无法拒绝。

她只能拖延。

方腾逸没有坚持，于是遂了闫天真的心意，在一个路口把她放下。

然后闫天真就拿出手机，一边给陆旭打电话，一边招手拦出租车。

陆旭没有接电话，微信语音也始终无人应答。

闫天真更加确定他看到了刚刚那一幕。

她迫切地想要见到他，跟他解释一下了。

不是因为她需要，而是因为，她不想再破坏他的爱情观了。

杨薇薇做的事情，她不想重蹈覆辙。

方腾逸没有很快离开，他坐在驾驶座上，从后视镜里看到心急如焚的闫天真。

她穿着细跟尖头高跟鞋，身着华贵露肩的一字晚礼服，在深更半夜看不见一个人影的街道上独自打车。

怎么看怎么危险。

方腾逸虽然在气头上，但不得已，又把车开了回去。

“我送你去。”

方腾逸下车，直接以闫天真不容拒绝的语气，连拖带抱地将她塞上了车。

或许是闫天真没来由地一通抽风，让车里的气氛与之前相比稍显不同。

这一刻，他们不像是老板和雇员，更像是吵架的情侣。

而吵架的原因，显然是闫天真“出轨”。

“去哪里？”

方腾逸一边说，一边解开了领结，松开了两颗衬衣纽扣。现在的他看上去又A又欲，谁见了都会尖叫，然而闫天真却根本没拿正眼看他。

她只是盯着手机，淡淡说了句：“A大。”

陆旭到A大的时候，已经是半夜一点。

他正在还车，突然被一道刺眼的灯光照射住，他直起身，还没来得及睁开眼，便见一个身影逆着光向他飞奔而来，下一刻，就落在了他的怀里。

大红色的缎面衣裙，是他平日里连摸都不敢摸的华贵料子，现在却一头撞进了自己怀里，死死抱住了他的腰。

正是闫天真。

“陆旭，你别误会，我没让他去我家！”闫天真趴在陆旭怀里，抬起头，撒娇似的对他说。

陆旭很是错愕。

刺眼的灯光关闭，露出方腾逸阿斯顿马丁的车标。方腾逸坐在车上，向陆旭打了个招呼。

陆旭更加错愕了。

影帝方腾逸，开着豪车，送闫天真来找他，说不惊讶是不可能的。

他还能好好地站在这里，算是定力极强了。若换成杨薇薇，现在早就尖叫着冲上去要签名了。

然而更让他惊讶的还在后头。

在方腾逸冰冷的近乎要杀人的目光里，闫天真突然捧起了陆旭的脸，然后把自己的头凑了过去。

她的唇轻轻点在了陆旭的唇上，轻柔、温暖、如羽毛一般，带着闫天真身上的体香，冲入他的鼻腔，将他全身包裹，就像陷入了一个温柔的陷阱里。

陆旭蓦然睁大了眼睛，想要推开她。

然而下一刻，闫天真却祈求似的，用方腾逸听不到的声音，轻声对他说了三个字：“帮帮我。”

感受到了闫天真的无助，然后，陆旭就不敢动了。

紧接着，闫天真用舌尖撬开了他的双唇，将舌头探了进来，忘情亲吻，比陆旭接过的任何一次吻都要来得深入、来得激情。

陆旭站在那里，呆立着，一动不动。

他一边感受着方腾逸杀人般的目光，一边享受着闫天真柔情似水的身体，两相较劲，让陆旭失去了自我。

直到阿斯顿马丁的轰鸣声响起，绝尘而去，他才从天堂和地狱的交界脱身。

陆旭推开闫天真，闫天真愣了一会儿，才从刚刚的接吻中回神。

她看着陆旭带着晶莹反光的嘴唇，陡然伸出了手，想去帮他擦掉嘴角的液体，然而陆旭却如惊弓之鸟般弹开了。

“你……你这样不对！”

“哪里不对？”

“哪里都不对！”

陆旭像是被点炸的斗鸡，脸红到脖子根，整个人开启了自我保护模式。

看着这样纯情又害羞的男孩子，闫天真格外开心。

她收回手，放弃了帮陆旭擦拭的想法，带着炫耀似的冲陆旭笑了笑："放心，成年人的世界，没有哪里会不对。"说完，她用自己的拇指，擦了擦自己的嘴角。

那上面，是她和陆旭纠缠时的液体，如今已经不分你我。

"今天晚上谢谢你！"

"谢什么？"陆旭不解。

"谢谢你帮我解围。"

闫天真说的每一句话，都让陆旭感到困惑，但是闫天真也并不打算解释。

"你等了我一晚上？"闫天真结束了上一个话题，一句话，将他引回了他们之间的事情上。

陆旭点了点头："嗯。"

"为什么？"

"担心你。"

"只是因为担心？"

"嗯。"

毕竟，平时闫天真回他的消息都是秒回。

今天一整晚都没有回消息，着实令他担心。但后来，在看到闫天真的约会对象是方腾逸之后，就释怀了。

跟影帝在一起，不回消息才正常吧？毕竟，一个在天上，而他……虽然不说在泥泞，但是，他只是芸芸众生中，最普通的那一种。

"你一点都不普通。"似乎看出了陆旭心中所想，闫天真直接开口，一本正经地说，"跟我们比起来，你才是天上最璀璨的星星。"

闫天真一本正经，收起了过往所有的玩世不恭。

陆旭看到这样的闫天真，陡然心也跟着停滞了一下，但是很快恢复正常。

他没有再问闫天真关于方腾逸的事情，于他而言，闫天真的世界是神秘的，他并不是那么关心，他只关心他们之间的事情。

闫天真觉得这样挺好。

不用花费心力去解释关于她的事，这对她来说节省了大部分的力气。

她越来越喜欢陆旭了。

"你还想去游乐场吗？"闫天真问陆旭。

陆旭："你想吗？"

“想。”

闫天真没有犹豫，点了点头。

“那我们就去。”

（三）

第二天，两个人约好，在闫天真下班之后去游乐场。

下午，陆旭早早就结束了学校里的事情，到闫天真公司楼下等她。

闫天真工作的地方是 A 城的 CBD，绝佳的工作环境，只可惜路况不太好，陆旭在非上下班高峰期坐地铁过来，都人满为患。

闫天真让陆旭到楼上来等她，陆旭拒绝了。

在西装革履的世界里，他一个穿 T 恤牛仔裤的学生实在不搭调。

他在门口随处找了个花坛，就着树荫看起了书。

闫天真下去的时候，看到的就是陆旭在阳光下看书的样子——

人来人往的办公大楼前，陆旭专心致志，目不转睛，沉浸在自己的世界里，周遭的一切都跟他没有关系，一如当年她初见他时一样。

闫天真不自觉地就把这幅画面拍了下来，存在了手机里。

她希望陆旭能一直这样，肆无忌惮地做自己喜欢的事情，不用为红尘名利所左右。

闫天真看够了，才走过去，在陆旭面前停下。

阴影覆盖在书本上，陆旭这才抬头，旋即一愣。

闫天真一身职业 OL 装，恨天高，除此以外包也没带，实在不像是要去游乐场玩的样子。

陆旭皱眉，问：“你好了？”

果然，闫天真摇了摇头，抱歉地说：“还有一点事情，一份很重要的合同没有落实，可能还要一会儿。怕你一个人在楼下无聊，于是来带你上去。”

“没关系，这里挺好的。”

春末初夏交接之际，在没有阳光的地方并不算热，他怡然自得。

但是闫天真却不想就此放过他。

“我都亲自下来请你了，你就跟我上去嘛！不然我岂非白跑一趟？”要知道，从来都是别人来接她、请她，她还是头一回自己下楼来接“客”。

陆旭拗不过她，只能收起了书本，背起双肩包，跟闫天真上了楼。

闫天真没有带着陆旭走总裁通道，而是大摇大摆地带着他在公司晃了一圈，尤其在会议室门口待了好一会儿。

会议室里，左边坐着方腾逸和他的经纪团队，右边是闫天真公司的各级总监，都是为了合同在努力。

昨天的鸿门宴改到了今天，而陆旭的出现无疑是在用另一种方式告诉方腾逸：钻戒我收到了，但是我还不能答应你，因为我还有小奶狗，割舍不下的那种。

“你在里面等我，我很快回来。”

闫天真把陆旭带到自己的办公室，然后就回了会议室。

会议室里，人们对此见怪不怪。

陆旭的形象很好，白白净净，是市场上少见的书生气。但，也仅仅是好而已。

这些年，闫天真身边出现的男人一个比一个好看，要论外形，陆旭还排不上号。且方腾逸坐镇，还有哪个男人够看？

只有方腾逸对陆旭格外留意。

闫天真已经是第三次因为这个男人而冷落自己，她玩了大半年，还没玩够？

还要多久？

算了，多久都没关系。

他可以等。

“昨天问你的问题，有答案了吗？”闫天真一回会议室，方腾逸就当着所有人的面问她。

闫天真愣了一下。

显然没料到，方腾逸会这么大大咧咧地就说出来。虽然没有说具体原因，但是将锅全部都甩给了她，这让她骑虎难下。

“方大影帝，你在威胁我吗？”闫天真凑近了他，在他耳边小声说。

“你可以这样认为。”

闫天真被他一句话堵住，差点一口老血喷出来。

明明她的暧昧对象还在对面的办公室里坐着，为了节目效果她甚至还打开了百叶窗。方腾逸只要长了眼睛，就能看到陆旭在自己的办公室里看书，并时不时向二人抛来疑惑的目光。而方腾逸却当没看见，还纠结她的答案？

闫天真当场就想翻脸。但这时，方腾逸却又话锋一转，从容优雅地拿来了签字笔，在合同上潇洒地签上了自己的名字。

"虽然你可以那样认为，但，我并不是那个意思，你不要误会。"

方腾逸俊秀飘逸的签名跃然纸上，闫天真接过来一看，半点没有敷衍作假，他真的把名字签好了！

闫天真立刻签上了自己的名字，并且丢给了法务盖章。

平日里要走一堆流程的合同在遇到方腾逸时，就等同于没有流程，所有股东审批签字一条龙，不拖泥不带水。

众人心中的石头落了地，该忙的都忙去了，会议室里只剩下方腾逸和闫天真。

方腾逸看着闫天真，认真地捋了捋她的头发，说："真真，我是真的想重新追求你，而不是给你压力。我会等你，一直等到你说愿意的那一天。"

方腾逸说完，戴上墨镜，倒数第二个走出了会议室。

闫天真落在最后。

她一直愣在当场，手撑着桌子。被八千万少女视作梦中情人的人表白，她非但没有觉得开心，反而一副很恼火的样子。

就差没拿手砸桌子了。

陆旭发现了闫天真的不对劲，想去看看。但他刚合上书本，就发现闫天真已经恢复如常。她拿着刚签好的合同，如沐春风般地走进来，就好像刚刚的不对劲是陆旭的眼花一般。

"你没事吧？"

"嗯，我能有什么事？"

"刚刚你好像……很生气。"

"有吗？"闫天真笑着摇了摇头，"不会、不可能、不存在，小仙女怎么会生气呢？"

闫天真故作轻松，陆旭还是觉得不对。

"方腾逸惹你生气了吗？"

"瞎说。他可是我的摇钱树，我怎么会生摇钱树的气呢？你会跟钱过不去吗？”

闫天真一副开玩笑的样子，陆旭却一本正经地摇头：“我不会跟钱过不去，但是假如我不想做的事情，我就不会做，多少钱都一样。”

闫天真愣了一下，展颜而笑：“那是你还没长大，等你加入我们的世界，你就懂了。”

搞定了头等大事，虽然过程有点恶心，但丝毫也不影响闫天真要去游乐园玩的心情。

“你等我一下，我换个衣服就好。”闫天真走到里间去换衣服，执掌公司命运的合同就被她随意地放在了桌上。

又因为着急，没放稳，关个门的震动声都足以让它掉落。

长达一百四十多页的合同，密密麻麻的小字，就像是一本书，“啪”地落在地上。

陆旭见了，没带任何想法，只是单纯地想把合同捡起来。然而摊开的合同末尾，潇洒飘逸的签字却吸引了陆旭的目光。

周南。

虽然潦草而豪迈，张狂而不羁，但是陆旭还是可以确定，那两个字是：周南。

周南这个名字，只在陆旭的生命里出现过一次。

在雪地里，闫天真说，那是毁掉了她信仰的男人，她唯一一个承认的前男友，却连父母去世的消息都不敢告诉的前男友。

也是被刻在她床头走马灯上的那个人的名字。

周南也在这里？

他们还有联系？

陆旭很惊讶。

但是惊讶归惊讶，他并不想窥探太多，毕竟这是一份合同，是闫天真公司的商业机密，他这点道德修养还是有的。

陆旭把合同合上，放在桌上，却看到了工工整整的几个大字：星光娱乐与方腾逸之经纪合约。

方腾逸就是周南？

周南就是方腾逸？

虽然证据确凿，但陆旭还是没有办法相信，他们是同一个人。

“你没看错，方腾逸的本名，就叫周南。他是我的前男友。”

闫天真走出来，看到陆旭的表情，大概就知道发生了什么。

她换上了一身蓬蓬裙，双肩包，圆头豆豆鞋，戴个小帽子，看上去跟二十出头的小姑娘差不多，正是去游乐场的好装束。

她为这次约会也算是煞费苦心。

然而陆旭的脸色却变得很难看。

从闫天真嘴里确认了方腾逸就是周南，陆旭心中的疑惑总算得解。

他终于明白，为什么在面对方腾逸的时候，闫天真的态度是回避的。虽然脸上挂着万年不变的微笑，但是眼睛里，却没有一丝愉悦。

甚至，她还故意当着方腾逸的面亲吻自己。

她是为了拒绝他吧？

明白了这些之后，更大的疑惑却接踵而来。

他不理解。

明明他们曾经相爱，明明他们已经决裂，却可以像没事人一样共事。闫天真还能一口一个“爸爸”“祖宗”“宝贝金疙瘩”地唤他。

为什么？

“因为这就是娱乐圈啊，没有真情实感，只有利益。”闫天真告诉陆旭，“我对他的喜欢、爱，都葬送在过去，但是这不妨碍我们一起赚钱。”

“他知道你过去真的很爱他吗？”

“知道。或许也不知道。但是为了各自的颜面，也只能装不知道。”

只要过去那段时光，被她曲解成年少轻狂不懂事，她不在意。

只要方腾逸后来补偿了她，她就可以在他面前单方面地装作什么都没有发生。

还债也好，父母双亡也好，纠结过去并不能让她过得更好。相反，利用他过去的一丝愧疚，换来的才是更大的利益。

成年人的世界，就是热气腾腾的恭维，和冷冰冰的互相看轻。她不想再被看轻。于是收起一身伤痕，敛去一身骄傲，对着曾经有负于自己的男神点头哈腰。

可是那又怎样呢？

再是亲近，再是爱过，经历背叛之后，他连她父母去世的消息都不配知道。

他只知道每年她都回家了。

他一直以为她父母双全，事业有成。

所以才能肆无忌惮地送给她一只钻戒，问她还愿不愿意嫁给他。

虽然，闫天真至今连盒子都没打开过，但是她知道，那里面就是钻戒。

“那后来你跟他……”

陆旭欲言又止。

“你是想问有没有睡过？”

陆旭脸红了一下，到现在还是没办法接受她的直接，没办法如她一般洒脱，直来直去。

闫天真高深莫测地一笑：“你猜？”

陆旭脸色一沉：“我不想猜。”

三

陆旭拒绝了陪闫天真去游乐场，还说那里不适合她。

闫天真很生气，自己全套衣服装备都换好了，他却爽约了？还直接掉头就走，喊都喊不回来。

闫天真毕竟当着全公司员工的面，到底要脸，无法做出死缠烂打的行为，只能放任他离去。

然而他们明显闹不愉快的样子却还是被有心人看出来，很快就传到了方腾逸的耳朵里。

方腾逸很快发来消息：“真真，他惹你不开心了？”

“……”

闫天真收到这条消息，更是火冒三丈。这公司里有多少人收了方腾逸的好处，她再清楚不过。但是，自己跟谁好、跟谁吵架，真的不想他过问。

他过去也从来不过问，最近是抽了什么风了？

“真真，他比你小八岁，你们不合适。”

“怎么就不合适了？”闫天真忍不住回复。

“他没有陪伴你走过来时的路，他无法与你荣辱与共。”

“……”

你倒是陪了，但是她宁愿没有。

假如只是单纯的上下级，她会更加开心。

“谢谢关心，我知道自己在干什么。”闫天真发了一个微笑的表情，顺便预祝他新剧大卖。

公事公办的话语，让对方没有再回复。闫天真松了口气。

接下来两个星期，陆旭都没有主动联系她。要知道过去，每到周五，他都会发来新的游玩约会地，问她想不想去。闫天真没有意外，当然回复想。

然后他们就会约着一起出去玩。但是这周，他没有再发。

她一面觉得陆旭的生气没有缘由，一面又有些心虚。

她隐隐约约地觉得，难道自己伤害他了？却又不肯承认。

毕竟，他也没问过自己，周南还在不在自己身边。

三个小猪都说陆旭肯定生气了，但闫天真觉得不可理喻。

“假如我是杨薇薇，那他发脾气有理由。可我是谁？”

“他虽然每周都跟我约会，带我出去玩，却永远发乎情、止乎礼。甚至连约会地点都是按照列表上一个不落地走下来，这是男朋友对女朋友的态度吗？他难道不应该精心做准备，亲自设计每一次约会的独特地，然后才带我去？”

“他对杨薇薇肯定不这样。”

“何况，我们还不是男女朋友。”

闫天真一股脑地在群里发了一大堆的消息，恶人先告状一样控诉了一番。

在她的认知里，陆旭还没有资格跟她发脾气。虽然是她先喜欢他的，但陆旭从头到尾都没有接受过自己，又有什么理由生方腾逸的气呢？

作，真作。

从来没有哪个小鲜肉在她面前这么作过。

“可是……陆旭从来没有带杨薇薇出去玩过。”池明亮的一句回复让闫天真彻底蒙了。

……

什么？

怎么可能！

那杨薇薇那些娃娃都是在淘宝买的吗？

池明亮：“陆旭会给杨薇薇钱，让她和闺密一起去玩，但是他没有时间。”

许扬：“他除了要当家教，还要帮老师翻译论文、批改作业。”

杜小伟：“他还是学生会副主席。不是不能成正主席，只是因为他忙，他主动退让了。”

三只小猪你一言我一语，直接震得闫天真头皮发麻。

“也就是说，陆旭和杨薇薇谈了两年的恋爱，他们甚至没有出去约会过？”

“对。最多就是一起在图书馆学习，或者周边吃饭。”

“……”

如此做法，陆旭不绿，谁绿？

简直活该。

闫天真虽然话说得又狠又绝，但心里还是对他多了一分同情。

世事本就如此。

在你拼命为了两个人的未来努力的时候，对方却跟不上你的步伐，甚至是在拖后腿。你要学习，她要玩耍。你给了她苹果，她却说自己要的是香蕉。你给不了香蕉，还要责怪她不懂事？

虽然陆旭从来没有责怪过她，甚至是一味地溺爱着她。然而当对方有了一飞冲天的机会，对未来的规划里第一件事就是把你剔除。还有什么比这更悲哀的吗？

虽然闫天真觉得杨薇薇的选择没有错，但是她喜欢陆旭的心，却是更深沉了。

这算爱吗？

闫天真不知道。

或许只有真的在一起了，她才能确定。

毕竟，得不到的永远在骚动，被偏爱的都有恃无恐。

闫天真没忍住，给陆旭发了消息。

“小旭旭，游乐园还去不去了？”

陆旭没有回复。

一天，两天，三天……一个星期过去，都没有任何反应。

仿佛闫天真发的消息都石沉大海，而对方杳无音信。闫天真好不容易才被三只小猪说服，哄他的心在这一刻荡然无存。

跟陆旭认识大半年了，他就是一个认死理的钢铁直男。假如他认定了她和方腾逸有一腿，那么她说什么都没有用了。

但是，假如要她在陆旭和方腾逸之间做选择，毫无疑问，三十岁的她必定选择方腾逸。

所以陆旭也不再出现，自讨没趣了？

日子倏忽而过，童怡已近临产。

闫天真特地推掉了所有的工作，来到医院，陪着童怡生产。

公立医院的床位不够，童怡只能在六人间里跟人挤。大热天里，闫天真走进去的时候，甚至都不敢相信自己的眼睛。

病房里，有的产妇刚生完孩子，不许其他人开空调。童怡的公公婆婆都是很老实的那种人，也不会跟人争辩，何岳也随了他爸，不会争取自己的权益。而童怡，一来是关系户，不好闹得太僵，二来则觉得对方的宝宝实在可爱，于是也只能忍了。

但闫天真怎么可能忍？

当即联系了更好的医院，要给童怡办转院。

电话里，闫天真表面是在联系新医院，但她的声音高调而带着鄙夷，几乎把童怡的公公、婆婆、丈夫，以及病房里自私自利的产妇通通骂了一遍。

童怡连忙制止她："不用转院了，这里挺好的。而且，我所有的档案都在这里，快要生了，转来转去的麻烦，也不安全。"

在童怡的事情上，闫天真是不会嫌麻烦的，但是她都搬出"安全"这样的字眼了，她不得不作罢。

童怡给公婆、何岳使了个眼色，何岳立马带着公婆出去了，出去前还给闫天真搬来一把能坐得舒服的椅子，顺带还把帘子给拉上了。

虽说隔音效果即等于无，但是好歹也算是私密空间。世界只剩她们两人，闫天真的脸色好看了丝丝。

"你居然肯住在这里？"闫天真十分吃惊，眼里的轻视溢于言表。

不是说公立医院的床位不好，只是童怡是什么人？

过去被狗咬了都会去私立医院的特需病房留观，找一堆专家看护的人，生怕留下一丁点的疤痕。然而现在，她居然连生孩子这么大的事情，都任由何岳操办。

据说托了几十层的关系才找到能够提前住院的医院。

“姑奶奶，私立医院不香吗？无痛生产它不香吗？你何苦来受这份罪？”

“是无痛。”童怡强调，“何岳给我联系的医生也是可以做无痛的。”

“十几万的无痛跟几千的无痛能一样吗？”闫天真翻了个白眼，觉得她是自讨苦吃。

童怡苦笑：“真真，你不是我，你不懂。”

“我是不懂，我也不想懂。你说你，放着好好的日子不过，非得装穷，跟着他在这儿受罪，你说你图什么？”

“图他对我好。”童怡认真地看着闫天真，一字一句道，“我这把年纪，什么都有了，就是没遇到过一个真心待我的男人，好不容易遇到他了，我愿意拿我的全部去换。这一点，我早就告诉过你了。”只是闫天真从来不信，也觉得不值罢了。

“那既然你觉得他这么好，为什么不告诉他真相？告诉他你是上市公司的第二大股东，每年的分红都够他三代躺在金山上混吃等死！你说，你为什么不敢告诉他？”

“……”童怡沉默了。

“说到底，你也知道人心难测。他在你什么都不是的时候或许会对你很好，但是当知道你的情况之后，未必还能坚守初心。这说明，其实你也不是那么相信他的，对吗？”

童怡沉默了，片刻后，皱眉：“你就是来跟我说这个的？虽然明天就是我的预产期，但是到底没发作。你，是不是想让我早产？”

“……”

如果明天是预产期，今天发作也算早产的话，闫天真无话可说。

但是，为了童怡的心情着想，闫天真还是选择闭嘴，结束了这个话题。

“我就是想在你生命中的重要时刻陪着你。”短暂的沉默过后，闫天真大抵是习惯了这里吵嚷的环境，放松起来。

“不仅仅是这样吧？”

虽然她的重要时刻闫天真确实都没有错过，但是从她的眼睛里，童怡还是读出了一些不同的情绪。

“最近有心事？”

童怡看出闫天真的不对劲，闫天真也懒得藏着掖着。

“不知道算不算心事，但想起来总是有些不舒服。”

闫天真把这些日子发生的事情告诉了童怡。从方腾逸想跟自己和好、送了一只钻戒开始，到她利用陆旭，想要让方腾逸知难而退失败，再到后来的陆旭知道方腾逸就是周南。这一系列的事件，让历来乘风破浪，无往不利的她也有些乱了。

“假如杨薇薇现在还跟陆旭保持经济合作关系，天天抬头不见低头见的，你怎么想？”听完后，童怡一针见血，直指问题的核心。

闫天真却不觉得这是什么事。

闫天真：“我又没跟方腾逸抬头不见低头见。”

“打个比方而已。我知道你一直刻意回避他，但是在陆旭看来，你们就是一起的。”

是这样吗？

“那我也不会觉得有什么。”闫天真想了想，无所谓地说，“杨薇薇和我放在一块儿，傻子都知道怎么选了。而且，在我眼里，不仅仅是杨薇薇，谁来我都不怕，能打败我的只有我自己。至于别的女人？”呵，不够看。

闫天真自信满满的样子是她最迷人的样子，也是她这些年来无往而不利的根本原因。

因为自信，所以内心强大。一个内心强大的人，才能在这个物欲横流的世界保持坚定，直取所需。但是在这一刻的童怡看来，她却是自信有余，少女感不足。

童怡叹气：“一个小男生的内心世界，跟我们是不一样的，这一点，我相信你比我更清楚。”

“再者，人心怎么能禁得起反复试探呢？再有耐心再温柔的人，内心也禁不起任何人的反复试探。人心人性，皆如此。”

“假如过去你们只是暧昧，甚至是玩票，那么现在，借着这个契机，你都应该让陆旭知道，你对他不是玩玩而已，你们该有更深一步的进展了。”

“你应该郑重地告诉他，生意归生意，爱情归爱情，方腾逸只是过去，他在你眼里，只代表股票数字。”

“真真，你相信我，他是真的喜欢你，你不要伤害一个用真心换真心的人。

你不能再这样继续沉默下去，你应该跟他解释。”

……

童怡说了好多好多，直到最后一句，她才动摇。

她说：“不然，你现在的行为，就像当年方腾逸伤害你时一模一样。假如当年方腾逸肯回头拉你一把，你们现在不会是这样。”

是啊，当年假如方腾逸没有一走了之，他们现在估计已经儿女遍地了吧？

但是，这个世界没有假如。

他们之间就是错过了。

“这个错过是在你这里坚定，但陆旭不知道。真真，你应该告诉他。”

“应该告诉他的……”

童怡说完这句，脸色就变了。

“你……你怎么了？”

童怡嘴唇发白，头上开始冒汗，话都说不出一句，但还在喃喃念叨。

“你应该告诉他的……”

“我知道我知道，我会告诉他的，但是现在这不是重点，重点是你要生了！”

闫天真惊讶万分，手忙脚乱，根本不知道该怎么办，甚至，连床头呼唤铃都不会用，只能出去找何岳。

何岳和公公婆婆就守在产房外面，一听童怡发作了，可能要生了，连忙进来陪她。

公公婆婆给童怡准备的东西十分齐全，又是递水，又是送巧克力的。而何岳，自从听说童怡发作了，眼里就再也没有别的人、事了。

他一双眼直勾勾地盯着童怡，握着她的手给她喊加油，眼里的疼惜溢于言表，仿佛恨不得自己替她受苦。他再注意不到别人。

医生很快到来，两个小护士陪在左右，插上了检查的仪器。

虽然是公共病房，但童怡没有受到半点怠慢，每个人都把她当作眼前最重要的事情。

而什么都不懂的闫天真被他们排挤在外，就像一个局外人。

这一刻，她终于知道，家人和朋友的区别。

就算是闺密，也有插不上手的时候。

也是到了这一刻，她才真正相信，不论发生什么事情，何岳都是把童怡和孩子放在自己前面的。

有一个人，爱她如生命。

童怡的选择不算亏。

那么她呢？

她的生命里会出现一个人，爱她如生命吗？

闫天真不相信，却又期待着。

（四）

经过一夜的折腾，童怡生了一个七斤八两的大胖小子，奶萌奶萌的，激动得闫天真当场就定下了娃娃亲。

童怡被她逗乐："据我所知，你最讨厌小孩。你总不至于因为看到我的孩子就摒弃了一贯的原则吧？"

"不可以吗？自家亲闺密生出来的孩子，我看着长大的，一定是万里挑一的。所谓肥水不流外人田，我必须拿下！"

"你那边八字都没有一撇，哪来的娃娃亲？"童怡好笑地看她。

"谁说没有了？"闫天真不服气，想了想，第一个出现在脑海里的人，居然是那个穿淡蓝色衣服的书生气的陆旭。

然后，她就产生了一个大胆的想法。

"你等着，我这就去拿下他，生给你们看！"

闫天真又留下了一大笔喜钱，然后就信誓旦旦地走了。

奶萌奶萌的孩子是一回事，但最重要的，是他们一家三口在一起的氛围着实感动到了她，让她不自觉就想起，在桐乡的时候，和陆旭父母一起生活的场面。

其实她也可以再拥有家人，只要对方也把她当作真正的家人。

在她的记忆里，她只能想得起陆旭。当然，她也并没有真的因此而喜欢上小孩。她只是觉得，假如有一天，她有了陆旭的孩子，他会不会也像何岳看童怡那样看自己？

眼里只有自己的陆旭……闫天真没有见过，但是光想想都足够令她疯狂。

闫天真到陆旭楼下等他。

没有意外，又是将近晚上十一点，他才骑着共享单车回来。

她足足等了他四小时。

同一个地点，闫天真还坐在去年冬天的那级台阶上。她穿着白T恤、白跑鞋，背着双肩包，扎着马尾辫，完全就是个学生样。还耷拉着头，一副受害者的模样，委屈到了极致。

宿管阿姨看到陆旭回来就直摇头，鄙视的眼光仿佛在说："小两口又吵架。就算现在已经是夏天不如冬天冷了，也不能把人家姑娘就这么晾着呀！发个信息，打个电话不会？"

陆旭被宿管阿姨盯得有点尴尬，无奈之下，只能把闫天真拉到一边。

隐蔽的角落里，路灯在大树掩映下散发着柔和的灯光，照亮了二人的面庞。

闫天真永远是妆容精致、不惹尘埃的小仙女模样。而陆旭，一身尘土，是穿越大半个城市才换来微薄薪资的学生模样。两个人站在一起，根本不搭。

陆旭心里如是想着，但是闫天真此刻心里想的，与他截然不同。

闫天真看着他消瘦的脸庞，五官精致立体，虽然有些疲态，但掩藏不住原本姣好的五官。她原先准备了很多想要解释她跟方腾逸之间关系的话通通都说不出口了。

她看到他的脸，就只想跟他生孩子。

"你想不想跟我生孩子？"然后，闫天真就这么问出口了。

"什么？"陆旭瞪大了眼睛，万万没想到，闫天真会突然来这么一句。

陆旭满脸不可思议地看着她。

闫天真毫无退缩，重申："你，想不想跟我生孩子？"

她一本正经、毫无保留地说出了内心所想。

陆旭简直觉得她越来越不可理喻了。

过去觉得她玩世不恭，现在觉得她简直有点魔障癫狂，导致陆旭根本不想再搭理她。

"抱歉，我们可能不太合适，请你不要再说类似的玩笑话了。"陆旭郑重地说。

"不可能！我百搭！"

闫天真同样郑重地回答他，"而且，我没有在开玩笑，我是真的想生孩子，跟你的孩子。"

闫天真十分认真，她仔细思索一番过后，当即拍板，做了此番决定。

"你个子高、智商高，肤白貌美大长腿，妥妥的基因优良，完全值得我的孩子去传承。我只要孩子，不需要你抚养，怎么样？”

“当然，假如你想养，我也不反对。你甚至可以不跟我结婚，我给你绝对的自由。”

“……”

闫天真说了一堆，每一句都踩在了陆旭的雷点上。

看到他越来越黑的脸，闫天真有些害怕，但仍然硬着头皮，说：“一本万利的买卖，你还需要考虑吗？何况，我还那么喜欢你。我相信，你也是喜欢我的，对不对？”

否则，他怎么会浪费那么多的时间陪自己玩耍？

对他这种时间要精确到分秒的人来说，只有喜欢，才会如此吧？

“……”

陆旭张大了嘴，几次，话到嘴边了，却又咽了回去。

他已经找不到语言来回答了。

他只想骂她。

疯子。

陆旭没有骂人的习惯，就算是遇到闫天真这种疯狂的女人，也骂不出口。

他平复了许久，才在闫天真期待的目光下，回答：“你找错人了。”

“没找错啊，我找的就是你，陆旭。”

“你究竟看上我什么了？”

“刚刚不是说了吗？人品好、学历高、个子脸蛋没的挑，这还不够吗？”

“不够。”

跟方腾逸对比起来，他完全不是对手。甚至于，闫天真的身边围绕着很多很多这样的人，她挥挥手，就能找来一片。

他的世界和闫天真的世界，实在是太不一样了。

陆旭：“你可以轻而易举地说，想生一个孩子。但是在我看来，孩子的意义远不仅仅是传承。他是独立的生命个体，我有义务给他最好的一切。但是显然，我现在还没有准备好，你也是。”

“或许你可以找一整个育儿团队，只围绕着他转。你甚至可以用钱解决他生命里所有的问题。但是，作为一个儿子，或者女儿，他最需要的是来自父母的爱。可是闫天真，你并不爱我，你只爱你自己。”

陆旭言辞激烈，眼神里冒出来的火就差没骂闫天真没脑子了。

“怎么会……”闫天真木讷地开口。

“不要急着否认。”但她还没说完，陆旭便打断了她，“你只是一时兴起，完全没有想过以后。或许以你的能力，未来什么事情都可以搞定。甚至你也可以再找别人生孩子，但是，那个人绝对不会是我。”

陆旭叹气：“我只是你乏味生活里的调味剂，是你权衡利弊后，可有可无的那一个。我不希望我的孩子在没有爱的环境里诞生。”

“我希望结婚就是一辈子。”

一生一世一双人，不离不弃，荣辱与共，就像父母那辈一样。然而闫天真的生活，却映照了当代的快餐文化，在一起很快，分手也快，什么都很快。

闫天真沉默了一下，突然就有了一个大胆的想法。

“我也可以结婚啊！”反正，她也还没结过婚，对于没有尝试过的事情，她总是乐于尝试，跟喜欢的人结一次试试，好像也不错？

“有时候我真想把你的脑袋敲开，看看里面装的究竟是什么？”陆旭头疼不已，无语地望着她，“对你来说，孩子、婚姻，都是张口就来，任性妄为的事情吗？”

不然呢？能有多难？

闫天真被陆旭的表情吓到，不敢反驳，只能腹诽。

但陆旭还是从她无所谓的眼神里看出她的轻视。

陆旭满脸凝重地说：“如果我结婚，就绝不会离婚。”

“没毛病。我也不想离，毕竟，有谁结婚是冲着离婚去的？”

“那你了解我吗？你确定我是你要找的那个人吗？”

“暂时……确定吧？”

“我甚至都只知道你的名字！”陆旭怒不可遏，再也忍不住，怒道，“我连你的出生年月都没有仔细问过，只知道你比我大。你也不知道我的，对吧？”

“我现在就告诉你！我6月6日过生日，这是我的身份证。”

闫天真毫不犹豫就从包里掏出了自己的身份证，递到陆旭眼前：“你的呢？也给我看看。”

“……”

陆旭愣住了。

倒不是被她身份证上的年纪所惊，他只是惊讶于眼前这个女人，好像根本说不通。

她认定的事情，只要自己觉得没问题，好像就可以去执行，一副天塌下来都有她兜底的样子，令人无语。

陆旭拒绝了她的身份证，道：“婚姻从本质上说，是两个被绑定的利益共同体，你高高在上，而我只是个什么都没有的穷学生，我们不合适。”

“你是在跟我要钱吗？”

什么？

陆旭以为自己听错了，但闫天真又重复了一遍：“你说这么多，其实就是觉得自己穷，配不上我是不是？”

“……这只是其中一个因素。”

“那我可以给你钱，给你财富，给你地位。”在陆旭越发深沉的困惑中，闫天真认真地说，“我跟童恰不一样，我不装。我喜欢你，你想要的我都可以满足你。”

“为什么？”陆旭沉默了许久，仍是困惑，“为什么是我？”

“就凭……”

就凭陆旭今晚说了一万种不合适的理由，就是没拿年纪来说事情。

就凭这一点，她也喜欢他了。

他不迂腐，他只是有些太过认真。而闫天真，欠缺的就是这种认真。

闫天真：“假如你觉得，是因为钱我们不能在一起，那么我分分钟可以解决这个问题，等我解决了再来找你。”

“相信我，我很快会回来找你。”

在陆旭的怔忪中，闫天真不由分说，直接踮起脚尖，像是盖章一样，在他脸上狠狠亲了一口。陆旭愕然地捧着自己的脸，看着已经跑远的闫天真，很想叫住她，却又开不了口。

解决？

她解决的只是她以为的问题，而他的问题，大概无人能解……

闫天真请了专业的摄影团队，跟踪拍摄了陆旭一整天。

几千张照片里，从中挑选出了大量看似不经意的“偷拍”照片。照片里的陆旭每一张都或阳光帅气，或英姿勃发。在陆旭的脸上，既有这个年纪该有的青春少年感，又有这个年纪不该有的沉稳。

坐在图书馆里，他的世界一片澄澈。

在闹市区，他不经意地回眸一瞥，也能让那一隅安静。

就是这么一个“宝藏男孩”的照片，被闫天真亲自精心挑选，后期打磨，然后，她又用这些照片命令营销部炒作了一波话题——国民学长，品貌兼优。

帖子上来就贴出了陆旭连续四年，门门课都考第一的成绩单，在学霸聚集的地方，只有学神才能拥有这样的成绩。

而后是他的封面照。他穿着白衬衣站在人来人往的 A 大大门下，背着双肩包，很朴素、不打眼，跟其他学生一样。但是从他的衣服色泽能看出来，他是一个非常爱干净的大男孩。而照片上的他似乎感应到有人在拍自己，但是又无法确定。那不经意的回眸一瞥，仿佛直接看到你的心里去。

那样清纯、干净的姿态，是所有少女心中的一个梦。

或许每一个女孩，都曾经在读书的时候，偷偷暗恋过这么一个人。他有才华、有容貌，兼具了世间一切的优点。在篮球场上，他可以英姿飒爽。在考场上，他也能淡定从容，挥斥方遒。

他的存在既是视觉冲击，也是智商碾轧。

陆旭就是这一类人的代表。

闫天真亲自操刀，倾其营销团队全力，让陆旭的名字在一夜之间爆红网络。

陆旭成了国民学长，连寝室的门都再也无法出去。

池明亮、许扬、杜小伟都疯掉了。

“虽然你早就火遍了 A 大，但是由于你四年来兢兢业业塑造的高冷气息，让所有人都不敢靠近，这下好了，你火出圈了。门外那些，至少一半都是别的学校的学生来冒充的！”

池明亮、杜小伟拼命挡着门，才好歹没让门被人给挤塌了。

“现在该怎么办？我一会儿还要去跟张老师做实习项目，要是迟到就完蛋了。”许扬呜呼哀哉，转头看着罪魁祸首那张冷冰冰的帅脸，又生不起气来。

这真的不能怪陆旭。

他真的就是很好看，好看到让人生不起气来。

毕竟，长得好看不是错，成绩优异也不是作假。

他们只是没想到，他突然就这么红了，毫无心理准备、突然就红了。

现在三只小猪看陆旭，都有点仰望的态度。他再也不仅仅只是在成绩上力压他们的室友了，他现在是明星了！

室友虽然苦恼，但是打心底里还是羡慕的，然而陆旭本人却好像并不是那么高兴。

甚至，还有那么点生气？

三只小猪面面相觑，实在不明白，旁人梦寐以求，求都求不来的机会，他怎么完全不在乎？

陆旭在寝室被堵了三天。头一天因为学校管理不善，招来了很多社会人士。第二天基本已经清理掉。后面就是本校的，被亲朋好友们托了来找陆旭签名、合照、送情书、送礼物的。

更夸张的，还有领导直接拎着亲戚家女儿的照片来谈亲事的。

陆旭一个都没肯见。

这三天，他所有的计划都泡汤了。而这一切的始作俑者，自始至终没给他发一个字。

微信上的消息已经爆掉，全部都是“……”，陆旭不得已，只能把闫天真置顶，但是她在这时候却沉默。

陆旭在半夜十二点被人打破了窗户，发现是石头上绑着的一封情书后，他实在忍不住了，给闫天真发了一条消息：“你干的？”

闫天真很快回复：“喜欢吗？”

末了，还发了一个挤眉弄眼的娃娃照片，一副“请不要夸我，我知道自己很棒”的样子。

然后，陆旭就奓毛了。

“你问过我的意见吗？”

“我现在说不喜欢还有用吗？”

“你不仅打扰我的生活，你还打扰了寝室里的所有人。”

“你总是把你想要的东西强加给我，你就是一个自私自利、自以为是的可怜虫。我现在郑重地回答你，我不喜欢，非常不喜欢！”

“不仅不喜欢国民学长这个称呼，更加不喜欢你！”

陆旭发完脾气，就关机睡觉了。

这些日子，他没睡过一个好觉。门外总是有动静，而手机消息也是一直响个不停。

他一直安于沉浸、甚至引以为豪的清静日子，一去不复返了。

他不可能再坐在餐厅看书，不可能再在花坛边的长椅上学习，也无法再去图书馆了。

他很讨厌闫天真，一厢情愿地制造了这一切。

或许是他过去从来不发脾气，就连杨薇薇突如其来的分手也没能让他动怒。然而这一次发泄过后，他竟意外地睡了个好觉。

原来，有脾气发出来的感觉也不错。

而手机那头的闫天真却彻底睡不着了。

她不理解。

人活在世上，年少时努力学习，长大后拼命工作，不外乎图那一点名利。她将名利拱手放在陆旭面前，他还拒绝，究竟是他有问题，还是自己有问题？

她实在觉得陆旭的问题比较大。

闫天真苦闷不已，但看在陆旭如此生气的份上，还是让营销部撤掉了热搜。

“闫总，现在事情已经发酵了，陆旭自带光环，我们撤不撤都没什么意义。反正他估计还会在榜上挂好一阵子，你确定要让营销费打水漂吗？”

“撤，撤不下来就换别的。”

“换什么？”

营销总监小心翼翼地问，闫天真更加火大了。

“过去怎么操作的现在就怎么办。方腾逸、傅煜阳最近在干吗？没事就整点事出来，实在不行，就让他们俩炒CP！总之，务必把陆旭的风头给我盖过去！”

“……收到。”

原来，是要雪藏陆旭。

营销部的总监终于明白了闫天真的意思，那么可操作的方法就很多了。

他刚刚只是很惊讶。他见过闫天真要捧人的样子，也见过她要雪藏一个人的样子，但是从来没有见过闫天真在这么短的时间内，又是炒作又是雪藏，这宠爱来得快，去得更快啊！

营销部全体组员，在闫天真的折腾下，也只能跟着她一起失眠了。

同样失眠的，还有在哺乳期的童怡。

她原本以为，怀孕的十个月是最辛苦的，等卸货了就可以高枕无忧，回到之前的潇洒日子。但是没想到，比生孩子更痛苦的还有涨奶。

没完没了地发炎，嗷嗷待哺的孩子，让她整个人都不大好了。但所幸，何岳和公公、婆婆把她照顾得很好，虽然痛苦，但是她还能忍。

两个失眠的人在深夜遇到之后，免不了是一番畅谈。

当童怡知道闫天真的所作所为之后，说了一句跟陆旭一模一样的话：“我真想把你脑袋掰开，看看里面究竟装了什么？”

“……”盛怒之下的童怡，连闫天真也是害怕的。

她先是被陆旭骂，现在又在童怡的淫威下瑟瑟发抖，不敢说话。只因为，她大概也是知道自己错了，于是只能老老实实地听着。

童怡：“我承认，你在营销造星方面很有天赋，但是，你在处理男女感情方面，简直是一张白纸。”

“所谓小撩怡情，大撩尽兴，强撩灰飞烟灭。”

“陆旭是谁？你都说他是国民学长了，是‘少女’们的梦中情人了，那他能跟你过去那些小鲜肉一样吗？那些人求财求名求利益，人家陆旭要是在乎这个，不早把你睡了，还轮得到你在这儿上蹿下跳的？”

“你现在斥巨资把人家好好的生活全给搅和了，人家还不领情。真不敢相信这种搬起石头砸自己的脚，吃力不讨好的事情会是你做出来的。你说，你是不是昏了头了？”

“大概……是中了陆旭的毒？”

“不，我宁愿相信你是中暑了。”

真的爱一个人，怎么会像闫天真这样一厢情愿，不管不顾？作为情人，闫天真不合格。作为公司的决策者，她也不敢相信她竟会做出如此失误的决策。

“……我的本意是好的。”闫天真蔫蔫地说。

“哪里好？”

“我看你和何岳生活得那么清苦……我想，我是没办法参与陆旭的生活的，那么把他拉到我的世界来，岂不皆大欢喜？何况，陆旭自己也说，他没有钱。而婚姻的基础是物质，我就是想告诉他，物质基础不用愁！他可以不用想那么多的……”

“你真蠢。”童怡听不下去了，直接打断她，“我让你去跟陆旭道歉，没让你拿名利去压榨他。”

“我没有压榨他！”闫天真委屈。

"在他看来就是压榨，甚至，是施舍。"

"……施舍？"

"不错。在这个社会里，男人跟女人不同。女人可以心安理得地嫁给一个有钱男人，然后在家里当全职太太，没有人会诟病，甚至，还会羡慕。但是对男人来说，却恰恰相反。"

"小白脸、找富婆，这都是挂在嘴上说说的而已。他们内心根本还是想求一份属于自己的事业，只有事业才是他们值得骄傲的根本。"

"你以为我是纡尊降贵在陪何岳过苦日子吗？不是的，我只是在陪伴他，让他可以放心大胆地去追求自己的理想，他做什么我都支持他。而这，不是钱可以衡量的。"

"事业上的成功带给男人的满足感，远比你给人家造一个梦境来得多得多。天真，你不能总用你的思维去想别人，假如你真的喜欢陆旭，那么你应该沉下心，设身处地地为陆旭着想了。"

闫天真沉默了。

"你听进去了吗？"对面一直不说话，童怡忍不住开口问。

"听进去了。"

"那你的意思呢？"

"我接受，全部接受。"

"真的？"童怡狐疑。

"真的。"

"那你在犹豫什么？"

按照童怡对闫天真的了解，她沉默的时候，一定是在找方法击溃对方。她微笑的时候，很有可能就是要捧杀你。这两种状态，都是她最危险的时候。

闫天真："我不是犹豫，我只是奇怪。"

"奇怪什么？"

"为什么你对陆旭的观感就这么好？这些年来，你明明从没有对我身边任何一个男人上过心。"

"……"

这还需要问？

童怡无语。

"难道你自己都没意识到，你跟陆旭在一起时，才有笑容吗？"

“不仅仅是跟他在一起时，就连在我面前说其他的时候，你都是面带微笑的。就凭这一点，他也足够值得你重视了！”

童怡说完，“啪”地就挂断了电话，转头去喂奶了。

闫天真听到那头有哭声，也就不再麻烦她。

童怡的话算是彻底骂醒了闫天真。

她坐在自家卧室的飘窗上，看着楼下明明暗暗的霓虹灯火。

突然开始回忆二十岁时候的爱情。

那时候的她，要的真的不多。

一根雪糕，一份早餐，一朵花，都能点亮她往后的一整个星期。而方腾逸从别人手里高价买来的环球游乐场的旋转木马纪念灯，更是闪耀了她一整个夏天，甚至现在都没有扔。

她倒不是怀念方腾逸，她只是在怀念那时自己的心情。

那时的她会小心翼翼地问方腾逸，他想吃什么，去哪里，学什么？她会缠着他，跟他谈天说地，聊人生聊理想，聊关于未来的一切。

她迫切地想知道关于他的一切、参与他的未来。她也会把自己的生活事无巨细的展示给他看。虽然后来知道，那只是她的一厢情愿，但是这并不妨碍她曾经真真正正地爱过一个人。

而对陆旭的感情呢？

她似乎只是想得到他。

具体想得到什么，她不知道。

或许是身体，或许也是心。但是从根本上，她跟他是不对等的关系。

诚如童怡所说，她对他从来都是高高在上的怜悯态度，从她出现的那一刻起，她总是“我想要”“我觉得”，她从来没有问过陆旭要什么。或许，这才是他们之间最大的问题。

也是闫天真跟所有人交往过后最大的问题。她总是替别人着想，把自认为完美无瑕的一切给他们，以求得心安。但可能，对方并不这样认为。

她或许从没有真心实意地去把陆旭当作一个男人，哪怕，她觉得他有资格当她孩子的爹。

想明白了这一点，闫天真痛定思痛，拎着那个走马灯，第二天就去了陆旭的学校。

陆旭醒来的时候，发现置顶的人里，有一串红色的消息。

不是闫天真，而是另一个更久远的存在。

杨薇薇。

这些日子，他一直在她的黑名单里。他没有了她的消息，已经习惯。

虽然时间已经过去了这么久，但是当他看见杨薇薇的头像上面有小数字，内心还是起了一点波澜。至少，他先点开了杨薇薇的微信，而不是点开同样发来了一串消息的闫天真的。

杨薇薇的对话框里，最顶上的消息显示：对方已把你添加为好友，你们可以开始对话。

陆旭看到这里，才知道，原来他又被杨薇薇删了，只是昨晚出于某种原因才把他加回来。而原因，他也很快明白了。

“陆旭，我在网上看到你的照片了。”

“大半年不见，你还是那么好看，我就知道当初我的眼光没有错。”

“你快要毕业了吧？当初你跟我说的那个理想，你还在努力为之奋斗吗？看到你有今天的成绩，我很为你高兴。”

……

看到这里，陆旭心中一沉。

成绩？

什么成绩？

他不认为现在做出了任何成绩。

他接着往下看——

“人活在这个世界上，本来就是要遵循现实的。理想之所以叫理想，就是可望而不可即的。现在有一个大好的机会摆在你面前，我认识几个影视公司的老板，他们都对你很感兴趣，想要签你，往艺人的方向培养，你有兴趣吗？”

“你知道的，人气是很容易过去的，机会不把握更是稍纵即逝。现在你已经没有热搜了，再过两天大家就彻底忘记你了，到时候再想签约就难了，我可以当你的经纪人，你愿意吗？”

“只要你愿意，我们还能在一起，永远在一起……”

接下来的留言陆旭没有再看。

一条都没有。

他默默地关上了对话框，然后取消了杨薇薇的置顶，再一键删除了对话，最后把她放进了黑名单。

他想，有的人，或许只适合躺在安安静静的角落里。

回忆好过再见。

走在A大的林荫道上，陆旭心烦意乱。手机信息音不断地响起，他知道是闫天真。

他本来不想看她的消息，但是当他发现闫天真连自己的头像都改成了一只下跪的小猴子，头顶上顶着三个硕大的字——“对不起”后，他还是心软了。

点开对话框，从来不喜欢打字的闫天真发来了大段大段的文字——

“我知道错了，我再也不敢了。我保证以后不逼你做任何你不想做的事情。不会在未经过你允许的情况下做出伤害你形象、打扰你生活的事。”

“我也保证，我不会再跟方腾逸有任何工作以外的联系（虽然事实上，以前也没什么额外的联系），但是我还是想要亲口告诉你，我一丁点也不喜欢他了。”

“陆旭，我是真的喜欢你。就算你现在不想跟我‘生猴子’，但是也不要这么快拒绝我，至少，我可以排队，是不是？等你想生的时候，你回头看看，万一就看对眼了呢？”

“你回头看看。”

“看看。”

“陆旭，你回头啊！”

陆旭看到这里，意识到不对，停下步子，转回头，就看见闫天真踩着高跟鞋，气喘吁吁地跟在后面。看样子，她已经跟了不少距离。

她的手里，还拎着一个大袋子。

“你……有事吗？”陆旭愣住了，等闫天真近在咫尺了，才开口。

“我能有什么事？我当然是来道歉的！”

闫天真站直了身体，一百八十度地鞠躬：“抱歉，是我没有顾及你的感受，是我一厢情愿、自以为是，请你原谅我。”

陆旭本来就惹眼，在这人来人往的林荫道上，闫天真的动作还这么奇葩，引得过往的人都纷纷侧目。

陆旭再次感受到大家的注视，连忙拉起闫天真："才说不找事，现在又是在做什么？"

"啊？"闫天真愣了一下，才反应过来，站直了身体，恢复正常。

"我接受。"不等闫天真开口，陆旭抢先说，"你的道歉，我接受。"

"啊？"闫天真再次愣住了。

这么容易的吗？

"不然呢？"陆旭奇怪地看着她，"我应该怎么做？"

一哭二闹三上吊？斥责闫天真不该给自己一个平步青云、一步登天的机会？

虽然事实上他责怪她了，但是在对方已经摆平这件事情之后，他还一直喋喋不休，耿耿于怀，这也不是他的性格。

"已经发生的就让它过去，不要再有下次。"

"好，我保证没有下次！"闫天真一本正经，指天发誓的样子，让她的两个腮帮子鼓鼓的，一副做错了事情，还心有余悸的样子。

这与商场上叱咤风云的她迥然不同，这种反差，让陆旭都觉得有些奇怪。

她有必要把自己的姿态摆这么低吗？

"有必要。"闫天真认认真真地说，"过去是我一念之差，一而再再而三地犯错，现在我深刻认识到了自己的错误，姿态必须放低。"

闫天真拿出袋子里的走马灯，泛黄的动物们已经无法转动，八音盒也发不出任何声音，灯泡没有坏，但是电路已经坏了。

"坏掉的东西就应该扔掉，不管什么原因，都不应该再放在身边。今天我当着你的面把它扔掉，以此明志！"

闫天真抬起手，就将灯扔了出去。

走马灯在空中飞出一个抛物线，然后又准又狠地落在了垃圾桶里。

落到底时，还有碎裂的声音，想来，那灯也已经破碎得不成样子，再也回不到过去了。

闫天真就像卸下了一个包袱似的拍了拍手，笑看着陆旭，希望他说点什么奖励一下自己。

但是陆旭却是一脸凝重，没有半分愉悦。

他说："其实，你没有必要这样的。"

“什么？”闫天真不懂。

“你，周南，不，应该说是方腾逸，你们之间现在是什么关系，我并不关心。”

“怎么会……那天你明明……”明明很生气。

“或许当时我是生气，但气的也不是你们之间的暧昧关系。我生气的，是你对待感情、对待自己的态度。闫天真，你太不负责任了。”

陆旭突如其来的郑重让闫天真更加困惑了。

负责任？

是说她对他不够负责任吗？

“那我现在负责任，还来得及吗？”

“我不是这个意思。”陆旭叹了一口气，道，“我的意思是，你明明很讨厌周南，明明很恨他，但是你为了所谓的生活，压抑自己，你甚至连父母的死讯都不敢告诉他，你在他面前装、演，到头来真的开心吗？”

“我气的，是你连对讨厌的事情说‘不’的勇气都没有，却还在人前装作一副我无所不能的样子。你，真的不累吗？”

累啊，当然累，特别累。

但是全公司上上下下多少人指着她吃饭，她哪里敢喊累？

闫天真想要叫屈，但是陆旭没有给她这个机会。

陆旭很快道：“我大概能懂一些你的委曲求全，你的忍辱负重。甚至，或许你享受与人斗的感觉，所以后来我很快就释怀了。我想，我们之间最根本的不同，就是我们不是一个世界的人。”

“而我居然还想要拯救你的生活，天真，其实是我错了。”

闫天真皱眉：“什么拯救不拯救的？我根本不明白你在说什么，你说了这么多，明明就是吃方腾逸的醋，明明就是不满我们还有联系，你为什么不承认？”

“不，不是的。”陆旭坚定而从容地说，“我真的不生气，一点也不。”

“那你也完全不喜欢我？”

“嗯。”

“一丝一毫也没有？”

“没有。”

“……”

闫天真望着陆旭的眼睛，陆旭从容沉稳，一点也不像在说谎。

闫天真无法接受这个现实。

“我不相信。”

“虽然你不信，但这就是事实。”

“那你为什么每周都约我，带我出去玩？还是情侣必打卡的网红地？”

意识到闫天真也看了那个帖子，陆旭张了张嘴，一时语塞。但很快，他就告诉她：“因为我同情你。”

“什么？”

“我带你去玩，不是因为喜欢，只是因为同情。”

她曾告诉他，她的青春在十八岁的时候就结束了，没有享受过几天爱情的甜蜜，连正经像样的约会都没有过几次。她很想像那些普通情侣一样，约会、吃饭、看电影。

陆旭：“同样，这些也是我错过了的。毕业后，我的青春或许也将一去不返，再没有这样的时间去体会了吧？我不想人生有遗憾，于是我想，趁还有机会也应该去尝试一下。只可惜……”

只可惜那个游乐场，终究还是没有去成。

当年方腾逸没能履约的地方，他也终究没能带她去，这或许就是命运吧！

闫天真注定是一个无法活在童话世界里的女人。

甚至，连短暂的沉溺都不会有。

陆旭也是一样的，他们都在各自的世界里，冷静得可怕。

“我们现在就去。”

闫天真不信这个邪，拉着陆旭就要走。但陆旭很快就甩开了她。

“去了又怎么样呢？我们不是情侣，去了也没有意义。”

“有意义！只要是跟你去，去哪里都有意义。”

“不，没有的。闫天真，我想……我们以后都不会再见面了。”

“为什么？”闫天真愣住。

“我已经申请了留学，硕博连读，如果没有意外的话，毕业后也会留在那边的实验室，以后不会再回来了。”

“天真，我要走了。”

陆旭说“我要走了”的时候，表情是黯然的。对闫天真的称呼，也从“闫小姐”变回了“天真”。

他之前也不是真的生气。

尤其气过之后，或多或少，他也有一丝不知道该怎么跟闫天真说这件事的苦恼，索性便借着这次机会断了闫天真的念头。

闫天真很愣，但很快恢复正常。

她仍是不当一回事，笑眯眯地问他：“出国没关系，我可以去看你呀，我们公司跟国外经常有项目往来，距离根本不是问题。你什么时候走？我去送你呀！”

闫天真故作轻松，将一万里的距离形容得只是睡一觉就能到的距离，并不在意。

但是陆旭下一句话，却直接点炸了她。

“明天。”

陆旭沉默了一瞬，认真地说：“明天上午十点，T3 航站楼。”

“……”

只这一句，让闫天真彻底爆发了。

过去她再怎么热脸贴冷屁股都没关系，他再怎么拒绝自己都可以，在那些她不觉得自己有错的事情上主动低头道歉也没有问题，甚至，他出国对她来说也真的不算事。

但是，陆旭明天就要离开这件事，却彻底把她击溃了。

“你……没事吧？”看着陡然间面若冰霜的闫天真，陆旭有些担忧。

他从来没见过闫天真脸上出现过这样的表情。

假如童怡在这里，她估计也会被吓到。这样的模样，连她都没见过几回，其难看程度，堪比他们公司股票一路跌停到强制退市。恐怕只有那时候，闫天真才会真的笑不出来。

但是这一刻，闫天真的脸色就是有这么难看的。

“你……”陆旭见她备受打击的样子，心中猛然一沉，他鬼使神差地伸手，想去握住她的手，但是，还没碰到她，就被她大力地推开了。

“假如！我说假如！”闫天真抬起头，看着陆旭，一字一句地问他，“假如我今天没有出现在这里，你是不是连最后一面都不打算见我？”

“假如我没有死皮赖脸地纠缠过来，你是不是打算到了国外才告诉我？”

闫天真不敢相信。就算是三只小猪回家过年，都还会在群里知会一声，而陆旭，竟然打算偷偷摸摸，先走了再说？

“你，真的就有这么、这么、这么讨厌我吗？”

面对突然抓狂的闫天真，陆旭有些无从招架，双唇几次张合，很想否认，却又觉得，解释多余又无力。

“……对不起。”

虽然他不讨厌她，但是，他对她做的事情却是无法改变的。

他确实没告诉她自己要走的事情，假如她不来，他们不会再见面了。

“就算是朋友，也会说一声。原来，你我竟连朋友都算不上。”

呵，原来，又是她自作多情了。

这一次，比上一次还要可笑。

闫天真没有多做逗留，自嘲一笑，旋即转身离开。半点留恋都不再有。毅然决然的样子，让陆旭有一种她突然在脑海里把自己回档删除了的错觉。

她好像有一种能把一个人活生生格式化的能力。

那一瞬间，他好像突然读懂了她和方腾逸之间的关系。

原来，她是可以真正做到全然不在意一个人的。就只是那么短短一瞬的时间。

闫天真离开之后，陆旭在原地站了很久。

他不知道自己该怎么办。

他这一生，因为知道自己还不起，所以很少接受别人的好。但凡接受了别人的恩惠，总会想着十倍、百倍偿还。他宠爱、包容，甚至是溺爱杨薇薇，也是因为如此。

过去他总认为闫大真什么都不缺，物质、精神都志得意满的她想要什么都可以信手拈来，他感受不到自己的重要。

后来在老家，闫天真说起自己的过去，陆旭才明白，原来闫天真也有一无所有的时候，也有无能为力的事情。

回学校后，他知道自己不久就会离开国内，知道闫天真的一腔热情会付诸东流，所以他尽力去弥补，带她感受她曾经失去的那些名叫“青春”的味道。

他带着离别的心情与她来往，本身就是抽离的，所以他也感觉不到闫天真对他的依赖。

他们机械性地约会，开心是有的，欢喜也是有的，但是离别却是既定的。

他无法开口，她没有察觉。

而后，当他知道，她嘴里无法原谅、恨恨难平的前男友竟然一直在她的身边，她还要像供祖宗一样去供着对方的时候，他真的很生气。

但是他也不知道自己为什么生气。

如她所说，他们什么关系都没有，他没有资格生气。

但是，他发觉，他已经习惯了闫天真颐指气使、自信满满的样子，他无法接受在这一种面具下，她内心的悲凉，他无法接受做小伏低的她。

同时，他也发现，她并不需要自己陪伴，去弥补那一份青春。

因为她的“青春”一直都在身边，从未离开。

于是陆旭没有再联系过她，不管后来她怎么作，怎么道歉，他的内心都没有波澜。

直到刚才。

他看到闫天真不笑的时候，才第一次看到了真正的她。

她原来也是会生气的。

面对间接害死父母的前男友，她都能做到和颜悦色，笑脸相迎。她对每一个人都微微而笑，仿佛没有什么事情能真正引起她的注意。

直到刚刚，她因为自己的隐瞒行程而生气。

那一瞬间陆旭突然也明白了，自己之前为什么会失望。

他其实是不想她受委屈，仅此而已。

他不想看到闫天真明明恨方腾逸恨得牙痒痒，却连一句重话都不敢跟他说的模样。

她应该告诉方腾逸的。

她的过去、她的父母、她的难过、她的努力……她这些年经历的事情，值得方腾逸一句郑重的道歉，而不是因为他的名气，而一笔带过。

他很想告诉她减少欲望，她能更快乐。但是，以后估计没有机会再对她说这句话了。

陆旭在那棵分离的榕树下，找了个长椅坐下。

然后就一直坐在那里，直到夜幕降临，繁星满天了才离开。

第二天，T3航站楼，国际航班海关口。陆旭在池明亮、许扬、杜小伟的送行下，正要进去。

他们已经在这里耽搁了好久。

从办登机牌开始，陆旭就一改往日利落的模样，磨磨蹭蹭、不疾不徐的。

他最后一个办登机牌，最后一个托运行李，眼下，是在最后关头过海关。

再有十分钟，他的飞机就要开始登机了，然而他还没有进海关。

“陆旭，你在等人吗？”杜小伟眼力见儿最差，刚说完，就被池明亮和许扬的咳嗽声打断。

杜小伟这才反应过来。然而他并不打算讳莫如深，而是直言不讳地说：“既然想她就给她发消息、打电话，问她究竟还来不来，你这么磨磨叽叽的难怪人家跟你急！”

他没有具体说“她”的名字，但是他们都知道，他指的是闫天真。

三只小猪不知道后续发生的事情，他们只知道，闫天真很久没有在群里说过话了。

而陆旭，也很少再出校门。

或许是杜小伟的话起了作用，又或许是机场广播正在催促登机，陆旭似乎有些慌乱地拿出了手机，给闫天真发了一条消息：“我走了。”

他打字的时候，手在微微颤抖，连他自己都没有意识到，但是三只小猪看出来了。

他没有问她来不来。

这个时间点了，来不来已经可以确定了。

但是，既然她会因为没有打招呼而生气，那么以后，他都报备行程，行不行？

然而回答他的却不是闫天真欢快的语气和五花八门的表情包，而是一个红色的惊叹号：“Yan 开启了朋友验证，你还不是他（她）的朋友。请先发送朋友验证请求，对方验证通过后才能聊天。”

这一次，是她把他删除了。

陆旭看到这个，没有觉得意外，甚至还觉得松了一口气。

人最艰难的时候，是对某个人、某件事带着期待的时候。因为有期待，才会有失望。

她彻底离开了他的生活，也挺好的。

陆旭一颗忐忑的心终于落了地。

删了好。

删了就不会再有念想了。

第十四章

挣扎

（一）

陆旭走后，三只小猪也都纷纷毕业，各奔前程了。

临走前，他们找过闫天真，说是陆旭留下了一个包裹，收件人是她。

其实他们是在寝室的垃圾箱里发现这个包裹的。他们联系过陆旭，陆旭说让他们扔掉就好。但他们总觉得就这样扔了不合适，于是把它拿出来，带去给了闫天真。

由于闫天真不想再提起这个人，于是没见他们，只派助理小乔带他们三个出去吃了顿饭，然后就再没看过群消息。

小乔回来的时候，带回来一个纸箱子。

纸箱子不大，一只手能抱住。外面拿胶带封好，看不出来里面是什么，只有箱子顶端写着规规整整的两个字：天真。

正是陆旭的字迹。

“这人写字真好看，娟秀清丽，干净整齐，看着就赏心悦目。”小乔在一旁，兴奋不已，很想等闫天真拆开，看看里面是什么。

然而闫天真完全不感兴趣。

“拿走。”

“拿去哪儿？”

“扔掉。”

小乔脸色一僵，想劝劝总裁，反正拿都拿来了，看看又不会少块肉。

但见闫天真面色冰冷，是爆发的前兆，不敢再说废话，快速抱着箱子就走了。

小乔跟了闫天真五年。

五年时间里，她见证了闫天真身边太多的人来人去。

若换作别人，她可能直接想都不带想就扔了。

但是这个包裹是陆旭寄的。

因为陪伴，所以懂得，越是不在意，往往越在意。

小乔把包裹放在了专门用来存放闫天真那些来不及拆封的礼物的杂物房里，摆在最显眼的位置。

确保万一哪一天，闫总又想起它来，她能第一时间找到它。

接下来的日子，闫天真又回到了日常的工作生活里，只是，她也不像从前那么拼。

偶尔，还是会留出时间来做一些没什么意义的事情。

比如，喝酒。

童怡是在一间高端私人KTV里找到闫天真的，陪伴她的还有十几个小男生。

小男生们脸长得差不多，身材、发型各有千秋。肌肉型、奶狗型、瘦弱型，甚至还有留长发的古风型，总之，目不暇接。

正在唱歌的是刚出道的小歌手，容貌不算特别出众，但声音十分好听。

然而音乐声被开到最大，再好听的声音也变得刺耳。童怡被吵得不行，闫天真却浑然不觉，跟着一群人在摇色子。

“你在干什么？”童怡目瞪口呆，暴躁地喊了一声。可是她的声音完全淹没在了嘈杂的音乐里，激不起任何涟漪。

有些人注意到她了，但是没放在眼里。甚至，闫天真似乎也看到她了，但是想当作没看到的样子，继续玩色子。

童怡非常生气，直接冲进去，拔掉了系统开关。

音乐声戛然而止，包房瞬间安静下来，大家齐刷刷地望向童怡，表情都有些恼怒。

尤其是正唱到高潮部分的小歌星，目光里带着不悦，显然对这个闯入者十分不满。

“大妈，您是哪位啊？”小歌手只在网上发过自己的小样，还不算正式入圈，连经纪约都没签，故而不认识童怡。

其他的小男生亦是如此，虽然顶着二三线的同款脸，但连十八线都算不上。

只有闫天真的助理看到童怡，瞬间表情惊恐万分，连忙站起来。

虽然她只是个助理，但她是闫天真的助理，身边也围绕着不少年轻的小帅哥，她费了一些力气，才从人堆里跑出来，来到童怡面前，打招呼：“童……童总。”

众人脸色一变，这才意识到，眼前人是星光娱乐的二股东，纷纷起身，想要挽救一下自己刚才的过失，却又被童怡的眼神所吓，不敢开口。

总之，场面一度非常尴尬。

这时，从战战兢兢的小奶狗们身后，传来一连串爽朗的笑声。

只见闫天真懒洋洋地靠坐在沙发上，拍着大腿对着童怡笑：“你看看你，不知道你身份的小孩都叫你大妈了，你是不是该好好反省反省自己了？”

童怡自从产后，就退居二线，较少去公司。日常带娃让她略显疲态，确实不复往日容光，但，也远远没到大妈的地步。

“抱歉，是我有眼不识泰山，我……”唱歌的那个小伙子非常尴尬，端了一杯酒就想来道歉。而童怡根本懒得理他，甚至看都不看一眼。

“走！都给我走！”

所有人都被赶了出去，有些听话的拿着东西离开，也有些不甘心的，回头看闫天真，见她没有要挽留的意思，还是想方设法地磨蹭。小乔只能出面，把他们都带走了，末了，还关上了房门，不许外人打扰。

“你这是在干什么？”等人都走光了，童怡才走到闫天真面前，冷声问她。

闫天真笑眯眯的：“如你所见，当然是在挑新人呀！”

“公司内部对新人的审查很严格，一系列的流程还是你定下的，刚刚那些整容脸根本到不了你的手里，你哄谁呢？”

“那这不是恰好遇见了嘛，就聊聊呗，万一有好苗子呢？”

过去闫天真挑新人，都是经过下面的人层层筛选，抑或合作的公司推荐来的。而她朋友恰好组了个毕业局，都是今年刚毕业的艺术院校的学生。

“我想着反正在家也无聊，就来看看。这一来果然没让我失望，这青春的气息啊，啧啧……”闫天真夸张地吸了一大口气，满足地说，“就好像看到了那时的我们一样。”

一样那么努力、那么拼命地想要往上爬呢！

童怡叹了口气，原本是不想管她的，但是听说她这一个月来，天天都喝大酒，实在是担心她的身体。

她劝过她不要那么拼命，她也答应她今晚不喝酒了，但是没想到转头她又来了。若是生意场上不得不应酬的大佬也就罢了，竟然还是跟一群不着边际的整容脸混，真是无法忍受。

“我问你，陆旭呢？”童怡抱着双手，问她。

闫天真笑容一僵，不满：“好端端的，你提他干吗？”

“你经常跟我说起陆旭的那段时间，是你最少应酬的时候。现在是怎么回事？”

面对童怡的咄咄逼人，闫天真翻了个白眼：“分了呗。”

“为什么？”

“成年人的世界，哪那么多为什么？本来就是两个世界的人，他去了他该去的地方，于是我也回到属于我的弱水三千、百万森林的怀抱了。”

闫天真恢复笑容，啧啧感叹：“花心不是我的错，怪只怪这世上美人太多。”

“你就嘴硬吧！”童怡翻了个白眼，不等闫天真反驳，便指着鼻子骂她，“自大的人，本质上是自怜，因为可怜弱小的自己，于是骗自己很厉害，时间长了，还真以为自己很厉害。”

“我怎么了我？我才是被甩的那个好不好？你作为我的闺密，不骂他也就算了，还为了渣男来骂我，你到底帮谁的？”

闫天真十分生气，也十分委屈，不依不饶的，就差没撒泼打滚了。

童怡看着她演戏，等她演完了，才冷冷地问她：“他是渣男吗？”

一句话，让闫天真马上就要夺眶而出的泪水生生憋了回去。

“他……不是。”

闫天真泄气地说完，还是觉得很生气。

“就算他不是渣男又怎样？我和他本来就无缘，全靠我花钱！偏偏他还不爱钱，那我有什么办法？”

“除了钱，你就没别的能给人家的了？你就贫瘠成这样？”

“对啊，我穷得只剩钱了。”

闫天真大大咧咧的，十分坦然，还十分骄傲。

这确实值得骄傲，毕竟，这个世界上敢说自己有钱的人不多。

童怡叹气：“你都知道陆旭不爱梨子爱苹果了，你还非得在人家面前炫耀梨子，强迫他吃梨子，你不是自讨苦吃是什么？”

“我不知道陆旭要苹果，我根本不知道这苹果是个啥玩意儿。反正我只有梨子，他爱要不要。”

童怡叹气：“他要的苹果就是你啊！”

“我？”闫天真愣了一下，冷笑，“你到现在还认为他喜欢我？”

“是。”童怡斩钉截铁地说，“假如他不喜欢你，他不会在你身上浪费时间。”

“呸！你当他是喜欢我才带我出去玩？并不是。他前阵子的所作所为根本就是在补偿，弥补！”

“他早就计划好出国了，可是他根本不告诉我！他给我的陪伴只是因为可怜我！他以为我是一个没人陪、没人爱、没有家的孤儿！”

其间，竟然还天真地想要给他生孩子。

他们说得对，她真是病得不轻。

她把他又当爹又当妈、带着她到处玩的行为，理解成了约会，理解成了爱情。

但，大错特错，他只是同情她。

呵，可她缺这种陪伴和玩乐吗？

她不缺！

只要她想，她三百六十五天天天都能组局，什么样的男人，应有尽有，愿意陪她干什么的都有。

她很充实。

空气再次凝固。童怡看着恼羞成怒的闫天真，眼里满是同情。

闫天真最受不了别人用这样的目光看自己，但，童怡除外。

她们十年闺密，她知道童怡是真的为自己好。

闫天真卸下了一身防备，疲惫地说：“不是陆旭的错。是我，我错把他的陪伴当成了爱的表达方式，造成了误会。是我的错，现在我知道错了，不想再跟他纠缠了，行不行？”

“行。”童怡完全没有反驳，“只要你高兴，我怎么都行。可是，你真的高兴吗？”

闫天真被问住了，尬笑：“我能有什么不高兴的？”

童怡："诚如你所说，生活美好，工作顺利，事业顺心，男人很多。但是男人再多，你难道没发现，就算他们围绕身边，你脑子里想的不还是陆旭吗？"

"那你可真是误会我了。"

她是什么人？闫天真诶！

她历来都是说一不二的，不要了就是不要了。

"好吧，假如你真的高兴，我什么都不说了。"童怡说完，闫天真还来不及高兴，又听她紧接着又道，"但是，我还是想强调最后一次，有喜欢的人，本身就是一件幸福的事，至于能不能被对方喜欢，是命运的安排，你管他结果呢？"

"假如你不把陆旭当作自己的，那么他的所作所为其实并没有伤害到你。他只是在无数次拒绝你之后又拒绝了你一次。为什么过去那么多次你都能接受，这次就不可以了呢？"

"假如你的心里只有他，若不再尝试一次，你将来不会后悔吗？"

闫天真听得耳朵起茧，十分不耐烦地摆手："不后悔，绝不后悔。"

"好吧，我相信你。但愿你是真的知道自己要的是什么。"童怡泄气，一副恨铁不成钢的样子，显然不相信她。

闫天真也是皱眉，满脸不耐："你好烦，你真的变成一个大妈了。你快走，别耽误我见下一拨小鲜肉！"

童怡见她也没玩出什么火，也就没管她了。只不够偶尔，在夜深人静，孩子睡着之后，会跟何岳聊两句。

她总是感叹："我只是可惜，可惜天真不能跟我一样，找到真正属于自己的幸福。"

她因为了解，而懂得。

她懂得闫天真在放肆不羁、张扬桀骜的大笑下，真正想要的东西。

（二）

方腾逸这次从柏林回来，新片包揽了大大小小十几个奖项，奖杯拿到手软，名誉加身，蜚声国内外，事业更有进境。

喜欢他的人可以说是手拉手能绕地球好几圈，但是，令人匪夷所思的是，他在风头最盛、最锋芒毕露之时，竟然当众宣布自己有个十余年的女朋友，近日准备结婚。

这条消息横扫了所有平台的热搜榜之后，整个星光娱乐的工作人员都疯了。

电话、微博、公众号、网页全都炸开了锅，就连他们自己都搞不清，方腾逸这是在抽什么风。

早些年方腾逸绯闻不断，加入星光娱乐之后就越来越少，近几年更是绝迹。他一门心思钻研打磨自己的演技，而星光娱乐上下一心帮他扫除其余障碍，抢占最好资源，让他的事业攀上一座又一座的高峰。

但是，就在里程碑式的人生高光时刻到来之时，他居然急流勇退，宣布自己要结婚？！

就算他再有演技，再有实力，再对其他女人不屑一顾，也不能当众这么说吧？

这不是找死吗？

而且这是当众采访，现场发言，他本人亲口说出来的！

这让他们想否认、想澄清都无力，只能紧急联系公关团队，看看怎么才能把损失降到最低。

闫天真办公室的电话已经被人打爆了。

童怡也一连发了十几个问号过来。

但是闫天真接不了。

她现在就正在跟肇事者通电话。

“看新闻了吗？”方腾逸问。

“没看，但是知道得差不多了。”闫天真心烦意乱，想要发火，却又碍于他的身份地位，不得不憋着。

“你的意思呢？”

“什么我的意思？”

“结婚。”方腾逸强调，“跟我结婚，你愿意吗？”

“……”

虽然闫天真在收到那个戒指盒的时候，就知道他是想要跟自己复合。

但是这么快，当众逼婚，却是她没有想到的。

闫天真深呼吸了好几大口气，才忍住骂人的冲动，冷静下来。

闫天真严厉地说：“你是在拿自己的事业开玩笑，拿公司的股价当游乐场，你知道这么做的后果吗？”

公司股价刚因为他的斩获影帝头衔而一路飙升，而现在……现在简直不敢看。

“我没有开玩笑。”

方腾逸郑重地说：“我们确实是相恋十年的恋人，就算曾经走散，在人海迷失，但兜兜转转，还是你跟我，这一点，是可以作为宣传点的。”

“你是娱乐圈的女王，而我既有流量又有实力，我们两个强强联合，星光娱乐只会越来越好。这样一本万利的买卖，你为什么要考虑这么久？难道你真的喜欢那个穷小子吗？”

方腾逸高高在上的语气，表明了他其实从始至终没有把那个叫陆旭的男孩放在眼里。

这种围绕在闫天真身边的小鲜肉还少吗？每一个都要在意的话，他早疯了。

况且，他身边这样的女人也有一大把，有些是露水情缘，有些是一时的欢喜。但来来往往那么多人，权衡利弊之后，只有闫天真才最符合他的身份。

他也最需要这样一个巧舌如簧、八面玲珑的贤内助。

他们二人的结合，无论从哪一个角度看，都是最完美的。

方腾逸坚信，她没有理由拒绝自己。

而她确实也没有拒绝。

闫天真沉默了一会儿，道：“等你回来再说。”

她的语气平静，无悲无喜，既没有被影帝求婚的狂喜，也没有因为方腾逸擅自做主宣布婚讯而生气。

方腾逸觉得她越来越难捉摸了。

她过去不都是笑眯眯的吗？一副不管他做什么她都全力支持他的样子。怎么最近这半年……她好像有些不一样了？

但，不管她变成什么样，方腾逸倾其后半生的事业做赌注，把他和星光娱乐捆绑在一起逼迫闫天真表态。他认为这已经是板上钉钉的事情，不会再有变数。

于是心安理得地让助理买了九十九朵大马士革红玫瑰，踏上了回程的班机。

挂断电话，闫天真拿出了封存在抽屉里很久的小盒子。

她波澜无惊地打开它，然后不出她所料，看到了一枚璀璨闪耀的巨型钻石戒指。

以方腾逸的身家来看，这枚戒指还真不算大。

她把钻戒拿出来，想试戴一下，看看在未来几十年的日子里，每天戴着它上下班的感觉如何？

但是她拿起来，又放下，试了好几次，都发现没有勇气戴上去。

最后，她没办法，还是把它原封不动地放了回去。

或许，等方腾逸来了，让他给自己戴，就能戴上去了吧？

毕竟，那曾是她年少时的梦想呵！

在这个梦想即将成真之际，闫天真却怎么都高兴不起来。

不是因为公司上下都被方腾逸的炸弹搞得人仰马翻，她也并不是那么在意后果。

她只是突然开始思考，她究竟想要什么。

十八岁时，她的信仰是方腾逸，她的梦想就是跟方腾逸结婚。

然而到了三十岁，当方腾逸真的想要娶她的时候，她却不想要了。

和方腾逸结婚，可以为星光娱乐带来巨大的财富，诚如方腾逸所说，那几乎可以让他们立于不败之地。

但就算如此，她发现自己也并不期待。她甚至觉得，比起和他结婚，获取更多的财富，她更想跟陆旭去一次游乐场。

他们曾经约好的，后来却因为种种原因最后没有去成的地方。

那也是她一辈子都没有踏足过的地方。

闫天真突然想起了陆旭想要给她，但最终没有打开的那份礼物。

于是，在公司大多数人都在焦头烂额的时候，闫天真只是一个人来到了杂物间。

她都不需要问，就知道小乔一定不会扔掉它。

它一定好好地躺在这里面，就算，可能一辈子都不会被人开启。

闫天真把那个包裹拆开，发现里面的东西远比外面精致。

玻璃罩里，是层层缠绵的小灯泡，打开开关，灯泡就会亮起，然后照亮盒子底部的走马灯。

没错，就是当初闫天真一直放在床头柜上的那一只，一模一样。

闫天真正奇怪着，本以为陆旭是把它从垃圾堆里捡起来，然后翻新了一下，但打开灯罩，把它拿出来，才发现其实有一些不一样。

原先的走马灯，旋转木马里的动物坐骑们都各自飞翔着，虽然热闹，但感觉空落落的。

但这一只灯里，在鲸鱼坐骑上坐着一个长发的小姑娘，她裙摆华丽，妆容精致，弯弯的眉眼跟闫天真一模一样。

她的身后，飞马和大象身上分别坐着一男一女，穿着打扮都是中年人的模样。他们同样笑着，但是眼睛一直盯着闫天真，满是宠溺。

几乎一眼看上去就能明白，那是她的爸爸、妈妈。

闫天真迫不及待地关掉了灯，打开走马灯的开关。旋转木马的影子投射在墙壁上，女孩和父母欢笑追逐的影子惟妙惟肖，就跟真的一样。

看到这里，闫天真的眼睛霎时就红了。

她不知道自己最后是什么时候出去的，也不记得是谁把她拉出去的。

她只记得走马灯底部的字迹也已经被替换，在之前那只刻着 ZN & YTZ 的地方，只有一个英文单词：

Happiness，幸福。

他希望她幸福。

泪水再忍不住，夺眶而出。

闫天真看到这个，才终于明白，陆旭究竟在生气什么。

这个灯是他亲手做出来的，只在闫天真家里看过一次，然后就寻找各种图纸模型，模仿了一个一模一样的。

这不是一朝一夕就能做出来的。

甚至，他应该在看到这盏灯的时候就已经开始了。

他耗费心力，送了她一个没有周南的、却有家人陪伴的灯。

灯里承载着她早已失去的童话梦，希望能夜夜伴她入眠。

而她呢？

她却对周南虚与委蛇，阿谀奉承，就算心中千般恨万般怨，也一句都没有说出口过。

她甚至到现在，都没有得到过周南的一句正式道歉。

他应该道歉的。

（三）

方腾逸下飞机的时候，整个机场被围得水泄不通。还好公司早有准备，提前派了上百名保安，才顺利将他接出来。

继柏林放完炸弹后，也没闲着，一出机场，就抱着一大捧红色玫瑰花，高调地走着。

好像生怕别人不知道，他是去见未婚妻的。

闫天真早防范他有这一手，在停车场准备了十台一模一样的保姆车。又趁着混乱，让人根本分不清他究竟上了哪一台车。

保姆车鱼贯而出的时候，记者们不得不被迫分散，各自跟一辆。

公众实在太好奇他的未婚妻是谁了。

在现在这个时代，流量为王，谁能拿到第一手的资源，谁就是明天的头条。

但谁也没想到的是，方腾逸没有上其中任何一辆车。

他被闫天真派去的人塞进了一辆不起眼的、破旧的野马。

他的西装起了褶皱，发型也有些凌乱，他正想发脾气，但见开车的人是闫天真后，瞬间换上了笑容，甚至，整个人都变得精神奕奕起来。

方腾逸有些兴奋："你亲自来接我？"

"嗯。"

"怎么开了这么一辆车？"

老、旧，还有点破。

"难道你希望我开你的阿斯顿马丁来接吗？嫌你自己还不够高调？"

意识到闫天真的良苦用心，方腾逸放下心，系上了安全带，微微一笑："走吧！"

他说完，车门锁紧，闫天真一脚油门，野马疾驰而出。

一路上，闫天真都没什么表情，也不大想说话的样子。

她穿了一身素净的黑色小礼裙，头发绾在头顶，上面还夹了一只珍珠发卡。虽然很精致，但与往日里，大红大紫花里胡哨的样子很不一样。

“你今天好像不大高兴？”

“你觉得我应该高兴？”

闫天真目不斜视：“整个娱乐圈都因为你翻天了，你觉得我还能高兴得起来？”

连童怡那个产妇都带着吸奶器上班了，可见星光娱乐最近有多么风起云涌。他们旗下的每一个女艺人都因为方腾逸，而在风口浪尖被人扒了个底朝天。

火是都火了，然而女粉丝们不买账，各大官方网站都被人给炸平了，就这样的情况下，方腾逸觉得，她还笑得出来？

“毕竟是结婚，这是我们两个之间的私事，撇开工作，你应该开心的。”

方腾逸还是不以为然，一副“我吃定你”的模样，顺手还摸了摸闫天真头顶的珍珠发卡。

闫天真的脸色更难看了。

闫天真沉声，“我在开车。”

“……哦。”

方腾逸一愣，不情不愿地把手拿开。

要知道，过去的闫天真，在面对自己的时候，从来脸上都是春光灿烂，笑容明媚的。就算在外拍戏或者出席活动分开了，也天天就盼着他回去，一副很舍不得的样子。所以，因为闫天真对自己时时刻刻的热情，他可以完全无视她身边各种各样的小鲜肉。

同样，这些年他身边的女人那么多，闫天真也都能做到不在意，以及帮他料理干净一切，做好善后事宜，他才能维持敬业、专一的人设，在娱乐圈的地位一天比一天高。

与流水的女人相比，铁打的闫天真才是他所需要的。于是在他的事业做到里程碑式的飞跃之后，他唯一想做的，是跟她结婚。有她在，他才会有接下来五个、十个，乃至一辈子的奖杯。

而她这些年如此维护自己，应该也是因为爱情吧？

他们互为彼此最重要的人，已经超越了男女之情，所以他坚信，不论他怎么作，闫天真都一定会包容。

就算他这次搞出这么大的事情，她也一定会维护到底。

但毕竟是先斩后奏，现在让她发发脾气，也没什么问题。

出了机场，车越开越偏，方腾逸有些困惑。

闫天真的家、方腾逸的家，甚至公司，都在市区里。闫天真却独自一人，开着车带他向着完全相反的方向去。由于对她完全放心，所以他也不打算问。因为，眼下有更重要的事情，他需要知道答案。

方腾逸："所以，你的答案是？"

闫天真冷漠地："到了你就知道了。"

"很远吗？"

"两小时。"

哦，不算远。

说话间，车拐了个弯，上了高速，向着 B 城的方向驶去。

方腾逸有些诧异："我们要去 B 城？"

"嗯。"

B 城是闫天真的老家。

原来是要去见父母……

方腾逸放下心来："是叔叔阿姨看到新闻，问你了吗？"

闫天真愣了一下，淡淡地说："没有。"

"三十岁了，你父母应该催你了吧？"

闫天真脸色恢复如常，冷漠地："没有。"

"那你自己也不着急吗？"

"不急。"

闫天真开车，始终望着前方，嘴角没有一丝笑容。

方腾逸沉默了一瞬，说："我急。"

"……"

然后，她就不说话了。

见闫天真没有想要跟自己聊天的意思，方腾逸索性把椅子调倒，仰躺在副驾驶上。

"我睡会儿，到了叫我。"

"好。"

方腾逸坐了个长途飞机，连夜赶回来见她。许是因为兴奋，飞机上没休息好，下了飞机又直接被接去了 B 城，很快就睡着了。等他醒来的时候，他们已经到达了目的地。

“下车吧！”闫天真站在窗外，敲了敲他的车窗。

她就站在那里，却没有要给他开门的意思。

正午的阳光刺眼，闫天真一袭黑衣站在阳光下，整个人却没有半点温暖的样子。一脸寒霜让睡眼惺忪的方腾逸不由得一怔，缓了一会儿，才清醒过来。

车窗外放眼望去，目之所及，是一大片竹林。竹林里的竹子自由生长，草地里杂草丛生，很是荒凉。周围也没有住宅区，不大像能住人的样子。

“这里是？”方腾逸皱眉，望向车外的闫天真。

闫天真站在那里，没有打算解释的样子，只是默默地点燃了一根烟，深吸了一口。

方腾逸觉得奇怪，但是也不打算阻止。

闫天真抽烟也不是一天两天了，虽然他没见过，但是有所耳闻。但一般来说，只有压力很大的时候才会来一根。

怎么，跟他结婚、带他见家长，有那么难受吗？

方腾逸缓过神，下车的时候，闫天真的烟也刚好抽完。

他关上车门，正要走，闫天真却陡然叫住他：“把花拿上。”

“什么？”

“玫瑰花。”

哦，方腾逸想起来了，后座上，还有他特地叫人从大马士革空运回来的红玫瑰，是他送给闫天真的。

闫天真见到的时候没说什么，只是让他放后座，但这会儿却很在意的样子，不由让他得意地扬起了嘴角。

女人啊都是这样，嘴上说不要，但是身体却很诚实。

虽然表面对他冷淡，但对他的礼物却还是在意的。

方腾逸拿上红玫瑰，心情很好地跟着闫天真走。

山间小路旁长着不知名的野花，野草几乎都到膝盖，还有随处可见的废弃矿泉水瓶、白色垃圾。方腾逸连鞋子上的灰尘都忍受不了，何况连裤管上都染上了泥？

他很想问闫天真究竟是要去哪儿，但她在前面一言不发，气压极低，让他有些不敢开口。

直到看到一只死老鼠的尸体上围着一堆的苍蝇，闫天真经过，苍蝇四散飞舞，飞到方腾逸身边，他彻底忍不住了。

“我们究竟去哪儿？”方腾逸停下步子，有些愠怒地看着闫天真。

闫天真住在A城市中心的大平层，就算她爸妈不想去A城，也不会在B城住贫民窟吧？

不，这连贫民窟都算不上，最多算个垃圾堆。

方腾逸停下步子，不愿再前进。

“见父母。”闫天真言简意赅，十分利落地回答他。

方腾逸知道自己没料错，但是料不到她父母住在这里。

“他们住在这里？”方腾逸惊讶。

“嗯。”

怎么，难道是买下了一座山，在山上建了独栋别墅吗？

怀着狐疑的心情，方腾逸还是选择继续跟她走。

出了竹林，是一大片的墓林。

一个个坟墓在杂草丛生中，呈现阶梯式向上建造，虽然每一个墓碑好像都不大一样，但整体上看去，错落有致。

上山的阶梯入口有已经生锈的铁拱门，上面写着四个字：紫鹊陵园。

强大的视觉冲击让方腾逸很是一愣，停在入口，迈不动步子。

闫天真向上走了好几步，见他没跟上，回头：“愣着干吗？上来。”

方腾逸还是有些疑惑，想问，又不知道从何开口。

“你不是想见我父母？怎么，怕了？”

“……”

怕？

他有什么可怕的？

方腾逸不明白，但被闫天真这么没来由地一嘲讽，来了精神，三五步就追上了她。

闫天真父母的墓在山巅最不起眼的角落里，爬上来几乎让每天都锻炼的方腾逸断气。

虽然坟墓的位置最偏僻，但装饰最豪华，父母的墓碑被围成一个圈，气派十足。

一路行来，都没有看到比她父母更豪华的坟墓。且墓碑簇新，香台干净，显然她经常会来清理、打扫。就算自己来不了，她也会找人定期维护。

“爸、妈，我来看你们了。”闫天真站在墓前，直接双膝跪地，在墓前磕了个头，然后起身，一系列动作十分到位，半点不含糊。她下跪和磕头的时候，方腾逸甚至都听到了明显的响声。

闫天真看着方腾逸，似乎在等方腾逸打招呼，然而方腾逸却有些愣。

怎么打招呼？

磕头吗？

方腾逸看着自己十几万的高定西装，有点为难。但见闫天真一身黑色小礼裙，显然也不便宜的样子，跪在地上连个眉头都没皱一下，他也释然了。

第一次见岳父岳母，给他们磕个十几万的头，不算过分吧？

方腾逸咬了咬牙，双膝一弯，也要跪下去。但就在膝盖即将接触到地面的时候，闫天真伸手一扶，阻止了他行大礼的行为。

“把花放在香台上就好。”闫天真冷着一张脸，淡淡吩咐。

“……”

方腾逸再次觉得为难。

大马士革的红玫瑰，每一朵花红艳得比脸还大，放在坟墓前面，不大好吧？

“没什么不好的，菊花、玫瑰都是花，我妈喜欢花。”

闻言，方腾逸便听话地把玫瑰放在了香台上。在红玫瑰的衬托下，墓碑上的照片陡然鲜亮了几分。

照片里，闫天真的母亲比闫天真还要好看。

二人虽然五官相似，但是神态却迥然不同。

闫天真的脸上，尤其在面对工作的时候，有着这个时代女性才有的凌厉和攻击性，美得惊心动魄，让人不敢亲近。但是她母亲却有着无与伦比的温婉风情，那种望向你的眼睛里就写着柔情，像水一样温柔。

而闫天真的父亲则有些严厉，与生起气来的闫天真一模一样。所以，闫天真是继承了母亲的美貌，父亲的脾气，想到这里，方腾逸不由得笑了一下。

“你笑什么？”闫天真皱眉，不可思议地看着他，眼睛里有浓浓的鄙夷。

就好像他做了什么大逆不道的事情。

方腾逸连忙解释，说自己只是终于知道闫天真像谁了。

但闫天真并没有因为他的解释而展颜，她还是那么冷清、沉重，眉宇里有挥之不去的阴霾。

方腾逸不敢再乱说话，收起了玩笑。

他看到墓碑上的时间，发现闫天真的父母很早就去世了。

比他想象的要早很多、很多。

那她这些年都是怎么过来的？

都是一个人吗？

想到一到过年就消失无踪的闫天真，方腾逸的心陡然有些疼。

原来她不是回家过年团聚，而是独自一人在舔伤口。

“为什么不早告诉我？”方腾逸长叹一口气，问她。

闫天真似乎也是陷入了长长的回忆里，双目出神，没有回答他。

方腾逸知道她难受，没有再逼问她。

他站直了身体，规规矩矩、十分郑重地朝墓碑鞠了一躬：“抱歉，叔叔阿姨，这么晚才来看你们。过去因为我不知道，所以从来没有来过，现在我知道了，以后我会经常来看你们。我的名字叫……”

“不必介绍了，他们知道你。”闫天真打断他。

知道？

怎么知道？

……十年前，他应该还没有红。而十年前，他们已经去世了。

“还记得我们大学恋爱的时候吗？”

“……记得。”

对闫天真来说是恋爱，对那时候的周南来说，是玩票。

周南比闫天真大三届。闫天真刚进大一的时候，周南已经大四。因为课少，没什么事，他被安排去给大一的新生拿箱子搬行李什么的，顺便也看看新晋美人。

周南的阳光帅气几乎俘获了所有小学妹的心，其中当然也包括闫天真的。

闫天真的行李是最大、最重的，她从小就长得好看，颇受宠爱，乱七八糟的带了一大堆。开学之后，父母从老家寄来的行李也络绎不绝，周南每一次都会提前赶到，帮她抬上去。

以至于后来他们在一起了，他问她喜欢自己什么？闫天真也总引以为豪地说：“你是我见过最有爱心、有耐心的男人，跟我爸一样！”

每每想到那时候的自己，闫天真都恨不得抽自己几十个大嘴巴子。

当然有耐心，每一个男人在得手之前，都是有耐心的。但凡追到手了，红玫瑰就变成了苍蝇血，白月光也会沦落为剩饭粒子。

而那时候的周南听到闫天真的回答，只觉得她敷衍。

他非常明白自己的优势在哪儿，也知道一个男人要是只有爱心、耐心，根本不可能追到女孩子。这些女人喜欢的就是他的脸，仅此而已，于是对闫天真的回答也觉得很无聊。

他甚至都记不起来帮多少女孩子拿过行李了。

这一点，闫天真现在明白了，但是当时不明白。

闫天真站在父母墓前，看着父母的照片，说：“或许，对那时候的你来说，我的回答很敷衍，但那时候的我真的以为，你对我是不同的。”

“我每天跟爸爸、妈妈通电话，我都会告诉他们，有一个很好看、很好看的男孩子，他经常帮助我。”

好看是乍见之欢，能长久相处应该就是爱了吧？

然后她告诉父母，她恋爱了。再然后，他就像对那些交往过的女孩子一样，开始嫌她烦。她发来的分享日常的话语都让他觉得自己被套上了枷锁，于是开始对她冷淡。甚至，会经常爽约，再打压她。让她觉得是自己不够好，才让他不开心。

闫天真为了哄他高兴，用人生拍的第一支广告的收入给他买了台机车。不算贵，但是，是周南喜欢的东西。但她可能低估了周南的消费水平，对他来说，缺的不是机车，而是顶级机车。像闫天真买的这种入门款，他早就不放在眼里。

但是他还是收下了，然后转手就送给了不知名的圈内朋友，连牌照都没上，开出去玩，结果出了车祸，一死一伤。没有摄像头的地方，对方弃车逃跑，只能通过车身的序列号查到车主，然后就查到了闫天真的头上。

从天而降的巨债让闫天真脑袋发蒙，但更让她难受的是，她发现自己找不到周南了。

周南凭空消失，和所有人都失去了联系。

感情失败以及突如其来的巨债让她深受打击，她得了抑郁症，不跟任何人联系，也包括她的父母。她的父母很担心她，想把她接回家里的医院治疗，在来 A 城的途中，遭遇车祸，双双身亡。

故事说到这里，戛然而止。

闫天真突然抬头，笑看着方腾逸："你知道吗，我可能是医学史上的一个奇迹。"

方腾逸红着眼眶，目光复杂又不可思议地看着她。

她说"我应该是第一个，也是最后一个，因为父母的死而治愈抑郁症的人。"

父母的死、受害者的闹事，让闫天真根本忘记了失恋的痛苦。

与生死相比，没有大事。

"当时的我应该是被逼疯了吧？受害者的家属每天、每天都来我的学校、家里闹，我只能退学。"

"我用父母死亡的赔偿金，才偿还了车祸死者的赔偿款，但是那还远远不够，那个重伤的小孩在ICU的治疗费一天就是一万八。我不得已，只能卖掉父母的房子。从此，我真的没有家了，连躯壳的那种都没有了。"

"但是没有家的感觉远没有父母的骨灰盒无处安放来得痛苦。我没有钱，买不起墓地，我只能把骨灰盒寄存在火葬场。后来是童怡借钱给我，我才买了这块墓地。"

闫天真望着山坡，山下是一层又一层的陵墓群，每一个都没有她父母的墓地豪华。她还出资重新改建了山路，原本难爬的山巅倒成了视野最好、风景最开阔的地方。

"很豪华是吗？不是的，这里是临时增加的，原本不在计划之内。"

如果仔细看，就能看到父母的墓碑之间，有一道浅浅的翻新的痕迹，那是拆掉的围墙。为了多增加一个墓地，他们把围墙拆了，挪到了旁边，所以才能这么便宜。

听到这里，方腾逸彻底说不出话来了。

他无比震惊地看着这一切，惊慌失措。

"我知道你不是故意的。"闫天真拍了拍方腾逸的肩膀，表情平静又真诚地安抚他，"你只是那时获得了很好的发展机会，要去出演张导电影的男主角。于是你单方面切断了与过去的联系。我不怪你，真的。但是，过了这么多年，其实我还是很想问，周南，你有真正地去喜欢过一个人吗？"

"那种晚上躲在寝室被子里，小心翼翼地编辑短信，生怕被同寝室的人察觉，又或者怕自己写的短信没意思，烦扰到你。于是每一个字都斟酌数遍，才敢发出去。"

“然后，就是数小时睡不着觉。那种期待又夹杂着失望，失望之后，又因为你的一两个字的回复而开心两三天。那样的感觉，你有过吗？”

“那样害怕又期待的感觉，我到现在都还记得。”

“我十八岁的梦想，就是成为周南的妻子，为你洗衣做饭、生儿育女，一屋两人三餐四季，都是欢喜。”

“周南，我曾经那样喜欢过你，可是你呢？你有过吗？”

闫天真望着方腾逸，叫着他的本名。

方腾逸似乎听惯了别人叫他方腾逸，对周南这个名字不是那么敏感。

他恍惚着、怔忪着，似乎在听，似乎又没在听。

他只是盯着闫天真父母的墓碑，

觉得那一束鲜红色的红玫瑰是那么的刺眼。

刺眼到根本不应该存在于这儿。

这时，闫天真从包里拿出了那只红色的小盒子，递给方腾逸。

“现在，你可以向我求婚了。”

方腾逸愕然抬头，无比惊愕地看着她。

迟迟不敢接。

闫天真微笑：“不要这么看着我，我说过，我不怪你。”

所有的一切，都是她咎由自取。怪她自己太认真，把玩票当作了真心，以为遇见他，就会是一生。也怪她自己承受能力太差，才会让父母担心，连夜赶来A城。

一切都只能怪她自己。

但是，也正是十八岁的时候，她懂得了一个道理。

碰到任何困难都不能低头，因为……双下巴会掉下来。

曾是艳光夺目的电影学院校花，到后来做尽一切卑微的事情。所有人都跟她不再来往，她的朋友只剩下童怡。她失去得太多太多，但也得到了一生的友谊。

她父亲不大会开车，为了她连夜驱车上高速，她太知道父母有多希望她能过得好了。于是很快，她拼了命地让自己活得更好、更好一些。让那些曾经看不起她的人都打脸。

闫天真：“任何时候，我都不会让人看到我的不完美。在别人眼里，我要活到最好。跟你结婚，的确能让我的财富更加雄厚，你我结合，是最好的选择。所以，求婚吧，我答应你。”

闫天真把选择的机会交到了方腾逸的手里。

方腾逸却眼眶通红，看怪物一样看着她。

似乎在用眼神问她，这些年过去，她怎么能忍这么久？

她怎么能在他面前言笑晏晏了这么多年？

“因为我爱钱，超过爱你。”闫天真换上了标准的笑容，谄媚地笑着。

有爱才有恨，爱都没有了，恨什么呢？

何况与方腾逸重逢之后，他听说当年的车祸，马上给了她一大笔钱，那是她事业的启动资金。她用每时每刻的欢笑换来了他的信任，再三不五时用当年他对她的愧疚来获取资源。

当然，她也不蠢，知道想要发展，只能是双赢，于是她也尽心尽力地辅佐方腾逸。

她借着他上位，到后来的互相扶持，才有了后来的这一切。

他们都成功了。

可是，也都回不去了。

“那为什么……现在又要说了？”方腾逸嗓子有些嘶哑，仿佛用尽全身力气才挤出这几个字。

如果闫天真真的如她所说，爱钱如命，胜过一切，那么她在这个节骨眼上，完全没必要告诉自己这些。

她大可以跟自己结婚，收获一大波融资之后，开启人生新纪元。

到时候她想做什么他都拦不住她了。

“因为陆旭。”闫天真认真地说。

“陆旭？”

“嗯。”

方腾逸在脑海里思索了很久很久，才想起大半年前，跟闫天真打得火热的那个男孩。

他见过他两次，但显然，他各方面都不是自己的对手，所以完全不会放在眼里。

但是他没想到，他竟然能改变她？

闫天真："你总问我，为什么喜欢陆旭？原因很简单啊，陆旭跟我们不一样。"

"他的世界非黑即白，不像我们……是灰的。"

生活在一个浮华的世界里。方腾逸和闫天真一样，每天都要戴着虚假的面具，见人说人话，见鬼说鬼话，这样才能获得自己想要的物质资源，每时每刻都得带着笑容虚与委蛇。

虽然她觉得与人斗其乐无穷，但是有时候，她也会厌倦。

陆旭想必看出来这一点，才会那么生气。

闫天真叹气："在黑暗里生活久了的人，对阳光的渴望总是超乎寻常的。我只是很可惜，可惜到这么晚，才明白这一点。"

不然，她就不会跟他吵架了。

"对不起……"方腾逸用几不可闻的声音，小声地说着。

闫天真听见了。

虽然小声，但不是过去那种，在分手后以方腾逸的身份重逢，他无所谓、又调侃似的跟她道歉，说当初年少轻狂，不该玩弄她的感情。那种道歉虚无又无足轻重，还带着一点高高在上。

当他现在郑重地道歉时，他甚至不敢看她。

他低着头，盯着坟头的红玫瑰。

他万万没想到用来求婚的九十九朵大马士革红玫瑰，最终留在了满目青灰的坟山上。

而他的道歉，迟到了整整十年。

"我原谅你了。"

闫天真认真地想了想，补充道："这一次，是真的。"

第十五章

欢愉

（一）

圣诞节前夜，初雪如约而至。纷纷扬扬的雪花从空中落下，飘飘洒洒，轻落在陆旭的肩头，他这才惊觉，又到了一年飘雪的季节。

这是陆旭到英国的第四个月。

陆旭所在的大学虽然是全球最顶尖的大学，但架不住是在一个小乡村的事实。尤其到了圣诞节时，学生们几乎都放假回家了，街道上便空旷得连一个人都看不见。

过去四个月里，他要么在上课，要么埋首实验室、图书馆，几乎都不需要走出学院。所以也不会觉得人少。

等到了放假的时候他才发现，原来这里的街道竟然这么、这么的空旷。

一路走来，路旁一个开门的店铺都没有。陆旭走了很远，才打听到只有在米尔路上的中国杂货铺还开着门。

穿过广场，看着远处连排的树林，他独自走在空无一人的飘着雪的草坪里，脑子里突然就冒出了一个笑脸。

“陆旭，明明你的名字那么阳光，为什么你都不肯多笑笑？”

“陆旭，你多笑一笑，好不好呀？”

……

是闫天真。

陆旭是一个理科生，没有太大理想，从小就是埋在书本里，长大了也只是埋首在实验室。至深孤独里，他惊讶地发现，时不时有个笑脸冒出来，竟然不是前女友杨薇薇，而是闫天真。

他也才发现，原来她笑起来，真的很好看。

华人超市里，陆旭买了一些简单的方便食品、速冻饺子。

他下意识就挑了一盒肉馅里没有芹菜的。

然后就会不自觉地想起闫天真吃饺子的样子。

这些日子总是如此。

他看到好看的甜品了，突然也会停下来，看一看。因为他会想起，过去每次和闫天真逛街，她都会指着橱窗里五彩缤纷的甜食，缠着陆旭让他买。然后，她只吃一口，剩下的都归陆旭。

陆旭原本有些不习惯，会觉得两个人过于亲密，但闫天真总是振振有词：“你嫌弃我？”

陆旭想说是，也不能直接说，只能沉默。

而他沉默，闫天真就默认他不嫌弃她。

“那你是想浪费农民伯伯的粮食吗？这是你上课的时候老师教你的吗？连我这种读书少的都知道，浪费食物可耻。你不能浪费食物。”

她每次都会这样耍无赖。

拜托，究竟是谁浪费粮食？

陆旭心里也会腹诽，最终拗不过她，久而久之，也就习惯了。

就连路过服装店时，他都会想，这件衣服闫天真穿着，一定好看。

他改变了过去不拍照的习惯，只要上街，看到了适合她的，都会下意识地拍下来。

甚至，偶尔想发个朋友圈。

但打开微信，看到置顶的她，然后点开她的朋友圈，看到一条长长的横线，他又会很快冷静下来。

发朋友圈是为了给在意的人看，她都看不到了，他发给谁看？

于是作罢。

他唯一一次实在忍不住，是在一个冰激凌店里。冰激凌琳琅满目，摆了一柜子，全是闫天真最喜欢的那种花里胡哨的。

他拍下来，然后把它设置成了自己的朋友圈。

虽然她不会看到，但他突然就是想这样做。

然后这张图，就在他的朋友圈里挂了好多年。当然，这是后话了。

陆旭没有社交、没有业余活动，唯一陪伴他度过漫长清冷岁月的，只有记忆里的闫天真偶尔闪现的笑容。

他这才发现，过去闫天真口口声声说自己是她唯一的阳光的时候，自己的不屑一顾是有多可笑。

他一直以为，阳光是泛滥的、随处可见的，而他也是平凡的、普通的，所以从来不认为自己对她真的很重要。

但在这个清冷、阴暗、多雨的国度里，他才发现阳光的可贵。

可能是闫天真太喜欢笑了，所以过去的他从来不珍惜，直到他再也没有见到过这样的笑脸，他才发现，阳光是真实存在的。

它一直存在于她的脸上。

温暖着他。

他开始相信，自己在某一方面可能真的打动过她，所以她才会为了那一点点的温暖，跋山涉水、费尽心力。

只可惜……

只可惜。

日子久了，陆旭渐渐开始习惯了这份冷清。清清冷冷的他在冷冷清清的国度里，专注做自己的事情。当他把一件事情做到极致，就非常吸引人。所以，就算他性格冷淡，从不主动与人交往，他的朋友也还是很多。

就连中国学联主席、已经博士在读、同时是马克教授实验项目组唯一的亚裔成员的王峥峥都在看过陆旭写的课题后表示，他们这一批新人里，陆旭，最优秀。

他的前途无可限量。

不过，因为陆旭根本不跟人来往，王峥峥始终只能见到他的作业，或者从教师的嘴里听到他的名字，却始终见不到他的人。

陆旭唯一一次跟同学出去喝酒，是在新闻上看到方腾逸宣布婚讯的时候。

全网都在猜测女主角是谁，但是陆旭却明白，他说的那个人是闫天真。

原来闫天真要结婚了。

和她初恋的男神。

假如她要是能解开心中的结，他觉得也不错。但是，根据他对闫天真的了解，她很有可能只是看在钱的面子上。

为了钱牺牲一生的幸福，值得吗？

过去他一定会毫不犹豫、斩钉截铁地说不值得。

但是现在，毕业后的他，虽然仍然在读书，仍然可以说是生活在象牙塔里，但是出国后，他更加明白了钱的可贵，和赚钱的不易。

他开始不大确定了。

人跟人的欲望是不同的，他虽然不认可她的选择，但是现在，至少能够做到尊重她的选择。而他也幻想着，随着时间的推移，她或许能真的原谅周南，收获真正的幸福。

那一晚，陆旭着正装出去喝酒，十分正式的样子。

酒吧里，他们见了他，都打趣他是不是知道王峥峥学姐要来，故意示好？

陆旭根本不知道王峥峥是谁，于是也听不懂他们的打趣，只独自一人坐在角落里喝酒。

依照他一杯倒的酒量，才喝了两口就上了头，然后……然后他就什么都不记得了。

他只记得自己做了一个长长的梦。

在梦里，闫天真手捧鲜花，一身纯白嫁衣坐着南瓜马车上，马车里只有她一个人。隔着窗户，他看不清她的脸，也听不见她说话。

他只能看见她坐着马车渐行渐远，通往一条未知的、五彩斑斓的路。

但越是美丽、越是诱惑，就越是危险。

陆旭知道，不管多危险，最终她都会站在光明万丈的顶点，但过程注定是一场有去无回的旅途。

他无法陪伴她前行，也无法阻止她，他只能看着她。

远远、远远地看着她……

然后在心里为她送上祝福。

希望她枕边人能是心上人。

希望她未来的每一个新年，都能有人陪。

希望她的每一个笑容，都能发自真心。

希望她能真正地快乐。

（二）

圣诞假期过后，新学期开始。院里举办正式晚宴，所有人都要着正装出席。

陆旭是个衣服架子，穿长袍也不会觉得奇怪，与他一对比，其他人都显得很臃肿。尤其是亚裔，体型偏矮，故而惹来不少妒忌。

也因为陆旭平时没什么课余活动，朋友不多，与人聊天的话题也永远离不开物理学，久而久之，他身边的人就不大爱跟他说话了。

他也乐得清净，一个人坐在角落里，怡然自得。

席间，他依稀能听见他们说，学院里新来了一个女孩子，非常漂亮，人缘很好，跟谁都聊得来，就是英语不大好，想借着教她英语的机会看看能不能睡到她。

然后就有人奇怪了，只是睡？

那人肯定、又眉飞色舞地回答：“当然只能睡，好看的女孩子是拿来睡的。像王峥峥学姐这样聪明又有能力的，才是能够娶回家的。”

“那你的意思是王峥峥学姐不够漂亮咯？”

“当然不是！只是她是女神，不忍亵渎，就算她有 34D，我也不敢摸啊！你敢吗？”

旁边的人越聊越大声，陆旭有些听不下去，想走，却被一个人摁住了肩膀。

陆旭回头，发现是一个非常高挑的女生。一眼看去，就知道她精明、强干、有能力。

“院长都还没吃完，你就想走？”她端了个盘子，在陆旭身边坐下，笑着说，“不就是嫌我没有 34D 吗？可是我智商一百三，就凭这一点，我也永远碾轧他们了。”

女人气定神闲，毫不生气。陆旭这才发现，原来她就是传说中的王峥峥，马克教授的得意门生。

王峥峥挑眉：“连我都不在意，你就不要在意了，OK？”

陆旭点了点头，坐下，继续等着下一道菜。

“你为什么不参与他们的讨论？听说，那个女孩子真的很受欢迎。”王峥峥停顿了一下，补充，“至少有34D。”

陆旭面无表情：“不尊重女性的人，学术造诣也高不到哪里去。”

毕竟，思想境界决定最终出路。

王峥峥听了，十分认同。

晚宴结束，王峥峥加了陆旭的微信，发现他的朋友圈特别干净，什么都没有。

嗯……很符合他的人设。

唯一有出入的，只有他的朋友圈封面上，是一个放满了甜品的橱窗柜。

想不到他竟然喜欢吃甜品。

王峥峥记住了这一点，觉得陆旭这个人，内心一定比清冷的外在有趣。

往后的日子，陆旭的生活变得多彩起来。不仅仅因为破格加入了马克教授的实验室，也不仅仅因为王峥峥三不五时地来送甜品，更是因为他的生活里，陡然出现了一个叫Elena的女人。

陆旭总觉得Elena这个名字很耳熟，但他又想不起来在哪里见过。

他身边的同学里，叫Elena的人其实不少，但几乎都是长得像金刚芭比的欧美女性。可能这个名字最出名的人是拜占庭女皇，所以给人一种强悍的错觉。

但这一个Elena，在大家的描述下，却不是那么一回事。

在传说中，Elena是一个肤白貌美大长腿，却又温柔如水的亚裔女性，和陆旭一样来自中国。

她愿意跟每一个人做朋友，尤其是他们学院的男生。于是陆旭在教室里、走廊里、食堂里，甚至半夜，都能听到Elena的名字。

他们四人一间寝室，每个人都有单独的房间，一起共用厨房和客厅。其他几个人三不五时就会在半夜嗨完回来，在走廊里唱情歌，还兴奋地炫耀今天拿到了Elena的耳环。

然后就是她的外套、包包，甚至是鞋子……

陆旭每次看到那些金光闪闪的东西出现在寝室里，被他们当作战利品一样挂在门口的时候，他只会想，这个叫 Elena 的是该有多粗心大意？

每次聚会都能掉东西，掉一次也就罢了，人家还了她外套她又掉了耳环，还了耳环又掉包包。不知道的，还以为她看上了他们寝室的谁。

但奇怪的是，她每次掉东西的对象又不大固定。

今天是杰夫、明天是波尔、后天是佐伊，行为轨迹实在是让人匪夷所思，看不明白。

然而男人就是如此，女人越是神秘，越是像在看一本引人入胜的书。

人人都爱她，人人都在谈论她。

除了陆旭。

事不关己，高高挂起，他毫不感冒的态度让王峥峥十分欣赏，但日子久了，也会奇怪。

王峥峥：“我见过 Elena，她非常漂亮，今晚学联有活动，她也会来。都是中国人，难道你不想见见她吗？”

“不想。”陆旭在实验室里，目不转睛地盯着手中的仪器，头都懒得抬。

王峥峥既高兴又带着几分试探地问：“是因为教授的实验数据没做好吗？我可以帮你。”

“不是。”

陆旭眉目清淡，清清冷冷地回答：“比起看女人，我更喜欢看书。”

王峥峥很满意陆旭的回答，非常满意。然后，晚上的宴会她也请假了，留在实验室，陪陆旭观测实验数据。

中国学联的联谊会上，盛装打扮的 Elena 听说门门功课拿第一的陆旭没有来，很有些失望的样子。男人们见了，都围过来安慰她，你一言我一语，说陆旭就是这么一个冷淡的人。来了快一年了，也没几个朋友，也只有王铮铮师姐受得了他。

“这样啊……那还真是挺可惜的。”Elena 似乎被他们安慰到了，坐在人群中，微微笑了笑。但尽管众星捧月，却似乎也还不是那么高兴。

然后有些早就看不惯 Elena 的女生借机凑了过来，阴阳怪气地说：“女人长得好看是优势，但是好皮囊在不看脸的男人那里，你根本讨不到巧。”

“谁说我只有好皮囊了？”难道她脑子是白长的吗？

“不然呢？”女生也不遑多让，与她硬杠。

她们都是各地学府里选拔来的精英，喜怒都写在了脸上。Elena 自认自己智商不如，但情商……真是辗轧。

Elena：“是不是搞定陆旭，你们就承认我的优势不仅仅在脸了？”

“当然，你要能搞定陆旭，我们就服你！”

Elena 想了想，说：“虽然我不认为我需要得到你们的认可，不过嘛……这件事也恰好是我想做的。”她眼波流转，微笑又笃定地接着说，“我一定会追到陆旭，顺便，让你们服气。”

陆旭正式见到传说中的 Elena 的时候，是在院图书馆前的草坪。

这一天，正值中国的农历大年三十。

在国内，挨家挨户都合家团圆的时候，他还坚守在实验室里。

教授其实很友好，给所有中国学生都放了假，唯独陆旭，自发留在实验室，不需要假期。但马克教授固执地认为，他必须休息。

为了让他彻底放松，马克还顺便给他派了个任务。他说自己女儿的好朋友来这里游学，还没怎么出去玩过，希望他能带她到处走走。

陆旭很不理解，他自己都不怎么出去玩，为什么要他带？

马克说：“就因为你也不爱游玩，所以，我请求她带你出去逛一逛，你们两个算是互相帮助。”

考虑到教授的良苦用心，陆旭不得已，只能答应。

等教授把她的名字和电话发到他手机上的时候，陆旭已经走到一半。

Elena……

又是 Elena。

怎么哪里都有她？

陆旭的步伐渐渐放慢，因为他实在开心不起来。

Elena 通过他的室友、同学、校友、学联间接地递来过好几次邀请，邀请他一起去吃饭、滑冰什么的，他都拒绝了。首先，是因为他本来就没时间。其次，也是不想跟风云人物扯上什么关系。

而当满心不情愿地看到真实的Elena的时候，只一个背影，就让他愣在了那里，久久无法回神。

黑风衣，黑长靴，墨镜，就连头发都是黑长直。

她全身上下，只有一抹唇色是红的。

墨镜下，她的嘴角分明扬起，但又不像在笑，甚至给人的感觉有些冷傲。

她就只是站在那里，就让人感到她气场全开，又飒又欲。

她美得惊心动魄，气定神闲，吸引了无数人的注意。

不是闫天真是谁？

这时，她抬起头，不经意地向陆旭瞟来一眼，虽然隔着墨镜，但陆旭明显能感觉到她在看自己。

然后……然后她就面无表情地移开了目光，望向了别处，好像在等人。

陆旭有些奇怪。

她肯定看到了自己。

她不认识自己？

不可能啊……

带着疑惑，陆旭快步跑向她，又在离她很近的地方，改为快走，然后，在她面前两步站定。

“闫……天真？”

陆旭叫了她一声，可她没什么反应。

她看了他一眼，礼貌地笑了一下，然后继续望向别处。

“天真？”陆旭又叫了一声，这一次，她确定他在叫她。

“你在跟我说话吗？”对方有些诧异，取下了墨镜。

墨镜下，是一张浓妆艳抹的脸。飞扬夸张的眼线下方，眼角处，有一颗黑痣。

五官与闫天真相似，但这么一看，好像又不太一样。

她的脸更尖了，鼻子更挺翘，就连嘴唇都好像要细薄一些。乍看上去，就一副很不好惹的样子。

好像，真的不是闫天真？但分明又那么相似……

是不是因为心里想念，于是看谁都像？

一个背影就让他心驰神往了许久。

而相似的五官更让他心神荡漾。

但她都说了，她不是她。

意识到自己认错人，陆旭心有些空落落的，连声道歉："抱歉，我认错人了……"

"没关系。"女人冷淡一笑，再次想要戴上墨镜，但是手举到一半，看到面前的陆旭脸色难看得像是要哭出来，陡然就心软了。

"你还真信哪？"闫天真放下墨镜，十分惊讶，"你也太好骗了吧！"

"什么？"陆旭愣住了。

"这个世界上，我是独一无二的，去哪里找第二个我这样貌美的女人？就算有比我美的又怎样？有才的没有我好看，比我好看又有才的没有我有钱，好看又有才又有钱的没有我性格好。我就是传说中的蒙代尔三角。不可能发生的事情都在我身上发生了！你说，这个世界上，怎么可能还有第二个我？"

闫天真喋喋不休，一口气说完后，耀武扬威似的看着陆旭，等着他说点什么。

陆旭却没有说话。

他只是缓缓地伸手，戳了戳她的脸，似乎想要看看那颗痣究竟是不是真的。

闫天真没有抗拒，随便他摸。

然后他就伸手，擦去了闫天真眼角的泪痣。

这下，他才终于确认，她真的是闫天真。

她来英国找他了。

"你就是Elena？"陆旭意识到这一点，还是有些不确定，问她。

"是啊！"

闫天真笑着点头，但下一刻，又换上了苦恼的表情，说："我这一个来月，用尽了方法，都没能引你来见我。你说，你这么恪守夫道，我究竟是该哭还是该笑呢？该高兴还是该生气呢？而且你啊，竟然连我的英文名都不知道。"

哪怕他肯动手查一下星光娱乐，百度一下她的名字，也不至于如此啊……

"你也太不关心我……"了吧？

闫天真话说到一半，还没说完，就撞进了一个结实的怀抱。

不等她反应过来，就听见陆旭在她的头顶上方喃喃："这一次……你是真的。"

“当然是真的。”

她什么时候假过了？

她全身上下，每一个零件都是真的！

闫天真完全不知道陆旭这半年来，融入血肉的、刻骨的孤独，只以为是她刚刚开的玩笑刺激到他了。

于是连忙安慰他。

她趴在他的怀里，勾着他的脖子，笑着说：“早知道你这么容易被骗，我就不跟你开玩笑了。我错了。”

“……没事。”陆旭被她一盯，脸有些红。意识到两个人之间太亲近了，下意识地去推她，但是闫天真并没有放过他。

她赖在他的怀里，撒娇似的问他：“陆旭，我又来烦你了。这一次……你别再嫌我烦了，好不好？”

陆旭沉默了好久，见她不到黄河心不死的样子，他不点头就绝不放开他的模样，不得已，只能点头，说：“……好。”

陆旭秉持导师的命令，想带闫天真去游玩。但他本人几乎大门不出二门不迈，也不知道玩什么。闫天真提议，回家包饺子。

“可是……”

“没什么可是的。我托关系找到你的导师，让你的导师下命令带我玩只是幌子，我只是忍不住，想见你了而已。”何况，她这些日子，组了那么多局，千方百计就是想约陆旭，结果最后陆旭都没来。她算是把这里里里外外都逛了好几遍，但她最感兴趣的……还是陆旭的寝室。

“那，好吧！”陆旭想了想，妥协了。

闫天真挽着陆旭的手，亲密地去了趟超市。

由于今天是农历新年，城外最大的Tesco中国人不少。认得陆旭的没几个，但认识闫天真的不少。他们见二人举止亲密，都有些好奇，问陆旭是不是她的男朋友。

陆旭有点尴尬，正要解释，闫天真却快他一步，摇头叹气：“我倒是想，只可惜，他不喜欢我。”

人们纷纷震惊了：“还有人不喜欢Elena？”

闫天真无比苦恼地点头:“我追了他一整年,从A城到雪乡,从中国到英国,可是这么久了,他还是不喜欢我。但是没关系,我不会放弃的,我会继续努力的。”

闫天真挽着陆旭的手,两个人分明是一副情侣模样,手挽着手一起逛超市,但她还一副“我会更加努力追求他”的样子,与事实完全不符合。

众人看陆旭的目光有些奇怪。

仿佛在看一个……玩弄感情的人?

还是欲拒还迎,故作矜持的那种。

就连陆旭自己都觉得有些奇怪。

他拒绝她了吗?

他不喜欢她吗?

好像都没有……

只是,他也确实没有说过爱她。

回去之后,闫天真出现在陆旭的寝室里,无疑再次引起了轰动。

只不过这一次,闫天真英语不大好,面对他来自各个国家的室友们,有些不能从容应对,只能简单地说:“我喜欢他,可他不喜欢我,我会努力让他喜欢上我。”

陆旭继遭到中国友人的鄙夷后,又收获了一大堆外国友人的鄙视。

陆旭有些受不了,却又不知道怎么反驳,只能早早煮好了饺子,带闫天真回了自己的房间。

房间门外,一直传来窸窸窣窣的声音,想来听墙脚的人不少。

陆旭有点尴尬,闫天真却无所谓,还问他要不要吃老干妈?她特地买了几瓶。

陆旭摇头,说他也有。

吃饭的时候,已经是下午四五点,正好到国内春节联欢晚会的尾声。他们一边吃着热气腾腾的饺子,一边隔着屏幕,跟国内一起倒数。

饺子馅不是芹菜的,闫天真发现陆旭的冰箱里放着的都是这一种,心里有些暖。

闫天真:“你还记得我不吃芹菜。”

“嗯。”

“那你是因为我才买的这一种吗？”她记得，他喜欢吃的明明是有芹菜的。

“我吃什么都可以，只是……”只是闫天真喜欢吃没有的，所以他也可以吃没有的。

一种是无所谓，一种是有要求的区别。

“只是什么？”闫天真催促他。

“只是恰好买到了。”

陆旭脸有些红。他不善于说谎，几乎跟心里所想有一丁点不一样，就会窘迫。闫天真明白，但是她不戳破。

两个人有一搭没一搭地聊天。大多数时候都是闫天真在说话，喋喋不休，像个话唠。陆旭就那么安静地听着，时不时“嗯”“啊”两句，表示自己在听。

一顿饭下来，从头到尾，他只问过她一个问题。

“你，没有结婚吗？”

“当然是……没有啊！”不然，她还能坐在这里？

陆旭不解：“为什么？”

闫天真想了想，才意识到，他说的是方腾逸。

“原来你也会关注我啊……”闫天真笑眯眯地说，“可既然你都知道方腾逸是在跟我求婚了，那你怎么不知道方腾逸出演了一部烂剧呢？”

“什么剧？”陆旭皱眉，全然蒙的样子。

闫天真笑着说：“他啊……算是搬起石头砸自己的脚吧！”

原来，方腾逸知道自己跟闫天真绝无可能复合之后，两个人就开始联手挽回他的形象，紧急打造了一个子虚乌有的电影项目出来：《新郎二十岁》。说的是少男少女高中毕业就在一起，考入同一所大学，在经历社会各种打击之后，仍然不改初心，相依相守的故事。

这部电影从剧本到选角到开机，总共只用了两个星期时间，是急活中的急活。于是方腾逸在柏林以及机场的高调行为就全部推到了这部新电影的营销上。

为了让谎言更加真实一点，这部电影上映速度也着实惊人。从来只演大片的方腾逸出演了一部小清新爱情剧，虽然上映之后卖座，给公司赚了不少钱，但是，却是他所有出演电影里评分最低的。

黑粉从此有了把柄，说他脑子进水，才会接这种毫无意义的爱情偶像烂片。

嗯，闫天真也觉得他是脑子进水，不可理喻。

但总之，不管过程多艰辛，这件事总算是这样平安地度过去了。

往后方腾逸也不敢再对她有什么多余的想法了，他们算是成了真正的事业合伙人，再无别的可能了。

闫天真抚平了她身上的每一个褶皱，然后给自己放了个长假，去到陆旭所在的地方，陪他一起过年。

"只是来过年吗？"陆旭听完，有些遗憾地问。

"不然呢？"闫天真笑看着他，"你是不是舍不得我？那我也可以留下来多陪陪你呀？"

"不，不是。"陆旭连忙否认，"我只是随口一问，你不要因为我耽误自己的事。"

"哦，那看来是不希望我待在这里了。哎，这才过了半天，你就嫌我烦了……"闫天真故作失望，低头，很难过的样子，甚至，还有些啜泣声。

"……我不是这个意思。"陆旭有些慌乱，连忙拿纸巾，递给闫天真，可她并不接，反而哭得更厉害了。

陆旭更加慌张了，拿着纸巾，想帮她擦眼泪，又觉得太亲密，犹豫之间，他发现她的眼泪就顺着她的脸颊、指缝流出来，吓得直接就上手了。

"你……你别哭了，我不是那个意思。"陆旭一边给她擦眼泪，一边看到她红肿的眼眶，又急又心疼。

陆旭匆忙解释："我的意思是……你想待多久都可以，我完全没有意见。"

"那你欢迎吗？"

"……欢迎。"

"怎么看着那么勉强？"

"不勉强，一点……也不。"

"真的多久都可以吗？"

"……嗯。"

"那你会天天陪我吗？"

"我……不上课的时候，都可以。"

"真的？"

"真的。"

陆旭一本正经地说完，闫天真的眼泪就像是关掉了水阀，陡然间就全部收回去了。

"一言为定！"闫天真笑嘻嘻地说，"我知道你从来不说谎，答应的事情也不会反悔，所以，我可以放心地待在这里啦！"

陆旭目瞪口呆，看着闫天真跟变脸一样在自己面前，开始怀疑自己是不是又上当了？

"这还需要怀疑吗？我以前可是表演系的！"闫天真骄傲地一仰头。

虽然她最终没有以此为生，但幕后的世界，也未必用不上演技。再者，当她发现演技在陆旭面前实在是太好用了的时候，她觉得自己仿佛找到了陆旭的软肋。

他真是单纯到，别人说什么就是什么的地步，思想简单到令她震惊，跟她简直是一丁点都不一样呢！

但是或许因为她本身太复杂了，她反而就喜欢简单的男孩子。

越简单越好。

（三）

吃完饭，陆旭出去把碗洗了，回来就发现闫天真趴在自己的学习桌上，好像没什么精神。

陆旭走过去，一摸，发现她身体有点烫。再一摸额头，几乎可以肯定，她发烧了。

"你生病了。"

"嗯……"闫天真有气无力的，哼了一声，然后一看手机，发现已经十一点，于是站起来就想走。

但是她的头很晕，一站起来，就差点摔倒，幸亏被陆旭拦腰抱住。

"你去哪里？"

"很晚了，你帮我叫个车送我回去吧，小乔她们在酒店，她们可以照顾我……我，不想打扰你。"

这一次，她不是以退为进在演戏，她是真的不打算打扰他。

过去的她就是太不顾及别人的感受，一心只要"我以为"，而不管不顾陆旭的想法。

但现在，她不会再这样莽撞了。

陆旭郑重地说："太晚了，你就在这里睡吧！"陆旭说完，又紧接着补充了一句，"我睡地板。"

英国的冬天，暖气都很足，睡地板完全没有问题。

但是闫天真却很不好意思。

"会不会太打扰你了……"

"你还怕打扰我？"陆旭惊讶。

过去再离谱的事情她都干过，现在这是怎么了？

闫天真实在晕得很，又是面对自己喜欢的人，于是不再拒绝，紧接着就开始扯自己的衣服。

陆旭惊讶："你干吗？"

"脱衣服。"闫天真扯了好几下，但是因为头晕乏力，都没能脱掉，"你帮我一下。"

"……别，冷静。"陆旭摁住她的手，不让她脱。

闫天真反而比他还奇怪："上床当然要脱衣服，穿着衣服会搞脏你的床。"

"我不介意。"陆旭叹了口气，为了避免她再做出奇怪的动作，直接打横抱起她，想把她抱上床。但闫天真却很坚持。

最后，两相较量之后，闫天真脱得只剩下吊带背心和内裤。这也是陆旭所能接受的极限了。

陆旭在医药箱里翻出一盒国内带来的退烧药，让她吃药。

闫天真蔫蔫地看了一眼，眼皮都抬不起来地问他："有糖吗？多少卡路里？"

"……"陆旭再次绝倒。

什么时候了，还看卡路里？

"中年女人的伤痛你不懂，为了看起来比你小，我付出的努力是你想象不到的，我可不能被这药给毁了……"

要不是因为她全身滚烫，陆旭简直怀疑她是不是真的病了。

陆旭不理她，直接端来热水。

"给你两个选择，一包还是两包。"

闫天真当然选一包，但陆旭觉得她病得不轻，还是倒了两包。

吃了药，闫天真就躺床上休息了。陆旭忙里忙外出了一身汗，去洗了个澡。

等他回来，正准备给自己打地铺，但一只柔软又滚烫的手却抓住了他的手腕。他低头，看见闫天真又睁开了眼睛。

“这床不小。”闫天真蔫蔫地说。

“你没睡着？”陆旭奇怪。

“这么久没见你，我怎么可能睡得着？”

这些日子，她没日没夜地工作，陪伴她的是床头陆旭做的走马灯。

走马灯每一次亮起，她都能想起他清清淡淡的面容，还有那些他永远只会藏在心里，不会说出来的话。

他明明心里有自己，却不肯表达。

每每想到他压抑自己的样子，都让她难过得抓狂。

等现在好不容易看到真实存在的他了，她看多久都不会觉得够，又怎么舍得睡去？

面对闫天真的邀请，陆旭僵硬在那里。

闫天真看出他的顾虑，说：“又不是没睡过，我保证这次不碰你。”

怎么感觉这话……说反了？

正常来说，应该是陆旭说这个话才对吧？

“求求你了，就让我抱一抱，你身体那么好，不会被我传染的……”闫天真撒着娇，说着说着，一副又要哭出来的样子。

“……”

陆旭无奈，想起两个人也不是第一次“同床共枕”，便掀开被子，躺了进去。

床是单人的，不算大，但好在靠墙。

他把闫天真环在怀里，两个人也不算挤，还不用担心她掉下去。

陆旭找了件衣服，放在墙壁上，他担心闫天真半夜要是不小心靠墙会冷。

陆旭细心的动作无疑又在闫天真心中加了分。

一个男人心里有没有你，从这些小细节最能暴露。

有时候她根本不需要他开口，也能感受到这份情谊，然后，满心暖暖。

“陆旭，你的理想是什么啊？”闫天真在陆旭的怀里趴了一会儿，听到他的心脏跳动有些快，感觉他有点紧张，于是想要找点话题，聊点什么。

她想起她一直以来，困扰她的问题，不由得开了口。

陆旭沉默了一会儿，说："诺贝尔奖，物理学。"

"诺贝尔奖？"闫天真惊呼。

"嗯。"

"哎，那我是没办法了。"

"什么？"陆旭不懂。

"如果你想得诺贝尔奖，我恐怕无能为力。但是如果你改变一下目标，比如，拿个奥斯卡奖什么的，我们还可以帮你一起努努力呀！"

诺贝尔……她真是一窍不通了。

"你啊……"陆旭失笑，忍不住拍了拍她的头，说，"我不需要你帮忙，我自己会努力。"

"那我能帮你做什么呢？"一直以来，都是她缠着他，想从他身上获得一份感情。但是她却发现，陆旭好像并没有需要自己的地方。这让她很失落，觉得全身都是宝的自己变得一无是处。

陆旭叹气："我需要你……睡觉。"

"啊？"闫天真愣住，愕然抬头。

陆旭解释："你不要误会。我的意思是，我需要你现在赶快睡觉，我明天还有课。"

"哦……"

原来是这个意思。

闫天真有些失望，又把头埋了下去。

其实，别的睡觉……也是可以的嘛！

他可以提的嘛！

她保证配合，完美完成任务，让他拥有一个终生难忘的夜晚。

闫天真正腹诽着，头顶已经传来他的呼吸声。

陆旭很快就睡着了，比吃了药的闫天真还要快。

闫天真虽然身体很疲倦、很累，但却精神矍铄。

闻着陆旭身上独有的书卷香，她紧紧地抱住他，只觉得恍如隔世。

在看到陆旭的朋友圈封面之前，她没有想过要再来打扰他。

当她在黑名单里找到陆旭，然后点开他的头像，看到朋友圈的封面换成了甜品柜时，那一刻，她下定了决心，要再试一次。

但，也仅仅抱着试一试的心态。

她从来没想过，有一天她还能这样用力、亲密地抱住他。她还可以肆无忌惮地躺在他的怀里，去呼吸他身上的味道，汲取他身上那种阳光的温暖。

闫天真规规矩矩地缩在陆旭怀中，抬眼就能看见他近在咫尺的下巴。下巴很干净，但偶尔拂在额头，还是感觉会有些胡茬，有些痒。

她倒是很想对陆旭做点什么，但是首先身体不允许。其次她已经放肆过好几次了，未来，她都不想再做任何让他不舒服的事情。

她只是想在他身边而已，细水长流，让他慢慢接受。

她要让他主动说爱她。

（四）

闫天真从原先住的酒店搬出来，找了一个离陆旭近的公寓住着。

闫天真的签证是公务签，由陆旭所在的学校发出邀请，新媒体项目交流，为期半年。她除了每周一要跟国内公司开早会外，工作时间相对自由。而交流项目每周也就两次，除了听大讲座，就是茶话会，反正她随身带着翻译，也没什么压力。

她其余的时间，都留给了陆旭。

陆旭空闲时间不多，有时候甚至早午饭都不吃，只吃一顿宵夜。闫天真就开始给陆旭做饭。一开始只会简单的家常菜，还做得不怎么样。到后来跟小乔她们一块儿研究，竟连包子都会包了。

闫天真孜孜不倦地对陆旭好，有时晚了就留宿。面对健康、充满活力的闫天真，陆旭一开始还会坚持送她回家，时间久了之后，好像自然而然地就接受了。他每天下课回来，都能看到闫天真把自己打扮得美美的，做好一桌菜给他吃。这让他的室友都羡慕不已。

要知道 Elena 曾经是风云人物，短短月余，裙下之臣排队能到伦敦。可她自从跟陆旭在一起，就再也没穿过暴露的衣服。从前要么黑长直要么大波浪的她每天扎了个可爱的丸子头，像个小学生。她每日这样出入陆旭的寝室，洗手做羹汤，活生生地把一个欧美独立女性变成了日本小媳妇。

人人都羡慕陆旭，日子久了，就连陆旭自己都有些羡慕自己。

他回想起刚来英国的时候，风吹在脸上那些刻骨的凉意，还有街道上空无一人的那种深入骨髓的孤独，他陡然有些害怕。

从前没觉得那是孤独，可是自从闫天真出现，他知道，自己怕是再也忍受不了那种孤独了。

他想一直喝到她做的汤，吃到她做的菜，晚上抱着她一起睡。

他不想再在凛冬时分，孤身一人。

Elena 和陆旭出双入对的事情很快传遍了学校，就连沉迷实验室的王峥峥都有所耳闻。

一开始她不相信这是真的，可当她看到 Elena 在实验室外面，百无聊赖地刷着手机时，她才相信，空穴来风。但是她确信，一定是这个女人纠缠陆旭，而不是正在交往。

从那以后，她对 Elena 的印象极为不好。

毕竟，王峥峥是独立女性的代名词，她最讨厌的，就是倒追男人的女人。

她对 Elena 的行为，颇为不齿。

一日，王峥峥从实验室出来，偶然遇到陆旭和闫天真。她发现路上的人都在看他们。

陆旭拎着一包食材，显然刚从超市出来。他脱了研究服，穿着寻常衣物，没什么可以诟病的。但他身边的闫天真就比较夸张了。

她竟然当街拿着两根竹签……在织围巾。

她简直不敢相信自己的眼睛。

这个年代，还有人会织围巾吗？

还是在大街上？！

而 Elena 丝毫也不在意别人的眼光，织着织着就把围巾在陆旭的脖子上绕了一圈，好像觉得不够长，又收回来，继续织。

假如王峥峥没有看到陆旭眼睛里有星星的话，她不会这样生气。但她分明看到，在 Elena 继续低头织围巾的时候，陆旭一直盯着 Elena。而他不提东西的那只手放在她的身后，既不搂着，却也不离开，仿佛小心翼翼护着她，怕她没看路而摔倒。

这样的他眼里好像再也容不下旁人了，两个人亲昵的样子，好得就像一个人，根本就没有别人插足的余地。

王峥峥忍不下去了。

她几步走到了陆旭面前。

“好巧，在这里遇到你。”王峥峥用英语跟陆旭打招呼。

陆旭愣了一下，点头：“师姐好。”

闫天真也停下了手中的动作，抬头，对着她微笑。

王峥峥近距离把闫天真从头到脚地打量了一遍，并且用英语跟她打招呼，询问她的名字。

这种简单的英语对话闫天真应付得来，从容回答，但很快，就有些吃力了。

“你是哪个学院的？”王峥峥说英语的速度比外国人还要快速。

“嗯？”闫天真听不明白。

王峥峥高深莫测地笑了一下，然后又用中文问她：“你是我们学校的吗？你是哪个学院的？”

闫天真这才明白过来，大大咧咧地一笑，道：“哦，我就是过来旅游的，不占学籍。”

“这样啊……”王峥峥一副十分惊讶的样子，好像还有点不理解。

“夏令营？”

“嗯……你可以这样认为，反正都是过来玩的。”

“那你是跟那些六岁的孩子一起上课吗？”

“呃……偶尔也有些孩子。”

都是一些政客富商的小孩，虽然年纪小，但见识广博。

她是通过关系好的学院导师举荐，经过学院的领导审批之后，短暂地参观游览，也算是文化交流。学院还能以此获得一笔不小的捐款，互利双赢，十分稳妥。只是她不想太高调，怕捐款变成了赞助费，就变了意味。

王峥峥得知Elena只是来夏令营的，又暂时放下了心。她很忙，又用英语跟陆旭说了句什么，就准备走了。

闫天真听不大明白，只听到了一个单词。

Delay。

闫天真虽然别的记不住，但经常出差坐飞机的她却知道，Delay，晚点、延误。还有一个意思，耽误。

“你在说我耽误陆旭了吗？”闫天真问王峥峥。

王峥峥惊讶了一下，还以为她听不懂，却没想到被人当众拆穿。

陆旭也有点担心，依照闫天真的性格，指不定会跟她吵起来。

就在他正在努力找台阶给两个人下的时候，闫天真突然弯起了眼睛，微微一笑：“其实你不说我也知道，我给他拖后腿了。毕竟，他英文这么好，我英语这么差，但是有什么办法呢？谁让我喜欢他呀，只要他不赶我走，我就会努力地学习，拼命地追赶。”

“师姐，你英语是怎么这么好的呀？有没有秘诀，能不能传授给我？”闫天真虚心求教，完全看不懂王峥峥眼里鄙夷的样子，一下就打破了三人之间的尴尬。

面对闫天真的刻意抬举，王峥峥也再说不出讨厌她的话来，匆匆扔下一句：“陆旭的英语也不错，你问他吧！”然后就悻悻离开了。

回去的路上，闫天真轻松地哼着歌，继续织围巾，半点没有因为刚刚的小插曲而感到不爽。

陆旭觉得闫天真在某些事情上，真的很天真，忍不住开口：“其实，你没必要这样。”

“没必要哪样？”

“没必要这么天真。”

闫天真更加不明白了：“虽然我名字叫天真，可是我并不天真啊！你究竟在说什么呀？”

“学姐。”陆旭提醒她。

没必要对王峥峥那么低三下四。

闫天真“哦”了一声，终于明白了。然后就无所谓地耸了耸肩，说：“我不是因为天真而低三下四，我只是不想给你找麻烦。”

“什么？”陆旭不明白。

“你当我听不出来那女人嘴里的讽刺吗？就算听不出来，我也能看见她眼里的轻视啊！”

毕竟，她不仅不瞎，还是个火眼金睛的人精。

那个女人情绪都写在脸上，她怎么可能看不出来？

闫天真微笑：“我只是不想给你找麻烦而已。”

就因为看得懂，看得明白，她才知道，这个女人身上所拥有的底气和沉稳，都是从自身由内而外散发的，她的地位一定也很高。

“你在国外一个人，能多一个朋友就是少一个敌人。我无法成为你学习上的助力，但至少，我希望不要是阻力。”

“我希望你能够平平安安、顺顺利利、开开心心地完成学业，然后……”

然后，以后的事情，以后再说。

闫天真继续往前走，却发现陆旭没有跟上。

她奇怪地回头，就见陆旭表情复杂地看着自己。

“你怎么了？”

“天真……其实……”陆旭看着闫天真，似乎有话想说，但又不知道怎么开口。

“怎么了？”

“我……”

陆旭明明有话想说，但是最终又没说出口。

闫天真安慰他：“那等你想起来再说。我们今晚吃什么？我们再去买点炸鸡好不好？突然就很想吃垃圾食品了。”

假如自己不做饭，这里还真是除了炸鸡，什么都不好吃。

本地的炸鸡还不行，麦当劳肯德基都很怪异，反倒是印度人做的才勉强能够入口。

陆旭叹气：“我回去给你做。”

“那多耽误你的时间哪！”

“不耽误。”

“嗯？”

“为你，不算耽误。”陆旭说完，脸一红，就快步走了。

闫天真其实没太听清，很想他再说一遍，但是接下来，不管她怎么央求，陆旭都闭紧了嘴巴，坚决不开口了。

夜里，吃完晚饭，陆旭在写论文，闫天真则捧了本新概念英语在看。

这是她的翻译推荐给她的，她随身携带。

一般遇到不会的，她会自己查，实在查不到了，才会问陆旭。

陆旭写着写着，发现身后没有闫天真追剧的声音，才发现她竟然在看书，还是英语书。

“你在干吗？”陆旭奇怪。

“学英语啊！”

“……”

学英语？

按照闫天真这种，出行会配两个顶级同声翻译，互相纠错的人，她还需要学英语？

“公司的新片审完了，总得做点别的有意义的事情吧？”何况，她可不想以后再面对王峥峥时，只能觍着脸去恭维。或者哪天她忍不住了，难道还要派翻译去吵架？那可不是她的风格。

陆旭叹气：“你不要勉强自己。”

闫天真赌气：“你是不是看不起我，认为我学不好？”

“不是。”

“那是什么？”

“我只是怕你累。你不需要做自己不想做的事情。”

闫天真斩钉截铁地摇头：“我不累！我只是很后悔，后悔自己在算计着要给你做好吃的，走细水长流温暖你胃继而夺走你心的路线，却忘了要好好学英文！呜呜呜，我太给你丢脸了，你不要嫌弃我！”

闫天真说着说着就演起来了，陆旭见怪不怪，再次叹气，走过来，拍了拍她的背：“我不嫌弃你。”

“嗯？”闫天真眼眶红红的，眼泪眨眼就来的功夫过了这么多年都没落下。

陆旭虽然知道她有演的成分，但看到眼泪，还是会心疼。

“我会就够了。”陆旭看着她，认真地说，“今天是我不好，我不该让她羞辱你。以后我就是你的耳朵、你的声音，你要是想吵架，我帮你。”

闫天真蓦地睁大了眼睛，突如其来的表白式话语让她有点缓不过神。

她直勾勾地盯着陆旭看，妄想他能再说点什么，更加直观表白的话语，但陆旭很快又恢复了一本正经的样子，坐回学习桌旁，继续写论文去了。

闫天真陡然觉得看见了希望的曙光。

她和陆旭，应该只差临门一脚了。

她很想开口，问他是不是喜欢自己了？

他们这样暧昧的关系，是不是男女朋友了？

但是，她忍住了。

她不急，比起过去快餐式的爱情，来得快又去得快，她更喜欢现在这样慢慢的生活。

就像歌词里唱的那样——

慢慢地喜欢
慢慢地亲密
慢慢聊自己
慢慢地等他说爱她
慢慢和他走在一起
慢慢地陪他，慢慢地老去
……

（五）

然而自从王峥峥出现，他们之间的关系就好像开了加速器，想慢都慢不下来。

开春之后的一个周末，学联组织活动，去法国玩。闫天真正好有工作上的事情必须去一趟法国，便报了名。陆旭本来没兴趣，但看到王峥峥的名字也赫然在列，于是临时跟导师请了假，加入了队伍。

一大早，一行十余人乘火车去伦敦，然后转乘欧洲之星，两小时就能抵达巴黎。然后就是全天的自由活动。

闫天真今日一改往日清新装扮，也不同于刚来英国时的性感火辣风，而是一种高级质感。高跟鞋、包、珠宝、手表，乃至身上的外套，都看上去价值不菲。但你乍看上去又看不出牌子，整个人从田园萝莉变成了职场大鳄，任谁都不敢欺凌的那种。

这让历来以气场压制他人的王峥峥也有些惊讶，一路上没怎么跟她说话。

直到到了酒店，发现陆旭和闫天真只订了一间房，还是大床房，王峥峥这才坐不住了。

她发房卡的时候忍不住轻飘飘地在他耳边说了句：“艳福不浅哪！”

陆旭听不懂，没在意。而闫天真则挽着陆旭的手臂，笑眯眯地接过房卡，说：“谢谢师姐！”

办理完入住之后，大家就分散各自行动了。

陆旭是临时计划出行，还有一部分的课业没完成，于是几乎没出门，在房间里埋首写毕业论文。

闫天真则盛装出席了由傅煜阳主演的新片的首映礼，并见了几个业内的同行。

除此之外，她还见到了一个久违的人，一个她几乎都想不起来的人。

杨薇薇。

首映礼结束后，闫天真看到傅煜阳在后台休息室里，杨薇薇正在给他换衣服。

傅煜阳在杨薇薇面前，肆无忌惮地脱掉了西装外套、长裤、衬衣，露出八块腹肌的完美身材。他居高临下地看着杨薇薇，而杨薇薇却一直眼神闪躲，回避着他的眼神，十分害羞的模样。然后迅速地拿出T恤、牛仔裤给他穿好。末了，还拿出了鸭舌帽、墨镜、口罩，一件件给他穿戴好。

那一副细心关切的样子，闫天真总觉得在哪里见过。

“你们要出去？”闫天真推开门，走了进去。

“闫总？你不是去吃饭了吗？”傅煜阳一惊，站直了身体，然后下意识地和杨薇薇划清界限，拉开了距离。

杨薇薇没有生气，反而更加自觉地退后了一步。

还真是听话啊……

闫天真心想。

闫天真没有想要阻止他们出去，遇到这种事情，一般她也懒得提醒。不过对象是傅煜阳就不同了，依照傅煜阳的智商，她真的……不得不提醒。

“现在是你风头最盛的时候，你小心一点，毕竟……智商是硬伤。”

这半年，傅煜阳在美国拍戏的时候不知道闹出多少岔子，还好专业团队素质过硬，才让他没有暴露在公众面前。

闫天真听了不少，但是觉得没闹出大乱子也就算了，现在正是他事业上升的关键期，他还是要更加懂得收敛才是。

当着杨薇薇的面，傅煜阳有些尴尬。这话要是换成别人说，按照他的暴脾气，他早一拳过去了。但说他的人是闫天真，是他老板，他总不至于把自己的饭碗砸了吧？

虽然智商是他的硬伤，可抵不过他情商高啊！

傅煜阳窜到闫天真身边，挽住她的手，靠在她的肩膀上："姐，虽然我智商不高，但是我能给你演出来！只要我在公众面前保持住高冷小狼狗的形象，就不算给你丢脸，对吧？"

傅煜阳撒娇卖萌的样子让人讨厌不起来，闫天真翻了个白眼，推他："你自己心里有数就行。"

闫天真受不了他，推开了他。

临走前，她又看了眼杨薇薇。对方却始终低着头，不敢跟她对视的样子。从她的角度，她只能看见她的嘴角是微微笑的。

配合她的小白裙，宛若一只乖巧、顺从、柔弱的小白兔。

嗯，面对这么一个小可爱，足以满足男人对自尊心和虚荣心的一切幻想。

她的段位，又精进了。

闫天真走后，傅煜阳立即收起满脸嬉笑，快步走到杨薇薇身边。

杨薇薇双肩颤抖，似乎有些害怕。

傅煜阳紧张地说："你别害怕，闫总虽然严厉，但心是好的。"

杨薇薇抬起头，微微一笑："我不是怕。"

"不怕？那你是……"

"我只是激动，以及感恩。"

"感恩？"傅煜阳皱眉，更加不懂了。

杨薇薇大力点头，憧憬地看着闫天真离开的方向："我一直以为暗中培养、帮助我的是方导，还有你，但是其实，这一切都是因为闫总吧？"

"闫总？你认识她？"

"嗯。有一晚她喝醉了，我把她带到寝室住了一晚，她曾说过会报答我。我一直以为是玩笑，我也不知道她就是闫总。但现在想来，她才是真正暗中帮助和栽培我的人吧？我真的很感激、很感恩！因为她，我的人生截然不同了，我不仅拥有了值得期待和骄傲的事业，我还拥有了……你。”

一句话，既点明了自己的后台是闫天真，又夸奖了傅煜阳。

傅煜阳内心一软，对杨薇薇的好感又深了一些。

他重新戴上鸭舌帽、墨镜、口罩，便挽着杨薇薇，走了出去。

好不容易来趟巴黎，不好好逛逛怎么行？

就算现在他被记者盯得紧，那又如何？

反正，星光娱乐的人会搞定。就算员工搞不定，那不是还有闫天真在最后顶着吗？

傅煜阳有恃无恐，心情倍好。

闫天真的心情其实也不错，并没有因为杨薇薇的出现而受到影响。

夜里，因为新项目好评如潮，大家一开心，就多喝了些。闫天真被合作方灌得不省人事，趴在桌上就睡着了，连什么时候被小乔送回酒店休息的都不知道。

她喝酒有一个优点，喝多了不会发酒疯，不会吐，就是趴在那儿睡着，等睡醒了基本也就酒醒了，连头痛都很少。

半夜，闫天真醒来，已经是凌晨两点。

她的手机里有很多信息，尤其是置顶页面，陆旭的头像上飘着一片“……”。闫天真打开，发现陆旭破天荒地给自己发了很多条消息。

“？”

“你还好吗？”

“喝多了吗？”

“你没事吧？”

从一开始的询问，变成语音电话。闫天真从这些电话的频率就能看明白，他有多担心。

闫天真很想跟陆旭打回去，但她怕吵到陆旭睡觉，于是只回复了一句：“我喝多了，刚醒，我没事，请放心。我明天早上去找你。”

谁知她刚发完，对方的语音就过来了。

闫天真惊讶了一下，接起来。

“你没事吧？”电话那头，陆旭的声音有些慌乱、紧张。

闫天真疲惫地摇头：“没事，就是喝多了。”

"有没有不舒服？要不要我来陪你？"

"不用不用，"闫天真连忙拒绝，"我经常这样，你别担心。听说巴黎的治安也不好，大半夜过来太危险了。"

"嗯，好。"

陆旭说完，便开始沉默。

闫天真见他没有挂电话的意思，有些疑惑："这么晚了，你还没睡吗？"

"嗯。"

"因为论文吗？"

"……不是。"

不是？

闫天真疑惑，旋即惊讶，开玩笑地说："你不会是在等我吧？"

陆旭沉默了一下，没有否认："……是。"

闫天真内心一紧，想说点什么，但陆旭很快打断了她。

"既然你没事，我就放心了。晚安。"

陆旭说完，直接挂了电话。匆匆忙忙的样子，让闫天真隔着电话，都仿佛看到他因为不好意思而脸红慌乱的样子。

……真可爱啊！

挂断电话，闫天真去洗了个澡，洗完后重新躺回两米四的大床上，却觉得有些空虚。

寂静无人的夜里，窗外是巴黎铁塔，霓虹中的孤独是最耐人寻味的。超豪华的套件，巨大的落地窗，窗外无敌的夜景，也抵不上陆旭在记忆里投来的匆匆一眼。

偌大的房间，也没有陆旭的寝室来得温馨，和有安全感。

闫天真翻来覆去睡不着，忍不住又给他发了一条消息："小旭旭，我想你了。"

然后下一秒，陆旭就回复了她："睡不着？"

看着屏幕上的三个字，闫天真很是惊讶。

她本来没想过他会回，毕竟，在学校的时候，他都总是秒睡，从来没有失眠的时候。但今天……好像有点不对啊？

"你也睡不着吗？"闫天真问。

"嗯。"

“那，我们来聊天吧？”闫天真提议。

“好。”

陆旭全然没有拒绝，隔着屏幕，两个人第一次煲起了电话粥。

虽然几乎也是闫天真在说，说自己这一天做了什么，见了什么人，饭桌上有什么八卦，一股脑地都跟他说。陆旭的语气听上去依然清清淡淡，但半点也没有瞌睡的意思。两个人就一直聊，从繁星满天聊到了星辰落幕。晨光熹微时，天边升起了火烧云。

闫天真终于说完了自己的一天，然后问他：“你呢？你这一天都做什么啦？”

“写论文。”

“只是写论文？”闫天真惊讶。

“嗯。”

“哪里都没有去玩吗？”

“没有。”

闫天真惊讶：“那你来法国干吗来了？”

陆旭沉默了一瞬，说：“……陪你。”

“陪我？”这下，闫天真更蒙了。他这一天，也没跟着自己啊，怎么就是陪她了？

陆旭怕闫天真又多想，睡不着，索性告诉她原因。

“虽然我不懂你们女人之间的事情，但是我总觉得不大放心你。王师姐是好人，但是，我怕她会让你不开心。”

闫天真惊讶地张了张嘴：“所以你就来啦？”

“嗯。”

“只是为了我在来回路上不受她的气？”

“嗯。”

闫天真叹气：“……你真是个傻瓜。”

闫天真虽然语气听上去很是头疼，似乎被陆旭这一番操作给弄得有些愧疚，但心底里还是高兴的。

“下次别这样了，这点小事，我能应付的。”

一个博士都还没毕业的小姑娘在闫天真面前能翻出浪花来？

他也太小看她了！

陆旭不置可否，不再说话。电话那头的陆旭沉默着，只能听到他微弱的呼吸声。

清晨第一抹霞光照耀在闫天真脸上，她这才惊觉一个晚上的时间已经悄然逝去。

不知道是阳光的原因，还是因为陆旭，她的内心暖暖的。

她已经好久、好久没有被人担心过了。

还是比自己小八岁的男孩子。

他担心自己被别的女人欺负……

闫天真内心失笑，眼里却柔情蜜意。她听着陆旭的呼吸声，终于觉得乏了。

“睡吧！”她对着电话那头轻轻地说。

“嗯。”

“那，挂了？”

“嗯。”

闫天真挂了电话，听不到陆旭的声音，疲惫感陡然铺天盖地地涌来。她连窗帘都顾不得拉，便伴着霞光，心满意足地沉沉睡去。

下午，陆旭跟大家一起办理完退房手续的时候，闫天真才刚睡醒。

陆旭他们住在离主城区比较远的地方，闫天真则在市中心，距离火车站较近。他们原本准备直接在车站集合，但王峥峥听说闫天真一大早就跑到香榭丽舍大街去了，便提议大伙儿也一起去看看。

听说那儿是购物天堂，就算买不起，看看也是好的。

于是一行人便约了闫天真在香榭丽舍大街会合。

出了地铁站，人来人往的十字路口，陆旭本来还有点担心会找不到闫天真。但很快，他就发现，闫天真不需要站在显眼的地方，因为她自己本人就足够显眼。

虽然没见闫天真拿行李，但第二天，她又换了一身衣服。衣服簇新，价值不菲。男人见了露出欣赏，就连女人都嫉妒不起来。

因为，她实在太好看了。

嫉妒来源于差别不大，假如差距足够大，根本就不会产生嫉妒，他们只会羡慕。

如果说五官可以整，那么气质该怎么整呢？

闫天真不笑的时候，身上就有一种由内而外散发的高冷气质，隔老远都让人觉得她不可亲近。但当她一笑，又刹那间百花齐放，仿佛整个春天都在你眼前绽放。

她就是这样笑着走近陆旭，然后自然而然地挽着他了。

就像他不需要在人群中搜寻，就能一眼看到她一样。她也不需要寻找，总能第一眼就看到他。

然后，眼里只有他。

一行人走在火树银花、豪华奢侈的香榭丽舍大街上，闫天真半点彷徨都没有，她就好像生活长大在这里一样，与学生们的反应截然不同。

他们几乎从来没有接触过奢侈品，在看到吊牌上的零之后，就直摇头感叹，状欲晕厥，只有陆旭和王峥峥稍显淡定。

王峥峥是一早知道，而陆旭则是完全不关心。

王峥峥没有退缩，带着他们逛店。

走进第一间卖珠宝的奢侈品店的时候，闫天真没觉得有什么。看到王峥峥拿起和自己脖子上同款的钥匙项链时，她还神经很大条地让店员把自己脖子上的拿去清洗一下。

走进第二间的时候，闫天真也没觉得有问题。就是在她拿起和自己身上同款外套的时候，她不经意问了个价格，那个惊诧的样子，委实有点演过头了。

到第三间的时候，闫天真彻底觉得不对劲了。

这……不是她鞋子的牌子吗？

王峥峥专挑闫天真身上的品牌进去。偏偏闫天真一身都是最新款，摆在橱窗最显眼的位置。这一路逛下来，这几个同学算是把她的家底弄清楚了。

包、项链、鞋子、外套加起来得七位数，还好她不认识自己的手表，不然闫天真的“身价”又要飙升好几倍。

“你可真有钱。”王峥峥望着闫天真，好奇地问她，“富二代？”

闫天真摇头：“不是。”

“哦，不是啊……”

短短一个“哦”字，配上那微妙的表情，让人浮想联翩。

这些奢侈品，一般不是亲爸爸送的，就是干爸爸送的。反正，至少一个年纪轻轻的小女孩是不可能买得起的。

这下，每个人看闫天真的表情都有些微妙了。

看到他们的表情，闫天真眉头微微一皱。

陆旭发现她表情不对，适时地揽过闫天真的肩膀，想让她别跟他们计较。但闫天真怎么可能忍得下这口气？

就在她准备说得对方哑口无言时，突然迎面走过来几个人打断了她的话。

“Elena！”远远传来一声呼喊，闫天真奇怪地回头。

只见为首的那人一头白色的头发，剃了个一字眉形，手上挽着四个爱马仕的橙黄色袋子，十分醒目。而她身后像保镖的两个男人手里也各拎着十几只购物袋，全是各个牌子的奢侈品。

她见到闫天真，夸张地尖叫了一声，然后就扔下了爱马仕，朝她跑来，一把抱住她。

“Elena！真的是你！你来法国了！你不是在英国吗？”“她”一开口，他们才发现，“她”其实根本不是女人，而是男人。他只是穿得像个女人而已，有些娘。

但，这在他们那个圈子来说不叫娘，叫时尚。

闫天真换上标准的职场笑容，微笑：“Hi，Jessica，好久不见。我昨天来参加首映礼，下午就回去了。”

“这么快就回去了？这么久不见，我应该请你吃饭的。”

“没关系，我们离得这么近，随时可以约，不差这一天。”

“也是。哎，既然见到了，直接拿给你，省得我回国了再寄。”

他说着，直接拿了两只爱马仕和三个Dior给闫天真。当着这么多人的面，闫天真哪里敢收？说什么都不肯要。

Jessica无奈，只能说：“那回头我给你助理吧！”

“嗯，好。”

闫天真笑着送走了Jessica，等再回头看王峥峥时，也没忘记要回复她。

闫天真微笑地说：“如你所见，我没有有钱的亲爸，也没有富豪的干爹，我也不喜欢奢侈品。但，身上这些都是合作公司送的，不穿也浪费了。”

“为什么？”王峥峥狐疑。

“大概……因为我长得好看吧！”

闫天真说着不着调的话，但又让人无可反驳，再加上刚刚提到的首映礼，都觉得闫天真大概是混娱乐圈的。

确实，以闫天真的脸蛋和身材，当模特绰绰有余。那么有公司商务合作，也在情理之中了。

王峥峥再吃一瘪，心里对她的不爽几乎要到达顶点。

回伦敦的路上，闫天真原本跟陆旭坐在一起，其余的几个女生和王峥峥坐在一块儿，她们有说有笑，时不时看向闫天真，仿佛在说什么有趣的话题。

闫天真本来是不大受女生待见的，这一点就连直男陆旭都看得出来。所以他故意让闫天真坐靠窗的位子，省得看到别人时不时飘过来的白眼。但闫天真拒绝了。

她不仅没坐在靠窗的地方，甚至在中途主动破冰，去到车厢另一头，加入了女生们的话题。

陆旭坐在远处，虽然听不到她们说什么，但是肉眼可见的，发现闫天真很快跟她们打成了一片。几人很快加了微信，一副恨不得现在就要拜把子结为异性姐妹的样子。

陆旭看得一愣一愣的。

“我真羡慕有些人。”身边传来王峥峥的声音，陆旭转头，就见原本在车厢那头的她不知道什么时候坐到了他边上。

隔着走廊，王峥峥的眼睛看着闫天真，但明显是在对陆旭说：“她们聪明嘴甜热情会来事，长袖善舞、八面玲珑。在各种各样的场合都能成为焦点，和每一个人都能相处融洽，让人念念不忘，心生欢喜。不像我……每天就只会埋首实验室，一到人前就跟个傻子一样呆愣，和谁都聊不到一块儿去。”

原本是该说到陆旭心坎里的话，但陆旭完全没听明白她话里含沙射影的意思。

陆旭奇怪地看着她：“王师姐为什么要这样说自己？您是学联主席，您很受大家欢迎。”

王峥峥表情一僵，干笑：“那只是大家给我面子罢了。学术上争来的光，算不到社交本领上去。”

见陆旭面无表情，王峥峥不死心，又说：“你别怪我啊，我脾气直嘴又毒，明明不是那个意思，却总是被人误会。”

“误会？”陆旭皱眉，“误会什么？”

“误会我不喜欢你的女朋友。”

“……”

王峥峥说着，看了眼陆旭的表情，见他没什么反应，又接着说：“我只是很羡慕她，一来就可以追到你。我原本以为她不会赢的。”

“赢？”陆旭一脸迷茫，听不懂她在说什么。

“你不知道吗？”王峥峥故作惊讶，“她在认识你之前，跟学联的人打了赌，说一定会追到你，要让所有学联的女生们都服气。你……”

“学姐误会了。”

这时，一个声音突然横插一杠，打断了王峥峥的话。

王峥峥抬头，就看见闫天真站在自己面前。

闫天真面不改色、脸不红、心不跳地说：“我还没追到陆旭，你可不要冤枉了他。”

这下，轮到王峥峥表情古怪了。

王峥峥：“你们没在一起？”

闫天真大大方方地点头：“是啊！”

“那你们住一起？”

“住一起也不代表什么，只能说明，他是个好人。”闫天真言之凿凿地说，“而且，我追他可不是一天两天了，不是在英国，而是在中国。早在一年前我就认识他了，我就是为他而来的！只可惜，一直都是我单相思，他并不喜欢我。”

闫天真丝毫也没有压低声音，周边一起来的小伙伴都听到了她的话。

王峥峥惊讶地：“值得吗？”为一个男人，从中国追到英国，这在王峥峥的思想里，简直匪夷所思。

“值得，他是我见过最优秀的男人！”闫天真想都没想，郑重地说，“过去我做了很多错事，逼迫他跟我在一起，现在我可不敢再逼他了。我只求安安静静在他身边，多陪陪他就已经很知足了。”

闫天真虽然是笑着说的，但语气里那若有似无的委曲求全，连女人见了都心疼，何况男人？一行人都恨不得当场就骂陆旭渣男，不知好歹。

除了王峥峥。

王峥峥有些无语，一时之间不知道该说什么。

闫天真却不打算放过她。

闫天真："所以师姐，你千万不要误会，不要听了那些表面的谗言。假如你有疑问，你可以直接问我，我什么都能告诉你，好吗？"

在众人欣赏闫天真坦坦荡荡的目光里，王峥峥不由得冷笑了一声："女人，还是自尊自爱一点好。"

闫天真叹气，半点没听懂她讽刺的意思，没脸没皮地说："我也想自爱，可是一遇到陆旭，我的所有原则、所有底线就都没有了，我能怎么办呢？我想可能……这大概就是传说中的真爱了吧？"

闫天真以退为进，那一副委屈的样子，连女人都心疼，男人们也自发成立了护卫队，为闫天真打抱不平，纷纷转战陆旭。

"陆旭，真的是这样吗？"

"Elena那么喜欢你，你都跟人家住一块儿了还不接受人家？你是想当一个不主动、不拒绝、不负责的渣男吗？"

"陆旭，你不要让我从崇拜你到看不起你。"

众人你一言，我一语，逼陆旭接受闫天真。

陆旭面无表情，但全身紧绷。

闫天真看出他的紧张，很快阻止了他们，说："你们别逼他了，等陆旭真的喜欢我的时候，他自己会说的。我真的不着急，一点儿也不。"

闫天真说着说着，一副快要急哭了的样子。

我见犹怜。

也就在这时，另一个还在读本科的小弟弟看不下去了，拿出了自己的手机，说："陆旭明明就喜欢你，他就是胆小，不敢承认。我有证据！"

小弟弟说着，把手机上的图片发到了游玩的群里。

众人的手机接二连三地响起微信提示音，打开，就看见满屏幕都是闫天真的照片。

小弟弟脸一红，说："Elena，你不要生气啊，我就是觉得你好看，所以多拍了几张，但是……你看陆旭，他的表情，他看向你的目光，他分明就是喜欢你！不是一点点喜欢，而是很喜欢、很喜欢的那一种！"

后面的话，闫天真都没有听到了。

她只看见那些照片上，全是陆旭看着自己的样子。巴黎街头，香榭丽舍大道上，在她对着别人笑的时候，在她跟旁人聊天的时候，甚至是逛街、看风景的时候，只要她不在看陆旭。陆旭便低着头，始终目光温和地看着她。

不论她是什么状态，陆旭的眼光一直默默地追随着她。

那样用尽全世界的温柔才揉碎而成的目光，就算是个瞎子也看得出来，陆旭喜欢她。

而且不是一星半点的喜欢。

是非常、非常喜欢。

闫天真愣然抬头，看着座位上的陆旭。陆旭也刚刚看完照片，抬起头，便撞进了闫天真如水的目光里。

四目相对，身边一切嘈杂的声音都消失。

闫天真的眼里只有陆旭，可陆旭却登时羞红了脸，别过头去，不敢看她。

还是……不想承认吗？

闫天真目光一软，虽然有些遗憾，但，还是不想逼他。

“一个照片而已，不能说明什么的。”闫天真笑着说完，语气里有着连她自己都察觉不到的苦涩。

这种苦涩，别人听不出来，陆旭听出来了。

他陡然回头，望着闫天真。

闫天真抿着嘴，站在他面前，听话又乖巧，连眼神都在说：“我不会给你惹麻烦的。”

陆旭有些发愣。

这时，王峥峥也附和：“就是，这些能说明什么？说明 Elena 好看？这不是有眼睛的人都知道的事实吗？”

Elena 的好看，王峥峥也是赞同的。但赞同不代表喜欢。

就在大家兴致散去，准备回到自己座位上时，人群里，陆旭却陡然开口：“确实，这不能说明我喜欢她。”

众人闻言，都有些讶异。

王峥峥有些惊喜。

闫天真面无表情，看着他。

她已经做好准备再次被拒绝了。她反正不是一次两次被拒绝了，再来一次，也无所谓。

反正，他身边只有自己，她怕什么呢？

但紧接着，出乎所有人意料的，陆旭又道："……但这或许能说明我爱她。"

他似乎鼓足了勇气，才说出这句话。

连他自己都没有想过的话。

他原本有些生气那个学弟乱发照片，但是当他自己看到那些照片，才发现，原来他看闫天真的眼神是如此热情。

原来他已经这么喜欢她了吗？

喜欢到她远离自己的视线，他就会如坐针毡，仿佛失去了什么，心口空落落的。

而只有当她再次出现，他才觉得自己一颗心又回到了肚子里。

过去他完全没有意识到，他在人前，居然是这样的。

但既然大家都能看出来，那他为什么还要压抑自己？

陆旭也不知道自己哪里来的勇气，直接站起身，走到闫天真面前，站定。

"真真，虽然这个表白来得有点晚，但是，我不是故意的。"

只是因为，他也是刚刚才察觉到而已。

闫天真点了点头，有些木讷："然后呢？"

"然后……我想问你，你愿意做我的女朋友吗？"

鸦雀无声，众人屏息一瞬，然后爆发惊天的呼声："在一起……在一起……在一起……"

车厢里的外国人虽然听不懂他们在说什么，但两个人的动作神态语气已经暴露无遗，于是纷纷跟着鼓掌和欢呼。

而女主角闫天真从呆愣中回神后，刚想要答应，但看到四周的人都这么热情，反而退缩了。

闫天真："陆旭，你是真的喜欢我的吧？不是被他们逼的吧？"

"什么？"陆旭皱眉，不懂她的意思。

闫天真小心翼翼地解释："你知道，我发过誓的，我不会再逼你做任何事情，也不会用任何手段胁迫你了。你，是发自内心地喜欢我，自发地跟我表白的，对吧？跟他们没有关系的，对吧？”

面对她一系列的问题，陆旭被问得哑口无言。

他话都说到这个份上了，她还觉得自己是被逼的，这让他不得不反省自己，在过去究竟给她留下了多深的心理阴影。

陆旭叹了口气，然后突然转身，从包里拿出了一个蓝色的小袋子。

在看到袋子的时候，闫天真的脸色就僵硬了一下。

Tiffany 蓝，代表浪漫、永恒的爱情。

她的心开始狂跳。

比她收到人生中第一件奢侈品时还要激动。

下一刻，陆旭就从袋子里拿出一个绒面小盒子。打开小盒子，就是一条弧形的项链。

陆旭把项链递到她眼前，说：“这是我买来，想要送给你的。本来准备回去再给你，但是现在……”现在他假如不拿出一点实际行动，只怕是不会让闫天真信服了。

闫天真惊讶：“你什么时候买的？”

陆旭：“你去洗项链的时候。”

闫天真愣住了。

所有人都愣住了。

就连王峥峥也是。

她原本的用意是带陆旭看看，他和闫天真之间的差距，以及消费观的不同。侧面告诉他，他们不是一个世界的人。但，陆旭这是什么意思？

主动加入奢侈品消费者大军了？

他还有没有一点节操了？！

陆旭面不改色：“我知道你脖子上的项链很贵，虽然我现在还买不起，但是，我问过了，这条项链的寓意也很好。”

笑脸项链。

他希望闫天真能一直微笑。

陆旭："我保证，以后我一定能给你买更好的，请你相信我。"

闫天真很惊讶，但惊讶过后，就是激动和狂喜。

她万万没想到，自己想了好久的事情，居然在火车上发生了。

闫天真忍不住地接连点头："相信！相信！你说什么我都信！"

"那你愿意当我的女朋友了吗？"

"愿意！愿意！非常愿意！"

闫天真点头如捣蒜，说着，直接就冲上前，一把闯入陆旭怀里，然后当着众人的面，就在他的脸上亲了一口。

亲完还觉得不够，又在另一边脸颊亲了一口。

还是觉得不够，想要凑上去直接吻他的唇，但陆旭的脸已经彻底红到了耳朵根。

闫天真退缩了。

她说过的，不会逼他承受一丁点的压力。

"这次放过你，等回去了，我再亲个够。"她笑眯眯地看着他，在他耳边悄悄地说。

陆旭松了一口气，全身紧绷的状态也缓解下来。

火车继续前行，车厢也安静下来。众人很为他们高兴。他们也沉浸在自己的世界里，十指相扣，十分甜蜜。

王峥峥看到这里，非常生气。

她一屁股坐在二人对面，双手环抱在胸前，冷笑地对陆旭道："她比你大八岁，你知道吗？"

"我知道。"陆旭想也不想，点头，表情平静。但紧接着又皱眉，"可是，你是怎么知道的？"

闫天真似乎从来没有在别人面前说过自己的年龄，她的资料学联应该保密。王峥峥当着这么多人的面说出来，实在有点违背道德。

陆旭有点生气。

王峥峥不理会他的生气，接连讽刺："我怎么知道的你管不着，我只是很惊讶，想不到看着挺阳光挺正常的你竟然有恋母情结。"

恋母情结这个词说得很严重，可以说是带着侮辱性质了。

闫天真虽然大陆旭八岁，但是外表看上去，甚至比陆旭还要幼稚。

非要置喙的话，他最多算是“恋姐情结”。

闫天真刚想反驳，却听陆旭轻声一笑：“恋母情结没有，主要是恋她。”说完，还顺便摸了摸她的头。

一句话，堵得王峥峥哑口无言。

也让闫天真甜蜜到心坎里去。

虽然她一直都觉得陆旭很好看，但从来没有这一刻这样，觉得陆旭是这么、这么的帅气。

而他的帅气，只属于她一个人。

他的温柔，也只属于她一个人。

从今以后，他就是她一个人的陆旭了。

回到寝室，当天晚上，他们就睡了。

当然不是陆旭主动，但在闫天真的猛烈攻势下，他也只能从了。

陆旭是笨拙、小心翼翼的，而自认老司机的闫天真也破天荒的很紧张。

两个人折腾到半夜，才气喘吁吁地躺下。

“没关系，男人第一次都是这样，以后有经验了就好了。”

闫天真安慰着陆旭。

黑灯瞎火的，她看不见陆旭的表情。但是她能感应到，陆旭好像有点不开心。

是尴尬吗？

闫天真再次安慰道：“以后你教我英语，我教你床上功夫。这种事情……呃，虽然我也没什么经验，但我看的片多啊！我可是老……”

闫天真“老司机”的后面两个字还没来得及说出口，就被胜负欲爆表的陆旭一个翻身，重新压了上来。

……

半小时后，闫天真彻底被折腾得去了半条命，躺在他怀里，呼吸急促，面色潮红，泣不成言。

陆旭冷静下来，抱着她，略带严肃地问：“还想不想别人了？”

“……不想了。”

“还是不是老司机？”

“……不是。”

闫天真不敢说话，生怕再激起他的醋意。

她安安静静地趴在他的怀里，半点都不想动弹，只想就这么一直拥抱着走下去。

但是陆旭知道她爱干净，抱着她去浴室清洗了一遍。

闫天真被折腾得够呛，生怕又刺激到他，只敢趴着，随他摆弄。

不过还好，他大概是看出她的疲惫，放过了她。

他给她穿好睡衣，掖好被子，让她像往常一样，舒适地枕着自己的手臂，然后关上了灯。

黑暗中，他们都没有睡着。

也没有说话，只是靠在一起，聆听彼此的心跳。

他们的心跳频率是相似的。

跟他待在一起，闫天真就觉得莫名安心，那些纷纷扰扰的俗事也都被自动地摒弃在外，她每晚都无比安心。

她很想一直这样安心下去。

“陆旭，我们结婚吧。”

不知道过了多久，她突然鼓起勇气，轻声说了一句。

过去的闫天真从来没想过，有一天，结婚这个字眼会从她的嘴里冒出来。

她觉得生孩子已经是极限了，她不敢把人生另一半交到另一个人的手里。

但是面对陆旭时，她可以很放心。

而陆旭，哪怕怀里抱着闫天真，也仍然觉得她很不真实。

她那么遥远、那么飘忽，却又那么热情。

跟他实在是相去甚远。

陆旭：“为什么是我？”

这句话，他问过她三次。

前两次，都是带着拒绝的意味。闫天真就瞎说，反而还能对答如流，但这次，陆旭是诚心求教，只是想要知道自己究竟哪里好。

而闫天真却好像不是能那么肯定地回答了。

她的脑海里陡然想起一句话：“情不知所起，一往而深。”

或许当一个人真正喜欢上一个人的时候，她就不知道她到底喜欢对方什么了。

只是觉得，他的一切自己都喜欢。

如果非要找出一个理由，闫天真认真地想了想，说：“我们念念不忘的不是那个伤害我们的人，而是那个对我们好的人。因为这个世界伤害我们的人和事足够多，能对我们好的人太少了。陆旭，你是唯一一个对我好，还不求回报的人。”

那一盏走马灯，圆了她心中的一个梦。

那个梦，足以治愈她余生的遗憾。

陆旭听了没什么反应，只是更加紧地抱住了她：“睡吧！”

闫天真：“好。”

当晚，陆旭到底还是没有正面回答闫天真的求婚。

但是她不着急。

她可以等。

就像等待他的表白一样，她也能等到他彻底敞开心扉，对自己说“好”的那一天。

第十六章

归零

（一）

俗话说由爱故生忧，由爱故生怖。自从和陆旭正式在一起，闫天真就三不五时地做噩梦。

梦的主要对象是杨薇薇。

一个她本不应该放在心上的人。

梦的地点、开始时间不尽相同，但结局却都差不多。大多是杨薇薇指着她的鼻子骂她不要脸，是小偷，耍阴招抢走了陆旭。虽然闫天真不认为是自己害他们分手，但梦里的陆旭，却是这样想的。

“你真卑鄙！”陆旭冷漠地甩开了闫天真的手，然后抱着梨花带雨的杨薇薇离去。

她怎么都忘不了他看自己的眼神。

他的眼睛里写满了厌恶与失望。

然后，她就会惊醒。醒来的时候是半夜，她稍稍一动，陆旭也跟着醒了。他打开灯，看着怀里的闫天真，满头大汗，满脸惊惧，很是心疼。

“又做噩梦了？”陆旭关切地问。

闫天真点了点头：“嗯。”

“这次梦到什么了？”

“……又梦到你离开我了。”

闫天真委屈地补充："梦里的你很绝情。"

陆旭表情一软，在她的额头亲了亲："不会的，我不会离开你的。"

"真的吗？"

"嗯。"

"你发誓。"

"我发誓。"

陆旭斩钉截铁的样子，暂时吹散了闫天真心里的阴霾。

"睡吧！"

"嗯。"

哄完了闫天真，陆旭关了灯，抱着她继续睡。可闫天真心有余悸，还是睡不着。

这些日子，她太患得患失了。

黑暗里，她的声音幽幽地响起："陆旭，你会不会后悔？"

"不会。"

"假如有一天，你发现我是很差劲的人呢？"

"那也不会。"

"为什么？"

"反正，我只会记得你美好的样子。"

陆旭说完，闫天真便更加用力地抱紧了他，还在他的胸口狠狠咬了一口："记住你说的话。"

"……嗯。"

陆旭吃痛，但闫天真紧贴的身体又勾起了他的火热。

然后……然后半夜三点，他又忍不住，再要了她一次。

这一次，以他惊人的学习能力，没有让人失望。

主要是没让他自己失望。

因为对闫天真来说，陆旭不论哪一方面，都从来不会让她失望。

美好的日子总是短暂，一晃又是两个月过去，闫天真的签证即将到期，而陆旭也已经结束期末考试，准备硕士答辩。虽然陆旭的博士时期的专业导师早就已经联系好，但据说他的博导和马克教授都认为，陆旭应该到更优秀的教授那里去，于是联合起来，给博尔特实验室的负责人写了一封推荐信。

博尔特教授的实验室，是世界上诞生最多诺贝尔奖得主的地方，全球顶尖物理学家的聚集地，非营利性质。实验室基本不收学徒，上一次收学生，已经是十年前。这对陆旭而言，可以说是千载难逢的机会，因为一旦去了，可能他的人生理想就已经实现一半了。

除了陆旭以外，马克教授还重点推荐了王峥峥。好消息是对方同意了，坏消息是只招收一个，也就是说，陆旭和王峥峥要竞争。

自从巴黎之行回来，王峥峥就再没有跟他说过话。她看见他后，也会当作没看见，然后快步离开。

陆旭觉得她很古怪，但也从来不去问她为什么要这么对自己，因为不相干。

直到马克教授把博尔特实验室的事情告诉了他们两个，王峥峥才第一次在陆旭面前停下脚步。

王峥峥个子很高，穿着高跟鞋不比陆旭矮，所以她从来不需要仰望他，甚至任何人。

陆旭一直以为自己第一次见王峥峥是在院里的晚宴，但其实不是。

喝酒那晚，王峥峥听说陆旭要来，赶了过来。赶过来的时候，陆旭已经喝醉了，他的嘴里不停地叫：“ZhengZheng……”

众人打趣，说陆旭为了王峥峥特地打扮了自己，说他虽然平时表面很冷漠，但内心其实很闷骚。

她一直以为他在叫自己，因为不知名的原因暗恋自己，就像她也对他另眼相看一样。

直到那天在火车上，她听见陆旭叫Elena为真真时，她才意识到，当初陆旭唯一一次醉酒，叫出的并不是峥峥，而是闫天真的真。

意识到这一点之后，她的骄傲让她迅速收回了所有对他的好感。

“陆旭，我不会再放水了。”她站在陆旭面前，对陆旭说。

“什么？”

“博尔特教授的实验室，只会招一个人，那个人一定会是我。”

王峥峥放出的狠话，并不仅仅当着陆旭的面，她在谁面前，都是这么狂妄，底气十足。对此，闫天真也有所耳闻。

“她就是比你高两届而已，成天趾高气扬的，也不怕闪了腰！老公，你别怕，你刚刚硕士毕业，在马克教授心里的位置都跟她一样重要了，这说明什么？说明你比她厉害！你一定能比得过她的，你别怕！”

闫天真就像个小迷妹一样，每天充当啦啦队的角色。除了喊口号以外，完全不理解这其中的意义和艰辛。这种支持对别人没用，但对陆旭而言，足够了。

陆旭轻笑：“我不怕。”

“那你还这么拼命？”自从得知这个消息，陆旭每天都看书到三四点，睡觉的时间全天不超过三小时，闫天真都怕他猝死。

陆旭摇了摇头，说：“我拼命不是因为怕，而是因为机会摆在眼前，我总该拼尽全力去争取。假如努力之后还是失败，我不会后悔，最多……也只是遗憾。”

“你的人生不会有遗憾的。”闫天真微微一笑，在他脸上亲了一口，“有我在，你尽管大胆地去做你想做的事情，我是你最坚强的后盾呀！”

闫天真亲完，还夸张地比了一个心，陆旭看她这副花痴的样子，再大的压力也荡然无存了。

然后，陆旭就转过身继续看书了。

陆旭转身之后，闫天真就放下了嘴角的笑容。

闫天真看到陆旭这么辛苦，这么努力，只觉得很替他感到不值。

若换作别的竞争对手，在这学神如云的世界里，她或许还会替他担心。但那个王峥峥……看起来好像根本就不值一提的样子？

因为她不仅傲慢，还有点蠢。

闫天真本来一万个放心，但是，当她看见站在演讲台上的王峥峥时，她才发现，自己过去对王峥峥的印象是多么的刻板、狭隘，以及，自己有多无知。

陆旭的毕业论文非常优秀，优秀到全球最顶尖的物理杂志都要求刊登他的论文节选，但因为还没有通过答辩，暂时搁置。也因为这篇论文，博尔特实验室派了人来，希望能听取答辩过程。答辩由马克教授、伯伦院长以及学院里的另外两个导师评分。王峥峥则作为助教，参与答辩。

也因为这一场辩论引起广泛关注，来围观的人不少。陆旭没有提出保密议题，于是大教室里，坐满了人，闫天真也在其中。

闫天真请了两个顶尖的同声翻译，但由于她请的时候要求是面向媒体工作者，于是同传对物理学并不熟悉。全程翻译下来，闫天真就只听到耳机里说：“因为呃……所以呃……导致呃……”的翻译声。

越到后面，两个翻译的底气也越来越弱，仿佛已经预料到自己要卷铺盖走人。但是破天荒，闫天真没有生气，一点儿也不。

闫天真的全部注意力都被台上的两个人吸引了去。

陆旭和王峥峥，你一言我一语，互不相让，快速、流利，充满了攻击性。

闫天真甚至不需要知道他们俩在说什么，就能够知道，他们两个都非常、非常优秀。面对几百人的大讲堂，因为各自对专业素养的底气，他们都面无惧色，神采飞扬，仿佛浑身上下都在闪闪发光。

他们每一个单词、每一句话，都铿锵有力、掷地有声，仿佛各自握着两把看不见的刀在对决。他们都想置对方于死地，但对方总能找到错漏，起死回生。

到最后，谁也没有赢，但收获了满堂的掌声。就连院长都起身，拍案叫绝。这足以说明两个人都艳惊四座。

这也是闫天真第一次发现，原来陆旭是那么健谈。

他跟自己在一起时，是沉默寡言的。你让他做什么，他都会做。你不需要他做的，他只要看到了，觉得有必要，他也会主动做。他无微不至地照顾、关心着闫天真，但是，他不会说很多。

虽然闫天真是个话唠，她一个人就能说单口相声，只要陆旭肯听，她可以一直说下去，不会觉得无聊。但是，当她看到在演讲台上，侃侃而谈的陆旭，她发现自己错了。

陆旭不是不会说话，也不是不想说话，他其实口才很好。

而他在辩论赛上的样子，是她见过的他最闪闪发光的样子，超越了他以往的任何时候。

能让他如此英姿勃发、火力全开的，是王峥峥这样的女人。

一个在学术、事业、理想上，真正能跟陆旭旗鼓相当的人。

这一刻，她突然对自己产生了怀疑。

她，好像有点自卑了。

陆旭的毕业论文非常优异，但通过多方研究之后，发现想要发表在最顶级期刊上还需要大量的实验数据佐证，这不是一朝一夕能够完成的。于是他被委婉地退稿了。

这原本是无伤大雅的，陆旭本没有放在心上。但闫天真却觉得这是天大的事情，是王峥峥那个女人在鸡蛋里挑骨头，故意捣乱，她把退稿的原因归咎在了王峥峥身上。

她生怕这次讨论会会影响陆旭进博尔特的实验室，于是动用自己的关系网，打听了一下。她比他们都要早地知道，博尔特实验室对陆旭和王峥峥的评价都非常高，很有可能会把两个人一起招进去。

闫天真一听就慌了。

她从看见王峥峥站在演讲台上的那一刻起，就知道，她是自己永远也比不上的女人。

她不得不承认，跟王峥峥这种女人比起来，自己只是一只在红尘名利里摸爬滚打的寄生虫，靠着人脉，吸食身边人的血才能壮大自己的跳梁小丑，以为赚了钱就可以把别人都踩在脚下。而王峥峥，则如她的名字一般，铁骨铮铮，她所有的底气都源于自己的学识，假以时日，她未必不是可以改变世界的女人。

而这是闫天真永远也无法企及的高度。

闫天真一想到王峥峥是那种可以上教科书的女人，而她只是一个商人，就自卑得睡不着觉。

于是，她决定动点手脚。

一来，是为了陆旭的前途；二来，她也纯粹不希望他们俩能长时间地待在一起。

人心禁不起时间考验，她真的很怕输。

闫天真找到马克，答应定期捐助他的实验室。但她有一个请求，希望马克能跟王峥峥签订长期雇用合同，条件随她开。换句话说，就是让她无法去博尔特教授那里学习。

闫天真坐在马克面前，虽然身后还站着助理小乔和两名翻译，阵势惊人，但她的手还是微微发抖和流汗。

她从来没有哪一次跟人谈判像现在这样心虚过。

哪怕是当年她还一无所有的时候，拿一个没有剧本、没有主演、没有投资人，只有一个名字的电影，凭空码盘子，她也没有像现在这样没有底气过。

马克考虑了很久，问她：“你确定要这样做吗？”

马克的原意只是想确认。

翻译过来之后，在闫天真听来，就有点反对的意思。

闫天真也迟疑了。

她的心里无比确定，但嘴上，却无法说出口。

尤其是在看到身边的小乔，看到她的眼睛里充满了异样的情绪之后，她悚然一惊。

小乔的眼里不是那种因为她豪掷千金丢水里的失望，而是一种狐疑、失望、不屑混杂的神情，仿佛对她人品产生了怀疑。

她的眼里写满了她不再信任她了。

她不再是她尊重的老板了。

看到小乔如此目光，闫天真陡然清醒过来。

她居然要为了一个男人，去伤害一个无辜的女人，乃至夺走她一辈子的机遇？！

闫天真彻底开始怀疑自己了。

她惊讶地发现，不过一场她听不懂的辩论，就让她自卑到连她自己都快不认识自己了……那往后的生活，她该有多彷徨啊？

（二）

博尔特教授发来邀请函的时候，陆旭第一个拿给闫天真看，闫天真却高兴不起来。

虽然她知道，拿到这份邀请函，就等于拿到了诺贝尔奖的敲门砖。但她现在只有一个问题。

“王峥峥也拿到了吗？”

答案是否定的。

只有陆旭一个人收到邀请了。

闫天真再三跟他确认，陆旭给了她肯定的答复。她好像松了一口气，但紧接着，她又好像更加不开心了。

闫天真的脸色跟天气一样无常。

"你怎么了？"陆旭关心地问，"是不是病了？"

闫天真摇了摇头，勉强挤出一个笑脸，说："没有，我只是一想到马上就要回国了，心里有点难受。"

她说完，就一个人回床上趴着了。她整个人蔫蔫的，毫无精神。陆旭再跟她说话，她也不想搭理。

这几天来都是如此。

陆旭直肠子，一根筋，闫天真说什么他就信什么，于是也没往别的方面想。但见到闫天真这么失魂落魄的样子，他突然觉得，这封邀请函的出现似乎也并不是那么令人兴奋了。

三年的带薪读博，然后是五年的工作合同，假如他真的去了，那么闫天真呢？她该怎么办呢？

实验室不比上学，一旦开始，就连他都不知道自己一天能睡几小时。

她可以等他一年、两年，那么三年、五年呢？

她这几年，难道都要一个人过新年吗？

想到闫天真一个人在电视机前面倒数，又或者早早就关灯睡觉，根本不期待新年到来的样子，陆旭就难受得无法呼吸。

他真的该去吗？

就在闫天真悔恨内疚自己因为不相信陆旭，而背地里去陷害王峥峥这件事时，陆旭却在她身边思考，自己究竟应不应该签这份合同。

这个事关他前途的问题只困扰了他一晚上，第二天，他的心里，就已经有了确定的答案。

第二天，闫天真和陆旭约好，中午在食堂见面，一起吃午饭。但她没想到的是，临到中午，她听见有人喊她，回头却发现不是陆旭。

而是傅煜阳。

"你怎么来了？"闫天真皱眉。

傅煜阳走近了闫天真，说："闫总，我找了您好几天了。"

一声闫总，就让闫天真知道他有求于自己。何况，还加了一个"您"。

看他的样子，估计软磨硬泡小乔都不知道花了多少功夫，闫天真没心情跟他多纠缠，直接问他："找我有急事？"

"嗯。"傅煜阳看上去虽然依旧帅气逼人，狼气四溢，但眼周还是有些疲惫。

"微信上不能说吗？"

傅煜阳郑重地摇头："不能。"

闫天真淡淡地："哦，那你现在说吧，拣重点的说。"闫天真催促。

"在这里？"傅煜阳愣住。

虽然还没到饭点，但食堂里的人也不少。餐桌都有些老旧、发黄，一点也不像能谈事的样子。

闫天真满不在乎地："你跟我之间又没有什么见不得人的勾当，这里怎么就不能说了？"何况她还约了陆旭，她可不想被陆旭看到，引起误会。

"那……好吧！"

傅煜阳在闫天真面前坐下，他低着头，酝酿了一会儿，再抬起头时，眼眶里便蓄了些许泪水，他刚要说话，就被闫天真叫停。

"打住。"闫天真冷漠地，"别跟我来这套，你的眼泪不值钱。"说着，又补充了一句，"虽然演技比之前有进步，但还是很刻意。"

傅煜阳表情明显一滞，见闫天真一脸冷漠，毫无耐心又脾气不大好的样子，不得已还是停止了叙旧的心。

他眼一沉，开门见山地说："闫总，您听说最近的事了吗？"

"什么事？"

"我的事。"

闫天真在脑海里转了一圈，想了下，说："有所耳闻。"但，没放在心上。听了就过了。

闫天真抱着双手："你的事情都是童总在处理，你应该找她。"

"童总……我不熟。"傅煜阳表情尴尬，有些迟疑。

哦，在已婚女人面前，小狼狗的魅力自然无处安放。

闫天真笑："别紧张，虽然童总看上去比较凶，但她爱钱呀！你现在风头鼎盛，是流量担当，她看在钱的面子上，应该都不会跟你过不去，你怕什么？"

傅煜阳脸色一下就垮下来了，说："我不是担心我自己，我是担心您！"

"我？"闫天真更加觉得好笑了，"我有什么可让你担心的？况且，就算我出了什么事，你又能救得了我？"

“现在的我确实能力低微，对您的事业没什么帮助，但，除了事业，难道您对我没有一丁点别的想法吗？”

闫天真皱起眉头，越来越听不懂他在说什么。她看了眼表，已经到了跟陆旭约定的时间，她不耐地催促他：“你到底想说什么？”

“我想说……您不要相信网络上的传言，那些都是来挑拨离间我们的。”傅煜阳低声下气地接道，“我不喜欢杨薇薇，我们在一起只是逢场作戏。一直以来，我真正喜欢的人都是您，也只有您。就算我被人拍到了不好的画面，但那都是误会，是错位！除了您，我谁都不爱！”

傅煜阳越说越激动，闫天真越听越觉得狐疑，但更可怕的是，下一刻，傅煜阳突然皱了眉头，不悦地看着她后面，说：“看什么看？没看过帅哥吗？”

闫天真一回头，就看到陆旭不知道什么时候，站在自己后面，铁青了一张脸。

“陆旭？！你……你什么时候来的？”闫天真陡然有点心虚，还没来得及解释，陆旭便把手里拿着的一个帕尼尼剥开，塞进了闫天真的嘴里。

陆旭冷着一张脸，说道：“刚到。只听到他说除了你，他谁都不爱。”

“……”

闫天真被他喂了一满口，霎时说不出话来。然后，在傅煜阳怀疑的眼神里，就听陆旭对傅煜阳说：“抱歉，打扰你们谈话，但是这位女士先跟我有约了，所以我也不算不请自来。”

“你是……”傅煜阳见二人有些亲昵，皱起了眉头，也收起了对陆旭的不满。

陆旭面无表情地说：“我叫陆旭。”

傅煜阳不耐：“谁管你叫什么名字？我根本不在乎你叫什么名字。我只问你，你跟闫总是什么关系？”

陆旭没有回答，而是看着闫天真。

闫天真终于把那口帕尼尼吞下去了，然后一本正经地清了清嗓子，干笑着说：“挺巧的，我跟你一样，也有一个除了他谁都不爱的人。”

“而那个人的名字……就叫陆旭。”

一句话，怼得傅煜阳外焦里嫩，见两个人的相处模式，终于明白了闫天真这几个月为什么一直在英国。

她根本不是出公差，为新片采景，她根本就是谈恋爱来了！

一个能让工作狂的她放下国内的事业，跋山涉水，远渡重洋的男人，就是眼前这个平平无奇的学生？

傅煜阳待不下去了，立刻就想原地消失。

但闫天真不放过他，叫住他问：“你究竟干吗来了？”

要说他是来表白的，闫天真用屁股想都知道不可能。

傅煜阳脸色不好看，当着陆旭的面他本来不想说，但闫天真都问到这儿了，他也只能硬着头皮说了。

傅煜阳：“因为爱，所以我想亲自跟您解释那些绯闻的事，听到您亲口原谅我了，我才能安心。不然，我怕自己以后见到您，都只能低着头，不敢看您的眼睛。我不喜欢这样。”

“我希望……我们之间是没有秘密的。”

傅煜阳饭也没吃就被喂了一嘴狗粮走了。闫天真则按照原计划，和陆旭一起吃午饭。

其间，陆旭并没有问傅煜阳的事，闫天真倒是想解释，却被他堵了回来。

“我相信你。”

陆旭淡淡地说：“你会处理好的。”

一句话，就让闫天真放松下来。她不用跟他解释这些花里胡哨的小鲜肉真是太好了。

然而很快，面对陆旭无条件的信任，闫天真却又更加坐立不安了。

傅煜阳虽然平日里不着调，除了一张脸没有哪儿能看，说的也都是废话，但他有一句话说到闫天真心坎里去了——“爱人之间应该是没有秘密的。”

这句话，曾经是她的爱情信条。

虽然后来她一度以为自己的爱情已经死了，但直到遇到陆旭，她才发现爱情其实一直都在，只是她没遇到对的人罢了。

“陆旭……我有话想跟你说。”天人交战后，闫天真终于决定跟陆旭坦白。

虽然她最终放弃了和马克教授的交易，依然捐助他的实验室，但她做的这些事情，她觉得有必要让陆旭知道。

她不希望以后的自己一看到陆旭的脸，就会想起她那龌龊的行为。

“我也有话跟你说。”同一时刻，陆旭也心情很好地对闫天真说了这句话。不同的是，他表情很轻松，就好像放下了一个沉重的包袱。而不像闫天真，几次都提不起力气。

“那你先说。”闫天真看到他的目光就有些胆怯，她真的不知道他在知道自己的所作所为之后，会怎么看待自己。

她真的不想让他失望，但又不想对他有一丝隐瞒，于是，她能逃避一时是一时。

陆旭完全没注意到闫天真的纠结，平静地说：“我决定不去博尔特教授的实验室了。”

“什么？”

闫天真震惊：“为什么？”

陆旭微笑了一下，说：“因为，马克教授、文森教授，他们都很好。在他们这里我也能学到很多，还能过得相对更轻松……”

“可你是贪图轻松的人吗？”一句话，闫天真就发现了他语言里的漏洞。

他的努力，她看在眼里。他要是一个贪图轻松，无法承受压力的人，他早就抱着她的大腿喊“爸爸”了！

可他没有。

他选择奋斗到半夜三四点，他宁愿在实验室里天荒地老。

这是他的骄傲啊，他怎么能够说放弃？！

“我不同意！”闫天真郑重地说，“那是你的梦想，你不能就这么放弃了。”

“我跟马克教授申请过了，他已经同意了。”

“他同意又怎样？只要你还没回绝博尔特教授那边，你就还能反悔！你能不能不要这么傻？”

看着闫天真义愤填膺的样子，陆旭觉得有些心疼。

陆旭叹了口气，认真地说：“我留下来，就可以多一点时间陪你。你就不需要总是跑到英国来陪我。我放暑假了也可以回去看你，这样不好吗？”

“所以……你是为了我才放弃的？”

“嗯。”

意识到这一点，闫天真更加生气了。她看着他的眼睛，一字一顿地说：“为了一个女人，放弃自己的理想，值得吗？”

“值得。”

陆旭无比坚定，比闫天真还要认真，他说：“你不是普通女人，你是闫天真。”是他爱的人。

既然他选择了，就是坚定的选择，他为她做什么决定都不会后悔。

可闫天真却不能接受他为自己牺牲。

“陆旭，你根本不知道我是什么样的人，你根本还不了解我！”

“那又怎样？都已经在一起了，就代表我已经决定好要接受你的一切了。而且，这些日子，你为我的付出我看在眼里，也该是我为你付出的时候了，不是吗？”

虽然爱情不是你为我我为你的互相牺牲，但他是一个男人，他不想看到自己的女人每天天还没亮就起来打跨洋电话。他不想她要为了自己三天两头就十几小时地飞。

她希望他能做自己，努力实现自己的理想。可他又何尝不想她能够过得舒舒服服的呢？

“你真傻……”看到陆旭坚定不移的样子，闫天真拗不过他，既生气，又觉得感动。

“傻得让我都不忍心骂你了。”

闫天真说着说着，眼角突然觉得有些湿润。

她不动声色地擦去了，没有让陆旭看见。

她宁愿他看到自己装哭装傻，都不想陆旭看到她真的流眼泪。

因为陆旭……他会难过的吧？

这个男孩子，天真得跟她年轻时一模一样。

“你想跟我说什么？”陆旭说完了自己的事情，问闫天真。

“我……”闫天真愣了一下，刚要说话，却被他们身后一声甜甜的女声给打断了。

“……陆旭？”

女声里，透着几分不确定，以及不可思议。

闫天真和陆旭听到这个声音，都是通体一震。尤其是闫天真，几乎刹那间，脸上所有的笑容都消失了。

陆旭也是如此。他皱着眉头，回头，就看见一个穿着白色公主裙的杨薇薇站在自己身后。

杨薇薇确定闫天真身边的男人是陆旭以后，眼睛里的震惊就变成了恶心。

“原来是这样……就因为你们在一起了，所以，我成了牺牲品？！”

杨薇薇一改往日淑女乖顺的样子，在闫天真面前露出张牙舞爪的形状。

闫天真一开始觉得有些发愣，但见到她之后，再想到傅煜阳刚刚反复解释的八卦，便想起来了，他最近因为和一个叫Vivien的女孩纠缠在一起，被人拍到了铁证，在热搜上挂了三天。

这种事情，每天都在发生，闫天真根本看都不想看。因为关于这类事情，公司早有一系列的公关流程。就算真的闹得很大，有童怡坐镇，自然也能完美收场，她无须太担心。

所以闫天真对这件事情根本不了解，最多偶尔听童怡提起，说那个Vivien很有心计，像是她自导自演，一手策划。

这种事情闫天真见怪不怪，手段也并不见得高明。但现在看到如此生气的杨薇薇，她才明白过来，热搜上的那个Vivien可不就是杨薇薇嘛！

傅煜阳和杨薇薇的地下恋情曝光。杨薇薇是公司培养的新人导演，按照公司规定，两人之间只能保一个。公司决定保傅煜阳，雪藏杨薇薇。于是在国内刚上映的他们的新片里，原本该在执行导演名单上的杨薇薇的名字被删除。她的处女作算是白忙活一场。且根据合同，她不能去别的公司，她只能坐冷板凳。

杨薇薇本意是希望闫天真念在当年的一面之缘，求她高抬贵手，放自己一马。但没想到，她竟然看见陆旭正和闫天真有说有笑地坐在一起，互相喂食。

那不是在谈恋爱是什么？！

假如闫天真一开始的目标就是陆旭，那么她……她根本求情无望。

绝望之下的杨薇薇指着闫天真的鼻子骂：“你是故意针对我的！你从一年前就开始设计陷害我！你送我去留学根本就不是为了培养我，而是为了拆散我和陆旭！你太歹毒了！”

“现在你看到我和傅煜阳在一起，生怕我会拆穿你当年的所作所为，让他知道我是因为你才跟陆旭分手！所以你对我赶尽杀绝，让所有人封杀我，对不对？！”

“闫天真，你真是个魔鬼！”

杨薇薇一系列的咒骂引起了路人的围观，虽然他们都听不懂中文，但杨薇薇疾言厉色的样子，让人下意识觉得，闫天真就是个十恶不赦的女人。

陆旭虽然有点蒙。

他完全没想过，这辈子还会见到杨薇薇。且一见面，她就是这副张牙舞爪的样子，着实让他有些害怕。

他下意识挡在了闫天真面前，怕她激动之下会伤害她。

但杨薇薇并没有再继续。

当她看到陆旭维护她的动作时就知道，自己说什么都没有用了。

陆旭，他早已经变心了。

想到这里，杨薇薇直接坐在地上，开始号啕大哭。

失去了危险警报，陆旭松开了维护闫天真的手，转身看着闫天真。

他没有任何想要上前去安慰杨薇薇的意思，甚至连去问她这到底是怎么一回事的念头都没有。

他只是看着闫天真，希望她能对自己说点什么。

他不想听别人说，他只想听她说。

反正，她说什么，他就信什么。

“我……”闫天真双嘴张合，话到嘴边，却发现自己不知道从何说起。

“呵，还需要解释吗？她能解释吗？唯一的解释，她就是个 Bitch！”更加尖锐的女声响起。闫天真一回头，迎接她的就是泼面而来的果汁。

“哗啦”一声，闫天真从头到脚，被浇了满身。

王峥峥拿着空着的杯子，站在闫天真面前，表情狰狞，比被泼水的闫天真还要生气。

“你干什么？”陆旭反应过来，下意识就扬起了手。

他从来没有发过这么大的火，差点就想动手了，但王峥峥亦是一脸怒容，半点退却的意思都没有。

“想打我？你打啊！为了这么个女人，犯一次故意伤人罪，就算不能告到你坐牢，也足够毁了你的前途！”

“你！”眼看他人在自己眼皮子底下伤害自己的女朋友，陆旭哪里还想得了那么多？

但闫天真不能不想。

她拦住了陆旭，阻止他动手。

“呵。”王峥峥冷笑了一声，却不打算就此放过她。她迎着陆旭的目光，把杯子狠狠地往桌上一放。

“这一杯，我为自己。而这一杯，我为她！”王峥峥看了眼坐在地上大哭的杨薇薇，又拿起另一杯水，还想再泼闫天真一次，但陆旭有了察觉，又怎么会让她再次得逞？

“你够了！”伸手一挡，王峥峥握着杯子的手便动弹不得。王峥峥挣扎了几次，发现自己根本拗不过陆旭，这才不得不作罢。

围观的人越来越多，历来看重名誉的王峥峥却毫不在意的样子，这让陆旭十分费解。

陆旭：“你究竟发什么疯？”

“你女朋友自己做的好事你去问她啊！看她敢不敢告诉你，她偷偷跑去找马克教授，让他不要帮我写推荐信，以及暗箱操作，阻止我进博尔特教授实验室的事！”

王峥峥说完，陆旭便被定住了。

闫天真也是。

她虽然全身湿透，但并没有什么怒气。她目光放空，没有焦距，脸上毫无意外，也不打算反驳。

然而不反驳就是默认。

王峥峥冷笑：“陆旭，虽然我很不喜欢你的女朋友，可是在学业上，我从来没有害过你，甚至还一次次地帮你。你以为，在这个社会上，只凭自己的能力就可以搞定一切吗？就算你是天才又怎样？如果没有我，你怎么可能读研的时候就进入实验室？你的论文怎么可能被那么多的人知道？是我！是我一次又一次地向大家推荐你，可是你呢？你又是怎么对我的呢？”

王峥峥说到这里，表情已经没有刚开始那样的愤怒。

她颓然无力地苦笑：“我竟不知道你找了一个这么神通广大的女朋友，她的手居然可以伸这么长！但是我一点都不羡慕，真的。我一点儿都不羡慕她。我只是觉得你们俩……让人恶心。”

“她就是个 Bitch！”王峥峥最后恶狠狠地瞪了闫天真一眼，然后就大步离开了。

走前，她路过杨薇薇，还不忘扶起了倒地大哭的她。

“哭什么哭？哭的那个永远是 Loser！如果我是你，就跟她拼命！”王峥峥说完，杨薇薇哭得更伤心了。

两个人互相搀扶着，远去，哭声也渐行渐远。

时间早已经过了饭点，随着她们的离去，看热闹的围观群众也逐渐散去。

食堂里只留下满脸、满身都是果汁的闫天真。

陆旭低头，看着闫天真失魂落魄的样子，纵有万千的疑惑，也抵不过现在的疼惜。

陆旭：“你……”

“别问，问也不想解释。”

闫天真站在原地，低着头，不想看陆旭。

果汁顺着她的发丝落下，她连整理的心情都没有，就只是站着。

陆旭没有逼她，只是拿来纸巾，想给她擦头发。

他动作温柔、仔细，半点没有责怪她的意思。

看着沉默的陆旭，闫天真陡然间更加生气了。

“看到这样的我，你都还能接受吗？”

“哪样的你？”如果只是脏了，洗个澡就好了，并不难接受。

“你明白我的意思。”闫天真幽幽地说完，阻止了陆旭擦头发的动作，然后抬头，盯着他的眼睛，一字一句道，“我承认，她们说的，都是真的。杨薇薇的出国，是我一手促成的。我还特地选了一个远离中国的地方，让她走得越远越好。花多少钱我不在乎，我只知道，我给她画了一个远大前程的饼。而你……假如没有我，你们现在可能已经结婚了。”

“而王峥峥说的，也是真的。我嫉妒她在学术上跟你旗鼓相当的造诣，我怕你们一起去博尔特教授那里会日久生情，所以我找马克，希望他能留下王峥峥。这一切的一切，都是我做的，她们骂得一点都没有错。”

甚至，她们想要打她，也在情理之中。她完全能理解，甚至，还觉得自己活该。

想到这里，闫天真不禁笑了起来。

她一不做二不休，索性对陆旭说：“我刚刚想要跟你坦白的，也正是这件事。只不过你现在看到的要更直观一点了。怎么样，精彩吗？这样的事情，我可干过不止两件。”

诚如外界所言，闫天真的闫，应该是阎王的阎。

她心思缜密，聪明能干，直觉准确。天使的面孔，魔鬼的身材，江湖人送代号千面女王。她就是长了一张天使脸孔的恶魔，卖了无数人，甚至连她自己都卖掉后，才换来的娱乐帝国。虽然没有作奸犯科，但她的手腕，并不算很干净。

“甚至，当年图书馆里，你和我的手机也是我故意摔坏的。为的只是让杨薇薇的身影彻底从你的世界消失。”

闫天真微笑地说：“陆旭，这样阴暗的我，你确定，你还能接受吗？”

闫天真说完，陆旭没有第一时间回答。但他没想到，也就是他这一瞬间的沉默，就让他们从此错过。

陆旭被学院的领导给叫走了，应该是因为王峥峥的举报，他被要求配合调查。

临走前，陆旭因为担心闫天真，还一步三回头，特地嘱咐她先回去洗澡、换衣服，说有什么事，都等他回来了再说。

同样的，闫天真也没有回答他。

她看着陆旭远走的背影，内心很想说好。但是她发现自己说不出口。

她一直都认为，在当今社会，女人弱不在体能，而在格局。

所有的悲剧其实都来源于对自身的不自信，她这些年无往不利的武器就是自己的自信。

职场十年，闫天真观察到的绝大多数女性，她们永远在为自己的一亩三分地斤斤计较，而同样的事情放在男人身上根本不会钻牛角尖。他们把更多的时间和精力放在更远大的目标上，而不是想着怎么去陷害他身边的人。

闫天真看得多了，所以一直告诫自己，要把目标放得更远、更远一点。

虽然她并不认为自己可以改变别的女人，但至少，不希望被别人改变。

然而她万万没想到，有一天，她也会变成这样的人。

因为王峥峥……她变得非常、非常讨厌自己。

她居然会为了陆旭患得患失，会为了这些不相干的女人生气。

她这阵子，活得就像一个妒妇。

不要说王峥峥会觉得她恶心了，连她自己都感到自己恶心。

都说先爱己，才能爱人。

她连自己都不喜欢了，又谈何继续喜欢陆旭？

跟他站在一起时，她都嫌自己脏。

下定了决心，闫天真便深吸了一口气，然后转身，头也不回地走了。

马克的办公室里，陆旭因为担心闫天真，很快就把事情处理好了。

其实，都不需要他处理。因为，他一早就跟马克教授沟通好，去博尔特实验室的名额，让给王峥峥，只不过王峥峥还不知道这件事。

而她不知道从哪里听来的小道消息，又因为无法承认自己的失败，就把所有的怨气撒在了闫天真身上。

在马克教授的办公室里，王峥峥听说陆旭的决定之后，先是发愣，然后是不解。但不论她问陆旭什么，陆旭连看都不看她一眼。

他只是对马克教授说："如果没事的话，我下午想请假，我的女朋友还在等我。"

"去吧！"马克教授叹了口气，挥了挥手，放他走了。

而王峥峥却更加生气了。

"你是在可怜我吗？你拒绝的邀请，就认为我一定会接受吗？我不需要你的施舍！"

"就算没有博尔特实验室，这世界上还有普林斯顿、爱彼、奥本海默等实验室！就算英国没有，美国、瑞士也有大把的实验室随便我挑，我不需要你的可怜！"

"我永远也不会对你感恩戴德！"

王峥峥愤怒地在陆旭身后咆哮，但陆旭通通都当作没有听见。

甚至，在"撕拉"一声传来后，王峥峥当着马克的面把邀请函给撕了，都没能换来陆旭的一次回头。

他想，王峥峥真的误会了，他这么做并不是在可怜她。

他单纯只是为了能有更多的时间陪闫天真，仅此而已。

至于王峥峥要去哪里，他真的不关心。

一点也不。

但令陆旭更加没想到的是，他回到寝室，并没有看到闫天真的身影。他不仅没有看到她的人，还发现她把自己的所有生活用品都搬走了。

整个寝室又回到了只有陆旭一个人、空空荡荡的时候。

只有桌上，放了一张不是他写的字条。

字条上简简单单地写了几个字，歪歪扭扭，很难看，正是闫天真的笔迹。

她说：“陆旭，我们分手了。”

（三）

突如其来的分手，让陆旭无法接受。

他怎么都不会接受她无缘无故地提分手。

陆旭给闫天真打电话，电话响了一声就挂断了，再打过去就是关机，然后，他给她发消息。

“我不同意。”

短短四个字，坚定地表达了他的态度。然后就是不停地打微信电话，闫天真都没有接。

他找遍了全城，去了每一个闫天真可能会在的地方，但是酒店、公寓，都已经退房，人去楼空。

她突然地来，又突然地走，仿佛这一切都是大梦一场，梦醒后，连半点她的痕迹都找不到。

陆旭很绝望，但并没有就这么算了。他一直持续不断地给她打电话，直到午夜十二点，那是陆旭在不忙的时候，雷打不动会睡觉的时间。

他的作息和他的人生一样规律。

他人生唯一的插曲是闫天真。然后，当这段插曲变成了人生的主旋律，他已经无法面对分离了。

闫天真知道陆旭不会就此罢休，她不想耽误陆旭第二天的课程，不得已，只能接起来。

“喂……”

陆旭打了成千上万遍，闫天真终于接通了他的电话。

他一时间有些不敢相信，确定她真的接了之后，他立即问：“天真，是你吗？你在听吗？你在哪里？我去找你！我们当面说清楚。”

“来不及了陆旭，我已经在机场了，回中国。”

“哪个机场？”

“希思罗。”

希思罗机场在伦敦，距离他的城市要坐四十分钟的火车。这个时间已经没有火车了，但打车的话两小时就可以到。

“几点的飞机？我现在过来！”陆旭穿上衣服就打算出门。

“来不及了，飞机马上就要起飞了。”

陆旭却没有被说服。

陆旭固执地说：“这个点没有飞机，你在骗我。你在那里等我，我马上就到。”

电话那头沉默了一瞬，然后是一声轻笑。

闫天真语气轻松，笑着说：“你觉得没有航班这种事情对我来说是问题吗？”虽然闫天真没有买飞机的打算，但是公司里，为了方便艺人，公务机时刻都有准备着。所以，她想什么时候回去，就能什么时候回去。

陆旭的步伐陡然站住。

是啊，他忘记了，她跟他是不同的。

不管你承不承认，在这个世界上，有些人，他就是有特权的。闫天真的这一声轻笑，仿佛就是在提醒他，他们不是一个阶层的。

“为什么？”久久，陆旭才再次开口，问她。

电话那头，他的声音嘶哑，再也没有了当初的底气，就好像他已经被抽空了一样绝望。

闫天真冷淡地回答：“没有为什么。”

“我不信。”

“你不信我也没办法，我就是这样，玩过了，睡够了，就分手了呗！”

“我不同意。真真，你能不能回来，能不能给我一个机会，至少让我能面对面跟你说清楚？”

“没有这个必要了。陆旭，我要分手的人，不会再浪费时间见面了。我，已经不爱你了。”

闫天真一本正经，说着连她自己都不相信的话，但，就因为她平时演习惯了，她声音笃定，听上去就是那么真实，冷淡无情。

或许只有她自己心里才知道，根本不是她不爱他了，只是她害怕了。

她希望，她最爱的人，是她自己，而不是为了一个男人，连自我都失去了。

她也更加不希望陆旭因为她，而放弃了自己为之努力了半生的理想，她承受不起。因为她觉得自己跟陆旭在一起半年，非但没能带给他什么，却连他原本的生活轨迹都改变了。

她就像一块绊脚石，阻挡了陆旭的路。

电话那头传来几不可闻的抽泣，闫天真内心猛然一痛。

他在哭吗？

是的，他在哭。

闫天真无法想象陆旭哭的样子，但他受伤的眼神，在她脑海里挥之不去。

闫天真心有些软，很想就此挂断，拉黑，永不联系，但她突然觉得，决绝的分手方式，或许太过绝情，她应该跟他说得清楚一些。

否则，他可能接下来好久好久，都会陷入这个迷惑里。

她需要给他一个能让他信服的理由。

闫天真深吸一口气，道："陆旭，我一直没有关心过你的专业。我只知道大概是学物理的。直到你和王峥峥在演讲台上辩论，整场下来，我一个字都听不懂，但是我记住了你们面前台标上的英文字。"

"凝聚态物理学。我百度过，是研究凝聚态物质的物理性质与微观结构以及它们之间的关系，即通过研究构成凝聚态物质的电子、离子、原子及分子的运动形态和规律，从而认识其物理性质的学科。"

闫天真一口气说完，中间不带喘气，让陆旭都有些吃惊。

那边沉重的呼吸声明显停滞了一下，然后又继续沉默。

他在等她继续说。

闫天真说："你看，词条我都能背下来了，可是我却不知道这是什么意思。一开始见你的时候，我看到你在看我完全不懂的书，很高深的样子，我觉得你好厉害。但是相处久了之后，我发现，这并不好。尤其是看到你和王峥峥在一起时的样子，我真真正正地妒忌了。"

"我只是一个追求浮华和虚荣的女人，没有给思想留出哪怕一瞬间的宁静。而她却可以长久地陪你凝望星空。她才是能跟你携手走一生的那种人，陆旭，你明白了吗？"

"我不明白，我不喜欢她。"

"不明白没有关系，过几年你就懂了。不喜欢她也没关系，你迟早会遇到另一个她。”

等他身边真正出现适合他的女人，王峥峥也好，李假假也罢，他们才是一个世界的人。

而她一厢情愿地闯入他的生活，一厢情愿地对他好，却从没有想过，对方的世界是怎么样的。

而她的世界，她也羞于让他知道。

今天这样突然而又强烈地撕开了她身上的遮羞布，也好。

她啊，不想再那么用力、卑微、隐忍地去爱一个人了。

像童怡那样，在心爱的人身边演一辈子，她实在做不到。

闫天真：“陆旭，是我打扰你了，就算我对不起你，你……忘了我吧！”闫天真说完，就直接挂断了电话。

她不敢再听到陆旭的声音，因为那带着鼻音的低沉的声音，每一个字都在提醒她，陆旭在哭。

这是她认识他以来，唯一一次听到他哭。

就算他跟杨薇薇分手，她也没有见他哭过。

而且，他也一定又露出了那种好像被全世界遗忘在角落里的孤独神态，刻骨地悲凉。就像当初的自己，被全世界抛弃以后，也是这样的。

他们总觉得她身处人群，受人仰望，八面玲珑，长袖善舞。

可身边人来人往又怎样，身边小鲜肉不断又怎样？她比任何时候都还要感到绝望。

从此以后，她又将要戴着面具生活，对每一个人微笑。而这样的面具在人前没有一刻可以摘下……她远没有在陆旭身边时来得快乐。

借来的片刻欢愉，到了归还的时间。

闫天真想，她也只能当自己不够幸运，人生取舍，总是鱼与熊掌，不可兼得。

也是这一刻，她也才真正理解，为什么当初陆旭要出国时没有告诉自己。

连她都无法面对这样的分离，何况是陆旭？

逃避，才是唯一对两个人都好的分手方式吧？

回程的公务专机上，只有闫天真、傅煜阳和助理小乔三个人。

昏暗的灯光下，小乔已经睡着了。而闫天真还睁着眼睛，看着窗外，眼眶红红的，不知道是因为没休息好，还是因为别的什么。

傅煜阳以为闫天真特地带上了自己，是对他有意思，让他陪她解闷，于是他半夜起来，看到玻璃反光里，闫天真还醒着，没有丝毫睡意的样子，以为她是在等他。

于是他突然就凑了过去，想偷偷拉住她的手。

“你干吗？”没想到闫天真十分警觉，男性气息一靠近，她就触电一样推开了他。

力气之大，让傅煜阳的手差点没脱臼。

“别给我来这套，你知道的，我们公司从来没有潜规则。”

“以前没有，不代表以后不可以有啊？”傅煜阳很委屈，“……你就不能原谅我吗？”

“我本来也没怪过你。”闫天真冷冷的，面无表情。

本来，她从头到尾惩罚的就是杨薇薇，并没有对他下黑手。

“那你为什么不肯让我牵你？”

“我……”

这还需要问？

她为什么要给他亲？

“你跟我是上下级，我是你老板，你对我放尊重一点，这难道不是理所应当的吗？”

“可你以前不是这样的。以前……你都不会拒绝我抱你的。何况现在还只是牵牵手而已……”

不是吗？

闫天真回忆了一下，好像还真不是。

过去的她，还真是来者不拒，看到长得好看的，就走不动路了。

可是不知道从什么时候开始，她好像就只有看到陆旭的时候才会走不动路……

闫天真想到陆旭，又是甜蜜又是苦涩，两种情绪交织，对傅煜阳就更没有好脸色了。

“收起你的委屈，你这副模样，演给谁看？我学演戏的时候，你可能还没出生！”

“而且，你不要自作多情，我把你带走纯粹是因为机场不知道有多少记者等着你，我可不想公司在花了大价钱把你从热搜上撤下来后，又被拍到跟杨薇薇出双入对。”

闫天真表情平静，语气和缓，但却是傅煜阳从没见过的生气的模样。

她脸上一丝一毫的笑容都没有了。

“我……”

“有没有人教过你，老板说话的时候，不要插嘴？”傅煜阳刚委屈巴巴地说出一个字，就被闫天真疾言厉色地打断。

他连委屈都不敢有了，规规矩矩地听她说。

闫天真：“你总说是杨薇薇勾引你，你不喜欢她，但其实，你早就爱上她了，对不对？”

“你来找我，也并不是来跟我道歉的。你就是带杨薇薇来跟我求情的，对不对？”

“你虽然不敢正面跟我求情，但是可以把她带到我的面前，你为了她，冒着得罪我的风险，这都不是真爱是什么？”

傅煜阳心中的小九九被闫天真洞悉，尴尬地一笑，刚想否认，闫天真又紧接着道：“我不介意你喜欢谁，现在的你也不用特意阿谀奉承我。你长得好看，有人气，肯努力，我就会继续捧你。毕竟双赢的局面，我不会因为一个杨薇薇就跟你过不去。但是，假如你再僭越，我就不敢保证我会做什么了。”

“所以，你现在，回自己的座位上，坐好，不要再来烦我，我就可以当作什么事情都没有发生，明白了吗？”

傅煜阳听完却没有动，良久，他还是忍不住，小心翼翼地问：“那你能放过杨薇薇吗？”

“不能。”

想都没想，斩钉截铁，没有丝毫讨价还价的余地。

闫天真冷笑：“我连自己的爱情都可以拿来出卖，何况你的？你是我花重金培养出来的摇钱树，她差点因为自己的欲望而毁掉你，我怎么可能放过她？五年的冷板凳，已经是童怡对她仁慈。若换作我，我可不敢说是几年了。”

“而且，我现在心情很不好，假如你再来帮她求情，我可以保证，不仅是她，连你也一样。我不在乎多少钱打水漂，我会让你们两个一起被封杀，五年、十年，甚至这辈子都别想在这个圈子混下去。你要相信，我可以做到的。”

傅煜阳张了张嘴，愣愣的，良久，才说“薇薇说得对，你真的是个魔鬼……”

同样的话，从傅煜阳的嘴里说出来，不是鄙视的，而是震惊的。

是，她是魔鬼。

对这样的评价，不管什么语气，闫天真毫不反驳，照单全收。

意识到闫天真是真的很火大，傅煜阳不敢再招惹闫天真，乖乖坐回了自己的位子上。

闫天真也跟小乔换了座位，坐在角落里，眼不见为净。

临睡前，她把所有关于傅煜阳的业务转给了小乔处理，让她非有必要，不要再烦她。

小乔忐忑又激动地接下了。

这意味着她五年的助理生涯结束，接下来开启的是崭新的篇章。

如无意外，她将会是下一个闫天真。

闫天真没有理会小乔的激动，拿了个眼罩就睡了。

梦里，她梦到了很多。

郁郁葱葱的青春岁月，一去不返的美好时光。

模糊的法桐路尽头，一个人独自走着的孤寂背影。

她看到眼前有一束光，她拼了命地去追逐那束光，就在她即将抓住他的时候，那束光消失了。

戛然而止，世界重新归于混沌，然后，黑幕。

她什么都没有追到。

一整晚，她都在追逐那道光。

等她醒来，她仍旧在回程的飞机上。窗外天光已经大亮。

看着飞机穿过层层云层、雾霭，飞回家的路，闫天真一点回家的喜悦都没有。

因为，她早就没有家了。

没有期待，何谈喜悦？

或者说，她曾经短暂地有过，可当她和陆旭分开，她就再一次地失去了……

身后的傅煜阳一直在打电话，温声细语，道不尽的似水柔情。

对方应该是杨薇薇吧！

就算在飞机上，也仍是要想尽办法给她打电话，用所有挤出来的时间安慰着她。

闫天真突然想，刚刚这个梦或许是她一个人的，也或许是她身边所有人的。

每个人都在因为各种各样的欲望压抑自己心中最深沉的渴望。

杨薇薇一定爱过陆旭，很爱很爱的那种，否则她不会纡尊降贵去住小旅馆。

而她也着实有好手段，只要是她想搞定的人，也没有搞不定的。

陆旭是，傅煜阳亦是。

谁也说不清她究竟还有没有真正爱着的人，就连闫天真也看不懂。或许连她自己也弄不清了。

毕竟，在这纸醉金迷的红尘名利场中，迷失的人有很多很多，她也曾在其中，不能自拔。

但是刚刚那个梦却清醒地告诉着她。

虽然拼命追逐那一道光的结局很让人唏嘘，可以说是到头来只追了个寂寞，但是她拼命朝着那道光奔跑的那段时间，她的内心无比丰盈。

能有一个真正值得她喜欢的人，本身就是一种幸福。

得之，她命。

失之，也很感恩。

她只要想到自己曾经爱过一个像阳光一样的大男孩，她就觉得，他给她的温暖足以照亮她接下来的整个人生。

她一点儿都不觉得亏。

第十七章

重逢

后来怎么样了？

后来……在起初的半年里，陆旭还是会持续地给她发消息。他每天吃了什么，去了哪里，看了什么书，学业进展如何，都会一一汇报，就像仍然在恋爱中一样。

他的微信号依然在闫天真的微信好友里置顶，没事的时候，她就会把那些旧消息翻过来、覆过去地看，但仅仅是看而已，从来不回复。

她单方面切断了联系，不是因为不爱了，只是因为，她清醒了。

她回到了属于自己的生活中，回到了过去那没有陆旭的三十年的日子，好好地做自己。

她也希望他能走出自己的阴影，安心去瑞士，成为玻尔博士科研团队的一员。

祝他前程似锦，梦想成真。

日子一样过，平静如水。

除了童怡中途闹过一次离婚，也没什么大事。

何岳的工作室蒸蒸日上，惦记他的小姑娘都冒出来了。童怡发现了小姑娘发给他的暧昧短信，童怡直接就搬回娘家，三个月没理他。何岳的父母也全都站在童怡这边，被何岳气得不轻。

何岳非常委屈。

小姑娘发的短信，他们朝他发什么火？应该去跟小姑娘发火啊？他又没回？！

但是童怡不管，加了微信就是他的错。何岳辛苦带娃三个月，指天发誓以后再也不加任何闲杂人等微信，童怡这才搬回去。

搁以前，闫天真听说后，一准举双手双脚赞成他们离婚。但现在，她不这么想了。

宁拆一座庙，不毁一桩婚。

虽然她们都是自己可以给自己安稳的人，但婚姻既是锦上添花，也是雪中送炭。

在闫天真经历过那段洗手做羹汤的日子后，偶尔午夜梦回，也会想要是那时候选择给陆旭做一辈子饭，好像也没什么不可以。

然而她固执地选择了另一条路，于是她切身地明白童怡或许是真的在婚姻生活中有过开心的。

她开始理解童怡，于是也对她的老公和颜悦色起来。

只不过偶尔，她还是会很费解，问童怡打算什么时候告诉何岳她的真实工作职位。

童怡则斩钉截铁，毫不动摇地说："为了维护婚姻健康稳定可持续发展，我不介意演一辈子。"

"那你一辈子不吃米其林了？"

"我只是一辈子不跟他吃米其林而已，难道，不跟他吃，你不会请我吃吗？"

"……"

闫天真想了想，觉得是这么个理，于是也不再规劝了。

日子一晃而过。

五年后。

方腾逸和星光娱乐的合约到期，他本人表示将不再续约。星光娱乐也发长文，历数双方之间的亲密合作历史，真诚祝福他未来星途坦荡，一帆风顺。

这算得上娱乐圈最温和的分手宣言了。

但毕竟是台柱子离开，外界都传闻星光娱乐的老板闫天真和方腾逸不睦，星光娱乐的股票大跌。

第二天，方腾逸就举行了新闻发布会，他偕着不怎么在公众面前露面的闫天真一起出席，并且向全世界宣布，两个人即将"成婚"。

他特地强调，这次，不是烟幕弹，是真的要"结婚"，就在明天。

舆论瞬间炸开了锅。

方腾逸再次放出结婚消息，且这一次女主角都在场，一起出镜发声，无疑让所有粉丝震惊。

闫天真被扒了个底朝天。

但是她能被人扒到的，都是她愿意被人扒的。比如，从一个片场小龙套，到制片助理，再一步步成立自己的影视公司、经纪公司，最后在创业板上市。她是方腾逸的伯乐。

正所谓千里马常有，而伯乐不常有。闫天真的厚实家底让公众无话可说。从一开始的咒骂，很快变成了满屏的祝福，活生生上演了一出十五年同甘共苦，风雨同舟的恩爱大戏。

现在有情人修成正果，大家除了恭喜，还能说什么呢？

就连忙得吃饭时间都没有的方腾逸都抽空，满脸微笑地刷着评论，十分满意这样的结果。

他忍不住问闫天真："看到大家这么热情，要不然，我们真的结婚算了？"

闫天真向他飞去了一个白眼。

给他一个眼神，让他自己体会。

方腾逸乖乖闭嘴了。

闫天真不看粉丝评论，她只看股票价格。

看到股票一路飘红，她就比什么都高兴。

直到，她看到陆旭的消息。

简简单单一个"？"号，这是他今年给她发的第二条消息。

上一条消息是在新年，他发了一张饺子的照片，还有一句新年祝福。

年年都是如此。

逢年过节，他都会跟她打招呼，只不过今年不同的是，闫天真在勺子的反光处，发现了一个女人的身影。

女人长发，大着肚子，虽然非常模糊，但闫天真的直觉告诉她，那就是王峥峥。

因为，据她所知，马克的实验室里只有王峥峥一个女人。就算他后来换博导了，王峥峥怕也是唯一有资格参与实验的亚裔女性。

王峥峥结婚了？

跟谁结婚了？

陆旭吗？

闫天真不知道，没有问，也无从问。

自从她跟陆旭分手，他的朋友们也陆陆续续几乎把她删干净了。

陆旭虽然平时没什么朋友的样子，但别人有求于他的时候，他也乐于助人，所以，其实他的人缘不算差。

当初闫天真没给陆旭任何挽留的机会，回国了。只有她自己知道，她是丢盔弃甲、落荒而逃。然而在陆旭的同学嘴里，她简直就是个彻头彻尾的渣女。

搞到手的男孩子，玩弄过后就不再喜欢了。这一点，从她看陆旭那些的校友的朋友圈就能看出来，骂她的话含沙射影持续了半年才消停。闫天真当作没看见，甚至偶尔还会点个赞。

再然后她就发现，骂她的话其实并不是消停了，而是她被他们删除好友了。

在那些满怀赤子之心、铿锵热血的少年眼里，她这种女人，再是登高，也只是登高。而他们的心中只想着一件事，那就是尽自己的一份薄力，为科研事业奉献一生，那些金银钱财，够花足矣。

闫天真由衷敬佩他们，守得住寂寞，耐得住饥寒，觉得确实是自己高攀不起，于是并不生气，被删就被删吧！

只不过因为那时候保留下来的习惯，她对科研事业的捐助，一分都没有少过。

想到当年那些人事，闫天真嘴角还是带着微笑的。

但一看到王峥峥的肚子，她的嘴角就又放下了。

虽然不知道她肚子里的孩子是谁的，但至少闫天真知道，王峥峥和陆旭在一起过年。

想到这里，她就有些嫉妒。

于是连陆旭刚发的那个“？”号都懒得搭理。想到他可能结婚了还撩前女友，就忍不住骂了他句渣男，然后直接关了机，睡了觉。

毕竟，第二天，就是她和方腾逸“结婚”的日子，她必须以最美的姿态亮相。

翌日上午，十点。

闫天真盛装打扮，一身红裙，在星光娱乐的新影视楼里，出席了自己的“结婚典礼”。

记者们到场之后，才发现原来所谓的“结婚典礼”，不过是方腾逸建立的新公司与星光娱乐达成深度合作的签约仪式。

热心网民很快也发现，方腾逸的公司由星光娱乐全资控股，说白了，方腾逸还是星光娱乐的员工，所谓的合约到期、各奔东西也是鬼扯。搞不好，他们是想实现第二家公司上市。

因这么个噱头，两家公司算是赚足了流量，股票又是新一轮飞涨，闫天真全程笑得嘴都合不拢了。只有方腾逸在镜头前面，略带些苦恼地自嘲：“以后我怕是再也不会结婚了，毕竟，就算我再说结婚，你们也不会信了吧？”

粉丝们又哭又笑。

虽然很支持他和闫天真结婚，但细细一想，不结婚，才是最好的。

不结婚，他就一辈子都是属于粉丝的了。

发布会结束之后，闫天真正准备回去，却看见小乔见鬼了一样跑进来。

小乔已经是可以独当一面的制片人，闫天真已经很久没在她脸上看到过慌张的情绪了。

“你怎么了？”闫天真皱眉。

“陆……陆……陆……他……”小乔舌头直打结，好像受到了巨大的惊吓，半天说不出来。

“把舌头给我捋直了！被人看到你这个样子，谁还敢投资我们的项目？”

不会说话是制片人的大忌，小乔作为闫天真的徒弟，这是在公众面前打她的脸。

但下一刻，闫天真就觉得，被打脸的是自己。

“陆旭来了！”小乔镇定心神，终于把事情说清楚了。但她这一句话，直接让闫天真正在喝的水全喷了出去。

不偏不倚，路过的方腾逸被她喷了一脸。

顾不得道歉，闫天真风风火火地就跑了出去。

五年后的今天，她跨过台阶，穿越人海，闫天真再次见到了陆旭。

在她三十五岁，陆旭二十七岁这一年，她看到陆旭一身西装革履，站在烈日下，茫然四顾。

星光娱乐的新写字楼实在太大了，人也太多了。

记者、演员、主持人、台前幕后的各种工作者，只要是这个圈子的，几乎都来了。

虽然在陆续散场，但陆旭落在人海里，仍然是不起眼的。他说是说自己认识闫天真，可是谁能证明？

他甚至连找谁问都不知道。

直到，他看到一抹红色的身影，快步走下台阶，越过人流，然后走向了自己。

众人的目光也都随着她，而落到了他的身上。

在浮华的世界里，陆旭无疑是朴素的。他的穿着打扮最多担得起“干净”二字。而闫天真，则是落落大方、瑰丽奢华的。

两个人面对面站着，怎么看都不是一个世界的人。

一个永远都是清冷淡泊，隐于人后的样子。一个则风风火火，做什么都能吸引大家的目光。

陆旭想，过了五年，她还是一点都没有变。

她还是那么长袖善舞、八面玲珑。

而他变了吗？

应该也变了。

那他还会是她喜欢的那个人吗？

他不知道。

“你特地来找我吗？”到底，还是闫天真先开口。

陆旭看到周围的人都在看他们，有些不自然，半晌才点头：“是。”

“有事吗？”

“我……”

陆旭刚要开口，这时，换了一身衣服的方腾逸也出来了，望着他。

五年时间，连方腾逸都没有丝毫改变，甚至，比过去更加英俊，更加沉稳了。

而陆旭常年待在实验室，没有各种医美的加持，虽然不显老，但也不再是当初那个白白净净的玲珑少年郎了。

他已经是一个成熟的男人了。

但就因为成熟，才更知道差距。

虽然从周围的人聊天里，他已经知道这并非一场婚礼，而他们的“结婚”也只是幌子。但同为男人，方腾逸看闫天真的眼神，何尝不是跟当年的他一样火热？

明明喜欢，却只能小心翼翼地偷看。

明明爱，却不得不埋在心里。

陆旭又迟疑了。

他究竟干什么来了？

而闫天真好像也没什么耐心的样子，一直在看手表。

“你赶时间吗？”良久，陆旭才开口，问她。

“嗯。”

距离闫天真和对方约定好的时间，已经过了，她不能再拖延了。

“如果有事，就快说，如果你只是来看热闹，那么热闹已经结束了，你可以走了。”

闫天真突然的，有些冷漠。

陆旭有些蒙。

她刚刚飞奔下来的时候，明明还很高兴的样子，怎么突然……突然就这么冷漠了。

陆旭有些难受，颓然地说：“那你先忙，等你忙完，我再跟你说。”

闫天真见他又退却了，很是失望，但也不勉强。

“那，再见。”闫天真说完，转身就走。然而她刚走出两步，就被人握住手腕，拉了回去。

“天真！”原本已经走了的陆旭陡然快步，走到了她的前面。

他的胸口剧烈起伏，显然刚刚两步路，就仿佛用尽了他全身的力气。

“还有事？”

“有！”

陆旭：“我想过了，当年我就是让你莫名其妙地走了。今天，我来都来了，不能就这样回去。”

在闫天真的惊讶中，陆旭缓缓道：“五年前，在你跟我分手的时候，你说你只是一个追求浮华和虚荣的女人，没有给思想留出哪怕一瞬间的宁静，而王峥峥却可以陪我长久地凝望星空。当年你没给我回答的机会，现在我想告诉你，我根本不想跟她一起看星星！”

面对陆旭的郑重，闫天真差点笑出声。但是她忍住了，她耐住性子，听他说：“然后呢？”

陆旭：“我用了五年的时间来证明，除了你，我谁都不喜欢。”

闫天真看着他，不疾不徐，陆旭在她冷静的目光下，全身都开始冒汗。

但他仍不打算放弃。

接着道：“当初你总说我适合她那样的女孩，可你能想象，我跟她在一起会是什么样子吗？我们一个人面对一台仪器，做着各自的研究课题，我们可以半年都不说一句话。”

“虽然我不爱说话，但是比起陪我凝望星空的女人，我更喜欢会窝在我怀里，要亲亲要抱抱的你！甚至，陪你一起看电视剧也没有问题。当然，如果你偶尔能陪我一起看看星空，那就更好了，只是很偶尔的那种……就够了。”

陆旭说完，小心翼翼地打量着闫天真的表情。

发现她的表情并没有比刚刚好多少。

他更慌了。

“说完了？”闫天真冷淡道。

“……嗯。”

“真的说完了？”

陆旭沉默了一下，又摇头：“……没有。”

“那你快说。”闫天真一边看着表，一边盯着陆旭。

感受到她的催促，陆旭索性一咬牙，豁出去了，当着众人的面，说：“我也不觉得你摔坏我的手机是错，虽然……手段不算光明，但心是好的。是我不该沉湎过去，你只是帮做了我应该做的事情而已。”

“嗯，然后呢？”

闫天真平静地看着他。

陆旭更加窘迫，脸都开始有些烧：“我……我毕业了。”

“然后呢？”

“我买房子了。”

“然后？”

“比你家大。”

“说重点。”闫天真催促。

“是你喜欢的风格，童话风的。”

“能不能一次说完？我赶时间！”闫天真翻了个白眼，一副要被气死的样子，“你到底想说什么？”

“我就是想说……你，你能不能嫁给我？”

话音刚落，闫天真愣住。

陆旭也不再扭捏了，硬着头皮，一口气说道：“天真，我觉得我配不上你，所以这五年我都不敢来找你，但是现在，我觉得我不能再等下去了。”

陆旭从包里，拿出两张房产证和一本存折，递给闫天真。

闫天真表情呆滞，没有立刻去接。

陆旭有些黯然：“我知道，跟你比有钱，我还远远不够。但是你想过的生活，我一定尽力满足你。我不会降低你的生活水平，我会让你身边的每一个人都羡慕你。我会好好努力，好好赚钱，好好爱你。”

陆旭一连串的告白，是他这辈子面对闫天真时说得最多的一次话。

是闫天真五年前最想听的话。

但是那时候的他没有资格说。

五年后的今天，他终于鼓起勇气，有了说爱她的实力，才敢主动来找她。她很感动，可是……

闫天真垂着眼睛，无奈地说：“可是陆旭，我有孩子了。”

陆旭怔住。

原来他们说她生孩子了，是真的……

陆旭痛苦地：“你结婚了？”

闫天真摇头：“没有。”

陆旭刚松了一口气，然而很快又紧张起来，问：“那你现在还是单身吗？”

“……是。”

“我不介意。”

陆旭郑重地说：“我不介意你生了别人的孩子。如果你愿意，我可以跟你一起照顾他。”

“可是，我介意。”

闫天真表情苦涩地说：“都跟你在一起了，我怎么可以照顾别人的孩子？还让你帮我一起照顾？”

“陆旭，这对你不公平。”

意识到闫天真是在拒绝自己，陆旭也跟着悲伤起来。

陆旭就是这样，平时清清冷冷，一心学习。除此之外，没什么特别上心的事情，也没有过多的欲望。

所以永远是一个表情，看不出悲喜。

但是一旦他开始难过，那就是全部写在脸上的那种，谁都能够看得出来。就连周遭的空气都跟着沉默。

眼看他难过得像是要哭出来，闫天真内心一软，不敢再逗他，连声吐了口气。

“不过还好，好在，我没有生别人的孩子。”

闫天真微微一笑，在陆旭诧异的目光里，把他塞进了保姆车。

保姆车飞快地在城市道路上飞驰，而陆旭，整个人都有些缓不过神。

直到在幼儿园门口停下，她从园长手里牵过一个戴着小黄帽的男孩，把他带到了自己面前。她摸了摸他的头，说：“晨晨乖，叫爸爸。”

小男孩似乎早就认得陆旭这张脸，眉头都不皱一下的，直接就开口了：“爸爸！”

反倒是陆旭，呆呆愣愣，始终回不过神来。

闫天真笑着对陆旭说：“介绍一下，我儿子，闫晨。”

虽然晨晨姓闫，但一看到他的脸，陆旭的眼睛便蓦然睁大。

闫天真没理他，只低着头，对闫晨说：“这个人你熟悉的，对吧？”

晨晨大力点头，脱口而出：“他是爸爸！”说着，他就冲过去，抱住了陆旭的腿。

陆旭还是没能反应过来。

他低头看着腿上的玲珑剔透、粉雕玉琢的小孩，忍不住就伸手，把他抱起来，放在眼前仔细地打量。

他的眉目完全就是缩小版的自己，只有那双眼睛，有着跟闫天真一样的狡黠。而这样的狡黠，仿佛让他看到了当年固执地要给自己生娃的闫天真。

原来……她真的不是在开玩笑。

闫天真的笑意更深了。

圈内的人都知道，她从来不做赔本的买卖。

她跋山涉水，不远万里，目的很明确。

她要最优秀的基因，生最优秀的儿子。如果足够幸运，她还会有最优秀的丈夫。

之前觉得自己不够幸运，但现在看来，老天对她不薄。

她有了丈夫、有了儿子，未来……应该还会有一个女儿吧？

闫天真看着陆旭的脸，就仿佛已经看到了自己的余生。

可喜的是，这余生，她无比期待。

全文完

2020 年 7 月 24 日

番外

五年

（一）闫天真篇

闫天真生完孩子，虽然请了专业的月嫂和保姆，但总觉得还是少了点什么。寻思很久，她发现孩子得有爸爸。于是她找出过去让摄影师给陆旭偷拍的那些照片。但她挑来挑去，都不是很满意。

她最喜欢的还是她自己拍的那一张。

炎炎夏日，陆旭坐在公司楼下花坛边的长椅上，手捧着一本书，旁若无人、专心致志地看着。

跟她初见他时一个样。

依然是一本每个字她都认识，但连在一起就不知道是什么意思的专业书籍。依然是干净的、不染铜臭的书生气息。

但不同的是，那时候的他不是在等别人，他是在等自己。

想到这一点，闫天真就备感温暖。然后，她就把这张不太看得清脸的照片放大，框起来，裱在了婴儿房里。往后晨晨一抬头，就能看见他爸。而闫天真也没有意外的，每天都能看到陆旭。

这样看久了，难免就要出问题。

闫天真很快就产后抑郁，然后，童怡也跟着抑郁。

童怡甚至还想离婚。

她离婚的理由十分清奇。

她说："闫天真，自从我结婚开始，就变得不大正常，现在更加不正常了。或许只有我离婚了，她才能恢复正常。"

闫天真觉得她比自己病得还要重。

偏偏她老公，也就是何岳，还觉得她说得十分有道理，二话不说就跟她把婚离了。

离婚之后，何岳对童怡一如既往地好。

不，可以说是更好了。

闫天真在边上看得心惊肉跳，问童怡究竟怎么想的？

童怡先是翻她白眼，然后才说："准许你发神经，不许我们发神经了？"

"……"闫天真可不觉得自己是发神经。

能生下最爱的人的孩子，有什么不对？

"生孩子没什么错，你把孩子爹扔了就是大错特错！你问过陆旭的意见没？"

"……没。"

"那他知道了会怎么想？"

"他……应该不会知道吧？"

"他最好一辈子都不知道，否则，他要是结婚了，你就毁了他一辈子！甚至是一个家庭！"

闫天真被童怡训诫得无地自容，这才明白，童怡搞这么多事情，只是想让闫天真再次坚定自己的选择，不要再动摇。

闫天真指天发誓自己绝不会再主动找陆旭，会让这个秘密烂在肚子里。

童怡这才肯和何岳复婚。

闫天真感慨："你不过是给婚后一成不变的生活找点刺激，你们是刺激了，我们围观的人却吓死了。"

"知道吓死的感觉不好受了吧？"

"……知道了。"

"以后你还疯不疯了？"

"……不疯了。"

在童怡面前，闫天真就像个小媳妇。

知道闫天真真的定心了，童怡才放下心。

看着闫天真的儿子日渐长大，有时候，其实她也很羡慕闫天真。

她说："跟何岳离婚，其实也是想试探他一下，看他年少有为之后，还会不会跟我好好在一起。"

答案是肯定的。

童怡赌赢了。

但就算赌赢了，她也始终不敢告诉何岳真相。

童怡："天真，其实我很羡慕你。你有勇气撕开全部的面纱，直击最后的真相，但是我没有。"

"我宁愿粉饰太平，宁愿自欺欺人，宁愿相信自己，也不敢完全相信别人。而你，至少到现在，都仍然坚信，陆旭是值得托付的好男人。"

这一点，在闫天真看着儿子的脸时，不自觉流露的微笑就能看出来。

她爱他，不仅仅因为那是她的儿子。

更加因为，那是陆旭的儿子。

她和陆旭，有一个儿子！

每每想到这里，闫天真做梦都能笑出来。这种喜悦，童怡是看在眼里的。

闫天真有承受一切喜怒的勇气。而童怡，得到了，就绝不愿意失去，一丁点的险都不想冒。

于是她只能装，只能演，就算演一辈子，也不愿意去赌那百分之一的可能性。

毕竟，感情就是要有所牺牲的。

她做好牺牲一生的准备了。

（二）陆旭篇

闫天真离开英国后，陆旭变得更加沉默寡言了，每天除了导师安排的任务，他不会跟任何人交流。

大家都看得出来，清冷淡泊的陆旭失恋了。

有人看到闫天真和傅煜阳勾肩搭背，认定是她出轨，喜新厌旧。

他们都安慰陆旭，说闫天真的惊鸿一瞥本来就是一个赌注。她赢得了赌注，然后看到更帅的男人，就拍了拍屁股，绝尘而去。她就是个玩弄感情的渣女，让陆旭也不要太放在心上。

这个更帅的男人当然是指傅煜阳。

但陆旭知道，闫天真的身边根本不缺这样的男人。

她连方腾逸的脸都可以拒绝，何况是傅煜阳？

陆旭知道闫天真不是这种人，并不想听他们的安慰，于是更加专心致志地做自己的事情。他在实验室苦苦挣扎，唯一的倾诉对象是闫天真永不会回复的微信号。

他为了知道她的消息，甚至开始关注他最讨厌的八卦新闻。可由于闫天真是幕后，特地报道她的不多。只偶尔，他能在他们公司的小演员身边看到她的身影。

虽然不是照片中的中心，但她总是一身红裙，鲜衣怒马，十分抢眼。

陆旭靠着这些照片，度过了很长一段孤独的时光。

他原以为他可以一直这样远远地看着她，可后来不知怎么的，她就彻底淡出公众视野。

再也没有照片上有她的身影。

陆旭再也无法得到她的消息。

除了有一次，在他们分手大半年后，她在朋友圈分享了一个小手印。然后，她的朋友圈再次变成了一条长长的直线。

她又把他删除了？

陆旭吓得赶紧去给她发消息，发现消息还能正常发出，登时松了一口气。

她还能收到自己的消息，只不过，她把他屏蔽朋友圈了。

虽然她几乎也不发近况了，但好歹，他想她了，总能去翻她的过去。

过去她为他要死要活、一天发十几条的那些酸话，她竟一条也没删。

陆旭翻来覆去看过很多遍，他在池明亮他们嘴里听到说她发的那些都是给他看的，心情十分复杂。

以前没注意，现在，却想看也看不到了。

而那一张大手握着小手的照片，成了陆旭手机里最后一张关于闫天真的照片。

他看不懂那条朋友圈的意思，而他的朋友们都说她肯定是回去跟小鲜肉结婚了，那是她的儿子。

他不信。

他的态度就像过去对杨薇薇那样，以前的闫天真是什么样，他不管，别人怎么说她，他不信。

他唯一气恼的，是自己的无能。

假如不能让她一直喜欢下去，那么一定是自己还不够好。

他没有像那些小鲜肉、老大哥一样对她死缠烂打，他只是拼了命地在提升自己。

博士毕业后，他终于还是放弃了进入世界顶尖科研团队的机会，直接跟国内沿海城市的一家商业公司签了商务合同。

合同上，他卖身五年，酬劳足够他还清助学贷款，公司还给了他 C 城市中心的房子一套。但是，他还是不满足。

C 城的房子不够，他需要更大、更好的房子，在 A 城最好的地段。

A 城，才是闫天真的家。

然后，他拼命工作，努力干活，研究方向一变再变。从探索高大上变成了研究普世大众所需，从新能源制造到花园里的除草机他都有所涉猎。一年时间，做了别人十年都做不完的项目。

总之一句话，什么赚钱做什么。因为，闫天真爱钱。

陆旭本来还想再拼一把，等最重要的项目做完，拿到专利分红后再去找她。但当他看到闫天真要和方腾逸结婚的消息时，他再也坐不住了。

虽然觉得自己不应该再去打扰她，或者说在他还没有足够强大前就去打扰她很失礼，但是，最终，理智战胜不了感情。

一直以来，都是闫天真在主动。

主动地追，主动地离开，他从来都是在被动地接受。

连她结婚的消息，都是在新闻里看来的。

他实在觉得憋屈。

他总觉得这辈子不努力一次，对不起自己，更对不起她。

于是，陆旭还是买了第二天最早的班机，带着房产证和存款去找她。

一路上他都很忐忑，什么情绪都有。但去了之后，二人和好，他才发现，后怕和后悔的感觉大于兴奋。

他庆幸他这次没有胆怯，主动去了。

他又很后悔，为什么自己没有更勇敢一点，更早一点去找她。

虽然就算他不去，他坚信未来的某一天，他们也一定还会相遇。

但是陆旭觉得，他们已经耽误了五年。

他再也不想等下一个五年了。

他要他们永远在一起，每一个新年都要一起倒数。

他要见证儿子的出生，陪着他们长大。

（三）婚姻篇

和闫天真结婚一年后，他们有了第二个孩子。

陆琛。又是一个男孩。

闫晨和陆琛，都是男孩，也都像他。

他其实很想要一个像闫天真一样可爱的女儿，但一想到闫天真拼命减肥的样子，他就有点心疼，于是作罢。

闫天真看出他的遗憾，一拍胸脯说自己没问题，反正减肥是女人一辈子的事业，她中途出去生个娃而已，瘦下来很快的。她已经很有经验了，没问题的。

“但，假如又是男孩怎么办？”他总不至于让她去打胎。

闫天真也发怵：“也是哦……”

“所以啊，我有你这么个女儿就够了，再来一个……我怕会分走对你的爱。”

闫天真一听就来火：“你会吗？”

陆旭只能低头：“……不会。”

陆旭的反应有点迟钝，闫天真知道，他在说谎。

她瞬间就奓毛了。

他全身上下，哪哪都是她的！只能是她的！全部都是她的！他对她的爱就算是女儿也不能分走！

闫天真觉得陆旭虽然现在说不会，但觉得自己还是不要冒险比较好。

于是也打消了念头。两个儿子也挺好，毕竟三个男人一起宠她，给她赚钱花，她还是挺有成就感的。

婚后第五年，陆旭已经是A大最年轻的副教授，继承导师衣钵，传道授业解惑，每天备课要弄到十一二点，十分刻苦。

闫天真每天半夜起来，看到陆旭还在一盏小台灯下工作，很是心疼。

闫天真端了一杯热牛奶进去，放在他的案前。

“谢谢！”陆旭拿起来，喝了一口，然后就放下，继续写PPT。

闫天真微笑了一下，然后就趴在桌边，盯着他。

他专心致志，丝毫不会被闫天真打扰的样子，只偶尔会揉一揉额头和眉心，很苦恼的样子。

闫天真突然很想问他：“你会不会后悔啊？”

“后悔？”

“没有进入博尔特教授的实验室，与诺贝尔奖失之交臂，会是你一生的遗憾吧？”

“不会。”

“为什么？”

“因为……就算不进博尔特教授的实验团队，也有机会拿诺贝尔奖。”

是这样的吗？

闫天真愣住。

陆旭点了点头，接道：“我也有实验室，也有自己的科研团队，虽然我不能把全部的精力都放在科研上，但我拥有全中国最优秀的学生。就算我不能拿诺贝尔奖，我相信，只要把学生们教好了，未来的他们也一定可以。”

“或许哪一天，我的学生不需要进入任何人的实验室，就可以开创属于自己的、比那些老教授更厉害的实验室呢？”

陆旭从教案中抬头，认真地看着闫天真：“毕竟，科学实验不是一蹴而就、一朝一夕就能完成的事情。任何一点的成果进步，都需要我们一代又一代为之奋斗和努力。我从来不觉得拿诺贝尔奖是最终目的，只有推动社会进步才是根本意义。我甘愿做这样的基石，而且……”

“而且什么？”闫天真好奇。

而且，这样就有更多的时间陪伴你了。

陆旭心里想着，嘴上却没说。

他笑着摇了摇头，说：“没什么。”

陆旭不善于说情话，比起说出口，他更愿意付诸行动。

他想，他会用余生的实际行动告诉她，他的选择没有错。

他这一生都不会后悔。

“可是陆旭，我还是喜欢戴眼镜的你。”

“什么？”陆旭不解，他不戴眼镜啊！

“实验室。”闫天真提醒他，“在实验室时候的你，是闪闪发光的。”

我不希望你因为我放弃了自己的理想。

我希望成为你理想的助力。

陆旭微微一笑，摸了摸她的头，轻轻吻了一下。

他笑着说：“你就是我的理想。跟你在一起的时候，我也是闪闪发光的。”

陆旭说着，脸红了一下，很明显，他不大习惯这样自己夸自己。

陆旭咳嗽一声，说：“而且……偷偷告诉你，为了让我看起来稳重一点，在学校里，我也是会戴眼镜的。”

闫天真一听，有点惊喜：“真的？”

“嗯。”

知道了这个小秘密，闫天真特地在第二天，把所有的工作排开，抽了一个上午的时间去A大。

在阔别十年后，闫天真再次踏进了A大的校园。

她悄悄地坐在大教室的最后一排，悄悄地看陆旭上课。

讲台上的陆旭温文尔雅，去掉了少年时的冷清，多了一份柔和。

他看每一个学生的目光都是带着笑容的。

直到这一刻，闫天真才发现，原来，站在讲台上的陆旭，也依然是在闪闪发光的……

番外

十八岁的你

一天夜里，陆旭靠坐在床头，捧着教案在看。闫天真睡在他的身边，盯着他十年不改的俊美侧颜，突然想到了一个问题。

闫天真：“陆旭，你十八岁的时候，是什么样子的呀？”

“跟现在一样。”

“应该更好看吧？”

“不知道。”

“那那个时候，你有想过自己会喜欢我这样的女生吗？”

“没有。”

“那那个时候的你喜欢什么样的女生啊？”

“我不喜欢女生。”

啊？

意识到造成误会，陆旭咳嗽了一声，重申：“那时候只想学习，从来没考虑过男女之事。”

“哦，这样子的。”

话题聊到这里，陆旭也突然有些好奇。

“那十八岁的你喜欢什么样的？”

“那当然是……”闫天真的眼睛左看右看，看了一圈，最后还是落在了陆旭身上，“长得好看的啊！”

闫天真从小就美，不仅要求自己美，更要求另一半美。

所以，她从来都是把颜值放在第一位的。

然后……然后她就吃了个大亏。

十八岁，闫天真认识了方腾逸，然后被他反复欺负，用现在的话来说，叫PUA。

再到后来，她修炼成百毒不侵，没脸没皮的她。中间的过程如何，她已经想不起来了。

她只觉得自己很强大。

她都能跟间接害死自己父母的仇人一起工作，对他点头哈腰，伺候祖宗一样伺候着。

她还有什么不能做到的？

她的成功是有理由的。

每每想到这里，闫天真既骄傲又痛苦。

“那你现在还喜欢好看的吗？”陆旭意有所指。

方腾逸的外形是没的挑的，闫天真有时候在电视、新闻上看到，也还是会偷偷摸摸地多看两眼。

这个陆旭也清楚，只是没点破她。

闫天真哼了一声，说：“帅哥当然喜欢，一辈子都喜欢。”

“哦！”陆旭明显有些不爽。

“那你以后遇到了比方腾逸还要好看的，你怎么办？”

“那我大概会流鼻血吧……”

闫天真直言不讳，陆旭脸色很黑。

闫天真紧接着一笑：“当然了，别人再帅我也最多只是看看。在我的心里，已经把全世界最帅的人绑在我身边了，看别人自然也是看不上了。”

陆旭眉目刚缓和，闫天真就把他的脸捧了过来，偷亲一下。

然后，她就趴在他的胸口，揉捏着他的脸颊，说：“我们已经是签字盖章，有红本本的夫妻了。我把我一半的身家财富都交给了你，甚至连以后躺在ICU病房里，给我拔管的权利都交给你了，你还吃他们的醋？”

“家花哪有野花香？万一我惹恼了你，以后你提前给我拔管怎么办？”

“胡说，没有那一天。”陆旭虽然斥她，眉眼却是缓和了不少。

他帮她整理了一下头发，然后强行把她塞进了被子里，最后在她的额头落下一吻。

他轻声说“很晚了，睡吧！”他拍打着她的肩膀，就像过去很多个夜晚一样。

“嗯。”闫天真听话地闭上了眼睛，然后默契地张开了双手，抱紧了他。

闫天真很快进入梦乡，就跟她结婚以来的所有日夜一样。

她再也没有失眠过。

直到看到她熟睡的容颜，陆旭才敢露出满眼的疼惜。

他的十八岁离他们初遇时不远，他的人生轨迹单一到可以用单调来形容。

他的人生唯一一次不受控，是杨薇薇和他的分手。

而闫天真的出现则很快让杨薇薇成为过去。

闫天真曾经内疚自责过，说如果不是她的出现，杨薇薇不会跟他分手，他们或许已经结婚了。

但陆旭知道，那是不可能的。

人跟人的欲望不同，诉求不同，看到的优点也不同。

没出校门之前，他是学校里的风云男神。出了校门，他就是为了柴米油盐奋斗的人。

他知道，假如没有和杨薇薇分手，他大概率不会出国，他会留在国内陪她。

但那时的他，可以给杨薇薇面包，但给不起爱马仕。

杨薇薇是一个不会坐在宝马里哭的人，她最差也要在宾利里哭。

意识到这一点，陆旭不论什么时候回想起杨薇薇来，都不会觉得难受。

然而闫天真的十八岁却没有人能治愈。

欺骗、背叛、双亲离世，一连串的打击是她日日流血的心结。偏偏这些伤口还没愈合，她又为了生计，自己亲手撕开它。

他无法想象那十年她是怎么过来的。

每每想到此处，他都恨不得穿越回去，替她难过。

然而现实却是君生我未生，我生君已“好”。

这个好，当然只是她表面上的好，盛世太平，表面和乐融融。

直到她真正跟方腾逸摊牌的那一天，她或许才是真的跟自己和解。

但也只是和解罢了。

失去的，却是永远也回不来了。

陆旭在听闫天真第一次说到自己父母的时候，他就在想，他虽然无法帮助二十岁时的闫天真，但是他由衷希望，三十岁以后的闫天真，每天都能开开心心的。

就跟那盏走马灯上雕刻的一样。

他希望她

Happiness Forever

……

番外

笑是她的终极武器

二十二岁的方腾逸在处女作上映之后，一跃成为国内顶级流量小生。

他塑造的银幕形象干净美好到让每一个看过他电影的女人心碎。从十二岁的少女到七十岁的太婆，一看到他的脸就会忍不住想起他在电影里纤细柔弱的模样。他成了最让人心疼的少年榜单第一名。

方腾逸的名字红遍了大江南北，风头鼎盛，一时间无人能敌。

那段时间，年少气盛的他走路都带着风，眼高于顶，不将任何人放在眼里。但好景不长，树大不仅招风，还招敌。

方腾逸过去的黑历史一茬接一茬地被曝光，尤其是跟他交往过的女生，轮番出来爆料、黑他。然后八卦群众就发现他简直是个海王啊！他同时脚踩七八条船不说，还个个都是至死不渝的真爱，光送出去的同款手绳都有三四十条，这跟他塑造的人设截然不同！

经纪公司忙得焦头烂额，到处帮他擦屁股，只道是他过去年少轻狂不懂事。然而这些是他过去的恋情也就罢了，他红了以后跟他传绯闻的女明星也不少，有的是为了蹭流量，但有的是真的。

方腾逸清俊少年的形象被一层一层地抹黑，差点就糊了。

真的，要不是他遇到了闫天真，他可能到今天都翻不了身。

那一天，在广告拍摄现场，方腾逸在舞台后面跟女主角闲聊。他聊起自己近日苦闷，女主角不免心疼，心疼之后就是肢体安抚。倒也没什么特别亲密的举动，只不过是方腾逸想借人家的肩膀靠一靠。而女主角也没反对，不仅送上了肩膀，还送上了胸。

也就在这时，突然从天而降一根木头，方腾逸躲闪不及，眼看就要被砸中，边上突然冲过来一个穿黄色外套的小姑娘，猛地推开了他们。

然后木头砸在了小姑娘的头上、肩膀上，虽然伤不重，但看上去很疼。

女主角吓得花容失色，方腾逸也是心有余悸，整个剧组都忙着安慰他们俩，没人管这个小丫头。只有道具组的负责人跑过来，机械地问她有没有事？

她摇了摇头，说了没事之后，就没有人再关心她了。

毕竟，能走能说话，就不会是大事。

直到夜里，拍完广告，方腾逸坐着保姆车回去，在路边看到那个穿着亮黄色衣服的小姑娘一瘸一拐地走在路边。黑灯瞎火的，觉得她特别可怜，就停下车，让她上车。

小姑娘一开始不肯，半遮着自己的脸，不敢看他。最后是在方腾逸的再三要求下，她才上了车。

这一上车，不得了，方腾逸发现，这竟又是自己的一个前女友，好像叫……什么天真？

方腾逸不太确定。

因为印象中，那个叫天真的女孩子有一头长长的泡面卷头发，唇红齿白，乍看上去就像个漂亮的洋娃娃。美则美矣，但看久了就腻。她还仗着自己好看，满身的公主病。

他对她的印象算不上好。

但眼前的女孩子一头利落的短发，还没有过耳根，皮肤也黑黑的，好像天天日晒雨淋似的，整个人还瘦了一大圈。嗯……现在的她跟美字不沾边，但优点是现在的她不吵不闹不作，很安静。

但安静也不能说明她没问题，联想到自己近日的一系列绯闻，方腾逸起了警觉之心。

“你不会……也是来碰瓷的吧？”方腾逸警惕地看着她。

闫天真忙摇了摇头，说：“不是，我就是碰巧遇上了。我一直在那个片场工作，不信，你可以问杨哥。”

杨哥是道具组的负责人，对闫天真来说是顶头上司，可在方腾逸那里，却根本接触不到这个层面的人。

“是吗？”方腾逸还是有些狐疑，但也不可能真的去托人问。

“你今天为什么要救我？”按照方腾逸谈女朋友的经验来看，她应该恨不得自己被砸死才对吧？

闫天真："我不是想救你，我只是救我自己。那掉下来的木头，是我装的，我要为自己做的事情负责，而且……"

闫天真说着，在方腾逸怀疑的目光中，拿出了一台被砸坏的摄影机。

"而且，这个是我在你脚边发现的，我觉得有人会对你不利，就趁摔倒，一并处理了。"

摄影机虽然外壳有些损伤，但还能开机。打开就发现里面恰好录下了方腾逸和女演员之间的暧昧"调情"，所有的对话都在里面。

方腾逸和经纪人看完，都吓出了一身冷汗。

这样的东西要是流出去，他就彻底凉凉了！

方腾逸后怕的同时，也有些感激，虽然连她以前究竟长什么样子都快不记得了，但莫名的熟悉感瞬间充满了他的胸腔，他觉得眼前人值得信任。

他语气变得温柔，问闫天真："你不怪我吗？"

"怪你？为什么呀？"闫天真的大眼睛忽闪忽闪的，好像比他还要懵懂。

方腾逸顿了一下，说："分手。"

其实，在他的字典里，没有分手这个字眼。他从来就没有真的认真交往过一个人，所谓的谈恋爱，都是女方自己意淫遐想出来的，跟他本人没有关系。毕竟，他也从未真正表白过任何一个人，没有正式地问过任何一个人要不要当他的女朋友。只不过对方总是在他们牵了手，接了吻，甚至上床之后，就自发地以为，他们是情侣了。而眼前这个闫天真，在他记忆里，可能连牵手都没有。顶多是发发短信。

所以，他不仅没有愧疚之心，还觉得自己很冤枉。

下一刻，闫天真就好像看透了他心中所想一样，摇了摇头说："我当然不怪你呀！我不仅不怪你，还以有你这样的前男友为荣！看到你在大银幕上的样子，我超级为你开心。你终于实现了自己的人生理想，站在全世界人的面前了！不过我就是有点生气……气那些女孩子那么污蔑你，她们实在是太不知道感恩了！"

闫天真这一番话，简直说到了方腾逸的心坎里。

他连连拍着大腿，跟经纪人说："我说得没错吧，真不是我的问题，真是那些女人的问题！你看，这就是个明眼人！"

方腾逸瞬间对闫天真的好感冲上了顶峰，问她想要什么？自己能不能帮助她？

闫天真一开始说没有，后来又迟疑地说有。

闫天真小心翼翼地问他："你能借我一点钱吗？"

闫天真开口就找他要钱，让方腾逸心中一沉，觉得她有诈。但话都已经说出去了，怎么能收回呢？

"你要多少？"

"八十万。"

这个数字说大很大，说小很小。对普通人来说很大，但是对方腾逸来说又很小。至少比起刚刚她捡到的那台录影机来说，就不值一提。

假如她把录像卖了，她可以拿到远不止这个数目的钱。

方腾逸疑惑："可以问一句，你要用来做什么吗？"

然后闫天真就把摩托车的事情跟方腾逸说了，方腾逸听完，后悔不已，当即就让助理打钱。不是八十万，而是二百万。

"抱歉，我当时真的没想到会这样。"

闫天真笑眯眯的："没关系，现在你给我的这么这么多，说起来，还是我血赚了呢！"

闫天真从头到尾都没怪过他一句，还总笑嘻嘻地对他说谢谢。提起过去的感情，她也只会用"感恩"来形容，这让方腾逸对她既愧疚又喜欢。

后来找人打听了一下，听说她很早就从电影学院退学了，以为她是因为摩托车车祸事主的闹事才退学，对她更加愧疚，一定要弥补她。但闫天真却坦坦荡荡地说那不是他的错，要怪只能怪他遇人不淑，遇到了那么一个"兄弟"。

闫天真不肯接受方腾逸的好，不代表方腾逸不需要表示。

后来有一部戏，方腾逸有了话语权，问闫天真还想不想演戏？

闫天真拒绝了。她说自己吃不了那碗饭，踏踏实实做幕后，为方腾逸确定舞台安全、洗洗道具服装就好。

方腾逸当时保护欲一下就起来了，一定要给她点好处。

闫天真拗不过他，就说，想跟刘哥学习，当他的助理，不要钱的那种。

刘哥是他这部戏的制片人，业内站在金字塔尖尖上的人物，方腾逸放下身段去求他，闫天真才得以成为他的助理。

当然，闫天真也争气，不仅把刘哥交代的工作做好了，就连刘哥身边的一票导演、演员、投资人的工作也都做好了。那段时间，她好像完全不需要休息，二十四小时随叫随到，再难的事情也会想方设法地办到。

后来刘哥还专程谢过方腾逸一次，说他推荐的人，真靠谱。

后来方腾逸到底还是因为绯闻，被公司雪藏，进入了人生低谷期。而闫天真却已经越来越强大。

她拿着当初方腾逸给的二百万，找准机会，在刘哥看好的一个项目上斡旋了一下，参与了投资。虽然出面的是童怡，但幕后操手是她。然后片子顺利上映，票房大卖，继而她脱离了刘哥的掌控，正式成立了自己的影视公司。

手段算不上干净，但也不能被人诟病。唯独刘哥心中不爽，开始在圈内全方位地打压她。

大家碍于刘哥的面子，致使她签不到好的演员。谁料想她另辟蹊径，直接找到被雪藏的方腾逸，四处借钱给他赎身，然后为了他量身改造剧本。

这一次，在她手里的方腾逸不再扮演柔弱少年郎，眉毛一修，胡子一蓄，摇身一变成了个沉稳、铿锵的硬汉形象。

影片上映前，没有人看好这个片子。影片上映后，大家几乎平均都会三刷，创下了当年的华语票房奇迹。方腾逸也因此直接斩获多个电影奖项，拿到了他人生中的第一个影帝头衔。

刘哥不敢再打压闫天真，反而开始寻求合作。闫天真也很给面子，人前人后一口一个“师傅”“师傅”的，把自己今天所有的成就都推给了刘哥，说他教导有方。刘哥面子有了，也就真的把她当自己的徒弟了。

从此她的人生就跟开了挂一样，乘风破浪，一帆风顺。

方腾逸看着闫天真一路走来，从一个小小的道具助理到总制片人，然后是上市公司的董事。他虽然一早就隐隐感觉到闫天真不像表现出来的那样天真，但直到知道她父母的事情之后，他才发现，闫天真何止是城府深，她根本就是个狼人啊！

还是会早跳预言家然后带着大家把真预言家杀了，再偶尔出卖一两个狼队友，但最后能带领狼队取得胜利的那种白狼王。

那时他再想起，当初闫天真说自己吃不了演员那碗饭是有多虚伪。

凭她的演技，怎么可能吃不了那碗饭？

她只不过是比很多人都更早地看到，演艺事业靠脸终归只是青春饭，就算后来改变路线靠演技成为常青树，也不是最终的归宿。毕竟女明星最好的结局就是嫁入豪门。但是豪门生活未必那么舒坦，与其嫁入豪门，还不如自己变成豪门。

而成为豪门的路，与其迂回，不如一开始就奔着资本市场而去的好。

闫天真跳过了其中种种过程，直接一门心思，瞄准了最后的目标。

然后，她成功了。

她总说自己成功的秘诀就是笑。

她也毫不保留地去教给自己的员工。

她时常提醒他们："记得笑啊！多笑笑，对谁都要笑！因为，只有笑才是终极武器。"

毕竟，俗话说得好，伸手不打笑脸人。

暂时的低头都是为了更好的以后。

而且，就算你真的遇到事情了，你哭也没用，还不如多笑笑。

于是她一路笑着，把钱挣了，至于内心究竟如何想的，没有人知道。

后来方腾逸每每看到闫天真时，都有些害怕。

他总是下意识地想跑，再也没有了从前那种从容自信。

他在她面前不像影帝，像个小弟。

他甚至都开始怀疑，最开始的重逢、木头、摄影机，还有亮黄色的衣服，都是为了吸引他的注意。后来让他被雪藏，跌落谷底的黑幕是不是都是她弄出来的，其目的就是为了把他拉向她的阵营。

他问过她这个问题，但是闫天真没有正面回答他。

她只问他："这些年我对你好不好？"

"……好。"这一点，方腾逸无法反驳。

"好就行了！咱们有钱一起赚，有福一起享，你总问过去干吗呀？"

方腾逸看着她笑容越灿烂，心里就越发毛。

他总觉得她只是因为自己还有利用价值，所以才留着。等他的价值被榨干，她一定会有冤报冤，有仇报仇。于是他只能更加卖力地为她挣钱，演戏、通告各种，只要是赚钱的，他都拼了命地去努力。

那些年轻时候的绯闻便再也没在他身上传出来过，外界甚至传闻他出柜了！对象还是个小鲜肉，叫什么傅煜阳，虽然他不懂为什么会有这样的传闻，但，无所谓。

反正，真真假假，假假真真，都是流量，赚钱就行。

对闫天真的恐惧伴随方腾逸很多年。

直到闫天真和陆旭生了第二个孩子以后，她整个人都变得不大一样了。

她收起了脸上的职业笑容，第一次没有拿笑脸面对他。但方腾逸却觉得，她还是这样正常一点。

那天，她破天荒的心情不错，安慰他说："方腾逸，其实我真的不恨你了。回想起那段日子，我只恨我自己。"

因为按照媒体爆料来说，方腾逸会给喜欢的女孩子送一根混色手绳，跟他手上的那根一样。但是闫天真从来没有收到过。

这说明什么？

说明闫天真连"他喜欢"的梯队都没有达到，她只不过是在自作多情，把那些随手复制来的情话当了真。

是她太好骗了。

虽然说谎者可恨，但是恨他也于事无补。

她告诉方腾逸，从父母去世之后，她就无比确定。

她想，爸妈连夜驱车来看她，不就是担心她吗？做父母的，总归只是希望子女平平安安。她现在唯一能做的，就是让天上的爸爸妈妈看到，她过得很好、很好，她每天都在笑。

她再也不会让自己受一丁点儿的委屈。

然后，她也做到了。

现在的她身体健康，事业有成，孩子听话，婚姻美满。她已经过上了她年少时最想要的生活，甚至，得到的比那时候想的还要多得多……

她的爸妈在天上也一定会为她开心的吧？

番外

做你的盖世英雄

“我不介意骗他一辈子啊！反正，就这样一辈子，我也是心甘情愿的。”

——童怡

何岳第一次见童怡，是在星光娱乐策划部的一间会议室里。

彼时，他是广告公司的一名设计员。但因为他刚毕业，起点低，说得好听是设计师，其实只是一名跟班销售员。他的客户全都靠他跑断了两条腿、说断了舌头求来，到最后，还会被分给其他的老牌设计师做。哪怕后来他参与、甚至设计了广告案的全部，最后的署名和奖金也都归他的上司。他知道这是剥削，但是他没有办法反抗。

为了生存，他只能忍气吞声。

A 城很大。都说在 A 城，每天只能办一件事，但是星光娱乐，已经是何岳今天跑的第三家公司。前两家他都被狠狠地拒绝了，不留情面，甚至有些侮辱地被拒绝。星光娱乐是他今天最后的机会。

可当他赶到的时候，原先企划部约好的部门领导已经下班。

他跨越千山万水，却跑了个空。

8 月末的天气，冷气开得十足，也无法吹散他身上的汗水。

他就像一只泄了气的皮球，直接一屁股坐在了星光娱乐的走廊上，全然不顾他人的目光。

然而他的崩溃并没有引起多少人的注意。

在这个城市里，每天都有成千上万的人跟他一样崩溃。甚至，在这个走道上，每一个经过的人，也都有过这样的时候。

他们自顾不暇，又哪里会对他好奇？

A城很大，大到这个世界上只要有梦想、只要肯努力的人，只要敢来，它都能装得下。

A城也很小，小到连一个人的眼泪都容不下。

何岳不敢哭，他只是很累，他想歇会儿。

就在这时，从他身后的会议室里，传来女魔头一般的咆哮怒骂。

“我给了你三天的时间完成这份企划报表，最后你交上来的是什么？是垃圾！噢不，垃圾还有它的价值，还能回收利用，而你写的东西，纯粹是浪费公司的纸！”

“我从来不要求别人做自己能力范围以外的事情，但是你呢？本职工作都做不好，连最简单的复制粘贴排版都能搞得一塌糊涂，你的心思根本就不在工作上！”

“我像你这么大的时候，根本不敢睡觉。一天二十四小时，我恨不得每分钟都掰开用。而你呢？上班就想下班，下班了就去蹦迪？还是逛街？你把时间全部浪费在无用的社交和享受上，这没有错。但是，请你不要浪费我的时间，让我看你写的这一堆垃圾！”

“假如你现在就想开始混日子过养老的生活，我劝你不如找个老男人嫁了。反正你这张脸足够卖钱。但是，假如你不想白长了脑子的话，还是多让它转转，否则马上就要生锈了！”

“我再给你一个晚上的时间，假如明天你还让我看见一堆垃圾，我就让你走人。不管你是谁的关系户，我让你的关系户一起走！”

“散会！”

……

女魔头咆哮完之后，会议室大门打开，鱼贯而出十余人。

何岳这才发现，整个会议室里，因为女魔头的辱骂而鸦雀无声。他在外头，还以为只是上司在骂下属，却原来，只是大家不敢作声而已。

会议室里，只剩下一个人。

她穿着一件朴素的白T恤，背对着何岳。她坐在会议桌旁，双手捂着头，一副受尽了欺负，被骂得抬不起头来的姿态。

她的身边散落着被撕碎的文件，显然刚刚那个女魔头直接当着众人的面，把她的企划报表给撕碎了。

毫不留情，让她颜面扫地。

不知怎么的，何岳就想起了自己。

他也是一路被这样骂过来的。

“别哭了。”何岳走过去，递上了一张皱皱巴巴的纸巾——那是他从星巴克的吧台上顺来的，原本打算上厕所的时候用。

但是现在，他觉得她比自己更需要。

趴在桌上的女孩抬起头，那一瞬间，何岳的心跳就好像漏了一拍。

她的五官清丽，眼波动人，诚如刚刚那个女魔头骂她的话一般，拥有一张足以嫁入豪门的美丽脸蛋。

但是她没有。

她只是坐在椅子上，双手撑着头，一副非常泄气的样子。

他想，她这样苦恼，应该是会选择继续靠自己的努力前进的吧？

那么，他要帮她！

在这个冷漠的城市里，他唯一能做的，保持自己初心的方式，就是不要跟别人一样自私。

女孩没有接过纸巾，只是眼神古怪地看着他：“你是谁？”

“我是路过的。听到你被骂，所以……想要安慰你。”何岳结结巴巴地说完，尴尬地把纸巾放在了桌上，脸红得不敢去看她的眼睛。

“安慰我？”

“嗯。我也经常被上司骂……面对这种情况，很有经验了。”

听到这里，童怡算是明白了。

眼前的小伙子把自己当作了刚刚被自己责骂的小姑娘，想要进来英雄救美一番。看样子，还不是他们公司的人。

怪不得他不认识自己。

“你打算怎么安慰我？”童怡轻笑了一下，翻转着星巴克的纸巾，问他，“你不会认为，给我送一张纸巾，就算安慰了吧？”

童怡这个人不在乎过程，只重视结果。话说得再好听，拿出来的东西见不得人，也是没有用的。

“当……当然不是！”何岳着急地说，“我想要告诉你的是，上司都难伺候，尤其是女上司。”

童怡听到这里，眼神一凛，表情有些难看。

但何岳完全没有看出来她的不爽，还在自顾自地往下说：“我的上司也是一个四十多岁的女人，单身，一直未婚。她全部的心思献给了事业，对下属的要求格外高。这种女人八成心理都有一点问题，你不要往心里去。”

童怡听到这里，已经完全听不下去了。

虽然她还没到四十，甚至不到三十岁，但是，她也单身，她也将全部的心思都献给了事业，她对下属的要求比任何领导都要高。

在公司里，笑面虎闫天真唱白脸，而她总是唱红脸的那一个。

得罪人的事她全干了，于是也养成了不听人讲废话的习惯。

“你……”童怡刚想开口说自己就是他嘴里的“女魔头”，而且她趴在桌上不是因为被上司骂，而是苦恼自己怎么会招了这么一堆废物进公司。

她是在自省，不是在反省。

然而她还没开口，就被何岳打断。

“虽然女上司难伺候，但她确实对我的成长有所助益。她严格要求我，只是希望我不要走她走过的弯路。”

“她用二十年的工作经验为我提供捷径，虽然我不能时刻领悟，但是她还没有放弃我，我就觉得很感恩了。”

何岳天真的样子，突然堵住了童怡想说的话。

她惊讶地望着他：“你真这么想？”

“对啊！”

“可大多数人并不会这么想。”

“那怎么想？”

“她们说我是……”童怡话到嘴边，又是一转，道，“我只能说，那个女魔头，她就是个周扒皮，只想花最少的钱让员工做最多的事。”

“所以，你要转变自己的思路！”

接下来的一小时，何岳举了一大堆自身的例子。他告诉童怡，他毕业以后，因为文凭一般，辗转换了很多份工作。一开始，他也跟她一样会抱怨，但是后来就发现，还是要从自身找问题。于是他开始认真学习，韬光养晦，才最终一步一步的，从月租金五百元的不见天日的地下室，搬进了现在一千二百元带窗的小房间。

“只要心中有希望，只要肯学习，总有一天，我能在A城买房，再娶个媳妇，把爸妈都接过来。当然了，要媳妇儿同意才行……”

何岳说着说着，就发现自己偏题了。

“抱歉啊，说了这么多不相干的东西。但总之，我想说，不要怪老板，你要相信，当你能完成别人完不成的任务，甚至让老板离不开你的时候，你就离当老板不远了。”

他相信，未来会有这一天的。

童怡轻笑：“我也相信，你会有这一天的。”

两个人聊着聊着，才发现窗外已经彻底黑了。而眼前的女孩子一点儿也不着急的样子，只是微微而笑，听着他说。

但是何岳却不淡定了。

“你上司让你写的东西呢？拿出来，我帮你写。”

“什么？”童怡愣了一下，有些不敢相信。

“你不会以为我的安慰只是跟你说这些废话吧？虽然我不大懂你们公司报表的具体内容，但是整理报表我在行啊！”他做的第一份工作，就是文员助理。

诚如那个女魔头所说，只要仔细耐心，谁都能做。

偏偏，她不够细心。

但是没关系，他细心就够了。

于是，童怡带着几分不相信，却又期待、试探的心情，去办公室取了一台电脑，又让助理把那份乱七八糟的报表发了文档过来。

接下来的两小时，何岳一直在帮她改报表。

一边改还一边教她该怎么分类、怎样才能让老板看得一目了然，赏心悦目。

一份漂亮的报表摆在童怡面前的时候，她特地看了眼时间。

两小时十一分钟，距离她给那个小姑娘的时间，少了七十小时。

她在心里暗暗咒骂小姑娘浪费青春的同时，心里对何岳的好感到达了顶峰。

然后，他们就开始地下交往。

三年时间，她瞒着所有人，陪着何岳成长。

就连闫天真都没有告诉。

因为她知道，闫天真是绝对无法理解自己的。于是在闫天真看来，她的“背叛”是突如其来的。而她也不知道该从何解释，这个男人，是她精挑细选，仔细甄别之后的结果。

三年间，她陪着他从寂寂无闻的设计师成长到了拥有自己独立设计工作室的大男孩。也就是他独立工作室成立的那一天，他向童怡求了婚。

童怡直接就答应了。

从此以后，他真真正正成了她的盖世英雄，让她有勇气走入婚姻的殿堂。

但是在他的心里，却永远把她当成了那天在会议室里，被女上司责骂的小女孩。

他坚定不移地认为，他是拯救童怡于水火的人。

他给她的安慰不是一时的、也不是一张纸。

他要给她切实存在的爱。

有句歌词唱道：“风月都好看，爱恨皆浪漫。”

但她觉得，唯有细水长流的温情陪伴，才是永恒的牵绊。

于是，她觉得，这样的误会持续下去，也没什么不好。

只要他永远对她好，她不介意陪他演一辈子。

毕竟，她没有闫天真那样一往无前、无所畏惧的勇气。她对真正珍视的东西，从来不敢冒险。她也不相信自己好运，也能遇到陆旭一样有勇气的男人。当然，她也不羡慕。

她安于现状、享受平静。

她有了丈夫、有了孩子之后，工作时也比从前更加温柔了。

你可以自己努力，但是不能要求别人也像你一样。

人跟人的努力程度就是不一样的。

都是父母的心头宝，出来赚钱不容易。当她看到公司里的小姑娘、小伙子，被他们各自的上司责骂，她都会由衷地感到遗憾。

她多想早一点遇见何岳，陪伴他度过那一段最孤独的时光。

那么她也能成为他的盖世英雄了。